Sabrina Janesch

Ambra

atb aufbau taschenbuch

SABRINA JANESCH studierte Kreatives Schreiben, Kulturjournalismus und Polonistik. Sie war Stipendiatin des Schriftstellerhauses Stuttgart, des LCB und des Ledig House/New York sowie erste Stadtschreiberin von Danzig. Ihr Roman »Katzenberge« wurde mit dem Mara-Cassens-Preis für das beste Romandebüt des Jahres, dem Nicolas-Born-Förderpreis und dem Anna Seghers-Preis ausgezeichnet. 2014 erschien im Aufbau Verlag »Tango für einen Hund«.

Es ist Herbst, als Kinga Mischa in der fernen Stadt am Meer eintrifft. Der Wind rast durch die Backsteinfluchten und kündet von einem turbulenten Jahr. Nur ein Bernstein, in dem eine Spinne gefangen ist, erinnert die junge Frau an ihren verstorbenen Vater. Noch ahnt sie nur, dass der Träger des Steins nicht bloß das Schmuckstück, sondern auch eine seherische Gabe geerbt hat: eine faszinierende wie dunkle Fähigkeit, die für Kinga zunehmend zur Qual wird. In der Stadt trifft sie auf ihre polnische Verwandtschaft. Die Familie Mysza arrangiert sich trotz aller Konflikte mit ihrem Zuwachs, bis plötzlich zwei Menschen verschwinden, die Kinga sehr nahe standen: die schöne Renia und der kriegsmüde Bartosz. Plötzlich steht Kinga im Verdacht, ihre Kräfte auf grausame Art angewandt zu haben. – Eine zauberhafte Geschichte, die von einer Spinne, einem Stadtschreiber und einer jungen Deutschpolin widerstreitend erzählt wird – mit viel Poesie, Raffinesse und Wärme. Ein Roman über die seelischen Verletzungen einer Familie, die mit der schmerzvollen Geschichte einer ungewöhnlichen Stadt korrespondieren.

Sabrina Janesch

Ambra

Roman

atb aufbau taschenbuch

ISBN 978-3-7466-2758-8

Aufbau Taschenbuch ist eine Marke der Aufbau Verlag GmbH & Co. KG

1. Auflage 2014

Die Originalausgabe erschien 2012 bei Aufbau, einer Marke der Aufbau Verlag GmbH & Co. KG
Umschlaggestaltung capa Design, Anke Fesel
unter Verwendung eines Motivs von bobsairport/Fred Huening
Druck und Binden CPI – Clausen & Bosse, Leck
Printed in Germany

www.aufbau-verlag.de

Für Benjamin

Der Morgen

Es ist der Westwind. Im Morgengrauen zieht er vom Meer herüber in die Stadt und bringt den Geruch von Seegras, Meerampfer und Sanddorn in ihre Gassen; dort steigt er auf und vermischt sich mit den Geschichten der Stadt und der Menschen, die in ihr leben und jemals in ihr gelebt haben. Sprachwirbel unterschiedlichster Farbe und unterschiedlichsten Alters greifen hier ineinander, und das, was am Boden geschieht, ist nichts als eine Momentaufnahme des Lebens dieser Stadt, und kaum ist der Moment vergangen, steigt er schon auf und begibt sich unter all das, was vor ihm gewesen ist.

Der Westwind ist es, der über die Ostsee streicht und sich anreichert mit Salz und einer Idee Phosphor, denn seit Jahrzehnten lagern Sprengkörper im Brackwasser; Sand mischt sich bei, der vom Wind immer weiter fortgetragen und vorgelagert wird, gefolgt vom Geruch der alten Mole, in deren Unterbau mehrere Familien von Kormoranen und Lachmöwen leben.

Die Gischt umspült die Pfeiler der Mole, die Boote, die an ihr festgemacht sind, dümpeln knarzend im Wasser und stoßen ihre Rümpfe gegeneinander. Abgerissene Blätter von Salzmiere und Quecke treiben über die Boote hinweg und werden schließlich vom Wind mitgerissen in Richtung Stadt, vorbei an der Werft, wo Schweißer die verrostenden Schiffsteile passieren; die ersten Sonnenstrahlen treffen auf die Kräne.

Möwen stieben auf und teilen sich auf in solche, die ins Wasser des Flusses hinabstoßen und mit jungen Forellen im Schnabel wieder auftauchen und jene, die wenige hundert Meter weiter nach Süden fliegen und ein paar Schülern auf dem Weg zum Unterricht die mit Rosenmarmelade gefüllten Hefeteilchen aus den Händen reißen; weiter geht es, vorbei am Archiv der Stadt, umweht vom Staub der Jahrhunderte und dem Kölnisch Wasser der Direktorin, weiter, weiter hinunter bis zum Fluss, dessen Ufer eingehüllt sind in die Dieseldämpfe der Motorboote und den Rauch der Holzbuden, über deren glimmenden Wacholderzweigen Makrelen, Sprotten und Heringe hängen.

Der Atem der Vagabunden, die die Nacht mit einigen Flaschen Wein und einer Gruppe von Schwänen am Ufer verbrachten, mischt sich mit der Brise; außerdem das ranzige Frittierfett der Bars, die sich auf der Promenade drängen, das Helium, das am Vortag beim Aufpusten der Luftballons entströmte und sich mit dem Duft von gebrannten Mandeln und Zuckerwatte vermengte; das Aroma von Knoblauch, das über den Pfannen der Garküchen schwebte, das Parfum, das sich gelöst hatte von den Hälsen der Frauen, und der Geruch aus hechelnden Hundemäulern.

Jeder Schlag auf jede Trommel und jeder Schrei, jedes zerbrochene Glas und jeder unlautere Gedanke findet Einlass ins Gedächtnis der Stadt, das Minute um Minute angereichert wird vom Wind. Bei Eintritt in die Innenstadt umfängt er die Menschen und umgarnt sie so lange, bis er ihnen ihr Geheimnis entlockt hat, denn in dieser Stadt hat jeder ein Geheimnis und jeder ein Schweigen, das er darüberlegt.

Etwa Frau Biwak, die das Häuschen mit den öffent-

lichen Toiletten aufsperrt und sich mit ihrem Chihuahua-Welpen an die Stelle setzt, die die Sonne als Erstes ausleuchten wird. Ein paar Moleküle Haarspray und abgestorbene Hautzellen fallen für den Wind dabei ab, er weht sie zwei Straßenzüge weiter, hinüber zu Pan Chong, dem Vietnamesen: Gerade schmeißt er die erste Portion Currynudeln in die Pfanne, bald schon wird sich vor seinem Imbiss eine Reihe von Bus- und Taxifahrern gebildet haben, und alle Gassen, die hinunter zum Herz der Stadt führen, werden widerhallen von tausend Absätzen, die ins Pflaster gestoßen werden.

Der Vorplatz des Theaters ist übersät mit Pfützen, ihr Wasser kräuselt sich und zieht einen Schwarm Tauben an, die auf der nahen Grünfläche übernachtet haben; ein paar Lkw fahren dazu und laden Versatzteile für Buden und Stände aus, ein Markt soll aufgebaut werden. Ein Greis mit Plastiktüte und geleimtem Gehstock bleibt stehen und besieht sich das Treiben, und oben auf dem alten Gefängnisturm paaren sich die Dohlen, es ist ein eiliges Geschäft, aber dafür haben sie von dort den besten Blick auf die dunklen Giebel, die hohen Fenster und die nebelumwobenen Türme der Stadt. Ein Schlüsselbund rasselt, und die Holztüren werden geöffnet, beinahe im selben Moment wie die Türen des Theaters gegenüber, wo mittlerweile junge Frauen stehen und den Plan für den Tag besprechen. Die Arbeiter, die wenige Meter entfernt die Stände aufbauen, bemerken sie nur, wenn eine Eisenstange zu Boden fällt und Wasser aufspritzt.

Die erste Polizeistreife des Tages fährt ein paar Meter von ihnen entfernt vorbei und steuert auf die Insel im Fluss zu, ein Biotop, das zum Leben erwacht, wenn die Sonne aufgeht: Die Blüten des Wermuts und der Schaf-

garbe richten sich nach ihrem Licht aus und bewegen sich im Wind, die Insekten erwachen aus ihrer Starre und dann die Enten und die Tauchhühner und die Angler, die zu allen Tages- und Nachtzeiten zwischen ihnen sitzen und sich nicht regen, ab und zu nur rollt ihr Blick hinüber zu den Ruinen und den Fassaden der alten Speicher, die sich gegen den Wind gelehnt haben und von denen niemand weiß, worauf sie noch warten.

Östlich des Flusses: das kurze Aufheulen des Jaguar-Sportwagens, der sich mehrmals in der Woche durch die Gassen schiebt, vorbei an der ehemaligen Tabakfabrik, meterhohen Bechermalven und der Tierarztpraxis, vorbei am Jugendstilkino und den Garagen, wo Jugendliche kauern, die Inhalte ihrer Rucksäcke besehen und aus den Augenwinkeln das Fahrzeug verfolgen, wie es wieder entschwindet, knapp verfehlt von der Streife.

Die Polizisten starren gelangweilt auf die Jugendlichen, dann fahren sie weiter, es ist noch früh am Morgen, und über ihnen auf den Balkonen wird bereits Wäsche aufgehängt, die an ihrer Schnur leicht hin- und herpendelt im Wind, es riecht nach Waschpulver und dem Putz, der Stück für Stück von den Fassaden bröckelt; im Vorgarten einer Fabrikantenvilla sitzt ein kleiner Junge auf einer Rutsche und reibt sich verschlafen die Augen.

Auf der Schnellstraße hat sich ein Stau gebildet, ein Auto steht quer, so dass die Straßenbahn nicht fahren kann, laut rasselt sie und klingelt. Der Lärm dringt bis hinauf zur Anhöhe hinter den Schlaufen der Schnellstraße, der Westwind fegt nachlässig die Straßen hoch, die zum Wäldchen auf der Kuppe führen, Amseln sin-

gen dort gegen die Geräusche der Stadt an, ein Waschbär taumelt schlaftrunken über das Terrain der ehemaligen Polizeikaserne. Ein paar Marder rascheln im Laub vom Vorjahr, unter einer umgestürzten Buche liegt ein Zementsockel, auf dem, wenn er sich erwärmt, mit Vorliebe die alten Kater des Hügels liegen; unweit von ihnen fahren ein paar Züge in den Bahnhof ein, gelbblau und an jedem Wagen ein unfertiges Graffito. Die Züge bleiben stehen, die Passagiere strömen heraus, atmen den kühlen Schatten unter den Überdachungen und durchqueren den Tunnel, vorbei an Blumenverkäuferinnen, Ständen mit Zeitschriften, bunter Unterwäsche, Schuhen in allen Formen und Größen und dem Bettler, der schon seit dem Morgengrauen an seiner Stelle rechts neben der Treppe steht und seinen Bart sorgfältig mit etwas Schuhpolitur zum Glänzen gebracht hat. Ein paar Münzen klingeln in dem Becherchen, das er den Menschen hinhält, jedes Mal verbeugt er sich und sagt, Dank sei Gott in der Höh', und über ihm in der Höh' thront das Hauptportal des Bahnhofs mit seinen fein ziselierten Streben, auf denen Spatzen hocken; gierig starren sie hinab, der Wind kitzelt einen von ihnen am Brustflaum und trägt ihn hinüber zu den Preußischen Kasernen, lässt ihn über die Figuren im Innenhof des kleinen Zeughauses gleiten; Kunststudenten stehen dort herum, Werkzeuge in ihren Händen, und sehen zu dem versiegten Brunnen, der in der Mitte des kleinen Platzes steht: Über Nacht hat jemand eine Sesselgruppe aufgestellt und einen Tisch und eine Wohnzimmerlampe.

Bald schon beginnt das übliche Hämmern und Pochen, vom letzten bisschen Wind weitergetrieben, längs der Bastionen, längs der Steinschleuse, an ein paar Gara-

gen vorbei, über der Straße ist es nur noch ein laues Lüftchen, das da geht, mühsam schleppt es sich voran, bis es schließlich vor einem blinden Holzfenster in sich zusammenfällt.

1.

Ich stemme mich gegen das Fenster. Splitter der Lackierung bleiben an meinem Handballen haften, aber weiter als einen Spaltbreit lässt es sich nicht öffnen. So oder so liegt das Zimmer im dritten Stock, und wenn ich herausspringe, riskiere ich mindestens ein gebrochenes Bein, und damit komme ich nicht weit. Wenn ich das täte, wäre alles bewiesen, man würde mich für schuldig befinden, noch bevor ich ein Wort gesagt hätte. Also lasse ich vom Schloss ab und hole tief Luft. Da draußen ist die Stadt, hier drinnen bin ich, nur: Wo ist Bartosz?

Vor fünf Tagen war seine Mutter Bronka in meiner Wohnung erschienen, mit dem Zweitschlüssel, von dem ich nicht wusste, dass sie ihn überhaupt besaß, hatte mich in die Küche gedrängt, an den Haaren gezogen und geschrien, dass ich endlich die Wahrheit sagen solle, sagen, was mit Bartosz geschehen sei. Ich hatte den Küchentisch gepackt und zwischen uns geschoben, sie hatte eines der Fleischmesser von der Anrichte genommen, es in die Tischplatte gerammt und gesagt, ich würde nun mit ihr mitkommen, ansonsten würde sie augenblicklich die Polizei rufen, auch die Polizei könne mit mir dieses Gespräch führen, aber das hier sei doch eine Familienangelegenheit, nicht wahr, Kinga, das klären wir unter uns, bei uns zu Hause. Bevor du irgendjemand anderem etwas sagst, sagst du es vorher mir, und zwar alles, von Anfang an.

Ein Mensch kann sich nicht einfach in Luft auflösen, hatte Bronka geschrien, und zwei Menschen auf einmal noch viel weniger. Ich hatte sie gewähren lassen. Ich kann ihr unmöglich schon jetzt von meinem kleinen Problem erzählen, dann, da bin ich mir sicher, würde sie mich ausliefern oder einweisen lassen, und alles nur, weil *mein kleines Problem* nicht in ihren Kopf hineinpassen würde. Also vorerst kein Wort davon.

Bronka hatte die Tür hinter mir geschlossen und verbarrikadiert, ich nehme an, sie hatte die Riegel an der Tür angebracht, bevor sie zu mir kam und mich abholte, vorher waren doch keine Riegel an der Tür gewesen, wofür denn auch: In Bartosz' altem Kinderzimmer befinden sich bloß ein paar halbleere Regale, in die Bronka Kunstblumen und Tiere aus Porzellan gestellt hat, auch ein paar Häkeldeckchen finden sich dort und verstaubte Fotos von der Familie, und, natürlich, auf dem Schreibtisch Bartosz' alter Rechner, den er vorsorglich für seine Besuche bei den Eltern hierhergebracht hatte. Während drüben, im Wohnzimmer, Tee getrunken wurde, konnte hier, am Bildschirm, der Feind zurückgedrängt, in die Enge getrieben und endlich erschossen werden, denn hier herrschte Krieg, und wo Krieg herrscht, ist keine Zeit für Tee.

Unter der Tür sehe ich zwei Schatten hin und her wandern, Bronka steht vor der Tür, ich höre ihr mühsam unterdrücktes Schluchzen. Sie wartet auf den richtigen Zeitpunkt, um wieder hereinzukommen, vielleicht traut sie sich nicht oder glaubt, noch nicht die richtigen Worte gefunden zu haben. Dabei kann ich sie verstehen. Es handelt sich um ihren einzigen Sohn, seit über fünf Tagen ist er nun verschwunden, und seine Freundin Renia obendrein.

Bartosz' altes Kinderzimmer misst kaum zehn Quadratmeter, das schmale Bett, das in Wirklichkeit ein ausklappbares Sofa ist, passt hinein, dann die Regale, in die der Schreibtisch eingelassen ist, das war's, mehr nicht. Keine drei Schritte kann ich gehen, ohne an seine Grenzen zu stoßen, das ist kein Zimmer, das ist eine Zelle, in der er aufwachsen musste. Wer wäre da nicht in die Armee eingetreten und hätte sich weit, weit weg schicken lassen, wo die Sonne heiß brennt und der Raum unendlich ist, mit dem bisschen Krieg, musste er gedacht haben, würde er schon fertig werden, der Krieg, so hatte man ihm gesagt, das sei vor allem eine Menge Sand, der sich gerne in die Uniform und hinein in die Unterwäsche stiehlt, in die Fältchen der Genitalien legt und so lange scheuert, bis man wund ist wie ein Baby und sich anstrengen muss, sich nicht andauernd in den Schritt und ins Gesäß zu fassen.

Mein Sohn ist Soldat gewesen, hatte Bronka gesagt, als sie mich ins Zimmer hineingestoßen hatte, er ist zweimal aus der Wüste zurückgekehrt, und jetzt soll er hier, in unserer Stadt, verschwunden sein?

Bronka zittert am ganzen Leib, ihr Gesicht ist aufgequollen. Sie sagt, mein Schweigen würde mich nur noch verdächtiger machen, wer unschuldig ist, müsste doch reden wie ein Wasserfall, nichts zu verbergen habe der und könne sich seiner Sache sicher sein – aber ich? Seit fünf Tagen habe ich mich nicht mehr aus meiner Wohnung herausbewegt und würde den Mund nicht aufbekommen, außer, um zu sagen, was sowieso offensichtlich war, aber das würde niemanden interessieren. Übrigens sei es ebenfalls meine Schuld, dass der Hausarzt Brunon direkt ins Krankenhaus überwiesen habe, nein, nicht wegen seiner Lungen, sondern wegen eines schweren Tobsuchtsanfalls.

Mit dem Handrücken fährt sie sich über die Nase. Ich antworte, dass ich nichts zu verbergen habe, anderenfalls wäre ich doch wohl kaum in der Stadt geblieben, ich wäre nach Brasilien geflohen oder wenigstens in Richtung Deutschland, aber was sollte ich da schon, wenn doch hier mein Zuhause war und meine Familie. Und ich könne doch nichts erfinden, wo nichts gewesen sei! Sicher, ich bin den beiden begegnet, nach dem Törn, aber das war ein Zufall, versichere ich ihr, unsere Wege hatten sich gekreuzt, das war alles, und dann war ich ihnen ein Stückchen gefolgt, und dann waren sie an der Stelle angekommen, unten, bei den Bastionen, und ...

Hör auf damit, sagt Bronka. Ihre Stimme klingt jetzt etwas fester.

Hundertmal habe ich das jetzt schon gehört, deswegen habe ich dich nicht hierhergebracht. Ich will alles wissen, jedes Detail, vom Anfang bis zum Ende. Wenn du Schwierigkeiten mit dem Gedächtnis hast, bitte schön. Hier sind zwei Hefte und ein Stift, da kannst du alles festhalten. Jedes Heft hat mehr als hundert Seiten.

Mehr als hundert Seiten. Mein Kopf schmerzt von Bronkas lauter, aufdringlicher Stimme. Draußen, vor dem Fenster, höre ich Stimmen, ein Hund bellt, kurz erwäge ich, laut um Hilfe zu schreien, dann komme ich mir lächerlich vor und lasse die Stirn in meine Hände sinken. Bronka steht vor mir, die Arme in die Seiten gestemmt, sie riecht nach Schweiß und dem billigen Puder, den sie mehrmals pro Tag auf ihrem Gesicht und ihrem Ausschnitt verteilt. Ihre schlaffen Wangen zittern, sie wartet darauf, dass ich etwas sage, dass ich endlich ihre albernen, mit Blümchen und Marienkäfern verzierten Hefte in die Hand nehme. Entschlossen hält sie sie mir vor die Nase und sagt, ich solle mich ruhig an die Arbeit machen, der Kröger nämlich habe auch schon begonnen und sei bestimmt nicht so zögerlich wie ich, immerhin sei der Schriftsteller und habe alles genauestens mitbekommen.

Der Kröger hat *was?*, frage ich, und zum ersten Mal gleitet so etwas wie ein Lächeln über Bronkas Gesicht. Ja, das habe sie sich gedacht, dass mich das erschrecken würde, aber an sich sei das doch eine feine Sache. Gestern Abend sei er mit einem Blumenstrauß vorbeigekommen, sehr freundlich und mitfühlend sei er gewesen, und kurz bevor er gegangen sei, habe er gesagt, man müsse alles genau festhalten, und dass ich mich sträuben würde, das habe er auch vorausgesehen. In Krögers Kladde stehe alles, was relevant sei, Informationen über alle Beteiligten, Lagepläne, Zeitläufe, sogar Skizzen und Stammbäume, er habe es ihr ja gezeigt.

Wenigstens einen gebe es also, der ihr behilflich sein wolle, nicht so wie ich oder meine Mitbewohnerin Albina. Kein Kommentar sei aus der herauszubekommen, geschweige denn irgendeine Information zu dem, was in den Tagen vor Bartosz' Verschwinden geschehen sei. Wer bei uns in der Wohnung ein und aus gegangen sei, was wir getrieben hätten. In Wirklichkeit, sagt Bronka, steckten wir doch alle unter einer Decke. Auch, dass Albina kein Wort über die Geschehnisse verlieren würde, habe Kröger vorausgesehen.

Ich bin mir sicher, Bronka hat längst mit der Polizei gesprochen, wahrscheinlich schon am Tag, nachdem Bartosz verschwunden ist. Das abfällige Schnaufen des Polizisten kann ich mir gut vorstellen, vielleicht hat er sie sogar ausgelacht und gesagt, dass es nicht strafbar sei, sich länger als 24 Stunden nicht bei seiner Mutter zu melden. Wenn es das wäre, müsste man ja die halbe Nation als vermisst erklären.

Beim Hinausgehen legt Bronka die Hefte auf den Schreibtisch, auf die Tastatur des Computers. Ich höre, wie sich der Schlüssel in der Tür herumdreht, dann werden die Riegel vorgeschoben.

Der Kugelschreiber ist leicht und transparent, er kratzt, als ich ihn auf dem Papier aufsetze, und hinterlässt nicht die geringste Spur, so wird das nichts. Wo anfangen? Wenn ich die Wahrheit sagen soll, wird es länger dauern, als Bronka sich vorstellen kann, ich werde sie etwas hinhalten müssen, um Zeit zu gewinnen, ich muss mich richtig erinnern, an jedes Detail des vergangenen Jahres, mich erinnern an alles, was ich sah, was ich hörte und was ich, sagen wir: bemerkte, und worum es sich auch immer dabei handelt, ich werde es einfügen, der Vollständigkeit halber.

Ich recke den Hals nach vorne, schüttle den Kopf, und aus dem Ausschnitt meiner Bluse rutscht der Anhänger heraus, der dicke, honigfarbene Bernstein. Milchige Schwaden ziehen sich hindurch, und in seiner Mitte liegt deutlich sichtbar der stecknadelkopfgroße Punkt mit den kleinen Beinchen. Warm liegt der Stein in meiner Hand. Ich stehe auf und klopfe gegen die Tür, schlage gegen das Holz, aber nichts geschieht, außer dass sich nach ein paar Minuten der Schlüssel im Schloss bewegt und Bronka in der Tür steht: Was?

Weißt du, was das ist? Ich halte ihr den Anhänger vor die Nase.

Wie könnte man in dieser Stadt wohnen und nicht wissen, was das ist. Sie nimmt den Bernstein und wiegt ihn prüfend in ihrer Hand.

Nein, erwidere ich, das meine ich nicht. Das ist der

Bernstein, der euch gestohlen wurde. Bronka stutzt, ich sehe, sie ist verwirrt, muss nachdenken, ihr wurde doch nie etwas gestohlen, jedenfalls kein Anhänger, nein … Plötzlich sieht sie auf, alarmiert. Der Anhänger meines Schwiegervaters? Ich nicke: Er ist in der Familie geblieben, die ganzen sechzig Jahre lang. Jetzt ist er zurückgekehrt. Und das ist der Punkt: Alles, was geschehen ist, hängt mit dem Anhänger zusammen. Mein Vater hat mir als Kind jeden Abend Märchen erzählt, Gutenachtgeschichten, wie die Spinne gewandert ist, von Kasimir zu Konrad zu Emmerich. Ich habe immer geglaubt, er habe sich Märchen ausgedacht.

Schreib's auf, sagt Bronka. Über ihre Wange rinnt eine Träne und hinterlässt eine feuchte Spur.

Schreib es auf. Von Anfang an.

Sie legt den Anhänger auf die Tischplatte neben mir. Gegen den hellen Hintergrund erkenne ich den kleinen Körper, die Beinchen, die er von sich streckt, und schließlich auch den Faden, der sich entspinnt.

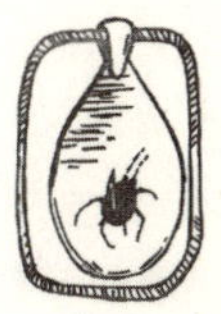

Hinter den sieben Bergen, in einem von sieben unversehrten Fachwerkhäusern eines niedersächsischen Städtleins, wohnten Vater und Tochter einmütig beisammen. Die Mutter – Marta – war kurz nach der Geburt des Kindes verstorben, das war beinahe vierzig Jahre nach dem Ende des letzten großen Krieges, und so war das Einzige, was sie ihrem Kind mitgeben konnte, ein Name: Kinga, nach der Heiligen Kunigunde von Polen, geboren ins Königsgeschlecht der Árpáden, eine Prinzessin, die ihre Heimat verlassen musste, um ihr Lebtag in der Fremde zu verbringen.

Die Geschichte der heiligen Kinga hatte Marta Mischa sehr berührt, und auf geheimnisvolle Weise schienen ihre Leben miteinander verbunden zu sein: Auch sie hatte als Kind ihre alte Heimat verlassen müssen – allerdings nicht, weil sie einem hohen Herrn versprochen war, sondern weil die Stadt am Meer, aus der sie stammte, plötzlich einem anderen Land gehören sollte. Marta wanderte mit ihrer Familie tausend Kilometer westwärts, über grüne Hügel und Wiesen und Bäche, aber all das war lange her, und übrig geblieben war nur ein Name für ein noch längst nicht geborenes Kind.

Emmerich Mischa, der wie Marta ebenfalls aus der fernen Stadt stammte, ließ seine Frau gewähren, auch wenn ihm etwas Eingängigeres wie Heidi oder Berta besser gefallen hätte; als seine Frau starb, beglückwünschte er sich dazu, sich einmal nicht durchgesetzt zu haben, und verbat Kinga, sich über ihren Namen zu beschweren.

Das junge Mädchen wuchs in dem Glauben auf, tatsächlich eine ins Exil verbannte Prinzessin zu sein. Eines Tages, nahm sie sich vor, würde sie in ihr Reich zurückkehren, und alle würden ihren Namen kennen und sie würde durch die Straßen gehen und die Leute würden sich verbeugen und Blumen werfen, denn sie wäre die rechtmäßige Gebieterin über die Stadt mit den goldenen Toren und den Kirchtürmen und den Speichern, die sich stolz in ihrer Mitte erhoben; ihre Stadt war ein prächtiger Ort, soviel wusste Kinga aus den Büchern ihres Vaters.

Dass ihr Vater kein König war, sondern lediglich ein Schweißer in Frührente, störte Kinga wenig. Keiner der anderen Väter hatte so viel Zeit wie Emmerich, kein anderer kaufte jede Woche ein neues Kleid, in dem das Töchterlein abends durch das Haus stolzieren und die Ratten, die Katzen und die wunderliche Mutter des Alten aufschrecken konnte, die mit ihnen unter einem Dach wohnten.

Die Wohnstatt der drei war wenig königlich, und nur wegen der undichten Fenster, der lehmverputzten Wände und der wurmzerfressenen Balken konnten sie sich überhaupt die Miete leisten. Nach und nach erst entwickelte der alte Mischa Techniken, wie er streichen und tapezieren und Dielen abziehen konnte, ohne sich zu überanstrengen. Tagsüber, wenn Kinga in der Schule war, schimpfte und fluchte er dabei so laut, dass der Nachbar Marek Przybylla jedes Mal zusammenzuckte. Nie wäre es dem alten Mischa in den Kopf gekommen, ihn um Hilfe zu fragen, ihn, den Polen, dessen Deutsch schnarrte und knarrte.

Bald schon befand sich das Häuschen in einem so ordentlichen Zustand, dass Kinga sich nicht mehr schämte, ihre Freundinnen einzuladen und mit ihnen in allen Ecken und Winkeln des Hauses Verstecken zu spielen, so, wie Emmerich es ihr beigebracht hatte: Bernstein, Brennstein, alles muss versteckt sein! Eins, zwei, drei, vier, fünf …

Eines Tages aber fand der Alte unter einem der Tapeziertische seine Tochter, wie sie die Hände von Beata hielt, der Tochter Przybyllas, und wie sie ihr verschämt einen Kuss auf den Mund drückte.

Die nächsten Wochen wurden sehr einsam für Kinga Mischa. Sicher war es keine Lösung, ihr jeglichen Umgang mit Mädchen zu verbieten; aber es war die einzige Idee, auf die Emmerich Mischa gekommen war.

Mit der Zeit verdrängte er, was er gesehen hatte, und Vater und Tochter fanden wieder zusammen. Jeden Abend, wenn der Alte seinen Tee ausgetrunken hatte, den Kandiszucker mit einem Löffel aus der Tasse herausgekratzt und sich in den Mund gesteckt hatte, bat Kinga Emmerich darum, den Bernstein hervorzuholen.

Er ist alles, was wir aus der Stadt retten konnten, hatte der Alte einmal gesagt. Kinga war er als der wichtigste Beweis dafür erschienen, dass sie hier nur zufällig war, gestrandet, und dass es anderswo einen Ort geben müsse, der freundlich war und von einem inneren Leuchten, genauso wie jenes, das von dem Stein ausging.

Lange ließ sich der Alte für gewöhnlich nie bitten, und wenn Kinga im Wohnzimmer das Licht der Stehlampe aufdrehte und die Motten erschrocken von den meterbreiten Fensterbänken aufflatterten, holte er den Stein aus seinem Hemd und legte ihn zwischen Kinga und sich auf den wurmstichigen Weichholztisch.

Das ist er, sagte Emmerich, schau, er begleitet die Mischas von Anfang an. Vor Jahrhunderten waren Steine wie dieser mehr wert als Gold. Ein geheimnisvoller Stoff: gelbe Ambra, die nur an Meeresstränden gefunden wurde. Lange Zeit wusste kein Mensch, worum es sich eigentlich handelte. Alles, was man wusste, war, dass es sich elektrisch aufladen konnte und gut roch, wenn man es verbrannte. Siehst du die Spinne? Sie hat sich alles gemerkt, alles, was jemals um sie herum geschehen ist.

An dieser Stelle widersprach Kinga, denn wie konnte man sich denn alles merken, was um einen herum geschah. Der alte Mischa lenkte ein und sagte, dass sie sich nur die speziellen Dinge merkte, und eines Tages würde sie, Kinga, schon dahinterkommen, was das sei: die speziellen Dinge. Dann steckte er den Bernstein zurück in sein Hemd, und Kinga wusste, dass es Zeit war, ins Bett zu gehen, hinauf in ihr klammes Zimmer, das nur über eine kleine Elektroheizung verfügte und über eine Familie hungriger Holzwürmer, die die heranwachsende Kinga mit ihren Mahl- und Schabgeräuschen in den Schlaf wiegten.

Am Abend, als Kinga die letzte Prüfung ihres Studiums der Kunstgeschichte und der Philosophie in einer nahen Großstadt abgelegt hatte, lag auf dem Wohnzimmertisch der Bernstein.

Kinga wohnte noch immer bei ihrem betagten Vater, der sich kaum mehr selber versorgen konnte. Die Ameisen, die er zeit seines Lebens erfolgreich aus dem Haus hatte fernhalten können, begannen, sich wieder Einlass zu verschaffen, bildeten Straßen, auf denen sie die Krümel und Kandisbröckchen des Alten abtransportierten, ganze Schuhe klauten oder sie zu ihrem angestammten Wohnsitz erklärten. Kinga bemerkte einen Igel, der aus einem Berg achtlos ineinander geworfener Zeitungen und Zeitschriften herausschaute und ihren Blick zwinkernd erwiderte. Sie seufzte und griff nach dem Schmuckstück, das ihr Vater anscheinend auf dem Tisch vergessen hatte. Wie sehr sie die eingeschlossene Spinne als Kind fasziniert hatte! Wer einen solchen Anhänger besaß, hatte sie gedacht, benötigte keine Krone mehr. Kinga lächelte kaum merklich, nahm ihn an sich und ging hinüber zum Zimmer ihres Vaters, die Tür war angelehnt, dahinter war leise Musik zu hören, Smetana, dachte Kinga, die Moldau, und klopfte an, bevor sie eintrat.

Der Alte saß in seinem Ohrensessel. Vor ihm, auf der Fensterbank, kauerte eine Maus und putzte ihr Gesicht.

Ein Speichelfaden hing Emmerich Mischas Kinn hinab, die Zunge lag zwischen die Lippen geschoben da, er bewegte sich nicht. Sie erschrak so sehr, dass sie für einen kurzen Moment ein hohes Sirren hörte. Sie stürzte zum Sessel und packte ihren Vater bei den Schultern. Mit einem lauten *Was?* schreckte der Alte auf. Kinga zitterte, aus ihrer linken Hand baumelte der Bernstein, wie ein Pendel bewegte er sich über das Gesicht des Alten. Er starrte ihn an und fuhr sich über den Mund, der Speichelfaden versickerte im Stoff seiner Baumwollstrickjacke.

Ist doch alles gut, alles gut, sagte der Alte, und tätschelte Kingas Kopf, die angefangen hatte zu weinen und von ihm abließ. Er setzte sich auf und reckte seinen Kopf nach der Maus, die raschelnd hinter dem bunt bemalten Nachttischchen verschwand.

Der Stein! Der alte Mischa stand aus seinem Sessel auf, schwankte und ließ sich wieder in die Polster fallen. Kinga drehte ihren Kopf zum Fenster. In der Dämmerung sah sie Przybylla auf seiner Terrasse stehen, auch er längst ein gebeugter und alter Mann. Das Rosengebüsch, das er vor Jahren gepflanzt hatte, bildete eine Art Sicherheitsstreifen zwischen den beiden Gärten, die ursprünglich zusammenhingen. Zu oft war Emmerich in der Vergangenheit über den Rasen hinübergegangen und hatte versucht, Przybylla davon zu überzeugen, dass die alte Linde vor dem Haus gefällt werden müsse; alles lasse er verlottern, man sei hier schließlich nicht in Polen.

Der Stein, wiederholte der Alte. Du hast ihn genommen. Ja, antwortete Kinga, er lag ja da. Warum hast du ihn abgelegt?

Weil er jetzt dir gehört. Die Stimme des alten Mischa klang brüchig und fast so heiser wie der Ruf der Eule, die sich seit einiger Zeit im Schornstein des Hauses eingenistet hatte. Es sei einfach so weit gewesen, sagte der Alte und beugte sich vor, hustete etwas. Nun sei ihre, Kingas, Zeit gekommen. Was er denn da reden würde, unterbrach ihn Kinga, das sei sein Schmuckstück, die einzige Verbindung zurück, das wisse er doch, für sie sei das doch lediglich ein etwas überdimensionierter Anhänger …

Still! Mit einem Mal hatte sich der Alte aufgerichtet und die Tochter mit seinen hellblauen Augen fixiert. Eine Geschichte muss ich dir noch erzählen. Eine noch.

Als mein Vater starb, verließ ich drei Tage und Nächte lang nicht das Haus. Ich erwog es nicht einmal, als der Bestatter im Wohnzimmer stand, einen Kaffee wollte – schwarz – und ich keinen hatte. Wortlos drückte ich ihm eine Tasse Tee in die Hand, woraufhin er sich in dem Sessel niederließ, in dem Emmerich immer gesessen hatte. Von da hatte man den besten Blick hinaus auf den Hof, die Mülltonnen und die Nachbarn, die heimlich Papier in die Restmülltonne stopften, worauf man sie lautstark beschimpfen und immer wieder die Polizei rufen konnte, die natürlich nie kam.

Jemand anderes als ich wäre bestimmt erleichtert gewesen, zumindest heimlich. Endlich niemand mehr, dem man die Brote zerschneiden und dessen Wäsche man waschen musste, das hatte meine Kommilitonen immer geekelt, wirkliche Freunde waren das nicht gewesen, nein. Wenn wir zusammen im Café waren, hatten sie nie gewusst, worüber mit mir reden, und ich war zu müde gewesen, um dem Gespräch zu folgen. Jetzt, da

Vater tot ist, fangen die Dörthes und die Franziskas und die Annikas an, Kinder zu bekommen, werden bald selber Brote schneiden und Wäsche waschen, aber das, sagen sie, sei etwas anderes, das habe etwas mit Aufbau, Zukunft und einer Art von Selbsterfüllung zu tun. Für mich war diese Zeit ein für alle Mal vorbei. Familie hatte vor allem zu tun mit Traurigkeit, die sich früher oder später einstellte, meistens natürlich früher, wenn man merkte, dass man einander doch nicht mehr war als vertraute Fremde, und dann kam der Tod, und es gab nichts mehr zu berichtigen.

Was ich mir denn vorstellen würde, wollte der Bestatter wissen, als Sarg für meinen Herrn Papa: Fichte, Eiche, lackiert ja oder nein, und dann war da der Grabstein, ich nickte, den brauchte man ja wohl, gleichzeitig aber brachte ich Emmerichs Anblick nicht aus meinem Kopf heraus und konnte dem freundlichen Herrn nicht weiter folgen.

Emmerich, wie er in seinem Sessel gehangen hatte, als ich morgens mit einem Tellerchen Leberwurstbrot zu ihm reingegangen war und gedacht hatte, das Väterchen habe es wieder nicht in sein Bett geschafft, das gebe doch bloß wieder Rückenschmerzen, aber als ich laut *Guten Morgen, Papa,* gesagt hatte, da hatte es bloß auf der Fensterbank geraschelt, und Papa hatte sich nicht gerührt, und ich hatte das Tellerchen fallen lassen und war hinunter ins Wohnzimmer gerannt, wo das Telefon stand, mein Herz hatte gegen den Brustkorb gehämmert. Nie zuvor hatte ich eine Leiche gesehen.

Um mich von der Erinnerung abzulenken, ließ ich den Bestatter alleine im Wohnzimmer sitzen – immer wieder zuckte er zusammen, wenn irgendwo das Trippeln von kleinen Füßchen zu hören war – und ging in die Küche, um mir ein Glas eiskaltes Leitungswasser zu holen.

Der Herr vom Beerdigungsinstitut beherrschte sich und rührte so lange in seiner Tasse Tee herum, bis ich mir alle erforderlichen Entscheidungen abgerungen hatte: Stein, Gravur, Foto ja oder nein, und am Ende sagte er tatsächlich, er habe meinen alten Herrn oft bei sich an der Auslage vorbeispazieren sehen, vor ein paar Jahren, daran könne er sich gut erinnern. Da wollte ich etwas sagen von wegen Aasgeier oder warum er ihn nicht direkt unter Vertrag genommen habe, dann wäre mir ja jetzt einiges erspart geblieben, aber ich presste die Lippen ganz eng aufeinander und verbat mir, pampig zu werden, so hatte Emmerich es immer genannt: pampig, und plötzlich fiel mir ein, dass ich nun so etwas wie die Letzte meiner Art war. Nicht, dass das schlimm wäre, nein. Auf dem Weg zur Ausgangstür blieb er nochmals stehen und fragte, ob ich sonst noch Hilfe gebrauchen könne, aber ich winkte ab. So oder so könne ich froh sein, sagte er zum Abschied und fuhr mit seinen Fingernägeln den verzogenen Türrahmen nach. In vielen Fällen habe man es mit Sonderwünschen zu tun, seitens der Verstorbenen, und das sei doch ein viel größerer Aufwand: etwa jemanden im Ausland zu beerdigen, in der Heimaterde, ich wisse schon.

Nein, sagte ich, wir sind hier zu Hause, aber die Worte blieben mir in der Kehle stecken. Beata Przybylla stand draußen im Garten ihres Vaters und winkte. Seit Jahren hatte ich sie nicht mehr gesehen, noch immer hatte sie die Sommersprossen, die ich als Kind so geliebt und heimlich in meinem Tagebuch kartographiert hatte. Ich hob kurz die Hand, dann schloss ich die Tür und ließ mich auf das Sofa fallen. Von der Decke seilte sich eine

Spinne ab. Als sie den Esstisch erreicht hatte und auf dessen Platte umherkrabbelte, spürte ich, dass ich diesen Ort verlassen musste, um nicht durchzudrehen.

Die Beerdigung war kaum mehr als eine unangenehme Unterbrechung meiner Klausur. Es regnete, daran erinnere ich mich, meine trockengeföhnten Haare waren innerhalb von wenigen Minuten wieder nass, von der Ebene her wehte ein scharfer Wind, und außer mir und dem erkälteten Pfarrer war niemand da, ich hatte keinen meiner Bekannten benachrichtigt.

Als ich eine Handvoll Erde auf seinen Sarg fallen ließ, hielt ich meine Augen geschlossen, lächerlich das dumpfe Geräusch, und als ich meine Augen wieder öffnete, trieb der Wind die Tränen in senkrechten Bahnen hin zu meinen Ohren. Ich wollte Emmerich nicht hier draußen lassen, er hätte es gehasst, hier, mit all den fremden Menschen um sich herum, tot oder lebendig. Wieder einmal hatte ich alles falsch gemacht, Vater war tot, das Studium längst beendet und nichts Neues in Sicht, zu viele Dinge waren zu Ende gegangen und zu wenige hatten ihren Anfang genommen.

An der Pforte hatten Przybylla und Beata auf mich gewartet, zum Grab selber hatten sie nicht kommen wollen, sie seien doch nur die Nachbarn gewesen und überhaupt ... Ich hatte schnell genickt und mir die Tränen aus dem Gesicht gewischt. Przybylla hatte weiter geredet, ich habe vergessen, was, ich hatte an meine Kommilitonen denken müssen, die früher als ich mit dem Studium fertig geworden und in andere Städte gezogen waren. Bei mir, hatte ich gedacht, wies alles abwärts, meine Erwartung an die nächsten Jahre war so grau und erdrückend wie der Himmel über der norddeutschen Tiefebene.

Als mich der Notar anrief und sagte, wir müssten über die Wohnung reden, die Emmerich mir vermacht habe, lachte ich laut auf und erschrak über die Stille, die sich danach im Erdgeschoss ausbreitete. Emmerichs Zimmer hatte ich verschlossen und vermied es, hineinzugehen. Seit der Beerdigung kannten die Mäuse kein Halten mehr und hatten sein altes Refugium zu ihrem Kerngebiet erklärt, jedes Auslegen von Gift oder Fallen war zum Scheitern verurteilt: Es waren einfach zu viele kleine Leiber, die sich nachts wie tags auf und unter dem Bett tummelten und sich durch Emmerichs alte Federwäsche fraßen.

Das muss ein Missverständnis sein, sagte ich zu der sonoren Stimme im Telefon, wir wohnen zur Miete, und das Einzige, was mein Vater mir vermacht hat, ist eine Rumpelkammer voll mit Insektiziden und morschen Gartengeräten.

Hat er Ihnen nie von dem Eigentum erzählt? Der Notar, ein Herr Kiesemöller, von dem ich nie zuvor gehört hatte, klang verwundert. Unter diesen Umständen sollten wir uns vielleicht doch besser bei ihm im Büro treffen. Er habe das Testament hier auf seinem Tisch, und da stehe alles ganz deutlich: Tochter Kinga – das sei doch ich? –, Art der Wohnung, Name der Stadt. Ich wiederholte, dass es sich dabei um ein Missverständnis handeln müsse, und nach einer kurzen Pause fragte ich ihn, ob nicht er vorbeikommen könne, seit der Beerdigung litte ich unter einer gewissen Unbeweglichkeit. Ich könne mich einfach nicht aufraffen, seelisch wie körperlich.

Schon gut, sagte Herr Kiesemöller. Ich komme.

Ich fand den Atlas im untersten Regalfach. Emmerich hatte ihn mit Klebefolie eingeschlagen, die überall Blasen geworfen hatte. Als ich ihn aufschlug, fielen mir etwa zwei Dutzend ausgeschnittene und mit blauem Kugelschreiber datierte Zeitungsausschnitte entgegen, die sich allesamt mit der Stadt beschäftigten. Ich überflog sie kurz und legte sie auf den Tisch, etwas verwundert, dass Emmerich noch in diesem Jahr Ausschnitte gesammelt hatte. Ich hatte nicht einmal gewusst, dass er noch Zeitung las. Ich hatte angenommen, er war lediglich zu eitel oder zu vergesslich gewesen, sie abzubestellen.

Das Meer auf dem Papier war von einem kräftigen Cyanblau, über das sich mehrere Fingerabdrücke verteilten. Als Kind war mir die Stadt wie ein unvorstellbar weit entfernter Ort vorgekommen, es enttäuschte mich ein wenig, zu sehen, dass sie kaum tausend Kilometer entfernt lag. Wahrscheinlich handelte es sich um eine Stadt wie jede andere, ein bisschen Altstadt, ein bisschen viel Vorstadt, das Übliche eben. Ich seufzte.

Kaum hatte ich den Atlas zugeschlagen, klingelte es bereits, und der Notar wartete auf Einlass. Auf dem Tisch stand noch immer die Tasse des Bestatters, aber wie gesagt, die Unbeweglichkeit. Kiesemöller schlug sofort seine Unterlagen auf.

Höchst interessant, sagte er, das Ganze, höchst interessant, so eine Immobilie im Ausland. Seine Familie stamme übrigens aus derselben Gegend. Städte am Meer hätten doch das gewisse Etwas, auch wenn sie so arg im Krieg gebeutelt worden waren wie jene … Ob ich schon einmal dort gewesen sei, überhaupt? Herr Kiesemöller schob mir Emmerichs Testament über den Tisch, zusammen mit ein paar Dokumenten, auf denen Grundrisse und Quadratmeterzahlen zu sehen waren.

Das ist unmöglich, sagte ich, und dann sagte ich für einen Moment gar nichts mehr.

Wenn mein Vater Immobilien besessen hätte, hätte er mir davon erzählt. Dann wäre doch mehr Geld in der Kasse gewesen, dann hätten wir nicht so knapsen müssen, nein, Wohnungen tauchten nicht einfach so auf, und schon gar nicht in der Stadt am Meer, Emmerich hatte mir so oft von ihr erzählt, da wäre doch irgendwann mal ein Wort über eine Wohnung gefallen.

Nein, keinesfalls, antwortete Kiesemöller. Ihr Herr Vater hat übrigens vorausgesehen, dass Sie so reagieren würden. Er bittet – nachträglich, wenn Sie so wollen – um Verzeihung, aber er habe den Mietzins den Verwandten überlassen wollen. Hatte ein gutes Herz, Ihr Vater. Sie müssen ihn verstehen. Eigentlich hatte er die Wohnung längst der Verwandtschaft überschreiben wollen. Zurückgeben, gewissermaßen. Er hatte sie selber erst vor wenigen Jahren geerbt. Lassen Sie mich nachsehen – von einem gewissen Marian Mysza. Erstaunlich, nicht wahr? Letztendlich wollte er diesen Schritt aber Ihnen überlassen.

Ich stierte auf die Tasse und dann auf die Fensterscheibe. Eine Hummel war mit einem lauten *pock dagegen* geflogen und wuselte draußen auf dem Sims, vom Zusammenstoß mit dem Glas betäubt.

Welche Verwandtschaft?, fragte ich, und Herr Kiesemöller sah mich an, als hätte ich ihn gefragt, ob ich mich noch immer auf dem Planeten Erde befände.

Das mit dem Telefonat erledigte Herr Przybylla. Einmal ins Haus gelassen, wollte er gar nicht wieder gehen; es erfüllte ihn wahrscheinlich mit tiefer Genugtuung, plötzlich zu erfahren, dass sein Widersacher selber polnische Familie hatte, sie aber lieber verschwiegen hatte – wahrscheinlich, sagte er, habe für meinen Vater das traurige Häuflein, das nach dem Krieg beschlossen hatte zu bleiben, nicht gezählt. Genauso wenig interessierte sich der polonisierte Teil für die Abtrünnigen, die nichts Besseres zu tun gehabt hatten, als nach Deutschland zu fliehen. Ausgerechnet! Mischa, sagte er, dieser Name sei ihm doch gleich verdächtig vorgekommen, natürlich, das sei es: Mysza! Herr Mäuseherz hatte sein letztes Geheimnis offenbart, und Herr Przybylla konnte seinen Großmut dadurch beweisen, dass er dem Töchterlein aus der Patsche half. Ich hatte ihm verschwiegen, dass ich seit drei Semestern einen Polnischkurs an der Universität belegt hatte, aus Protest meinem Vater gegenüber, aber telefonieren, nein, das traute ich mich nicht. Wahrscheinlich aber hätte ich mich auch nicht auf Deutsch getraut, den Anruf zu erledigen. Ich recherchierte – es handelte sich wirklich um eine Nummer aus dem richtigen Land und der richtigen Stadt. Es war Zeit, dass sich etwas tat, wollte ich nicht wie Emmerich Wurzeln in diesem Haus schlagen und auf dem fruchtbaren Boden der Bördelandschaft verkümmern. Ich schleppte mich also aus dem Haus, kaufte Streuselkuchen, eine Packung Kaffee und lud den Przybylla ein.

Was wollen Sie denn jetzt machen, fragte er, nachdem ich ihm die Geschichte erzählte hatte. Die Zuckerschicht des Kuchens knisterte zwischen meinen Zähnen.

Was würden Sie denn machen, wenn Sie plötzlich herausfänden, dass in einer anderen Stadt ein anderes Leben auf Sie wartet? Ich muss es mir wenigstens anschauen. Es ist ja nicht für immer.

Verlegen nahm ich einen Schluck Kaffee.

Herr Przybylla nickte und schaute nachdenklich auf das Telefon und den Zettel, den ich ihm hinschob. Bitte, sagte ich, und dass ich nicht wisse, wer rangehen würde, Kiesemöller hatte etwas von einem Cousin meines Vaters gesagt, mehr wusste er selber nicht. Przybylla wählte, es klingelte. Seine Hand fuhr nervös über die Zeitungsartikel, die nach wie vor auf dem Tisch lagen. Es klingelte noch immer.

Am Morgen jenes verhangenen Septembertages verließ eine Brise irgendwo bei Luleå in Nordschweden den Bottnischen Meerbusen. Auf den vierhundert Kilometern über die Ostsee, die sie zurücklegen musste, gewann sie binnen weniger Tage genug Antrieb, um erst die Åland-Inseln, dann Gotland und endlich, wenn auch nur am Rand, die Insel Öland zu passieren, einigen Krüppelkiefern endgültig den Todesstoß zu versetzen und ein, zwei Fischerdörfer zu verwüsten. Bevor die Cumulus-Wolken, die den Sturm ankündigten, allerdings die polnische Küste erreichten, schienen sie innezuhalten. Noch blieb der Stadt am Meer etwas Aufschub gewährt.

Irgendwo am Rande des Viertels, das unmittelbar an das Zentrum anschloss, klingelte ein Telefon. Als das Geräusch ertönte, zuckte Renia Fiszer zusammen, stellte die Musik, die aus dem kleinen Küchenradio drang, leiser und strich sich eine Strähne ihres langen, ebenholzfarbenen Haars hinters Ohr. Auf ihrem Gesicht lag noch immer der Schleier des Schlafes. Das Klingeln war noch nicht verklungen, und so erhob sich Renia schließlich, zurrte den Bademantel um ihre schmale Taille und öffnete ratlos die Tür zu der kleinen Kammer. Ihre Schönheit war von der Art, die auf alles um sie herum einen lichten Schimmer warf, und sie versagte nicht einmal vor dem desolaten Zustand der Wohnung. Das Telefon klingelte noch immer.

Verflucht seiest du, in der Hölle ersonnener Apparat, sagte Renia. Sofort nahmen ihre Augen die Farbe eines Seerosenteiches bei Regenwetter an. Es war unabwendbar: Sie war dabei, schlechte Laune zu bekommen.

Der Flur lag da im Halbdunkel, die Jalousien waren nicht hochgezogen worden, nur ein paar Fenster waren geöffnet, durch die das *tru-tru-truu* der Schwäne und das Geschrei von Kindern drang. In der Küche stapelte sich das Geschirr, ein paar Fliegen summten an der Decke und ließen sich alle Weile auf das abgewetzte Parkett fallen.

Die winzige Klinke der Kammertür lag kühl in Renias Hand. In den letzten Jahren hatten sie und ihre wechselnden Mitbewohner alle Gegenstände, die sie nicht mehr brauchten, hineingestellt, aber mittlerweile war die Kammer so voll, dass man ohnehin nichts mehr hineinbekam, und so hatte man sie vergessen und nur ab und zu, wenn etwas in der Wohnung rumpelte oder knarzte, sagte man sich: Es muss sich wohl etwas in der Kammer getan haben.

Nun aber dieses Klingeln, ein durchdringendes, schepperndes Geräusch, das klang, als hätte es ein derangiertes Museumsobjekt von sich gegeben. Unmöglich, es zu ignorieren, immer weiter klingelte es, und gerade als Renia dachte, dass es aufgehört hatte, nahm es neuen Anlauf und klingelte, um eine Spur verstimmter, weiter.

Einen weiteren Fluch ausstoßend, stellte sie ihre Tasse auf der Kommode ab und begann, die auf den Boden gestürzten Gegenstände abzutragen und sie im Flur zu verteilen, eine Schicht nach der anderen: Ausrangierte Skibekleidung kam zum Vorschein, ein alter Hamsterkäfig samt Einstreu und mumifiziertem Nager, ein brasilianisches Karnevalskostüm, ein unbehauener Fünf-Kilo-

Speckstein-Block, elf verschiedene Schuhe ohne Pendant, in unterschiedlichen Größen, Formen und Farben; ein Emaille-Topfset, eine alte Schreibmaschine aus Gusseisen, eine Fellmütze, ein antikes Hochzeitskleid, Kreidemalstifte, ein Moskitonetz und ein wackelnder Melkschemel, auf dem ein schwarzglänzendes, knapp dreißig Zentimeter hohes Telefon stand, das Renia nie zuvor gesehen hatte.

Jetzt nimm schon endlich ab!, schrie jemand aus der Nachbarwohnung und hämmerte gegen die Wand. Renia zuckte nochmals zusammen, dann nahm sie ab. Ein paar Minuten war Stille. Dann hörten die Nachbarn, wie sie sagte, das Ganze müsse ein Missverständnis sein, ihr würde die Wohnung doch gar nicht gehören, sie miete sie bloß, oder so etwas in der Art, *Was das heißt, geht Sie überhaupt nichts an, wer sind Sie überhaupt, woher haben Sie diese Nummer,* nein, unmöglich, also das ist ja, da müsste sie sich erst einmal beim Vermieter erkundigen, oder, besser gesagt, seinem Sohn. *Wie? Bartosz Mysza, wieso wissen Sie das nicht?* Also. Wie auch immer. Ja. Auf Wiederhören.

Renia legte den Hörer zurück auf die Gabel und setzte sich neben das Karnevalskostüm auf den Boden. Das kann ja was werden, flüsterte sie und angelte nach ihrer Tasse. Der Kaffee war kalt geworden. Sie nahm den letzten Schluck und machte sich auf den Weg zu Bartosz Mysza.

Renia Fiszer fand ihn im Garten eines einfachen Arbeiterhauses auf der anderen Seite des Flusses. Dort, zwischen Fliederbüschen und einer Mülltonne aus Blech, stand Bartosz, knapp zwei Meter groß, den breiten Rücken in eine beige Tarnfarbenjacke gehüllt und machte sich daran, einen fast hüfthohen Wolfshundmischling zu kämmen. Das Blut war ihm zum kahlrasierten Kopf gestiegen und ließ seine vor Jahren doppelt gebrochene Nase hell hervortreten. Als er die zierliche Gestalt vor dem Haus sah, fuhr er sich über die Stirn. Schweiß perlte ihm in die Augen. Seit er aus der Wüste zurück im nasskalten Polen war, schwitzte er bei der geringsten Anstrengung, merkwürdig war das. Dabei hatte er damals nur wenig unter der Hitze gelitten, und das, obwohl manchmal über vierzig Grad herrschten und weit und breit kein Schatten war. Bartosz Mysza, hatte der Offizier immer gebrüllt, wenn du so weitermachst, wirst du am Hitzschlag krepieren. Schwitze! Aber er schwitzte nicht, und er krepierte auch nicht am Hitzschlag.

Das Geräusch der Bartstoppeln, über die seine Hand fuhr, ließ den Hundekopf hochschnellen. Die Gestalt stand noch immer vor dem Zaun, auch wenn der Hund nicht bellte. Aber sie war da. Real. Bartosz atmete auf, sein Puls hatte sich beschleunigt, aber wenigstens ging es ihm nicht wie Socha oder Lysiecki, die immerfort Stimmen hörten und dachten, neben ihnen stünde jemand. Nein, ihm ging es vergleichsweise gut, er war doch gesund, es war alles in Ordnung.

He, Soldatenjunge, rief Renia. Du hast ein Problem.

Bartosz dachte nach, einen ganzen Tag lang, und konzentrierte sich auf den Gedankengang fast so sehr wie auf die Runde Counterstrike am PC, mit der er sich abends vor dem Zubettgehen beruhigte. Immerhin hatte er noch siebzig Lebenspunkte und ausreichend Granaten. Am Ende des Tages wusste er noch immer nicht, was das Richtige sein würde, und so beschloss er, seinen Eltern alles zu verschweigen. Das war das Mindeste, was er ihnen schuldete.

Als er aus dem Fenster blickte, hatten sich hohe Wolkenberge über die Stadt geschoben, weiter entfernt am Strand ging der Wind bereits so stark, dass Hafer und Sanddorn flach auf den Boden gepresst wurden. Die Möwen flohen unter die Dächer und beobachteten misstrauisch die Gischt und die Wellen, die gegen die Mole brandeten und gefährlich nah an die Dünen heranschwappten. Der Wind fuhr in die Stadt hinein und ließ die Fensterscheibe erbeben. Bartosz drückte kurz mit seinem Finger dagegen, Stille, dann ließ er sie wieder los. Seine Hände zitterten nach der durchspielten Nacht und dem durchspielten Tag so stark, dass er das Handy nicht einschalten konnte und es auf sein Bett schmiss. Es prallte von der Matratze ab und flog gegen die Wand. Cudny, der Hund, der die ganze Zeit geduldig und gekämmt unter seinem Stuhl gelegen hatte, schaute auf und deutete ein Schwanzwedeln an. Dann apportierte er das Handy. Bartosz überprüfte nicht, ob es noch funktionierte. Er holte sich stattdessen eine Cola aus dem Kühlschrank, warf einen Blick aus dem Küchenfenster, nahm einen Schluck und spülte damit seinen Mund. Es kribbelte in seiner Hand. Verdammt, dachte er, es kribbelt in meiner rechten Hand. Eines Tages werde ich ein Beil nehmen, und dann wirst du sehen, was du davon hast, Hand. Er spuckte die Cola in die Spüle, kurz schäumte sie auf. Seit dem zweiten Einsatz, ja, eigentlich seit dem Abflug aus Babylon kribbelte es in seiner Hand. Am Anfang hatte er es ignoriert, doch mit der Zeit war es stärker und stärker geworden, manchmal war es so stark, dass er kein Glas halten konnte, ohne dessen Inhalt zu verschütten.

Was hatte Renia gesagt? Ihnen blieben zwei Tage Zeit.

Bartosz entschied sich für die Schuhe, die man nicht schnüren musste, schlüpfte hinein, nahm Cudny an die Leine und verließ die Wohnung, ohne sich zu verabschieden. Nur weil er es sich zur Gewohnheit gemacht hatte, alle paar Tage bei seinen Eltern zu übernachten, hieß das nicht, dass er sie über jeden seiner Schritte informieren musste.

Achtundvierzig Stunden darauf lösten sich erste Tropfen aus der Wolkendecke und prallten auf die Windschutzscheibe von Bartosz Myszas Mazda. Er ließ den Motor an und fuhr los. Die kleine Tour würde nicht ohne werden, dafür würde er schon sorgen.

Er parkte den Mazda unweit Renias Wohnung und fand sie im sperrangelweit geöffneten Küchenfenster sitzend. Sie starrte auf die dunkle Front, die sich am Horizont abzeichnete. Zeit zu gehen, magic woman, sagte er, aber sie machte sich nicht einmal die Mühe, ihren Blick vom Himmel abzuwenden.

Hast du es deinen Eltern gesagt? Sie rutschte von der Fensterbank herunter, Cudny bellte kurz auf.

Damit mein Vater einen Herzinfarkt bekommt? Bist du wahnsinnig? Und jetzt zieh dir was über, sie kommt gleich an.

Renia seufzte und verschwand im Inneren der Wohnung. Sie hatte sich verkniffen zu fragen, warum er seine – was war diese Frau denn eigentlich? Seine Cousine? – überhaupt abholen wollte, und vor allem, was sie, Renia, mit der ganzen Sache zu tun hatte. Aber es rührte sie, dass derselbe Typ, der im Irak gewesen war, Angst bekam vor deutschen Verwandten. Rasch zog sie sich an. Eine halbe Stunde später waren sie am Bahnhof angelangt. Die Anzeigen waren ausgefallen und mit einem glänzenden, feuchten Film überzogen. Als der Zug aus Szczecin endlich einfuhr, flüsterte Renia Bartosz zu: Reden wirst aber du mit ihr.

Wird sowieso nicht viel geredet werden, sagte Bartosz und kniff seine Augen zusammen. Die Hand, die Cudnys Leine hielt, verbarg er hinter seinem Rücken. Das Zittern war wieder stärker geworden. Die ersten Passagiere stiegen aus und zogen sich ihre Kapuzen über.

Kaum hatte ich das Gleis betreten, rammte mir jemand von hinten einen Koffer in die Kniekehlen. Ich sackte ein, in meinen Schenkeln kribbelte es, das Blut hatte sich nach der langen Zugfahrt darin gestaut. Seit Stettin hatte ich mich nicht besonders viel bewegt. Blöd war das gewesen. Aber wer in zehn Stunden zehn Fortgeschrittenen-Lektionen einer Fremdsprache lernen und sich daneben noch ein paar passende Sätze zur Begrüßung und Erklärung zurechtlegen will, der hat viel zu tun.

Die Sonne ging gerade unter, irgendwie stickig war es, eine diffuse Helligkeit lag über den Köpfen der Menschen und dem Bahnhof. Ab und zu fiel ein Tropfen auf meinen Scheitel, ein Schwarm Tauben stieg auf, ein paar Kinder schmissen ihnen Kieselsteine hinterher, die zwei Sekunden später auf die Gleise prasselten. Neben einer Bank stellte ich meinen Koffer ab, knöpfte meine Jacke zu und wartete darauf, dass sich die Menschenmenge etwas lichten würde, ich wusste ja nicht einmal genau, wer mich abholen kam und ob man mich nicht vielleicht doch in letzter Sekunde vergessen hatte, wie eine unliebsame Hausarbeit. Vor Aufregung hatte ich nasse Handflächen, ich dachte, mir würde jemand entgegentreten, der mir etwas über mich selber offenbaren würde, der nah genug mit mir verwandt war, um mir zu ähneln, aber doch weit genug entfernt, um sich völlig anders ausgebildet zu haben. Dutzende Male hatte ich mir vorgestellt, wie ich die Familie Mysza in die Arme schließen würde, und sogar da, bei der Bank, schnürte es mir noch die Kehle vor lauter Rührung zu, und ich musste mich darauf konzentrieren, nicht wütend auf Emmerich zu werden, der mich mitgerissen hatte in sein Einsiedlerdasein, in diese Höhle, die er sich hinter seinen sieben Bergen gegraben und in der er so lange ausgeharrt hatte, bis das Leben an ihm vorbeigezogen war.

Nach ein paar Minuten waren zwei Gestalten auf dem Gleis übrig geblieben, ein Mann und eine Frau. Als ich sie sah, dachte ich: Die gehören unmöglich zusammen. Der Typ mit dem riesigen Köter, seiner Militärjacke und den Regentropfen auf seiner Glatze, der war bestimmt Kampfhundzüchter oder Boxer oder was weiß ich, und das Feenwesen neben ihm musste einem Märchen entflattert sein, mit seinen hüftlangen Haaren, die sich im Wind kräuselten, den mandelförmigen Augen und dem merkwürdigen Umhang, den es sich übergeworfen hatte. Beide starrten mich an, und als sie sich nicht rührten – nur der Hund war vom Boden aufgestanden und hatte seinen Schwanz aufgestellt –, nahm ich meinen Koffer und ging zu ihnen.

Hallo, sagte ich und streckte die Hand aus, ich bin Kinga Mischa.

Statt meine Hand zu nehmen, kraulte der Typ lieber seinen Hund, und als er sich wieder aufrichtete, sagte er laut und deutlich *Heil Hitler!*

Was für ein Trottel, dachte ich, und die Frau neben ihm stieß ihn in die Rippen, aber der lachte bloß und sagte, dass das ein Witz gewesen sei, sein Deutsch sei halt, na ja, bruchstückhaft, das da sei übrigens Renia, und er sei Bartosz Mysza.

Ohne meine Antwort abzuwarten, packte er meinen Koffer und ging los. Renia blieb einen Moment länger stehen als er, deutete kurz auf seinen Rücken und zeigte ihm einen Vogel. Ich nickte, als ob ich verstehen würde, aber natürlich verstand ich überhaupt nichts. Bartosz rief etwas vom Vorplatz des Bahnhofs herüber. Wir schlossen zu ihm auf und ich

sah hoch am Himmel einen Geier kreisen, daran erinnere ich mich, und hätte der Beschuss nicht angedauert, ich schwöre, ich hätte das Vieh abgeknallt, weil es mich wahnsinnig machte, wie es da oben schwebte und geduldig kreiste, als würde es tatsächlich davon ausgehen, dass, wenn alles vorbei war, man Jarzębiński einfach im Wüstensand liegen lassen würde.

Verdammt, Mysza, schrie Socha zu mir herüber, aber ich reagierte nicht, denn als ich endlich den Blick von dem Geier lösen konnte, sah ich nur Jarzębińskis Blut, das im Sand versickerte und ihn erst rot, dann schwarz färbte, verdammt, Mysza, hörte ich Socha noch mal schreien, und da ging ich in Deckung, keine Sekunde zu früh, denn kaum hatte ich mich hinter den Dzik gehockt, neben den linken Hinterreifen, peitschte eine Kugel an meiner Schulter vorbei, ein kühler Lufthauch, weiter nichts, dass sie mich verletzt hatte, merkte ich erst, als der Sanitäter kam und ich ihm half, den Jarzębiński in seinen Sack zu legen, mit allem, was von ihm übrig war. Der ganze Ärmel war vollgesogen mit meinem Blut, als ich es sah, wurde mir schwarz vor Augen, aber Gott sei Dank kauerte ich da gerade neben

Jarzębińskis Körper, das fehlte noch, dass jemand rumerzählte, der Mysza kann kein Blut sehen. Nicht, dass das jemanden interessiert hätte, in dem Moment interessierte nur das eine, aber ich stand total neben mir und hatte noch immer nicht ganz begriffen, was geschehen war. Jarzębińskis Körper war ganz warm, und abgesehen davon, dass er keinen Puls mehr hatte und seine rechte Schädelhälfte fehlte, hätte man denken können, es gehe ihm verhältnismäßig gut, aber wie gesagt: Konnte man ja auf einen Blick erkennen, dass die Kugel dem sofort das Lichtlein ausgeblasen hatte, sogar der Sanitäter musste schlucken. Mir war das im nächsten Moment schon so was von egal, ich hatte noch immer den Geier im Blick, aber jetzt noch schießen, das kam nicht in Frage, eine solche Aktion, und du kommst sofort zur Psychotante, dass wir sowieso alle zu der kamen, das wusste ich ja damals noch nicht.

In zwei Wochen hätte Jarzębiński nach Hause zurückkehren sollen, zwei Wochen noch, das ist eigentlich nichts. Jarzębiński hatte jedenfalls kein Wort darüber verloren, dass er sich freute, heimzukehren, so wie er es früher immer getan hatte, es war doch kein Tag vergangen, an dem er nicht alle mit seiner Geschäftsidee für die Zeit nach dem Militär genervt hätte, eine Pfandleihe, wir alle konnten es schon nicht mehr hören.

Halt's Maul, Alter! – Sogar Socha ging es auf den Senkel, wenn Jarzębiński davon anfing und alle eigentlich bloß ihre Fertiglasagne in sich reinschaufeln wollten und ihr Bier trinken, von Zukunft wollte keiner was wissen, und von der Gegenwart erst recht nicht.

Als ich nach dem Einsatz wieder halbwegs zu mir kam, hatten alle so viele Fragen, und ich wusste keine Antworten, und ich glaube, das hat es am Anfang noch viel schlimmer gemacht, aber in meinem Kopf waren vor allem der Geier und die Schüsse von den Mistkerlen in der Ruine. Vor mir sehe ich ein paar Strähnen von Jarzębińskis weizenblondem Haar, die unter dem Helm hervorgucken und mit dem Gelb des Wüstensands verschmelzen, und als Nächstes kommt der Streifschuss, der Sanitäter und schließlich wieder der Geier, und dazwischen ist nichts als gähnende Leere und die Erinnerung an unsere Ankunft vor fünf Monaten. Ich saß neben Jarzębiński im Hubschrauber und sah hinunter zur Erde, und die Erde war Sand, und ich sah, dass er gut war, gelb und pudrig und unerschöpflich, und ich war nicht fünfundzwanzig Jahre alt, saß nicht in der verdammten Blechbüchse, die uns rüber nach Babylon brachte, und unter uns war nicht eine einzige gelbe Fläche zu sehen. Nein, ich war drei Jahre alt, und Papa hatte draußen im Garten den Sandkasten aufgebaut und mit frischem Sand gefüllt und ich spielte bis in den Abend hinein, so lange, bis der ganze Sand hinausgeflogen war.

Der Blick nach unten war verpönt, nur Jarzębiński starrte hinaus, als wäre das Fenster eine Kinoleinwand, die anderen blickten stur geradeaus, hielten ihre Augen geschlossen oder machten es wie ich, warfen ab und zu einen Blick auf die weite, gelbe Fläche, von der sich niemand vorstellen konnte, dass es dort irgendetwas anderes gab als eben das: Sand. Aber ich kannte mich aus mit Sand und wusste, wie es um ihn bestellt war, eine trügerische, glatte Fläche konnte er sein, und mit einem Male sank man darin ein, weil er sich zu einer Falle ausgehöhlt und Insekten ihre Behausungen in ihn hineingegraben hatten, so konnte man sich täuschen, und so täuschten die Dünen Mesopotamiens, denn kaum hun-

dert Kilometer vor Bagdad tauchten plötzlich Palmen auf, ein paar lumpige Häuschen, eine große Straße und jede Menge Dreck. Der Dreck, so wurde uns später mitgeteilt, ist in Wirklichkeit eine Ansammlung von Ruinen, aber das wussten wir damals nicht, das wusste keiner von uns außer Jarzębiński, der seine Nase gegen die Scheibe klebte, als gehe es auf einen Ausflug, einen Trip im Urlaub, aber das da unten, das war kein Feriencamp. Das war Babylon, und das am Horizont war Babilla, die Stadt Hammurapis und Nebukadnezars.

Als ich wieder zu mir kam, wusste ich, dass ich ein Problem hatte, aber damals dachte ich noch, es hätte mit mir zu tun, mit der langen Zugfahrt vielleicht, oder Gott weiß womit. Das war das erste Mal, dass es passierte, das erste Mal, dass ich, Kinga, für die Dauer eines Augenlidflatterns jemand anderen so nah spürte. Bartosz war schon längst das Gleis hinuntergegangen und hatte mich und Renia zurückgelassen. Immerhin hatte er meine Tasche mitgenommen.

Geht es dir gut?, fragte Renia. Ich schüttelte den Kopf.

Das wird schon werden. Renia klopfte mir auf die Schulter und zog mich mit sich. Für einen kurzen Moment schloss ich die Augen und spürte den Regen auf meiner Haut. Ich redete mir ein, übermüdet zu sein, mich nur gründlich ausschlafen zu müssen, dann würde ich mich wieder beruhigen.

Vor dem Bahnhof, auf einem Parkplatz, stritt sich Bartosz Mysza mit einem Penner, der sich auf die Motorhaube seines Mazdas gesetzt hatte und nicht runterkommen wollte. Renia sagte, das sei der Parkwächter, und so sei das halt, wenn man sich immer überall durchschnorren wolle und keine Parkgebühren zahlen, typisch Bartosz, nicht ganz angekommen in der Realität. Apropos schnorren. Sie blickte mich von der Seite an und sagte, dass sie in der Wohnung wohne, die ja anscheinend jetzt mir gehöre. Ihr sei das ja im Prinzip egal, wem sie gehöre, aber ich könne mich schon einmal darauf vorbereiten, dass das Stress geben würde, bei den Myszas. Wenn sie es denn einmal erführen, dass ich da war. Immerhin würde ich Polnisch sprechen, das sei zumindest eine kleine Erleichterung.

Stress ist das Letzte, was ich gebrauchen kann, sagte ich, als wir uns endlich ins Auto setzten, Renia und Bartosz vorne, ich und der Hund hinten. Bartosz ließ den Motor an und sagte, dass das ja noch schlimmer sei, völlig wahnsinnig würden ihn diese Leute machen, die nur einen auf breitärschige Friedlichkeit machen könnten – Renia drehte sich kurz zu mir um und zuckte mit den Schultern –, aber das sei doch schon komisch, oder, da käme ich plötzlich in die Stadt, zu den Leuten, die meine Familie im Stich gelassen hatte, würde alles für mich beanspruchen wollen und dann noch die Dreistigkeit besitzen, zu sagen, ich wolle keinen Stress.

Bartosz gab Gas und schoss aus dem Parkplatz hinaus auf die Schnellstraße, Autos hupten, und ich dachte, der Mann ist verrückt, einfach verrückt. Mein Anschnallgurt funktionierte nicht, und so hielt ich mich am Hund fest, der vor Wohlbehagen laut aufgrunzte.

Ich will euch kennenlernen, mehr nicht. Mein Vater ist vor kurzem gestorben, ich bin alleine. War für mich eine Offenbarung, noch irgendwo Familie zu haben.

Da war er einen Moment lang still, Renia sagte, dass es ihr leid tue, das mit meinem Vater, und zumindest sie wisse genau, wie das sei, wenn man plötzlich alleine dastehe, vielleicht hätte sie es genauso gemacht wie ich, nein, ganz bestimmt sogar. Sie hielt sich am Sitz fest, das sah ich, ihre Knöchel traten weiß hervor. Als Bartosz beinahe einen Mopedfahrer gestreift hätte, fragte sie, wo zur Hölle er überhaupt hinfahren würde, das sei nicht der Weg nach Hause, und er antwortete: Wir fahren ja auch nicht nach Hause.

Der Mazda hielt schließlich vor ein paar geduckten Häusern. Der Himmel hatte sich mittlerweile völlig verdunkelt, aber das war nicht die Dämmerung, das waren Gewitterwolken. Unterwegs hatte ich Schilder gesehen, die zum Hafenviertel wiesen, da befanden wir uns anscheinend. Menschen standen auf der Straße, aber ich konnte nicht erkennen, was sie trieben.

Das ist doch total gestört, sagte Renia, komm, wir fahren nach Hause, was soll denn das?

Nein. Bartosz stieg aus und öffnete meine Tür, zögerlich folgte ich ihm. Es donnerte. Bevor Bartosz den Hund anleinen konnte, jaulte der auf, rannte über den Parkplatz und durch einen Vorgarten davon. Renia stieg auch aus und schüttelte den Kopf, Bartosz legte die Leine auf das Autodach. Ich drehte mich einmal um die eigene Achse: weitläufige, asphaltierte Fläche, eine Anlegestelle, dahinter das Meer. Im Haus, vor dem wir parkten, brannte Licht. Ein paar fadenscheinige Gardinen hingen vor den Fenstern, Polstermöbel, Jesusbilder und verdorrte Aloen waren durch das Glas zu erkennen. Neben dem Haus befand sich eine Art Rotunde, die aus Garagen bestand, ein paar Männer hatten sich da gesammelt, Flaschen klirrten.

Bartosz deutete mit dem Kinn auf die Männer und sagte, dass ich mich früh genug in der Schönheit der Stadt suhlen würde, in der Gefälligkeit der Fassaden. Aber bevor ich all das genießen und denken würde, das sei die Stadt, solle ich die Wirklichkeit sehen, wie sie ist, in diesem Land. Kinga, sagte er, dieses Land hat mehr zu tun mit traurigen alten Männern in grauen Windjacken als mit Zierde und Dekoration und teuren Cafés, merk dir das. Er spuckte aus. Wie auf Kommando kam der Hund zurückgelaufen und schnupperte kurz an seinem Speichel.

Ich wollte ihm sofort widersprechen, ihn fragen, ob er seinem Land nicht Unrecht tue, wenn er es auf ein Häuflein Armut und Tristesse reduzierte, aber Renia schüttelte den Kopf, als ich den Mund aufmachte. Bartosz hatte sich ein paar Meter von uns entfernt, und da flüsterte sie, dass sie mir später erzählen würde, was es mit meinem werten Anverwandten auf sich habe, für den Moment aber solle ich es gut sein lassen. Man komme ja doch nicht gegen ihn an.

Ich wollte gähnen, wurde aber von einem Blitz unterbrochen, der über den Himmel zuckte, und keine zwei Sekunden später krachte es, als habe es irgendwo in unserer Nähe eingeschlagen. Ich schloss meine Augen. Bartosz hatte sich richtig in Rage geredet, und fast bereute ich es, seine Sprache zu beherrschen. Meine Ankunft war ihm ein Geschenk: einer Deutschen mal reinen Wein einzuschenken, was für eine Gelegenheit – wahrscheinlich hatte er Gott auf Knien dafür gedankt. Beinahe hatte ich gehofft, dass er mich einfach vor dem nächstbesten Hotel absetzen würde, es war klar, dass ich nicht erwünscht war. Endlos naiv kam ich mir plötzlich vor, einfach davon ausgegangen zu sein, dass man sich freuen würde, mich zu sehen, barocke Gastfreundlichkeit und polnische Würste und Kuchen und all das, aber wenn es nicht so sein sollte, dann eben nicht. Verloren hatte ich nichts.

Kommt überhaupt nicht in Frage, sagte Renia. Natürlich wirst du bei dir zu Hause übernachten.

Das hatte sie wirklich so gesagt: bei dir zu Hause. Sie habe doch extra schon das Zimmer hergerichtet, ihre Mitbewohnerin würde sich auch schon auf den Besuch freuen, und was sei das überhaupt für eine Art: seinen Gast zu verstoßen? Übrigens sollte man jetzt wirklich losfahren, andernfalls würde einen die nächste Böe bis hinüber nach Dänemark tragen.

Gäste lade man ein, *bevor* sie kommen, sagte Bartosz müde, sie tauchten nicht plötzlich auf und stellten alles auf den Kopf. Da konnte ich mich nicht mehr beherrschen und sagte, dass das mit Sicherheit das letzte Mal gewesen sei, dass ich ihn belästigt hätte, übrigens hätte ich mir auch ein Taxi nehmen können, wenn es ihm unangenehm sei, neue Familienmitglieder kennenzulernen.

Die Fahrt zurück verlief schweigsam. Der Regen trommelte auf das Dach, ich schlief mehrmals kurz ein, dazwischen dachte ich an Emmerich und dass es vielleicht gar nicht so verwunderlich war, dass er nie zurückgekommen war, zu dieser, unserer, Familie. Nein, ihn, Emmerich, hatten schon die Ausflüge nach Hamburg so sehr aufgeregt, dass er Herzrasen bekam. Was regelmäßige Besuche in der Stadt am Meer aus ihm gemacht hätten: nicht auszudenken. Das dachte ich wirklich: Wenn schon ein verhältnismäßig junger Mensch wie Bartosz mit der Situation nicht umgehen konnte, wie würden bloß die Älteren reagieren? Wahrscheinlich würde ich mich nur mit Polizeischutz unter ihnen bewegen können.

Nach einer Weile wurde die Bebauung enger. Hinter einer Regenwand sah ich den Bahnhof vorbeiziehen, und schließlich erkannte ich die Türme der Stadt, zu finden auf Seite drei, fünf und zwanzig bis fünfundzwanzig in Emmerichs bebildertem Atlas. Schlaftrunken, wie ich war, kam es mir nicht kitschig vor zu denken, dass mich wenigstens die Stadt empfangen hatte wie ein verlorenes Schäfchen, das endlich in den Heimatstall zurückkehrte. Vielleicht würde ich hier eine Art Wärme und Geborgenheit finden, die alles in den Schatten stellte, was ich vorher gekannt hatte, anfänglicher Unmut hin oder her.

Kurz vor einem Kreisel – ich rieb mir die Augen, wollte wach sein, wenn wir ankamen – sprang eine durchnässte korpulente Frau auf die Fahrbahn und hob die Arme, an denen jeweils mindestens drei prallgefüllte Tüten baumelten. Bartosz machte eine Vollbremsung und kam ein paar Meter vor ihr zu stehen. Mutter!, rief er und klang dabei so fassungslos, als wäre ihm der Leibhaftige erschienen. Blitzschnell drehte er sich um, zog die Hundedecke aus dem Fußraum hervor und warf sie über mich: Schnell, duck dich, sie darf dich auf keinen Fall sehen.

Bevor ich mich wehren konnte, drückte Bartosz meinen Kopf nach unten, ich hörte Renias Lachen, keine Ahnung, warum ich mich fügte, wahrscheinlich weil ich so überrascht war. Keine Sekunde später fuhr Bartosz an den Seitenstreifen – durch das graue Gewebe der Decke hatte ich eine ungefähre Sicht auf die Dinge da draußen –, und öffnete seine Tür. Regen wehte herein, aber seine Mutter war schneller als er, hatte schon längst die hintere Tür aufgerissen und ließ sich mit einem tiefen Seufzer neben den Hund fallen. Verwirrt sah der zu seiner Decke, unter der er seine neue Freundin wähnte, dann wieder zu den Tüten, aus denen es verdächtig nach

Fleisch und Wurst roch, dann schob sich Bartosz ins Bild. Schnell verteilte er noch ein paar Zeitschriften und leere Dosen über mir, die er aus dem Fußraum seiner Mutter klaubte.

Dir hätte etwas passieren können! Was *machst* du hier?

Papperlapapp, sagte die Frau. Ich kann auf mich alleine aufpassen. Um diese Uhrzeit gibt es die billigsten Würste, vom Gemüse ganz zu schweigen. Wer rechnet denn schon damit, dass der eigene Sohn wie ein Verrückter um die Kurve prescht! Noch dazu bei diesem Wetterchen. Guten Tag, Frau Renia, fügte sie hinzu, sofort klang ihre Stimme etwas kühler, ach, sind Sie auch da. Was macht ihr eigentlich hier?

Als sie schließlich einen Moment zu lange schwieg, wusste ich, dass sie hinter den Sitzen meine Tasche gesehen hatte.

Also gut, sagte sie, was für ein Spielchen wird hier gespielt?

2.

Ich muss für einen Moment eingeschlafen sein. Als ich die Augen wieder öffne, lehnt in der Ecke ein Gewehr. Dass es ein Maschinengewehr ist, kann ich nur vermuten, mit Waffen kenne ich mich nicht aus und fürchte mich vor ihnen. Aber ein Jagdgewehr wird es wohl kaum sein, in dieser Familie gibt es keine Jäger. Also doch ein Maschinengewehr, und obwohl mich sein Anblick beunruhigt, bin ich ein wenig enttäuscht. Vom Fenster fallen Lichtreflexe auf den Lauf und auf die Schulterstütze, alles in allem wirkt es kaum wie ein Gerät, mit dem man Dutzende von Menschen binnen Sekunden umbringen kann.

Weil ich es nicht nachprüfen kann, muss ich davon ausgehen, dass es nicht geladen ist; die Vermutung, dass es geladen sein könnte, macht mich noch nervöser, als ich ohnehin schon bin. Bronka wird das Ding in einem günstigen Augenblick hereingeschmuggelt haben, ich frage mich, was sie sich davon verspricht. So oder so wird es aus Bartosz' Besitz stammen, weiß der Teufel, wo er es versteckt hatte, am Ende handelt es sich sogar um *dieses eine Gewehr*.

Vorhin, als Bronka ins Zimmer kam und wortlos einen Teller geschmierte Brötchen hinstellte, war es jedenfalls noch nicht da, und in all den Monaten zuvor sowieso nicht, darauf hatte Bronka geachtet: keine Waffen im Haus, sogar alle Messer in der Küche mussten stumpf sein, nicht auszudenken, was wäre, wenn sich der Junge etwas antun würde. So etwas geschah doch vor allem bei denen, die sich nicht helfen lassen wollten. Unfassbar: Überlebten den Wahnsinn in der Wüste, nur um sich daheim in Mutters Küche ins Gemüsemesser zu stürzen.

Wenn sie glaubt, dass ich die Waffe anrühren werde, hat sie sich geirrt. Ich stopfe die Brötchen stückchenweise in meinen Mund und lasse das Gewehr dabei nicht aus den Augen. Als könne es ein Eigenleben entwickeln und plötzlich auf mich zeigen, ja, vielleicht spekuliert Bronka darauf: dass ich den Kopf verliere und schwallartig alles von mir geben werde, vor allem natürlich die entscheidenden Hinweise darauf, was mit Bartosz und Renia geschehen ist, wo sie sich nun aufhielten. Als hätte ich ihr nicht mittlerweile tausend Mal gesagt, dass ich es nicht wisse, dass ich mir auch nicht erklären könne, was passiert sei, dass es kein heimliches Versteck gebe, in dem ich die beiden festhalten würde, wozu denn auch. Es scheint, dass sie noch immer nichts aus Albina herausbekommen hat.

Es ist früh am Morgen, vor dem Fenster wird es erst grau, dann milchig, dazwischen höre ich Bronka in der Wohnung herumgehen, vorhin, glaube ich, hat sie mit jemandem telefoniert, vielleicht hat sie dabei geweint, ich habe es nicht genau gehört. Vom Sitzen und Liegen schmerzt mir der Rücken, aber ich wage nicht, ihr zu sagen, dass sie mich gar nicht festhalten bräuchte, um zu erfahren, was ich wüsste; was ich weiß, könnte ich genauso gut in einem Café in der Innenstadt festhalten, könnte zwischendurch am Fluss joggen gehen und einen geräucherten Fisch essen, das alles würde mich überhaupt nicht ablenken, ganz im Gegenteil.

An einem der Schlösser wird gedreht, ich stehe auf und schlucke rasch das letzte Stück Brötchen herunter. Bronka steht in der Tür, ihre Augenringe sind vom durchdringenden Dunkelblau einer Sommernacht. Sie hat noch weniger geschlafen als ich.

Ich weiß nicht, was ich seinem Vater sagen soll, sagt sie leise, und ich antworte ebenso leise, dass sie doch einfach die Wahrheit sagen könne, überhaupt, was sei denn daran so schlimm, dass ein junger Mann mit seiner Freundin verschwindet, das sei sicherlich nicht zum ersten Mal passiert. Da weiten sich Bronkas Augen, und sie schmeißt mir das Heft entgegen, das ich ihr gestern Abend durch die Tür geschoben hatte.

Eine Mutter habe im Gefühl, wenn mit ihrem Kind etwas nicht stimme, das habe sie sogar gespürt, als Bartosz im Krieg war, und jetzt stimme ebenfalls etwas ganz und gar nicht.

Ich drehe mich um, zum Fenster, und sage, dass ich alles aufschreiben werde, was ich weiß, über das letzte Jahr, über Bartosz. Vorher aber müsse es über hundert Jahre zurückgehen.

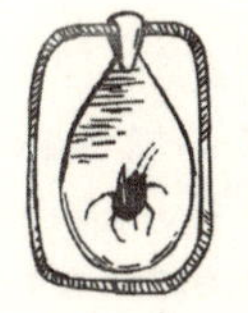

Es war einmal eine Spinne, die schlüpfte aus ihrem Ei und wuchs und spann, fing und fraß. In einem unachtsamen Moment wurde sie von einem Tropfen Harz überrascht, der den Baumstamm, auf dem sie lebte, hinabglitt und sie einschloss. Wo einst Land war, breitete sich ein Meer aus, dessen Stürme die Spinne in ihrem Gehäuse an sein Ufer spülten, wo sie unter dem Schutze einiger Felsen schließlich liegen blieb. Nach Jahrmillionen entstand ganz in ihrer Nähe eine Siedlung, später ein Dorf, und schließlich eine Stadt, in der es viel zu hören und sehen gab, aber davon will sie nicht erzählen.

Eines Tages flog eine Elster über die Felsen, und weil die Sonne besonders hoch und besonders günstig stand, reichte der Schimmer des Bernsteins bis hinauf in den Himmel und ins Auge der Elster. Einmal aus seinem Versteck hervorgescharrt und sicher im Schnabel verwahrt, flog er mit der Elster weit hinfort, tiefer hinein in das Landesinnere. Und wäre er der Elster nicht über einem kleinen Flusslauf aus dem Schnabel geglitten, hätte er seinen Weg in ihr Nest gefunden. So aber waren es nicht die Nachkommen der Elster, die sich an dem Stein erfreuten, sondern die eines jungen Tischlers, der ihn aus dem Fluss holte.

Der junge Tischler, der den Bernstein barg, hieß Kazimierz Mysza und war der Sohn des ärmsten Mannes im Dorf. Sein einziges Glück war, dass seine Vorväter seit Jahrhunderten an derselben Stelle gelebt hatten, und egal, wie viele Schulden er beim Müller oder im Dorfladen hatte, die Menschen duldeten ihn und nahmen sein Unglück hin, so wie sie das Altern der Dorfeiche hinnahmen.

Kazimierz, sein Vater Józef und seine Mutter Katharina lebten in einer Gegend, die sich schlecht entscheiden konnte, ob sie dem einen Volk angehörte oder eher dem anderen. Sogar die Tiere in dem tiefen Wald, der das Dorf umgab, hatten sich mit den Jahren an die verschiedenen Sprachen gewöhnt, die die Menschen benutzten: die scharfen, abgehackten Konsonanten, die manchmal durch den Wald peitschten, und die weichen, zischelnden Schlangenlaute, die sich an den Bäumen vorbei und über das Moos hinweg wanden. Das kleine Dorf lag abgeschieden und war auf dem Landweg kaum zu erreichen: Einzig ein Fluss, der am Dorf vorbeifloss, war schiffbar und trug manchmal Boote mit Menschen und Dingen vorbei, und dann wunderten sich die Dörfler sehr und fürchteten sich auch ein bisschen.

Der Fluss, sagten sie, bringt seltsame Gestalten hervor, und der Wassermann, der zuzeiten an Land geht und versucht, mit den Dörflern Handel zu treiben, ist nur einer von ihnen.

Noch mehr als dem Fluss misstrauten die Dörfler nur den Bewohnern des Dorfes zwei Kilometer weiter auf der anderen Seite des Flusses, dessen Bewohner für sie *die von da drüben* waren. Diese hatten einen Dorflehrer, der aus der Stadt am Meer kam. Man erzählte sich, dass er die Kinder verzaubern und ihnen die Sprachen der Tiere beibringen würde – einmal soll er sogar auf dem Eber des Bauern Trabetzki durch das ganze Dorf geritten sein, vorbei an der Kirche und der Eiche und bis hinab zum Fluss, wo der Eber angehalten habe, aber das hatte niemand genau verfolgen können, denn eigentlich sah man vom Dorf gerade einmal bis zur Kurve mit dem Findling. Dieses Vorkommnis jedenfalls festigte die Meinung der Dorfbewohner über die Fremden, die außerhalb des Waldes wohnten, und wann immer sie einem Bewohner des anderen Dorfes begegneten, spuckten sie aus und riefen: Der Wassermann soll dich holen!

Einmal, so erzählte der alte Tischler seinem Sohn Kazimierz, war jemand von weither gekommen, um die Sprache und die Gepflogenheiten des Dorfes zu studieren, aber die Leute im Dorf erschraken vor der Aussprache des Mannes und seinen Kleidern, in denen er so steif steckte wie ein Baum in seiner Rinde – so hatte man damals gesagt. Der Mann fuhr ab, ohne viel gelernt zu haben über die Traditionen und Feste, die man im

Dorf feierte. Einzig ein paar Zeichnungen hatte er anfertigen können von den Kleidern der Frauen, ihrem Kopfschmuck und den bestickten Tüchern, die sie an die Fenster hängten.

Von allen Dörflern war der alte Tischler der gutmütigste: Es passte einfach nicht in seinen Kopf hinein, dass es jemanden geben konnte, der Unlauteres im Schilde führte; so kam es, dass in der Tischlerei am Rande des Dorfes große Armut herrschte. Die Holzschindeln des Daches waren über und über mit Moos und Flechten bezogen. Wenn es regnete, fielen manchmal blau schimmernde Tropfen in die Küche, so dass die Frau des Tischlers sie mit allen Töpfen, die sie besaß, auffangen musste, und die Hauswand war von so vielen Löchern durchsetzt, dass eine ganze Familie von Fledermäusen darin Unterschlupf fand. Jeden Tag klagte die Frau des Tischlers über die säumigen Kunden, während Józef bei jedem Auftrag fest davon überzeugt war, diesmal bezahlt zu werden.

Mehr Sorgen als das undichte Dach und die Klagen seiner Frau bereitete Józef allerdings sein Sohn. Obwohl dieser bei ihm in die Lehre gegangen war und ihm tagtäglich in der Tischlerei aushalf, verbrachte er seine freie Zeit am liebsten damit, stumm im Garten zu sitzen und eine lahme Wildkatze zu zähmen, die er im Wald gefangen hatte. Manchmal leistete ihm Magda, ein junges Mädchen aus dem Dorf, dabei Gesellschaft.

Wenn es mir gelingt, die Katze zu zähmen, sagte Kazimierz, dann heirate ich dich.

Das Mädchen kicherte und beobachtete, wie er selbstgemachte Filzmäuse vor dem Eingang der Hütte umherflitzen ließ.

Gerade, als sich eine Pfote der Wildkatze ein paar Zentimeter aus der Hütte hervorgeschoben hatte, fiel der Schatten seines Vaters auf sie, und die Pfote verschwand wieder.

So, nun reicht es aber, sagte Józef Mysza und hob die kleine Hütte hoch. Die Katze zuckte zusammen und humpelte in eine entlegene Ecke des Gartens davon. Auch Magda verabschiedete sich rasch.

Das meinst du wohl, sagte Kazimierz und stand auf. Wütend sah er seinen Vater an, stemmte wie er die Arme in die Seiten und weigerte sich, auf die Frage zu antworten, warum er nicht bei den anderen jungen Burschen im Dorf sei. Er wisse doch: Bald schon würde er die Tischlerei übernehmen, und bis dahin würde er sich gut gestellt haben müssen mit den Dörflern.

Die sind mir gleich, sagte Kazimierz und ging an der Pforte vorbei. Kurz überlegte er, ob er Magda ins Dorf folgen sollte, dann entschied er sich anders und ging den Waldrand entlang, vorbei am Findling. Józef verpasste der Katzenhütte einen Tritt, schüttelte den Kopf und machte sich wieder an die Arbeit. Der Sohn der Witwe Kämmerin hatte einen Esstisch in Auftrag gegeben, aus schönem glattem Kirschholz; diesmal, da war sich Józef Mysza ganz sicher, würde man ihn so entlohnen, wie er es verdient hatte, und dann konnte er all seine Schulden begleichen.

Kazimierz' Atem ging schnell, als er am Fluss ankam und oberhalb der Böschung stehenblieb. Er beobachtete, wie die Strömung die hinabhängenden Zweige der Weiden ordnete und wie sich dort, wo Äste ins Wasser gestürzt waren, Strudel bildeten und fingerdicke Saiblinge emporsprangen. Der Fluss war an dieser Stelle kaum mehr als fünf Meter breit, und Kazimierz hatte nie begriffen, warum niemand jemals auf die Idee gekommen war, eine Brücke hinüber zu bauen. Als sei hinter dem Fluss die Welt zu Ende und alles, was man am anderen Ufer sah, eine trickreiche Vorspiegelung. Dabei sangen doch die Vögel auf der anderen Seite mindestens genauso laut wie auf dieser Seite, die Spitzen der Buchen und Fichten bewegten sich im selben Takt, den der Wind vorgab. Nein, Kazimierz Mysza konnte nicht verstehen, wie die Dörfler sich eine Welt zurechtlegen konnten, die so klein war, dass man selber gerade so hineinpasste, zusammen mit ein paar Nachbarn, Tieren und einer Windmühle.

Vorsichtig ließ er sich die Böschung hinuntergleiten und landete auf einer Sandbank, wo er bis zu den Knöcheln im feinen Schlick des Ufers einsank. So klar war das Wasser, dass er einzelne Steine und Fische am Grunde des Flusses erkennen konnte. Ein Hecht stand in der Strömung, verdeckt nur von einigen Schilfhalmen. Kazimierz trat einen Schritt vor, hielt sich an einer Weide fest, und gerade als er seinen Schuh aus dem Sand gelöst hatte, bemerkte er im Flussbett ein mattes Schimmern. Zwischen zwei Steinen lag ein dritter, wesentlich kleinerer, und als die Sonne auf ihn fiel, schien er ganz aus reinem Gold zu sein … Der junge Mischa stieß einen Pfiff aus, legte seine Schuhe neben sich ab und sprang kopfüber in den Fluss hinein.

Das Wasser war kälter, als er erwartet hatte. Der Hecht war in dem Moment weggeschwommen, in dem Kazimierz seine Augen geöffnet hatte, und auch der goldene Stein schien verschwunden zu sein. Er bemühte sich, hinunter an den Grund zu gelangen, aber plötzlich erstarkte die Strömung, er spürte, wie sie gegen seine linke Seite prallte und ihn flussabwärts riss. Ein Wirbel unweit der

Sandbank schleuderte ihn gegen ein paar Steine. Kurz bevor er das Bewusstsein verlor, sah er den goldenen Stein direkt unter sich liegen und griff nach ihm. Dann waren da nur noch der Strudel und der Gedanke, dass seine Eltern ihm nie verzeihen würden, sollte er sterben.

Aber Kazimierz Mysza starb nicht. Ein paar Fischer holten ihn flussabwärts aus dem Wasser und brachten ihn, nachdem sie ihn wieder zum Leben erweckt hatten, zu seinen Eltern.

Nu hätt' der Wassermann ihn beinahe gekriegt, sagten sie, bevor sie zurück zum Fluss gingen. Der junge Mysza jedoch erinnerte sich an keinen Wassermann: Tag und Nacht redete er nur von dem Stein, der sich noch immer in seiner zusammengeballten Faust befunden hatte, als die Männer ihn nach Hause brachten, und davon, was er gesehen hatte, als er beinahe ertrunken wäre.

Vater, sagte er, als sich Józef Mysza an sein Bett gesetzt hatte, es gibt eine Stadt, in der die Türme bis hinauf in den Himmel wachsen. Ihre Kirchen spannen sich wie riesige Zelte in den Himmel, die Häuser der Bürger quellen vor Reichtümern über und die Speicher der Kaufleute sind so groß, dass die Ernten mehrerer Dörfer auf einmal hineinpassen. Aber – als Kazimierz das sagte, richtete er sich auf und zog seinen Vater ganz nah an sich heran – die Stadt hat nicht nur ein Gesicht aus Stein, die Stadt hat auch ein Gesicht aus Holz.

So gäbe es dort hölzerne Bauten, die sich weit über den Fluss erhöben und sogar manche der Bürgerhäuser überragten. Mit einigen raschen Bleistiftstrichen zeichnete er seinen Eltern die Umrisse der Häuser auf, die den Fluss in der Stadt säumten, und am eindrücklichsten gelang dem jungen Tischler die Skizze der Holzkonstruktion.

Der Vater wiegte den Kopf und sagte, dass er das alles nur geträumt habe, dort, im Wasser. Kazimierz wandte sich von ihm ab und antwortete, dass so oder so das Wichtigste sei, dass es dort Arbeit gebe, viel Arbeit, die gut bezahlt würde. Józef Mysza wunderte sich sehr, als er das hörte, sagte sich aber, dass sein Sohn endlich zu Verstand gekommen sei und dass es noch Hoffnung gebe in dieser Welt.

Seit jenem Tag stand Kazimierz' Entschluss fest. Irgendwann würde er in die Stadt am Meer ziehen und der beste Tischler sein, den sie jemals gesehen hatte.

Seine Eltern ließen ihn gewähren, denn als sich der junge Mann erholte, schien er wie ausgewechselt. Tag für Tag arbeitete er mit seinem Vater in der Werkstatt und interessierte sich für nichts so sehr wie für die unterschiedlichen Holzsorten und das Fertigen von Tischen, Kleiderschränken und Türen. Wunderlich fanden sie nur, dass Kazimierz in der Tischlerei ein Loch durch seinen Bernstein fräste und ihn fortan an einem Lederband um seinen Hals trug.

Schon bald hatte er sich so sehr an den geschmeidigen, warmen Druck gewöhnt, mit dem der Stein auf seinem Brustkorb lag, dass er unruhig wurde, wenn er ihn kurz ablegte, als sei er eine Art Prothese für ein Körperteil, dessen Fehlen ihm bis dahin nicht aufgefallen war.

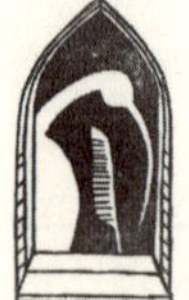

Die Stadt am Meer duckte sich unter dem Sturm und zog ihre Membran über sich, die schützende Hülle aus Bernstein, die sie seit jeher vor der endgültigen Auslöschung bewahrt hatte. Vielleicht, handelte es sich dabei um eine heimliche

Verbundenheit der Stadt am Meer mit dem Wald, der hier vor Jahrmillionen gestanden haben musste und dessen Hinterlassenschaften den Bewohnern der baltischen Länder seit jeher Wohlstand und Geheimnis bescherten.

Dabei ist der Mensch nur eine Randnote in dieser Welt, von der der Bernstein seit seinem Erstarren Notiz nahm: Seit kaum zweihunderttausend Jahren wandern Jäger und Sammler an den Meeresküsten, und seit erst zwölftausend Jahren bücken sie sich nach den schimmernden Brocken, die die Brandung hinterlassen hat. Seit jener Zeit scheint sich nicht viel verändert zu haben: Wer einen Bernstein trägt, der sich durch seine Größe, seine Reinheit oder seine Inkluse auszeichnet, der wähnt sich selber ausgezeichnet, der hält sich für ein Glied, das die Vergangenheit mit der Gegenwart verbindet.

Schlimmstenfalls vermeint der Träger, der Stein verleihe ihm magische Fähigkeiten, etwa das Lesen von Gedanken, das Entschlüsseln von Erinnerungen, und so gesehen unterscheidet sich der Mensch der Gegenwart kaum von dem der Steinzeit. Jeder Schamane, der etwas auf sich hielt, trug ein Bernsteinamulett an seinem Hals und genügend kleine Steine allzeit in seinem Beutel mit sich, um sie rituell zu verbrennen.

Natürlich hatten sie keine Vorstellung davon, worum es sich dabei eigentlich handelte: Noch Tausende von Jahren später hielt man die Steine, wenn schon für keine Hinterlassenschaft der Götter, so doch für ausgehärteten Honig, den Urin von Luchsen oder für die Reste getrockneten Erdöls.

Aber zurück zum Sturm. Er hatte Bronka rechtgegeben, die vom Beifahrersitz aus angeordnet hatte, dass keiner mehr irgendwohin gebracht werde, man werde gemeinsam zu ihr nach Hause fahren und nicht eher die Wohnung verlassen, bis der Sturm sich dorthin zurückgezogen hatte, woher er gekommen war.

Kinga war zu müde gewesen, um sich über irgendetwas zu wundern, aber Bartosz konnte nicht begreifen, wie selbstverständlich seine Mutter mit ihrer Ankunft umgegangen war. Nachdem sie Cudnys Hundedecke von Kinga abgestreift hatte und diese sich mit hochrotem Kopf vorgestellt hatte, hatte Bronka bloß den Kopf geschüttelt und gesagt, dass sie schon gedacht habe, sie würde nie kommen.

Mein herzliches Beileid, hatte sie noch hinzugefügt und Kinga gegen ihren üppigen Busen gedrückt, so lange, bis Kinga die Luft weggeblieben war. Mein herzliches Beileid, ich habe schon von allem gehört. Dein armer Vater. Bartosz hatte sie fassungslos angestarrt, bis sie ihn daran erinnerte, dass sie vor dem Sturm zu Hause sein wollten; schließlich würden sie ihren Gast auch bewirten müssen, nach so einer langen Reise, das arme Kind. Dann hatte sie Kingas widerspenstiges Haar glatt gestrichen, während sich draußen der Regen in Hagel verwandelte und gegen die Windschutzscheibe hämmerte.

In wenigen Stunden fegte der Sturm alles Hinfällige fort: jahrhundertealte lose Ziegel, ein paar Dutzend morsche Bäume, achtlos vor der Tür gelassene Kinderwagen und einen kränklichen Schwan, der von einer Böe gepackt und gegen ein Auto geschleudert worden war; mehrere Dutzend Schuhe, Bälle, Satellitenschüsseln, einige Kamine, die nicht ordnungsgemäß gewartet worden waren, Hunderte von Metern Wäscheleine, zwei Balkone und etwa siebzig Blumentöpfe.

Es dauerte viele Tage, bis die Stadtreinigung die Skelette der Fahrräder und Einkaufswagen, die sich an den Brückenpfeilern des Flusses verfangen hatten, herausgefischt, die Baumstämme, die auf die Straßen und Hinterhöfe gekracht waren, in Scheiben gesägt und in Kamine gesteckt und die Überreste der Backsteine, die sich während der heftigsten Sturmböen vom Turm der großen Kirche gelöst hatten, in den nächsten Rinnstein zusammengefegt hatte.

Am schlimmsten hatte es den Stadtteil südlich der Schnellstraße erwischt. Als es Morgen wurde und der Sturm abgeflaut war, trauten sich seine Bewohner noch immer nicht auf die Straßen hinaus, aus Angst, die alten Stadtvillen, die sich bedenklich stark nach links und rechts bogen, würden im falschen Augenblick in sich zusammenstürzen und alles unter sich begraben, was sich in ihrer Nähe befand. Hatte es denn etwa nicht den Marek Kowalski erwischt, den Stadtstreicher, der in der Ruine des alten Wachturmes gewohnt hatte? Dort, wo sich die Überreste des Türmchens in den Himmel geschoben hatten, befand sich jetzt lediglich ein Haufen Steine, und alles Suchen der Nachbarn und der Stadtpolizei nach Marek und seinem rosa Plastikstuhl, auf dem er so gerne gesessen hatte, hatte nichts gebracht.

Das Wasser wollte nicht abfließen und überzog die Straßen mit einem glitschigen Film, und an den Stellen, die etwas tiefer lagen als ihre Umgebung, sammelte es sich und bildete Pfützen, kleine Teiche, die das Passieren unmöglich machten. Auf dem kleinen Platz hinter den Kasernen lagen einige der jungen Bäume zerzaust am Boden, in ihren Kronen hatte sich die Wäsche von den umliegenden Balkonen verfangen, so dass kurz nach acht Uhr die ersten verschämten Anwohner sich auf den

Platz wagten und ihre Unterwäsche einsammelten, aufgeschreckt nur von einigen Körperteilen aus Gips und Speckstein, die vom Gelände der Akademie für Bildende Kunst herübergerollt waren. Argwöhnisch hoben sie ihre Köpfe, als sie aus den Augenwinkeln eine Bewegung von den Bastionen herkommend wahrnahmen: Noch, so nahmen sie wahrscheinlich an, konnten die Böen jederzeit zurückkehren. Aber es war kein neues Unwetter, das sich da zusammenbraute, es waren lediglich drei Frauen, die, beladen mit Putzgerät, Farbeimern und einem Koffer, die Straße entlanggingen.

Seht ihr, sagte Bronka Mysza und trat beherzt gegen einen Satyrkopf, seht ihr, was passiert wäre, wenn ihr gestern noch hierhergefahren wärt, weggefegt hätte es euch, noch bevor ihr die Pforte erreicht hättet. Davon, was euch in der Wohnung erwartet hätte, ganz zu schweigen … Sie warf Renia einen Blick zu.

Bronka hatte Kinga im Laufe des Abends und während des Frühstücks ausführlich darauf vorbereitet, dass die Wohnung sich in einem, nun ja, desolaten Zustand befand, eigentlich sei seit dem Krieg nicht besonders viel gemacht worden, es habe immer am Geld gefehlt, und das bisschen Miete, die man für dieses – Bronka stockte – *Objekt* verlangen könnte, das gehe drauf für den Klempner und den Schornsteinfeger. Jetzt natürlich, da Kinga da sei, müsse man sich darum kümmern, dass alles zur allgemeinen Zufriedenheit gelöst werde. Zu ihrer, Kingas, aber auch zu der der Myszas. Für einen Moment achtete Bronka nicht auf die Straße, sondern schaute besorgt hinüber zu Kinga, um zu überprüfen, ob sie den Hinweis verstanden hatte. Zwar hatte sie die Polnischkenntnisse des Neuankömmlings schon mehrfach und jedes Mal so euphorisch wie lautstark gerühmt, aber sicher war schließlich sicher. Schön und gut, dass Kinga die neue Eigentümerin war, in gewisser Hinsicht, aber die Miete, die stehe doch nach wie vor ihnen zu, wie in den fünf Jahren, seitdem Marian Emmerich die Wohnung vermacht habe. Marian übrigens sei der Vater ihres Mannes gewesen, aber das wisse sie ja sicherlich. Das sei für die gesamte Familie ein Schlag ins Gesicht gewesen, dass der Alte nicht ihnen die Wohnung vererbt hatte, sondern ausgerechnet der deutschen Verwandtschaft ...

Kinga aber schien den Hinweis nicht begriffen zu haben, und als Bronka erneut ansetzte, stolperte sie über einen Gipsarm, der vom Hof der Kunstakademie herübergerollt war. Kinga zuckte zusammen, als der Arm unter Bronkas Tritt brach und zersplitterte. Trotz des Schlafs, der Dusche und des deftigen Frühstücks hatten sich ihre Nerven noch immer nicht erholt. Immerfort musste sie an ihren Vater denken und den Zwischenfall auf seiner Beerdigung: das irrwitzige Loslösen des Sarges aus den Seilen, das Hinabpoltern, den deutlich hörbaren Aufprall von Emmerichs Leichnam auf dem Holz und gegen die Erde, die hochroten Köpfe der Sargträger, den offenen Mund des Pastors, der Kinga später fragte, ob sie Hilfe brauche. Kinga hatte den Kopf geschüttelt, obwohl sie genau gefühlt hatte, dass seit Tagen etwas Grundlegendes in Unordnung geraten war, dass die nervösen Zustände, unter denen sie seit dem Tod Emmerichs litt, immer öfter überhand nahmen und die jetzt, da er unter der Erde war, noch immer nicht nachgelassen hatten.

Obwohl Bronka für sie und Renia das eheliche Schlafzimmer geräumt hatte, das Bett leidlich bequem war und Renia so ruhig wie ein Zinnsoldat neben ihr gelegen hatte, war ihr immer wieder der Vater in den Sinn gekommen, und so war sie erst weit nach Mitternacht in einen leichten Schlaf gefallen, aus dem sie schwitzend wieder aufgewacht war. Renias schlafender Körper hatte neben ihr gelegen, und im Licht, das durch die Jalousien drang, hatte sie die Umrisse ihrer sich hebenden und senkenden Brust gesehen.

Also, ich wohne gerne da, sagte Renia und schwenkte ihren Farbeimer umher. Man hat seine Ruhe, ist trotzdem nah am Zentrum, und es gibt keinen Vermieter, der einem ständig reinredet.

Klingt gut.

Hoffentlich bleibt das auch so.

Kinga gab sich alle Mühe, arglos dreinzuschauen, wechselte ihren Koffer von der einen in die andere Hand, sogar ein Lächeln für Bronka rang sie sich ab, die irgendeinen Witz machte über eine Herbergsmutter, die sie mal kannte. Sie schnaufte dabei ein klein wenig, immerhin waren sie jetzt schon eine gute Viertelstunde unterwegs, und Bronka war weder die Jüngste noch die Schlankste. Schon das hätte ausgereicht, um Kingas Missmut zu erregen. Von alten, unbeholfenen Menschen hatte sie ein für alle Mal genug, noch dazu, wenn sie deformiert und geschädigt waren vom Kommunismus und der Armut, die er gebracht hatte. Aber Kinga war klug genug, ihre leise Verachtung zu verbergen, und so beschränkte sie sich darauf, Bronkas Schuhe zu beobachten, die bei jedem Schritt ein Quietschen von sich gaben. Als sie eine größere Pfütze durchqueren mussten und das Quietschen kein Ende nahm, wollte sich Kinga schon aufraffen, irgendein Gespräch anzufangen, aber gerade, als sie sich Bronka zuwenden wollte, blieb Renia abrupt vor einer Pforte stehen, die zu einem Hof führte.

So, da wären wir, sagte Bronka. Sie wischte sich den Schweiß von der Stirn. Hast du den Schlüssel dabei?

Das Gebäude befand sich an der Stirnseite des Hofes. Es neigte sich kaum merklich nach rechts, als würde es lieber ein, zwei Meter näher am Fluss stehen wollen. Im Erdgeschoss befand sich ein kleines Ladenlokal, davor breiteten sich Brennnesseln aus, die von einem morschen Holzzaun zu einer Art Vorgarten zusammengehalten wurden. In ihrer Mitte stand ein Hydrant, an den jemand ein fadenscheiniges Unterhemd gehängt hatte. Ein Baum wedelte mit den Blättern, die der Sturm ihm gelassen hatte, ein paar Kastanien lagen zerquetscht im Hof, der Geruch von Kohle und verbranntem Plastik schwebte in der Luft. In der Nachbarschaft standen einige heruntergekommene Häuschen, mit Vorgärten, in denen nasse Kinderwäsche hing. Brachflächen hatten sich ausgebreitet, auf denen abwechselnd Sumpfpflanzen und Müllhalden gediehen, daneben ein paar Container, Schutthaufen und ein paar Enten, die in einer Pfütze schwammen.

Da, schau mal. Bronka schnipste mit dem Zeigefinger gegen ein zersprungenes Klingelschild. In krakeligen Buchstaben stand dort *Mysza* geschrieben, vielleicht auch *Mischa*, wenn man genau hinschaute. Unter der schwarzen Schrift befand sich, kaum erkennbar, ein feinerer blauer Schriftzug.

Dein Vater hat angeordnet, dass es da hängen bleiben soll, egal, was sonst mit der Wohnung geschieht.

Kinga bückte sich und betrachtete das Schild von so nah, dass sie die Wand riechen konnte: Kalk, Schimmel. Kaum einen Meter weiter schlossen die Fenster des Ladenlokals an, matte Scheiben, eine davon zerbrochen und mit Packband wieder zusammengeklebt. Spinnweben darüber, graue, klebrige Substanz, die sich nicht fortstreichen ließ. Drinnen, soweit sich das in der Dunkelheit erkennen ließ, hingen Blätter mit Zeichnungen an den Wänden, Werkzeuge, kleine Schnitzereien und Holzstücke lagen auf den Tapeziertischen.

Stand übrigens genau wie du gerade vor der Tür, bevor er dann endlich reingegangen ist. Renia schloss die Tür auf, kühle, feuchte Luft strömte aus dem Treppenhaus, es roch nach lackiertem Holz und alten Fußabtretern. Kinga drehte ihren Kopf so rasch zur Seite, dass es knackte.

Was? Mein Vater war hier?

Ja, antwortete Bronka. Vor ein paar Jahren, auf Marians Beerdigung. Uns hat er gesagt, du hättest keine Lust gehabt, ihn zu begleiten.

Als sie die Wohnung betraten – sie lag im ersten Stock, direkt über dem Ladenlokal – behauptete Bronka, einen Migräneanfall zu bekommen, denn der Zustand, in dem sich die Wohnung befinde, sei tatsächlich noch schlimmer als vor zwei Jahren, als sie sie das letzte Mal betreten habe. Teile des grauen, aufgeplatzten Parketts bogen sich nach oben oder hatten sich gänzlich abgelöst und rutschten als Klötzchen hin und her. Die Feuchtigkeit hatte die Wandfarbe rissig gemacht, so dass sie in den Ecken abblätterte. Eine Kletterpflanze wucherte vom Flur aus in die Küche, zum Fenster hin, und bedeckte den oberen Teil der Wände mit ihren Blättern, an die jemand, in unregelmäßigen Abständen, Weihnachtskugeln gehängt hatte.

Die Wohnung hat drei Zimmer, sagte Renia und öffnete die Türen, die vom Flur abgingen. In dem hier wohne ich

– sie zeigte in ein helles Zimmer, auf dessen Boden ein paar Perserteppiche übereinander und Kissen wahllos verteilt lagen –, und hier wohnt meine Mitbewohnerin.

Sie klopfte, und als sich nichts rührte, öffnete sie die Tür und zeigte einen Raum voller Skulpturen, Figurinen und Zeichnungen.

Das dritte ist sozusagen unser Haushaltszimmer. Ist ziemlich klein. Kinga nickte und stellte ihre Tasche neben der Tür ab. Die Gegenstände in der Kammer türmten sich so hoch, dass man kaum das Fenster sah. Es roch muffig. Kinga erinnerte sich an die Mäuse und das Ungeziefer im Fachwerkhaus, in welchem sie mit ihrem Vater gewohnt hatte, und schüttelte den Kopf. Das letzte Mal, dass sie so ein Durcheinander gesehen hatte, war in der Werkstatt ihres Vaters gewesen. Noch konnte sie sich nicht vorstellen, in diesem Zimmer für mehrere Monate zu wohnen, und noch viel weniger konnte sich sich vorstellen, dass sie nach knapp einem Jahr behaupten würde, es habe sich nicht um eine Rumpelkammer gehandelt, sondern es habe einem gewissen Rokas Juknewitschius gehört, einem litauischen Künstler, der angeblich großen Einfluss gehabt hatte auf die Geschehnisse jenes Jahres.

Als Renia die Tür wieder schloss, nahm Kinga den Geruch von Zitronenbuttermilch wahr, den Renias Nacken verströmte, und am liebsten hätte sie ihr Gesicht in der Mulde zwischen ihrem Hals und ihren Schultern vergraben.

Wir hätten uns mehr kümmern sollen. Bronka schlug die Hände über dem Kopf zusammen und seufzte. Aber wie dumm das war: Nicht ganz unser und nicht ganz euer, was sollte man denn davon halten?

Sie ging hinüber in die Küche und ließ sich auf einen

Stuhl fallen. Kinga trat ans Küchenfenster und untersuchte den alten Schließmechanismus. Mit beiden Händen hielt sie sich am Fensterbrett fest und überlegte, ob es stimmen konnte, was Bronka gesagt hatte, dass Emmerich hiergewesen war, vor ein paar Jahren, oder ob sie sie nicht anlog, aus welchen Gründen auch immer. Plötzlich war es ihr unangenehm, von Bronka gerettet worden zu sein, sich mit Kartoffelsalat zum Frühstück gefüttert haben zu lassen, sogar die Brote hatte sie ihr geschmiert. Und dann die Wohnung: Eigentlich hatte sie von der Miete ihren Lebensunterhalt bestreiten wollen. Auch wenn sich das als unmöglich herausstellen sollte, ärgerte sie der Gedanke, dass die Myszas darauf spekulierten, die Wohnung überschrieben zu bekommen.

Im Zwischenraum der beiden Glasscheiben tummelten sich mehrere Bienen, die vor dem kühlen Wetter geflohen waren. Kinga wandte sich ab. Renia befüllte gerade einen Teekessel mit Wasser und stellte ihn auf den Gasofen. Verständig kam sie ihr vor, als würde sie mit ihr fühlen, als könne sie begreifen, in welcher Klemme Kinga sich befand: Genau abwiegen zu müssen zwischen den Nettigkeiten, die sie mit den Myszas austauschte, und der notwendigen Schärfe, die es ohne Frage brauchen würde, um die Sache mit der Wohnung zu regeln. Aber dann diese Bronka, die von alldem nichts zu ahnen schien oder gerade doch alles ahnte und sie deshalb mit Liebenswürdigkeit überschüttete, ihre Gliedmaßen mit Freundlichkeit einspeichelte und aneinanderklebte, bis sie sich nicht mehr rühren konnte.

Lässt sich doch alles nachholen, sagte Kinga und löste sich von der Fensterbank. Der Tee dampfte mittlerweile in den Tassen. Bronka legte sich eine Aspirin auf die Zunge, schluckte sie mit Leitungswasser hinunter und sagte, dass sie noch einen Moment brauche, einen Moment noch ... es sei zwar nicht direkt Teil ihrer eigenen Familiengeschichte, dennoch habe dieser Ort eine merkwürdige Wirkung auf sie. Leider könne man mit den Arbeiten erst richtig anfangen, wenn Bartosz endlich mit dem Schleifgerät komme. In dem Moment klapperte die Eingangstür, eine Frau rief mit heller Stimme *Hallo!*, streifte sich die Schuhe ab und trat in die Küche. Sie war etwa Mitte vierzig, etwas zu groß und etwas zu vierschrötig, aber mit einem gutmütigen Gesicht und sehr hellblauen Augen.

Ach ja, sagte Renia, das ist meine Mitbewohnerin. Albina. Albina, das ist Kinga. Wohnt jetzt auch hier, glaube ich.

Albina schüttelte erst Bronka, dann Kinga die Hand, lächelte abwesend und fragte: Sagen Sie doch, Frau Bronka, wie geht es denn Ihrem Mann?

Da verschluckte sich Bronka an ihrem Tee, hustete, lief rot an, Kinga sprang auf und klopfte ihr auf den Rücken. Schließlich beruhigte sie sich und packte Kinga am Arm.

Kindchen. Egal, was passiert: Kein Wort von all dem zu meinem Mann. Wenigstens in den nächsten Tagen. Brunon ist sehr empfindlich, was die Familiengeschichte angeht. Konnte nie diese Wohnung betreten, ohne einen seiner schrecklichen Hustenanfälle zu bekommen. Er ist momentan im Krankenhaus. Jedes falsche Wort könnte ihn umbringen.

Eine eigenartige Stille herrschte in der Wohnung, unterbrochen nur vom Summen der Bienen zwischen den Glasscheiben und dem letzten Säuseln des Wasserkessels. Der Geruch von Tee vermischte sich mit dem des staubigen Parkettbodens und der vertrocknenden Lilien auf dem Küchentisch. Eine Stubenfliege ließ sich auf einem der Blütenblätter nieder, lautlos fiel es auf die Tischplatte.

Ich finde die Wohnung in Ordnung, sagte ich. Natürlich waren die Regale in der Küche überladen und hingen schief an den Wänden, die Fenster schienen undicht zu sein, und einige Flecken an der Decke waren mehr als zweifelhaft. Dennoch war das Einzige, was mich wirklich beunruhigte, die Kleinigkeit, dass ich in ein Zimmer ziehen sollte, das eigentlich von jemand anders bewohnt wurde. Albina und Renia versicherten zwar, dass sich Rokas, also der Typ, an den sie das dritte Zimmer untervermietet hatten, sowieso nie blicken ließ, aber insgeheim bereitete ich mich dennoch darauf vor, demnächst einen Zimmergenossen zu haben.

Solange es keine Nagetiere gibt, ist mir sowieso alles egal, aber Marder und Frettchen im Haus, das ist anstrengend, damit kenne ich mich aus.

Marder und Frettchen?, fragte Renia, strich sich eine Haarsträhne aus der Stirn und fing an zu lachen, und obwohl ich keinen Witz gemacht hatte, gefiel es mir, wie sie ihren Kopf leicht nach hinten bog und die Augen dabei schloss.

Nein, sagte sie, Frettchen gibt es hier keine, wenigstens noch nicht. Das einzige Frettchen, das hier gleich mit einem Bandschleifer und ein paar Eimern Farbe ankomme, sei Bartosz. Wir lachten, sogar Bronka konnte es sich nicht verkneifen. Plötzlich war ich froh, hergekommen zu sein, in diese Stadt, und für einen Moment vergaß ich, dass ich nicht wusste, wie es weitergehen sollte. Vielleicht hatte ich ja eine Freundin gefunden, wie ich sie mir immer gewünscht hatte, eine, die mich verstand. Mit der ich reden konnte, eventuell sogar über das *kleine Problem*, wie ich die Vorkommnisse, die ihren Anfang am Bahnhof genommen hatten, mittlerweile nannte. Wem sollte man sonst schon davon erzählen, dass man, seit man diese Stadt betreten hat, Stimmen hörte und Geschichten, die nur darauf warteten, auf einen niederzuprasseln? Ich war überreizt, dachte ich, aufgekratzt, und vielleicht, aber nur vielleicht, war es auch dieser Ort, an dem zu viel in der Luft lag, als gut für ihn oder für irgendwen war.

Bronka hatte ihren Tee noch nicht ausgetrunken, und ich dachte, sie mache Witze, was die Renovierung anging. Als dann aber Bartosz mit den Rollen und dem Schleifgerät und einer saumäßigen Laune ankam, wusste ich, dass sie es ernst meinte. Kaum hatte Bartosz den ganzen Kram im Flur abgestellt, trank Bronka in einem Zug ihren Tee aus, knallte die Tasse auf den Tisch und sagte, dass wir die Wohnung in ein paar Tagen nicht mehr wiedererkennen würden; sie würde auch den Klempner vorbeischicken und diese verdammten, tropfenden Hähne reparieren lassen, jetzt nämlich würden andere Zeiten anbrechen, wir sollten nur sehen. Sie klopfte mir auf die Schulter, Albina verschwand in ihr Zimmer, das sie alleine renovieren wollte, und wir anderen fingen mit Rokas' Zimmer an, räumten alle Bildbände und Fotoapparate und was da sonst noch herumlag, in Kartons und trugen sie hinaus in den Flur.

Mich beruhigte ein wenig, dass das Zimmer tatsächlich so staubig und verkommen war, dass Rokas kaum viel Zeit dort verbracht haben konnte. Als ich Renia nochmals nach ihm fragte, winkte sie nur ab, verteilte weiter Plastikplanen auf dem Boden und sagte, der sei sowieso nie zu Hause, der wohne in seiner Kunst, wenn man das so sagen könne, von Muße oder Schlaf halte er nicht besonders viel. Demnächst könne ich mir ja selber von ihm ein Bild machen, lange könne es nicht mehr dauern, dann würde er sich schon wieder blicken lassen, er plane nämlich gerade ein größeres – Projekt.

Wenige Stunden später hatten wir das Zimmer in einen Traum aus Apricot verwandelt. Das sei eben die einzige Farbe gewesen, die noch vorrätig war, behauptete Bronka, als sie Albinas skeptischen Blick bemerkte. Mir war die Farbe relativ egal, ich wollte vor allem Bartosz loswerden, der immer wieder in seinem Putzfuror innehielt und mich fragte, wie es mir gefalle und ob ich mich schon eingelebt habe, Hauptsache, ich fühle mich wohl, und Hauptsache, alles geschehe nach meinen Wünschen. Nach einer halben Stunde ärgerte ich mich so sehr über ihn, dass ich ihn fragte, warum er nicht einfach zurück in die Wüste gehe. Daraufhin war er eine Weile still.

Als Bronka das Zimmer in Richtung Küche verließ, rollte Renia mit den Augen und sagte, dass ich so etwas wie ein Wunder vollbracht habe. Die Myszas selber seien hier schon vor Jahrzehnten ausgezogen. Aber das habe vielleicht auch an den Erinnerungen gelegen, nicht nur am Schimmel und den tropfenden Wasserhähnen. Apropos Erinnerungen, flüsterte sie, legte die Rolle zurück auf das Farbsieb und zeigte mit dem Kinn nach draußen zum Flur. Bartosz ist unausstehlich, das stimmt schon, aber es hilft, wenn man weiß, dass er im Krieg war, weißt du, so was verändert Menschen.

Ich wollte etwas erwidern, aber

plötzlich bemerkte ich ihn, den fetten Goerke, wie er hinten im Zimmer stand, im Dunkeln, und nur darauf wartete, dass ich die Tür hinter mir abschließen würde. Ich hielt den Atem an, den Geruch seines Schweißes kannte ich sehr gut, er stank fast so sehr wie eine seiner Ziegen drüben im Sommerstall. Ich weiß auch nicht, was ich mir dabei gedacht hatte: Aushilfe auf dem Erlebnisbauernhof, keine dreißig Kilometer von der Grenze entfernt, das war doch eine tolle Gelegenheit, dachte ich, aber dann war da bloß Goerke, der freundlich lächelte, wenn wir Gäste hatten, und wenn wir keine hatten, griff er nach unseren Oberschenkeln, der fette Goerke.

Ich schloss sofort die Tür wieder auf, kam aber dabei gegen den Lichtschalter, und da zog er sich die Hosen hoch und sprang mir entgegen, hielt die Tür und mir den Mund zu und begann, etwas in mein Ohr zu flüstern, ich verstand nicht, was er sagte, ich glaube, er drohte mir, irgendetwas von Schwarzarbeit, das Wort kannte ich, und Polizei, das Wort sagte er auch, und da hätte ich beinahe gelacht, wenn ich nicht so viel Angst gehabt hätte, vor Goerkes behaarten Unterarmen und diesem Blitzen in seinen Augen, und dann waren da noch seine Hände, die mir ins Gesicht fassten und meine Lippen abfuhren, so lange, bis ich schließlich zubiss, so stark ich konnte, und da schrie der fette Goerke, gab die Tür frei, und ich rannte hinaus.

Die Nacht verbrachte ich ein paar Höfe weiter auf einem Heuboden, es war Ende April, und ich wusste nicht, dass Deutschland so kalt sein kann, so kalt, und im Heu raschelte es, und ich konnte nicht einschlafen, weil mir immer wieder der fette Goerke erschien und ich mit klopfendem Herzen hochschreckte, aber da war bloß ein Uhu im Gebälk, der eine Maus zerteilte. Als ich das nächste Mal aufwachte, war der Uhu verschwunden, und an seiner Stelle schwebte Großmutter, ich sah sie mit eigenen Augen, wie sie da in ihrem graugrünen Kleid dreißig Zentimeter über dem Heu schwebte und mindestens genauso große Augen machte wie ich. Renia, meine Renia flüsterte sie, und ich dachte, gleich würde ich ohnmächtig werden, wurde ich aber nicht, ich hatte zu viel damit zu tun, mich über das Kleid zu wundern, das sie trug, absurd war das doch, Großmutter, die seit fünf Jahren tot war, weit weg auf einem Friedhof in Nordpolen lag und jeden Sonntag ihren Wiesenblumenstrauß auf die Grabplatte bekam, Großmutter, die nichts so wenig durfte, wie auf dieser Welt erneut zu erscheinen, lächelte und sagte: Renia, mein Kind, du bist ja verrückt geworden.

Großmutter schwebte ungehalten etwa zwei Meter entfernt vor mir, ihre Arme hatte sie vor der Brust verschränkt, dann sagte sie ganz leise, fast ein bisschen traurig, dass ich diesen Ort verlassen und nach Polen zurückkehren müsse, dort würde etwas Besseres auf mich warten, und außerdem, sagte sie, sei es eine Schande, dass sie sogar nach ihrem Tod auf mich achtgeben müsse. So, sagte sie, haben wir nicht gewettet, mein Mädchen, aber jetzt sieh erst einmal zu, dass du aus diesem Land verschwindest.

Während des Mittagessens saß Bartosz neben mir und schmatzte. Ich hatte plötzlich Kopfschmerzen, vielleicht von der Farbe oder vom Staub, vielleicht aber auch aus ganz anderen Gründen. Bronka schluckte den letzten Bissen hinunter und ordnete an, dass man am Nachmittag den Flur und die anderen Zimmer wiederherstellen würde, für die Küche und das Badezimmer bleibe wahrscheinlich keine Zeit mehr, diese Räume müsse man auf morgen verschieben. Morgen habe ich keine Zeit, sagte Renia sofort und blinzelte mir zu. Bronka zog sich ihren BH unter dem lilafarbenen Pailletten-Pullover zurecht und antwortete, dass es ihr ganz gleich sei, *ihr* Zimmer könne man auch auslassen. Ihre Augen funkelten.

In jedem Fall müsse man vor dem Wochenende fertig werden, da nämlich gehe es hinaus: Die Familie mache eine Landpartie, hinaus zur familieneigenen Hütte. Brunon werde vor Ort auf sie warten. Bronka schluckte ein Stück weichgekochte Kartoffel hinunter. Du kommst auch mit, Kinga. Da kannst du mal sehen, woher deine Familie kam, bevor sie zu Städtern wurden.

Weiß Vater, dass sie dabei sein wird? Bartosz stand auf und wusch sich die Hände mit dem Geschirrspülmittel ab. Von der Öffnung des Fläschchens lösten sich ein paar Seifenblasen und irrten in der Küche umher, bevor sie zerplatzten.

Nein, sagte Bronka. Natürlich nicht. Ich werde ihn schonend darauf vorbereiten. Wenn sich die Gelegenheit bietet. Aber wie gesagt: Kein Wort über die Wohnung.

Sie legte mir ihre Hand auf die Schulter, schwer und feucht lag sie da, ich lächelte unbeholfen und sagte, dass ich mich auf keinen Fall aufdrängen wolle, ich könne genauso gut hierbleiben. Leider schüttelte Bronka ihren Kopf, und ich entging meiner Freistellung. Das müsse sein, unbedingt. Übermorgen würde er aus dem Krankenhaus entlassen werden, und die Ärzte hätten ihm zu frischer Luft geraten. Ich würde doch mitkommen, nicht wahr?

Als die Tür hinter den beiden zufiel, atmete ich auf. Es war bereits später Nachmittag, ein letzter Rest warmen Lichts flackerte durch das Küchenfenster herein und wärmte meinen Nacken. Noch immer hingen der Geruch von der Farbe, Bronkas Parfum und Bartosz' Schweiß in der Luft, ich nieste und öffnete die Fenster. Viel Spaß dann noch, hatte Bartosz gesagt, als er gegangen war, und ich hatte mich schnell bedankt. Er hatte bloß mit den Schultern gezuckt und war seiner Mutter gefolgt, die laut über den Zustand der Treppe geschimpft hatte.

Renia hatte sich zurückgezogen, und so war es an Albina hängengeblieben, mich zu unterhalten und mit mir ein Glas bulgarischen Weins zu trinken, der so süß war, dass er in der Kehle kratzte. Alles Küchengerät stand in Kisten verpackt um uns herum, unsere Hände schmerzten, und mir wollte partout nicht einfallen, worüber wir reden konnten. Bis auf die Wohnung hatte ich nicht besonders viel mit Albina gemeinsam. Renia hatte nur gesagt, dass sie Künstlerin sei, und jetzt, als ich ihre Hände betrachtete, merkte ich, dass sie nicht nur rot und trocken waren wie meine, sondern so grob und fleischig, als würde sie jeden Tag mit ihnen arbeiten.

Ich fragte sie, was sie genau mache, und da trank sie in einem Zug ihr Glas leer und sagte: Komm mit, ich zeige es dir.

Auf dem Weg über die Treppe fragte ich, wo Renia geblieben sei, und Albina antwortete, dass sie sich auf ihren Einsatz vorbereite, so nannte sie es: ihren Einsatz. Und dann redete sie so schnell weiter, dass ich mich nicht traute nachzufragen, um was für einen Einsatz es sich denn handle. Mir fiel auf, dass ich gar nicht wusste, womit Renia ihren Lebensunterhalt verdiente.

In der Werkstatt hing eine einzige, nackte Glühbirne von der Decke. Als Albina sie anknipste, stoben Motten auf und schwirrten umher, ihre Flügelchen waren wie alles in dem Raum überzogen mit einer hauchdünnen Schicht Staub, auf dem Boden lagen Zeitungen ausgebreitet, auch russische und litauische waren darunter, in den Staub auf den Fensterscheiben hatte jemand ein paar fremde Wörter geschrieben.

Albina steckte einen Pinsel, der aus einem Krug mit Utensilien gefallen war, wieder zurück. Sie sei Bildhauerin, sagte sie, und die Myszas hätten ihr die Werkstatt als Atelier überlassen. Übrigens: Wann immer ich mal bei den Myszas zu Besuch eingeladen werde, müsse ich auf den Schrank in der Diele achten, der sei von meinem Urgroßvater angefertigt worden.

Ich glaube, das kann noch dauern, sagte ich. Streng genommen gehöre ich auch nicht zu dieser Familie. Ich heiße Mischa. Die da heißen Mysza. Verstehst du?

Ich ging an der Reihe von Skulpturen entlang, die vor der Fensterscheibe standen: kleine, dickliche Wesen mit kaum erkennbaren Gesichtern und Gliedmaßen. Ich fragte mich, ob sie schon vollendet waren oder sich in irgendeinem larvenartigen Stadium befanden. Im Nachhinein beglückwünschte ich mich, den Mund gehalten zu haben, denn als Albina meinen Blick bemerkte, baute sie sich neben ihnen auf und sagte, dass es sich hierbei um eine zeiten- und kulturenübergreifende Skulpturensammlung handele, das hier nämlich seien Steinbaben, Nachbildungen der alten prußischen Gottheiten. Demnächst plane sie eine Ausstellung, und dann nämlich könnten alle Myszas, Mischas, Meiers und Müllers einmal sehen, wem diese Gegend hier eigentlich gehörte, kulturell: den Prußen nämlich. Ich hockte mich auf den

Boden und sah einer der kleinen Gestalten ins Gesicht, blickte auf die zusammengekniffenen Augen, den aufgeworfenen Mund und die Pekinesennase, die über ihm thronte.

So etwas, sagte ich, und ich dachte, die Prußen wären ausgestorben. Albina winkte ab und sagte, Rokas hätte zwar dasselbe gesagt, aber hier gehe es doch gar nicht um ausgestorben oder nicht ausgestorben. Hier gehe es ums Prinzip. Dann erzählte sie von prußischen Silben in heutigen polnischen Ortsnamen, aber das, dachte ich, hatte mit mir ungefähr genau so viel zu tun wie alte Schränke.

Ich unterdrückte ein Gähnen und fragte endlich, was Rokas eigentlich für ein Name sei, ein prußischer vielleicht? Albina runzelte ihre Stirn und erwiderte, dass er selbstverständlich Litauer und mit einem Stipendium in der Stadt sei. Von einem Mäzen gefördert, der lieber anonym bleiben wolle, Rokas aber fürstlich für seine Arbeit entlohne.

Albinas Augen fingen an zu glänzen, als sie von ihm erzählte, Rokas, sagte sie, sei eine Jahrhunderterscheinung, es sei eine große Ehre für sie, dass sie ihm behilflich sein dürfe, wann immer er eine Aushilfe brauche, und wer brauche das nicht, wenn er versuche, eine Stadt umzukrempeln, nicht wahr, seine Kunst sei irgendwie, sagte sie, und ich hätte beinahe laut aufgelacht: *paramilitärisch*. Die Stadt solle sich besser auf eine Attacke gefasst machen. Richtig in Rage hatte sie sich geredet, ihre Wangen glühten, fahrig tastete sie über ihre Ärmel und griff schließlich zu einem groben Pinsel, mit dem sie einer Babe über das Gesicht fuhr. Kämpferisch, sagte sie, das könne man auch sein, wenn man nicht in den Irak fuhr und den Frieden brachte, ha, den

Frieden. So jemandem wie Bartosz fielen doch nur Panzer und Maschinengewehre ein, das liege wahrscheinlich in der Familie, dieses Kriegerische – nicht wahr? – aber ein Künstler kämpfe nun einmal mit anderen Mitteln.

Ich glaube, ich gehe jetzt besser nach oben, sagte ich und atmete erleichtert auf, als Albina nichts erwiderte. Ihr Redefluss war versiegt, sie hatte sich in die Nase eines Männchens vertieft.

Müde stieg ich die Treppe nach oben, überzeugt davon, dass es in diesem Haushalt definitiv sonderbarere Gestalten gab als mich. Paramilitärisch. Ich lachte leise und schloss hinter mir die Wohnungstür. Es war dunkel im Flur. Gerade, als ich angenommen hatte, Renia sei schon ausgeflogen, hörte ich aus ihrem Zimmer eine Stimme, die nicht ihre war. Mein Oberkörper sackte nach vorne, das da, das war die Stimme meines Vaters, und das war der Moment, wo ich wirklich dachte, so, das war's, jetzt werde ich verrückt. Mit feuchten Handflächen näherte ich mich Renias Tür und stieß sie vorsichtig auf.

Vor mir, auf einem Kissen im Schneidersitz, saß Renia, stierte durch mich hindurch und sagte: Tochter.

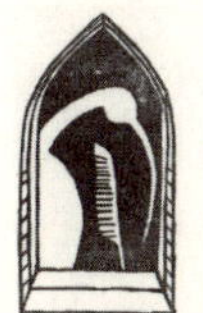

Kühle, rauchige Herbstluft lag über den Dächern der Stadt. Der erste Frühnebel des Jahres hatte sich bereits verzogen und der matt funkelnden Sonnenscheibe Platz gemacht, die die ersten Spaziergänger auf den Plan und hin zu den gerade öffnenden Cafés rief. Dick in ihre Decken eingewikkelt, saßen sie vor den Lokalen und hielten dampfende Tassen in ihren Händen. Die Wärme des Tages ließ noch auf sich warten, und sogar auf der Terrasse des Café Barbados froren zwei ältere Ehepaare, die, um sich abzulenken, aufmerksam die Parade der Bernsteinstände verfolgten: Wägelchen für Wägelchen wurde aus den Geschäften herausgeschoben und den Passanten in den Weg gestellt, Wülste von Ketten wurden sorgsam an die Rahmen gehängt und die besonders großen Solitäre poliert. Zusammen mit der Sonne waren auch die Desperados der Stadt gekommen und besetzten die Bänke und Poller: Der Klang von Didgeridoos, Wellensittichen und Beatles-Imitatoren umgab die Fassaden der Patrizierhäuser, drang ein in die Vorhallen der Hauptpost, des Fünfziger-Jahre-Kinos und der Lebensmittelgeschäfte und erreichte schließlich auch die etwas weiter abseits stehenden Verkäufer von Fellhausschuhen, Schlüsselanhängern, Magneten und Dosenöffnern mit Stadtmotiven.

Ein paar hundert Meter weiter buk der Waffelbäcker die erste Waffel des Tages, und pünktlich, als hätten sie sich verabredet, traf die erste Gruppe der Kreuzfahrtreisenden zusammen mit dem stadtbekannten Vagabunden ein, der durch die Straßen zog und wüste Beschimpfungen ausstieß. Der Waffelbäcker winkte ab, als er sich ihm näherte, und als auch die Aufforderung, zu gehen, nichts brachte, warf er ihm eine Sauerkirsche gegen das Revers. Das Schauspiel lenkte die Touristen ab, eine Frau kaufte die erste Waffel des Tages und bestellte dazu Marillensauce, die Führerin der Gruppe – eine Russin mit knallrotem Regenschirm, den sie in die Luft stieß – seufzte und blickte auf die Uhr des Rathauses, dann scharte sie ihre Gruppe um den Brunnen. Vom Fluss her drang die Melodie eines Akkordeons, der Vagabund fluchte vergnügt und wankte hinab ans Ufer, und gerade, als sich die Gruppe am Brunnen wieder in Bewegung setzte, lösten sich zwei Frauen aus ihrer Mitte, die sich untergehakt hatten und auflachten, als der Vagabund ihren Schritt nachmachte und ihnen die Sauerkirsche präsentierte.

Die Kirsche der ewigen Jugend, sagte er und verbeugte sich graziös. Schon hatte die schönere der beiden Frauen ihre rechte Hand ausgestreckt, da baute sich neben ihnen ein Mann auf, der den Vagabunden beiseiteschob und die Frauen begrüßte.

Renia, sagte er, ich bin entzückt. Er küsste ihre Hand und ließ sich genüsslich eine von ihren langen dunkelbraunen Haarsträhnen über das Gesicht streifen. Renias Augen leuchteten an diesem Morgen erbsengrün, sie schien geschmeichelt zu sein. Widerstrebend löste Kröger seinen Blick von ihr und wandte sich der anderen Frau zu.

Und wen haben wir hier?

Ein armes Burgfräulein, das sich selber nicht beschützen kann, sagte die andere Frau und fügte hinzu: Kinga Mischa. Mit hochgezogener Augenbraue musterte sie den Kugelschreiber, den sich der Mann hinter das linke Ohr gesteckt hatte, außerdem die Kladde, die unter seinem Arm steckte und in der er bis eben noch Zeichnungen angefertigt und Notizen eingetragen hatte.

Und was hat das Burgfräulein in diese Stadt getrieben?

Kröger hatte die richtige Frage gestellt. Anstelle einer Antwort wich Kinga seinem Blick aus und biss ein Stück ihres Daumennagels ab. Wie grobschlächtig sie neben Renia wirkte und wie deutsch: in ihren ausgeblichenen Jeans, dem olivgrünen Anorak und der Mütze, die wie ein Wischmop aussah. Renia klaubte sich ein paar Strähnen aus dem Gesicht.

Du hast doch bestimmt zu tun, oder nicht? Wir sind leider etwas in Eile, sagte Renia mit ihrem wunderbaren Akzent und ignorierte Kingas überraschten Blick: Du sprichst Deutsch?

Kröger lachte auf, diese Spielchen kannte er. Renia, Renia, sagte er, du führst uns alle an der Nase herum!

Da zierte sich Renia plötzlich wie ein junges Mädchen, drehte ihren Kopf zur Seite, strich sich die Haare hinters Ohr und gab ihm schließlich einen Stups gegen die Schulter. Kröger lachte.

Viel Glück!, rief er Kinga hinterher. Sie zuckte zusammen und drehte sich um. Kröger tippte sich an die Mütze.

Vielleicht war ihr in diesem Moment eingefallen, wie sie ihre nervösen Zustände nutzbar machen konnte: Wie interessant das doch wäre, Gedanken wirklich lesen zu können! Wie die Seher im alten Babylon würde sie die Geschicke der Menschen lenken können und Macht über sie ausüben. Schwierig könnte das doch nicht sein, denn im Prinzip denke jeder Mensch an dieselben drei Sachen, allerhöchstens in unterschiedlicher Reihenfolge, und die sind: was er haben, mit wem er schlafen und was er essen kann.

Was war das denn? Kinga steckte die Hände in ihre Anoraktaschen. Tilmann Kröger, sagte Renia. Sie hatten gerade das Tor zum Fluss passiert und waren vor dem Akkordeonspieler stehen geblieben, Renia ließ eine Münze in seinen Becher fallen. Sie lehnten sich gegen das Geländer und blickten hinunter ins Wasser. Ein weißes Schnellboot lag dort, ein Pärchen saß an Deck, trank Champagner und gab sich größte Mühe, die Blicke der Passanten am Ufer zu übersehen.

Ist seit kurzem in der Stadt, ein Schriftsteller. Aber was

interessiert's dich denn? Kinga schüttelte den Kopf und antwortete, dass sie es bloß wundern würde, immerhin habe Renia ihm ja verraten, dass sie Deutsch spreche, also habe er anscheinend etwas besser gemacht als sie. Sie spuckte hinunter ins Wasser.

Du spinnst ja, sagte Renia. Und jetzt komm, wir wollen uns einen Fisch kaufen, da hinten kann man sich gut hinsetzen und sich streiten, wenn man möchte, aber alles andere auch. Kinga rollte mit den Augen, aber Renia strahlte sie an, und da wurde sie weich und folgte ihr zu der kleinen Räucherbude.

Die Stufen, die zum Ufer führten, waren von der Sonne aufgewärmt und einigermaßen sauber. Nachdem die Makrelen verspeist waren, legte sich Kinga flach auf den Boden, spürte die Wärme der Steine gegen ihren Rücken und dachte über die kommenden Tage nach, den Ausflug in die Kaschubei, die klamme Wohnung, in der sie unter anderen Umständen keine Sekunde länger als nötig bleiben würde. Unter anderen Umständen. Renia leckte sich gerade die fettigen Finger ab und streckte sich. Ihre Jacke öffnete sich, eine dünne Bluse kam zum Vorschein, darunter wölbten sich ihre apfelgroßen Brüste gegen den Stoff. Sie band sich ihre Haare zu einem Dutt hoch und legte sich schließlich ebenfalls auf den Boden, den Kopf auf Kingas Bauch gebettet.

Ich hab's nicht so mit Familie, sagte sie, als Kinga schon dachte, sie sei eingeschlafen. Irgendwann habe ich herausgefunden, dass ich deutsche Vorfahren habe, da bin ich dann rüber, weil ich dachte, da würde was besser werden.

Kinga entwirrte eine Strähne aus Renias Haar, in der sich ein Blatt verfangen hatte, lud sie mit sanften Berührungen dazu ein, fortzufahren, aber Renia schwieg, als hätte sie niemals etwas gesagt. Unter ihren Lidern zuckten die Pupillen hin und her.

Komm, wir gehen, sagte Kinga plötzlich. Du wolltest mir doch noch was zeigen.

Der Turm lag vor den Toren der Stadt. Oder besser gesagt: zwischen den Toren der Stadt, denn sicher war sicher, und so hatten die Bürger einst mehrere Tore hintereinander errichtet.

Gegen Mittag gab es in den Gassen kaum ein Durchkommen. Mehrere Schulklassen schoben sich an den Häusern vorbei, warfen sehnsuchtsvolle Blicke auf die Softeisverkäufer und blieben immer wieder stehen. Ein paar Männer von der Miliz bahnten sich ihren Weg an den Schülern vorbei, Schweiß stand ihnen auf der Stirn. Mein Gott, sagte Renia, als sie von einem übergewichtigen Sechstklässler zur Seite gedrängt wurde. Wenn man sich vorstellt, dass es Leute gibt, die jeden Tag diesen Weg zur Arbeit gehen müssen, ein Alptraum.

Da bildet sich gerade ein Gang. Da vorn.

Wo?

Kinga schob Renia vorwärts, und als die Leute zur Seite wichen, fielen sie in einen Laufschritt und kamen keuchend im Innenhof der Toranlage an.

Apropos, Kinga holte tief Luft und stemmte die Arme in die Seiten, was hast du eigentlich für verrückte Arbeitszeiten? Das wolltest du mir neulich erzählen.

Mach ich oben. Renia stieg schnell die schmale Treppe hoch, die zur Kasse und zum Museum führte. Eigentlich hatte sie die niedrigen Räume, in denen Bernsteine unterschiedlicher Größen und Farben präsentiert wurden, schnell hinter sich lassen wollen, aber als Kinga erst einmal einen von ihnen betreten hatte und darin einen

Schaukasten mit Steinen vorfand, die Einschlüsse von Insekten und anderem Getier enthielten, war sie kaum mehr ansprechbar und presste ihr Gesicht so lange gegen die Scheibe, bis die Dame von der Aufsicht kam und sie höflich bat, wenigstens eine Handbreit Abstand zu bewahren. Kinga konzentrierte sich so sehr auf eines der Exponate, dass sie die Frau kaum bemerkte. Schulterzuckend stellte sich Renia an ein geöffnetes Fenster. Stickig war die Luft hier drin, eng noch dazu, unvorstellbar, wie man sich hier freiwillig aufhalten konnte. Als Kinga sich endlich vom Schaukasten losriss und sich zu Renia ans Fenster begab, zeigte diese auf einen Überrest der alten Stadtmauer, der sich unweit des Theaters um den Stadtkern schmiegte. Siehst du diesen Hinterhof da? Und diese Eingangstür? Da arbeite ich. Ist so eine Art Varietétheater. Aber nur für Mitglieder.

Ach was, sagte Kinga. Seid ihr so geheim, dass du mich nicht einmal dahin mitnehmen kannst?

Demoiselle Maya ist leider sehr streng.

Renia wandte sich vom Fenster ab. Ihr Atem streifte Kingas Gesicht. So nah stand sie vor ihr, dass Kinga die kleine Narbe auf ihrem Ohrläppchen und den unregelmäßig gezogenen Lidstrich studieren konnte.

Weißt du, in der Show geht es nicht um Politisches. Oder um Freizügiges.

Beinahe enttäuscht wollte Kinga schon fragen, wer denn Demoiselle Maya sei, aber da zog Renia sie schon weiter in den ehemaligen Gefangenentrakt. Hier waren die Räume zwar noch kleiner, höhlenartig, aber bis auf ein paar Pritschen und Emailleschüsseln leer. Die Wände waren übersät mit Gravuren und eingeritzten Zeichnungen; in die Fensterleibung der kleinsten Kammer hatte jemand einen Galgen geritzt, und daneben eine Jahreszahl: 1529. Kinga schauderte und wollte umdrehen, aber Renia hielt sie zurück.

Weißt du, fing sie an, das hier war das Erste, was ich mir von dieser Stadt angeschaut habe. Als ich diese Botschaften hier sah, da habe ich mich gefragt, wie es wohl wäre, Kontakt aufzunehmen. Mit den Leuten, die hier mal saßen. Also wirklich, ganz real, nicht im Gebet oder so. Natürlich wurde mir ziemlich schnell klar, dass es vor allem Scharlatane waren, die sich damit befasst haben, in der Vergangenheit.

Und dann?, fragte Kinga. Sie war mitten im Raum stehen geblieben.

Dann, sagte Renia, bin ich Medium geworden. Die Leute liegen mir zu Füßen.

3.

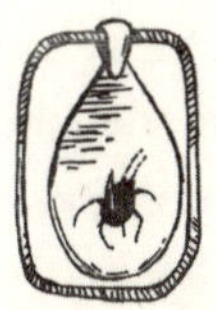

Es war einmal eine Stadt, die war so groß und ihr Maul so weit aufgesperrt, dass sie zu jeder Tages- und Nachtzeit Hunderte von Menschen aus dem Umland in sich aufnehmen konnte: Manche von ihnen mit nichts als einem Bündel in den Händen und einem trockenen Stück Brot, manche mit Fuhrwerken voller Kleidertruhen, Säcken voller Getreide, Käfigen mit Hühnern, Ferkeln und Hunden und Dutzenden von zusammengeschnürten Tabakblättern.

Ganze Familien saßen auf den Ladeflächen, hielten sich an den Getreidesäcken fest und trauten sich kaum zu blinzeln, so viele Menschen und Tiere waren auf der Straße zu sehen, die in die Stadt hineinführte. Viele verließen die Stadt wieder, mit nichts als einem Bündel in den Händen oder gar nichts, andere hingegen wurden nie wiedergesehen, und kurz bevor man sie vergaß, sagten die Leute: Die Stadt hat sie verschluckt, runtergewürgt hat sie sie, und nu is wieder Ruhe.

Wenn die Polizei jemanden für vermisst erklärte, zuckten sie die Schultern. Opfer hatte es zu allen Zeiten gegeben, das hatten die Alten erzählt, damals, in den Dörfern, und anscheinend galt das auch für die Stadt.

Die meisten aber kamen in die Stadt und blieben. Auch wenn die Stadt ihnen Angst machte, auch wenn es so wenig Raum gab, dass man meinte, ersticken zu müssen, auch, wenn es in derselben Gegend, in der man sich niederlassen wollte, bereits eine Handvoll anderer Tischler gab, man blieb und schaute hoch zum Himmel, der vom selben Blau war wie der über dem Wald, weit draußen.

Irgendwo am Rande der Stadt stand Kazimierz Mysza und schaute hinauf zu den bauschigen, kompakten Wolken, die hoch über ihm trieben. Ein kühler Wind wehte in den Hof und fuhr in sein Haar. Vor genau einem Jahr war er in diese Stadt gekommen, und es erfüllte ihn mit Stolz, die erste Zeit, entgegen der Prophezeiung seines Vaters, gemeistert zu haben. Kaum hatte man den Körper seines Vaters zusammen mit ein paar Wasserpflanzen und Krebsen aus dem Fluss geborgen – wie er ertrunken war, würde für immer das Geheimnis des Wassermanns bleiben –, nahm Kazimierz sich vor, alles zu verkaufen, was er besaß, und mit seiner Frau für immer fortzugehen aus dem Dorf. Seine Mutter hatte sich geweigert, das Land zu verlassen, und war zu ihrer Schwester ein paar Dörfer weiter gezogen.

Kaum war Kazimierz mit seiner Frau Magda und seinem kleinen Sohn Konrad durch die Tore in die Stadt eingefahren, hatte ihn ein Kopfschmerz gepackt, der ihn beinahe zu Boden gedrückt hatte. Die Straßen waren voller Menschen gewesen, und über allem schien eine Art Rauschen gelegen zu haben, aus dem immer wieder einzelne Worte und Sätze zu Kazimierz vorgedrungen waren. Als er Magda gefragt hatte, ob sie das auch hören würde, hatte sie bloß mit den Schultern gezuckt und gefragt, ob er die Kirchenglocken meine oder das Getrappel der Pferdehufe auf den Pflastersteinen, sonst nämlich würde sie gar nichts hören. Aber Kazimierz hatte weder das eine noch das andere gemeint.

In den drei Tagen, in denen der Kopfschmerz andauerte, hatte sich Kazimierz geweigert, das Bett zu verlassen. Er hatte Magda darum gebeten, dicke Decken vor die Fenster der gemieteten Wohnung zu hängen und ihm Lindenblütentee zu kochen. Dann erst, nach drei Tagen, war er aufgestanden und für mehrere Tage in seiner Werkstatt unter der Wohnung verschwunden.

Die Sonne brach durch und schien hinab auf die alten Befestigungen der Stadt. Die Häuser standen hier so eng, als wollten sie einander vor den Winden schützen, die manchmal von der Ostsee her kamen und an den Fensterläden rüttelten. Sie waren vier, fünf Stockwerke hoch, mit Hinterhöfen voller Schotter, auf denen ein paar junge Fliederbüsche und Kastanien wuchsen. Aus den geöffneten Fenstern flatterte Wäsche, allerorts spielten Kinder, ein Schäferhund streunte umher und warf einen zaghaften Blick durch die offene Tür in Kazimierz' Werkstatt. Es war ein großes Glück gewesen, dass er die unteren Räumlichkeiten zu einem günstigen Preis zusammen mit der Wohnung darüber hatte mieten können; dem Vormieter, so viel hatte er aus den Nachbarn herausbekommen, war etwas Eigenartiges widerfahren, aber was genau geschehen war, hatte ihm niemand erzählen wollen – Tatsache war, dass die Werkstatt seit längerer Zeit leer gestanden haben musste, denn als Kazimierz sie zum ersten Mal betreten hatte, waren die Werkbänke und das bisschen Zeug, das noch an den Wänden hing und nicht geklaut worden war, von einer dichten Lage Spinnweben bedeckt gewesen.

Kazimierz stemmte die Arme in die Seiten und ließ seinen Kopf kreisen. Es knackte in seinem Nacken. Er schloss seine Augen und massierte die Muskelstränge, die an den Seiten hinab zu seinen Schultern verliefen.

Nie würde er es jemandem gestehen, schon gar nicht seiner Frau Magda, aber seitdem sie in der Stadt wohnten, fühlte er sich, als hätte er schon zehn Leben hinter sich. Wenn Magda ihn auf seine Gereiztheit oder seine Schlaflosigkeit ansprach, dann erzählte er, es sei das Geschäft, das ihn umtreibe, und sie glaubte ihm. Obwohl sie sich sehr über sein Verhalten wunderte, hinterfragte sie es nicht einmal, als Kazimierz sie in der Stadt als Magda und Kasimir Mischa vorstellte und es plötzlich vorzog, Deutsch zu sprechen. Wie sollte sie auch ahnen, dass er mit einem Mal von ihren Ausflügen als Mädchen in Schuster Lamprechts Schuppen wusste; von den Striemen, die der Gürtel des Vaters auf dem Mädchenkörper der Bäckersfrau hinterlassen hatte; von den üppigen Brüsten der Mutter, an denen Nachbar Grynberg noch als Kleinkind gelegen hatte – kurz, dass ihm so vieles vertraut schien, das im Leben der Menschen um ihn herum vor sich ging, und dies der Grund war, warum Kazimierz sich an manchen Tagen wünschte, seinen Kopf mit einem beherzten Schlag vom Rumpf abzutrennen.

Zu allem Überfluss war seit einigen Tagen ein furchtbarer Verdacht in ihm aufgekommen: Seine Frau, davon war er überzeugt, traf sich mit einem anderen Mann, und je länger er versuchte, sich vom Gegenteil zu überzeugen, desto stärker und fester wurde seine Überzeugung.

Als der Schmerz nachließ, öffnete Kazimierz seine Augen wieder. Instinktiv führte er seine Hand zu der Silberkette, auf die er den Anhänger gezogen hatte. Er atmete tief ein, holte die salzige, kühle Luft in seine Lungen, und als er ausatmete, kam es ihm vor, als würde eine ganze Schwade von Holzstaub seinen Körper verlassen. Die Kinder hatten aufgehört, aus dem Matsch kleine Türmchen zu formen, als er aus der Werkstatt gekommen war. Er wusste, was die Nachbarn über ihn erzählten, natürlich wusste er es: Dass er seinem eigenen Sohn jedes Spiel, jedes Lachen verbieten, er das Kind zu einer Art preußischen Maschine heranziehen würde.

Der kleine Konrad saß noch immer in derselben Ecke der Werkstatt, unverändert, als hätte er sich die ganze Zeit über, da sein Vater im Hof gewesen war, nicht bewegt.

Weiter?, fragte er, und Kazimierz fuhr ihm flüchtig über den Kopf. Weiter. Auf der Werkbank lagen noch zwei Beinchen einer Kommode, die er gedrechselt hatte und die geschliffen werden mussten. Die Leute in der Gegend schätzten seine Arbeit, und so musste er bereits wenige Monate, nachdem er in die Stadt gezogen war, Aufträge ablehnen.

Mechanisch fuhr er mit dem Sandpapier über die Rundungen des Holzstückchens, den Blick nach draußen gerichtet. Der Hund war plötzlich aufgesprungen und zur Pforte gelaufen, die den Hof von der Straße trennte. Kazimierz riss ein kleines Stück des Papiers ab und gab es seinem Sohn, der sofort begann, ein Klötzchen damit zu bearbeiten. Regungslos betrachtete er die kleinen Finger, die hellen Haare, die sich über der Stirn lockten.

Ein kleiner Städter, sagte Kazimierz, das bist du ja wohl jetzt. Einer, den das Rauschen nicht stört. Der kleine Konrad blickte nicht einmal auf, so emsig feilte er an seinem Klötzchen.

Als Kazimierz nach dem zweiten Holzstück griff, sah er, wie Magda mit dem Neugeborenen in den Hof kam. Er hatte gar nicht bemerkt, dass sie fortgegangen war. In der Mitte des kleinen Platzes blieb sie stehen und tätschelte den Hund, dann erst hob sie ihren Blick und bemerkte Kazimierz, der an die Tür seiner Werkstatt gekommen war. Er grüßte sie nicht.

Ist etwas?, fragte sie.

Komm mal rein, sagte Kazimierz. Wie fremd ihm seine Frau doch geworden war: Neuerdings puderte sie ihre Nase, bevor sie auf die Straße ging, und auch wenn Kazimierz es nicht beschwören konnte, meinte er, einen Veilchengeruch an ihr zu bemerken. Der Schmerz in seinem Nacken tauchte wieder auf, er widerstand, ihn mit seinen Fingern zu bearbeiten. Vor seinem inneren Auge tauchten Bilder von seiner Frau auf, wie sie sich mit einem feisten blonden Kerl auf dem Boden wälzte, den Rock hochgeschoben und das Gesicht so rot wie das einer Pute.

Magda lächelte so unbefangen wie möglich. Ich war beim Bäcker.

Ein bisschen spät für Brötchen.

Magda schüttelte unwillig den Kopf und fuhr sich durch die vom Wind durcheinandergebrachten Haare.

Seine Frau sagt, sie werden wohl bald einen neuen Tresen brauchen. Außerdem habe ich dir doch gesagt, ich würde einen Spaziergang machen, die frische Luft tut Marian so gut.

Magda setzte sich zu ihrem älteren Sohn Konrad, der sich aber nur widerwillig umarmen ließ und dabei unbemerkt seinen Bruder Marian in den Arm kniff. Statt laut zu schreien, wimmerte der bloß und drückte sich tiefer hinein in die Arme seiner Mutter. Marian. Schon bei der Taufe hatte Kazimierz gewusst, dass er es eines Tages bereuen würde, seinem Sohn keinen eindeutigeren Namen gegeben zu haben: Siegfried. Helmut. Aber Marian? Zu allem Übel schien das Kind sich vor ihm zu fürchten, ließ sich weder berühren noch herumtragen. Dieses Kind war ohne Frage Magdas Kind, mit dem er, Kasimir, nichts zu tun hatte.

So geht es nicht weiter, sagte er schließlich und suchte nach den Worten, die er sich zurechtgelegt hatte: dass er mindestens für eine Weile zu Hause auszöge, denn wenn er weiter mit ihr unter einem Dach lebe, mache er sich ja zum Gespött der Leute. Die Nachbarn redeten über sie, das mache ihm Sorge. Konrad nähme er mit. Er, Kasimir Mischa, komme schon alleine mit ihm zurecht.

Zwei Tage später stand er auf dem Fischmarkt und hatte vergessen, wie die Fische hießen, die sie immer aßen. Aale, Forellen, Makrelen, das war es doch nicht … Die Situation war ihm so unangenehm, dass er zur Seite ging und die anderen Kunden vorließ. Plötzlich sahen alle Fische gleich aus, und das Gemurmel der Menschen um ihn herum schwoll an, ließ ihn schwindeln. Gerade, als er sich auf ein Fass gleiten lassen wollte, hörte er die Stimme Adrians, des Holzlieferanten.

Kasimir, alles gut mit dir? Er spürte eine schwere Hand auf seiner Schulter und richtete sich auf. Ja, sagte er, alles gut. Hätte wohl mehr frühstücken sollen.

Hör mal, Kasimir. Streit ist nicht gesund. Die Leute reden ja allerhand, was bei euch los ist.

Kazimierz Mysza betrachtete Adrians breites Gesicht, die freundlichen Augen. Als er ihn fragte, ob er mit ihm in die Schänke gehen würde, nickte er, und so machten sie sich gemeinsam auf den Weg. Sie ließen sich vom Wirt zwei Flaschen geben und setzten sich an einen freien Tisch. Kazimierz trank die Hälfte der Flasche in einem Zug aus. Lange suchte er nach den richtigen Worten, bis er Adrian endlich fragte, ob er sich vorstellen könne, dass seine Frau ihn betrog.

Adrian drehte die Flasche in seiner Hand und nahm einen Schluck, bevor er bedächtig den Kopf schüttelte. Und schwieg. Welchen Grund konnte es denn schon dafür geben, dass der Tischler aus der gemeinsamen Wohnung ausgezogen war, zusammen mit dem ältesten Sohn in der Werkstatt hauste und seine Frau mit dem Säugling oben in der Wohnung alleine ließ?

Du bist verrückt geworden, sagte Adrian. Eine Frau wie Magda, noch dazu so kurz nach der Geburt.

Das ist das Problem, sagte Kazimierz. Kennst du den polnischen Bäcker, hinten bei uns in der Straße? Und seine Lagerräume? Die mit den Mehlsäcken und Leintüchern darin? Rumgewälzt haben sie sich darin, das weiß ich genau, am helllichten Tage, während vorn im Geschäft die Kunden warteten.

Der Wirt brachte zwei weitere Flaschen, und während Adrian seine Schluck für Schluck leerte, ließ er sich berichten, wie Magda, diese kaschubische Gans, ihren Sohn an sich reißen würde, und wenn schon keinen Kaschuben, so doch einen Polen aus ihm machen würde, und dass er, Kasimir, wenigstens einen seiner Söhne davor bewahren müsse.

Und den Bäcker, den müsse man aufknüpfen, ein schamloses Pack sei das doch, diese … Da unterbrach ihn Adrian und sagte, dass eines doch komisch sei: Diese ganze Geschichte komme ihm so merkwürdig vertraut vor. Nur habe er sie neulich anders gehört: Da wurde nämlich der Bäcker von seiner Frau betrogen, mit irgendeinem Hafenarbeiter, und zwar am selben Ort, hinten, bei den Mehlsäcken. Warum er, Kasimir, sich eigentlich so sicher sei?

Da stutzte Kazimierz und begriff, dass er sich geirrt hatte.

An einem Freitagmorgen im September fuhren wir los, Bronka, Bartosz und ich. Es war der Tag, an dem ich mich zum ersten Mal jemandem offenbart hatte. Die Amseln sangen in der Kastanie im Hof, ein leichter Wind wehte vom Meer herüber und fuhr in die Blätter, und es versprach, ein schöner Tag zu werden. Gerade, als ich die Frage erörterte, ob ich nicht besser kneifen sollte, lieber darauf verzichten, mich dem Familienoberhaupt vorzustellen, da bog schon Bartosz' alter Mazda um die Ecke und hielt quietschend vor der Pforte.

Hallo, Schätzchen, sagte Bronka. Den Arm auf der heruntergekurbelten Scheibe abgelegt, winkte sie mir zu. Na, ausgeschlafen?

Sicher, sagte ich und verkniff mir ein Gähnen. Als ich einstiegen wollte, verschlug es mir fast den Atem, so sehr roch es nach dem mayonnaiseträchtigen Inhalt des Picknickkorbes. Leider war die Rückbank voll besetzt: Cudny, Bartosz' Hund, beanspruchte die Hälfte für sich, und auf der anderen Hälfte lag ausgestreckt und mit gelangweiltem Blick ein Tier, das entfernt einem Mops ähnelte. Er und Cudny schienen die Vereinbarung getroffen zu haben, einander zu ignorieren.

Wir haben ein Platzproblem, sagte ich belustigt, aber

Bronka drehte sich um und antwortete, dass es sich doch bloß um den armen Mopsik handeln würde, und, dass ich ihn mal nach vorne reichen solle. Warum sich eigentlich alle immer so anstellten, wenn es um den Mops ginge?

Nach einigem Hin und Her fuhren wir schließlich los. Aus den Augenwinkeln sah ich Renia am Küchenfenster stehen, wie sie ungläubig dem kleinen Mazda hinterherschaute, der sich vom Haus wegbewegte. Ob sie mir geglaubt hatte? Ich hatte ihr von meinem *kleinen Problem* berichtet, aber unser Gespräch war jäh beendet worden von Bartosz' ungehaltenem Hupen.

Bronka begann, vom Segen des Landlebens zu erzählen, den harten kommunistischen Zeiten in der Stadt, von Schlangen vor Fleischereien und den Aufständen der Werftarbeiter. Erst als wir die Stadtgrenze passierten und sie verstummte, konnte ich aufatmen und mich wieder auf den Ausflug und mein Treffen mit Brunon konzentrieren.

Sag nicht gleich, wer du bist, hatte Bronka mir geraten. Ich habe es leider nicht geschafft, ihn vorzuwarnen.

Nach einer halben Stunde wurden die Wiesen, durch die wir fuhren, immer grüner und die Luft merklich kühler. Die Fahrbahn war übersät mit Blättern. Ließ es sich in der Stadt noch ignorieren, so war es hier offensichtlich: Der Herbst war in vollem Gange. Während der Mops vorne auf Bronkas Schoß eingeschlafen war, nutzte Cudny jede unaufmerksame Sekunde, um seine Schnauze in den Picknickkorb zu stecken. Einmal hätte er es sogar beinahe geschafft, das Mayonnaise-Glas aufzuhebeln, und alles nur, weil ich so tat, als schlafe ich – in Wahrheit belauschte ich den geflüsterten Dialog zwischen Bartosz und seiner Mutter, ob es *wirklich* der richtige Zeitpunkt sei, mich dem Vater vorzustellen. Bronka beendete das Gespräch mit einem knappen: Jeder Zeitpunkt ist gleich schlecht. Dann schaltete sie das Radio ein.

Ich tat so, als würde ich zusammen mit Mopsik aufwachen, und kurbelte das Fenster herunter, um die kleinen Dörfer zu betrachten, die meisten an Seen gelegen, und den dichten Wald, der zwischen ihnen lag. Am Ende der Fahrt sollte nichts mehr von der Mayonnaise übrig sein und Cudny sich den Magen verrenkt haben, trotzdem würde es Bartosz' ganzer Stolz sein, dass sein Hund der wahrscheinlich einzige Vierbeiner auf der Welt sei, der polnische Schraubgläser öffnen konnte.

Nach knapp zwei Stunden ließ sich Bronka zusammen mit ihrem Schoßhund in einem Dorf nahe der Hütte absetzen und Bartosz, Cudny und mich alleine weiterfahren. Eng in eine hellblaue Windjacke eingewickelt, schlug sie die Tür zu und ging auf ein Bauernhaus zu, wo sie ein paar Gänse zur Mast kaufen wollte. Bartosz fuhr so schnell an, dass der Kies spritzte und die Hunde erschrocken losbellten. Im Rückspiegel sah ich, wie sich Bronka umdrehte und uns einen Vogel zeigte, aber ich sagte nichts.

In Gedanken war ich noch immer bei uns in der Küche, kurz vor der Abfahrt, mit Renia am Küchentisch, sah ihr Gesicht vor mir, wie sie mich anlächelte und sagte, ich hätte in der Nacht ganz laut geredet, klar und deutlich, merkwürdige Dinge hätte ich da erzählt, sie hätte zwar nicht alles verstanden, aber einiges doch immerhin … Und wie ich meinen Kaffee darüber vergaß und überhaupt alles rundherum und mich schließlich nicht mehr beherrschen konnte und losheulte, zum ersten Mal seit meiner Kindheit weinte ich vor jemandem, aber es war mir egal, es war mir wirklich egal. Ich musste endlich jemandem von dem *kleinen Problem* erzählen, und da sagte ich es ihr einfach, zwischen Tür und Angel beichtete ich es. Aber gerade, als ich fertig wurde und Renias Augen diesen unbestimmten Glanz annahmen, da musste Bartosz draußen hupen, und bevor Renia auch nur ein Wort erwidern konnte, packte ich meine Jacke und die Tüte mit den Pfannkuchen und rannte hinaus.

Kaum waren wir zwei Kilometer weiter gefahren und schon beinahe angekommen, lag da, mitten auf dem Feld, ein umgestürzter Traktor. An der Seite schauten zwei Beine hervor, mit schwarzen Gummistiefeln an den Füßen, und ich sagte bloß *O Gott*, auf Deutsch, aber da hatte Bartosz schon angehalten und war aus dem Auto gesprungen.

Zieh, sagte Bartosz bloß, als ich ihm gefolgt war, zieh, und da packte ich die Beine, einer der Stiefel fiel dabei herunter, aber ich schaffte es, den Mann einen halben Meter hervorzuziehen, viel mehr nicht, er war hineingedrückt worden in den Schlamm wie eine Rosine in den Teig. Als wir ihn aus dem Schatten des Traktors ins Licht geholt hatten, schlug er seine Augen auf, setzte sich kerzengerade hin und rieb sich etwas verärgert die Augen, ganz so, als hätten wir ihn in seinem Nickerchen gestört.

Hätten sich Bronka und Bartosz nicht verspätet, hätten wir nicht die Abkürzung genommen, die gar keine war, sondern ein Umweg von glatten zwanzig Kilometern, hätten deshalb nicht die Radiosendung über den Krieg im Irak gehört, hätten nicht angefangen zu diskutieren und uns in der Folge nicht verfahren, wären wir gar nicht an dieser Stelle vorbeigekommen, wer weiß, ob der Mann dann überlebt hätte, in seinem Schlamm, aber es ist eines zum anderen gekommen, und dann ist es passiert, wie es passiert ist. Natürlich hat mich Bartosz da beeindruckt, wie er dem Mann erst eine Ohrfeige verpasst und ihm dann etwas von dem Wodka eingeflößt hat, der im Kofferraum des Mazdas lag, sogar aufrichten konnte sich der Mann an Bartosz' Schulter, seinen Namen sagen – Wajder – und sich von ihm zum Bauernhof bringen lassen, das war schon heldenhaft, aber an meiner Meinung zum Krieg und seinen Teilhabern änderte das gar nichts.

Das Handy hatte natürlich keinen Empfang, aber der Mann, Wajder, wollte sowieso keinen Arzt, das hatte er gesagt: Gut gehe es ihm doch, er habe sich nur ein wenig ausgeruht, haha. Als wir dann auf seinem Hof ankamen und ihn in die Sommerküche schleppten, fiel seine Frau fast in Ohnmacht. Frau Wajder war gerade dabei, Sauerkraut einzumachen, überall standen Bottiche und Steinkrüge herum, es roch irgendwie nach Gülle, ein Huhn pickte Brotkrumen vom Küchenboden auf. Als Wajder sich auf die Küchenbank fallen ließ, die Augen schloss und vorerst nicht mehr öffnete, befahl Bartosz der Frau, nun doch den Krankenwagen zu rufen, wer wisse schon, was der Druck des Traktors mit seinen Organen gemacht habe, vielleicht sei seine Leber nun so platt wie eine Flunder oder seine Nieren so matschig wie halbrohe Kartoffelplätzchen. Weil da Frau Wajder endgültig ohnmächtig wurde, suchte Bartosz alleine das Telefon und fand es im Flur, während ich Frau Wajders Beine auf die Bank neben ihren Mann legte, ein zersessenes Kissen von einem Stuhl angelte und es unter ihren Kopf schob. Sie kam sofort wieder zu sich, murmelte etwas vom Sauerkraut, erschrak, als sie uns sah, erinnerte sich aber sogleich und schämte sich dafür, dass sie auf dem Boden lag, im Hühnerdreck. Das hier, sagte sie, sei ja bloß ihre Sommerküche, die eigentliche Küche sei ganz woanders. Und sauber, wie die Küchen in der Stadt. Ihre Tochter wohne in der Stadt, ob wir sie nicht vielleicht kennten? Magda hieße sie und …

Sie haben bestimmt eine großartige Tochter, sagte ich, und da nickte sie zufrieden und beugte sich zu ihrem Mann, der sich plötzlich bewegte und nach einem Glas Wasser und Aspirin verlangte, am besten gleich eine ganze Packung.

Mein Kopf, stöhnte er, Herrgottscheißenochmal, ich fühle mich, als hätte mich ein Traktor überfahren. Als keiner lachte, stemmte er sich an der gekachelten Wand hoch und fragte, warum wir so lange Gesichter machten. Er sei schließlich nicht tot. Das könne er sich gar nicht erlauben, nur besonders faule oder nachlässige Menschen verstürben vor der Zeit. Nicht wahr, Marysia, sagte er und tätschelte seine Frau, die ihren Kopf gegen seine Brust gelehnt hielt, nicht wahr, zu denen gehören wir nicht. Sie nickte und streifte mit der Stirn seinen Brustkorb. Wajder schrie auf.

Geh doch schon mal vor, sagte Bartosz da, das hier kann noch länger dauern. Bis der Krankenwagen eintrifft, meine ich. Meine Eltern warten.

Ich schaute zu Frau Wajder, die mit zitternden Händen ein Glas mit Leitungswasser vollllaufen ließ.

Besser, ich bleibe noch ein bisschen, sagte ich. Ich kann Frau Wajder helfen, ein paar Sachen zusammenzupacken, für das Krankenhaus.

Albernes Kalb!, schrie der Wajder da. Ich gehe nicht ins Krankenhaus! Und jetzt mach, was dein Mann dir sagt und geh! Herrgottnochmal. Meine Rippen!

Wirklich, Kinga. Was soll denn Mutter denken? Wir hätten schon längst da sein sollen.

Bartosz ging in der Küche auf und ab, scheuchte das Huhn hinaus. Ich stand aus der Hocke auf und hob dabei einen gehäkelten Topflappen und ein apathisches Entenküken auf, das ich unter der Küchenbank gefunden hatte.

Was soll sie schon denken. Dass uns eben etwas aufgehalten hat. Wie hat sie es eigentlich ausgehalten, als du im Einsatz warst?

Bartosz zuckte mit den Schultern. Ich nehme an, sie hat mehr in der Kirche gewohnt als zu Hause.

Dann wäre ja auch geklärt, was deinen Vater krank gemacht hat.

Ganz richtig, sagte Wajder da auf einmal, die Religion nämlich!, und seine Frau bekreuzigte sich heimlich.

Es ist immer die Religion, die die Leute krank macht!
Nein, sagte ich. Der Krieg ist es.

Da verpasste Bartosz dem Huhn, das sich wieder in die Küche geschlichen hatte, einen Tritt, dass es laut gackernd aufflog und in Richtung Wohnzimmer verschwand.

Fall zur Abwechslung doch mal meinem Vater auf die Nerven. Die Hütte ist ganz nah, findest du garantiert. Meine Mutter wird mit ihren Gänsen schon zurück sein, geh einfach dem Schnattern entgegen: immer geradeaus und an der nächsten Kurve links, einmal übers Feld, direkt hinter der Bauminsel. Viel Glück.

Schon wollte er sich umdrehen, aber

ich habe das nicht gewollt. Ich habe das nicht gewollt, und das wusste jeder im Camp, Mateusz Jarzębiński war mein Freund, oder so was in der Art, ich kannte ihn durch und durch, wir haben uns doch ein Zimmer geteilt, mit Socha und Lysiecki, Mann, ich wusste, wie sein Angstschweiß roch, ich konnte sein Schnarchen von dem Sochas und dem Lysieckis unterscheiden, außerdem haben die gehört, wie er mir erzählt hat von den Spinnen, die er mit seinem Vater im Keller angezündet hat, von Anna mit den roten Locken und von der Pfandleihe, die er einmal eröffnen würde. Am Abend vorher hatte er losgelegt, als er dachte, Socha und Lysiecki schlafen schon. War ja auch bei uns anderen öfter Thema gewesen: Was machen wir, wenn wir wieder zurückkommen, bei der Armee bleiben wollte eigentlich keiner. Bis auf Jarzębiński hatte aber niemand einen richtigen Plan, bloß Ideen, ein paar Träume, aber der Jarzębiński, der wusste genau, was er machen wollte. Junge, hatte der leise zu mir gesagt, wenn ich hier wegkomme, mache ich eine Pfandleihe auf. Richtig gesprächig wurde der, und obwohl ich hundemüde war und es nicht hören wollte, hatte er erzählt, wie er es anfangen wollte, wie viel Geld man ungefähr brauchte und dass er, wenn er einmal angefangen hätte, seinen Hintern nie wieder aus seinem Büro hinausbewegen würde. Ich war schon beinahe eingeschlafen, hatte ihm kaum zugehört, und überhaupt fand ich das eine komische Idee: eine Pfandleihe, das klang irgendwie unehrlich, mein Alter hätte gesagt: jüdisch, aber ein bisschen neidisch war ich schon, immerhin war das eine Zukunft, und das war mehr, als ich zu dem Zeitpunkt hatte.

Am nächsten Tag hatten alle den Eindruck, dass

die Hitze noch drückender war als gewöhnlich, sogar die Dattelpalmen an dem kleinen Platz, der die Müllhalde war, ließen die Wedel tief hängen, und dabei waren sie doch das Erste, wonach Jarzębiński schaute, jeden Morgen. Wenn morgens das Signal zum Aufstehen ertönte, war Jarzębiński schon lange wach, streckte seine kugelrunde Murmel hinter das Rollo und beobachtete, was sich dort tat, an dem kleinen Platz, der die Müllhalde war, dort nämlich, hatte er mir erklärt, gebe es das meiste Leben in diesem verdammten Camp, dort nämlich hielten sich mindestens drei Paare Felsentauben auf, einige Weißschwanzkiebitze und eine Gruppe von Saatkrähen, die wir anderen verfluchten, weil sie schon kurz nach Sonnenaufgang um 4:30 so ein Spektakel veranstalten, dass man seinen Kopf tief in das verschwitzte, flache Armeekopfkissen drücken musste, um nichts mehr zu hören.

Jarzębiński konnte sich kaum etwas Schöneres vorstellen, als diese mageren, drahtigen Vögel jeden Morgen, ein paar Mal zog er sich richtig Ärger zu, weil er zehn Minuten vor dem Weckruf anerkennend durch die Zähne pfiff, so dass alle im Raum, also ich, Socha und Lysiecki, wach wurden, und alles nur, weil er ein besonders dickes Exemplar von einer Haubenlerche gesehen hatte. Ich glaube, ich habe sogar einen Stiefel auf das Rollo geworfen, hinter dem er stand, was aber keinesfalls als direkter Angriff gemeint war, das haben damals alle schon ganz richtig verstanden, Jarzębiński übrigens auch.

An diesem Tag im September waren die Palmwedel fast ganz braun geworden, wie über Nacht entkräftet, verdorrt, und dabei hatte die Hitze am Morgen noch nicht einmal richtig ausgeholt, aber ihre Faust war schon geballt, das ja, doch es sollte noch dauern bis zum Nachmittag, dass sie ausholen, vorschnellen und mitten in meiner Fresse landen würde.

Was?, fragte Bartosz. Nervös fuhr er sich über das Gesicht, als wolle er sich einen Käfer oder ein Stück Lehm von der Stirn wischen. Nichts, antwortete ich, und meine Stimme klang merkwürdig fremd. Es ist nichts. Ich gehe schon mal vor. Bis später.

Draußen vor der Tür schien die Sonne, es war ein durchdringend klarer Herbsttag. Frau Wajder begleitete mich hinaus in den Garten. Ein paar späte Sonnenblumen blühten noch darin und Astern und Chrysanthemen, die sich wie bunte Kissen um das Haus herum verteilten. Als ich Frau Wajder rasch aufklärte, dass Bartosz auf keinen Fall mein Mann sei, sondern mein Verwandter, und ich gleich den pater familias kennenlernen würde, da raffte sie mit ein paar Bewegungen einen Arm voll blauer Chrysanthemen zusammen und drückte sie mir in die Hand.

Vielen Dank für alles, sagte sie und kniff mir in die Wangen: Damit sie röter werden. Macht einen gesünderen Eindruck.

Die Gegend war übersät mit Bauminseln, und weit und breit war weder eine Straße noch ein Feldweg zu erkennen. Ich irrte etwa eine halbe Stunde umher, bis ich auf eine Gruppe von alten Kastanienbäumen stieß. Zu ihren Füßen hatte jemand einen Grill aufgebaut. Noch überlegte ich, ob ich mich nähern sollte, da trat ein älterer Mann hinter den Bäumen hervor, balancierte in der einen Hand einen Stapel Steaks und in der anderen eine Grillzange.

Als er mich sah, mit den vom Wind zerzausten Haaren, den roten Wangen, meinem zerrissenen Strickjäckchen – Cudnys Antwort auf meinen Versuch, ihn von Bronkas Picknickkorb fernzuhalten – und dem Arm voller Blumen, da schmiss er die Steaks auf den Grill und winkte mit der Grillzange.

Was stehen Sie denn da so? Sie sehen doch, dass hier gegrillt wird. Kommen Sie schon! Das erste Stück gehört immer einem schönen Fräulein!

Guten Tag, sagte ich. Das ist sehr freundlich von Ihnen.

Nichts da, sagte da der Mann. Erst wird gegessen, dann wird geredet.

Erst als ich Bronkas türkis-lila karierte Decke weiter hinten auf der Wiese liegen sah und mitten auf ihr einen genüsslich vor sich hin dösenden Mopsmischling, da fing mein Herz an, etwas schneller zu klopfen, und so unbefangen wie möglich lächelte ich den Mann vor mir an. Es war wirklich Brunon Mysza, den ich angetroffen hatte.

Aus Verlegenheit überreichte ich ihm die Chrysanthemen, die mir Frau Wajder mitgegeben hatte. Brunon lachte laut heraus, dass das ja ganz neue Sitten seien: Junge Damen brächten doch alten Herren keine Blumen mit!

Vom Gelächter aufgeschreckt, stolperte Bronka aus dem kleinen Verschlag, der auf dem Grundstück stand, und schlug sich die Hand auf den Mund, als sie mich bei Brunon stehen sah. Ich hob kurz meine Hand, um sie zu grüßen.

Bronka ließ sich nichts anmerken, sondern kam mit ein paar weitausholenden Schritten zu uns herüber und betrachtete Brunon, ob er noch sicher und stabil auf seinen Beinen stand, ob nicht eine Zornesader auf seiner Stirn schwoll und einen gefährlichen Zustand anzeigte.

Was starrst du mich denn so an, fragte er. Schau mal, wir haben Besuch. Diese junge Dame würde uns gerne Gesellschaft leisten. Reizend, nicht?

Bronka hatte sich wieder gefangen und schüttelte mir die Hand. Gäste seien bei ihnen immer willkommen, das sei doch ganz selbstverständlich … Gäste gehörten immer zur Familie, und die Familie, die sei doch das Wichtigste? Brunon nickte, als Bronka ihn in die Seite stieß, und ich bedankte mich für so viel Freundlichkeit. Unsicher folgte ich den beiden zur Decke, und beinahe hätte ich mich schon niedergelassen, da sagte Brunon: Aber verraten Sie uns doch noch, wie Sie heißen. Wie ungezogen von uns! Mein Name ist Brunon Mysza, und das ist meine Frau Bronka.

Ich stellte mich als Kinga vor – Bronka kniff ihre Augen zusammen – und erneut schüttelten wir einander die Hände.

Kinga, sagte Brunon, Kinga, was für ein schöner polnischer Name. Hörst du, Bronka, so hätten wir Hanna nennen müssen! Ein Name, tief verwurzelt in unserer Geschichte …

Statt zu antworten, lachte Bronka kurz auf und ging hinüber zum Grill, wo sie anfing, die Steaks zu wenden. Brunon holte aus dem Schatten eines Kastanienbaums ein paar Bierflaschen und stieß mit mir an. Als er aufstand, um auch Bronka eine Flasche zu bringen, sah ich ihn zum ersten Mal von der Seite, und da wurde mir ganz schwer ums Herz. Seine knollige Nase und die hohe Stirn kamen mir vertraut vor, er ähnelte meinem Vater, keine Frage. Plötzlich kraftlos, ließ ich die Flasche sinken, dachte kurz an das Grab meines Vaters, auf dem jetzt auch die Chrysanthemen blühen mussten, aber anstatt sie persönlich zu pflegen, bezahlte ich den Friedhofsdienst, saß im polnischen Niemandsland und versuchte dem polnischen Abklatsch meines Vaters das schönste Lächeln zu schenken, zu dem ich imstande war.

Jetzt erzählen Sie uns doch, was Sie hier machen, sagte Brunon. Ihr Polnisch ist übrigens ganz ausgezeichnet. Für eine Ausländerin, meine ich. Ist eine entsetzlich schwierige Sprache, habe ich mir sagen lassen. Meinen Glückwunsch zu Ihrem Lerneifer.

Natürlich hatte er meinen Akzent bemerkt, als Polin würde ich nie durchgehen. Bronka und er waren gerade mit zwei Tellern, auf denen sich die Steaks stapelten, herübergekommen und hatten sich auf die Decke gesetzt. Unauffällig schob Bronka ein kleines Stück des Fleisches Mopsik zu, der augenblicklich wach wurde.

Lass unseren Gast doch erst mal etwas essen! Bronka tupfte mit einer Serviette einen Fleck auf ihrer Hose ab. Brunon schaute mich weiter erwartungsvoll an.

Na ja, sagte ich, ich besuche meine Familie. Zum ersten Mal.

Ein Stück Grillfleisch im Mund hin und her schiebend, nickte mir Brunon zu, anscheinend sollte ich weitererzählen. Hilflos drehte ich mich zu Bronka, die kaum merklich den Kopf schüttelte.

Und es ist so, dass –

Kinga!

Keiner von uns hatte bemerkt, wie Bartosz mit Cudny über die angrenzende Wiese gekommen war. Das Auto musste er irgendwo am Rande des Feldwegs gelassen haben. Über und über mit Matsch bekleckert, nahm Bartosz mit zwei Fingern ein Stück Fleisch vom Teller seines Vaters. Cudny schnappte danach, wurde aber sofort weggeschoben.

Ich dachte schon, du hättest dich verlaufen. Und, Papa, wie hast du unseren Familienzuwachs verkraftet?

Ein paar Fasane staksten über die abgeernteten Felder und drehten ihre Köpfe immer wieder zu der Rauchsäule, die aus einer der Bauminseln gen Himmel stieg. Was da verbrannte, war aber kein Abfall, den eine Hausfrau unbürokratisch entsorgte, auch kein Altlaub, das ein Bauer vernichtete, sondern ein paar vergessene Stücke Fleisch auf einem Grill, die Feuer gefangen hatten und ihre Himmelfahrt antraten.

Von seinem Versteck hinter den Fliederbüschen hatte Tilmann Kröger einen ausgezeichneten Blick auf das Geschehen und auf Brunon Myszas Gesichtsausdruck: erst ein verständnisloses Anheben der Augenbrauen, dann ein Stirnrunzeln und schließlich ein Hustenkrampf, der ihn schüttelte. Kinga war aufgesprungen und versuchte, zusammen mit Bronka, Brunon aufzuhelfen. Bartosz' schlug ihm auf den Rücken, und als das nichts half, packte er ihn an den Schultern und sagte, dass alles in Ordnung sei. Er sei da, die Mutter sei da, sogar Tilmann Kröger sei da. Er zeigte auf das Fliedergebüsch, hinter dem sich plötzlich etwas zu bewegen begann. Es raschelte, dann erkannte man eine Gestalt, die sich von Blättern und Humus befreite, langsam auf die Familie zukam und freundlich grüßte.

Was macht der denn hier, fragte Kinga, aber niemand antwortete. Dabei war es Bronka höchstpersönlich gewesen, die ihn gebeten hatte, sich bereitzuhalten, immerhin war er ebenfalls Deutscher, konnte bei Sprach- und anderen Problemen einspringen, falls die Situation eskalierte. Ihre Idee war es ebenfalls gewesen, dass er sich vorerst im Hintergrund hielt, um das Treffen nicht zu stören, falls alles glatt verlief.

Ist noch etwas Bier da?, fragte Kröger, hauptsächlich, um die Herrschaften auf andere Gedanken zu bringen. Er spürte, wie sich in seinem Haar mehrere Marienkäfer bewegten, widerstand aber dem Drang, sich zu bücken und seinen Kopf über dem Gras auszuschütteln.

Wer sind Sie wirklich, fragte Brunon, nachdem er aufgehört hatte zu husten. Kinga schob vor Aufregung ihre Hände in die Gesäßtaschen und sagte mit gesenktem Blick, dass sie Kinga Mischa sei, die Tochter von Emmerich und Enkelin von Konrad Mischa.

Sie ist deine Großnichte, unterbrach Bronka sie eilig. Emmerich ist vor kurzem gestorben, und jetzt ist sie eine Vollwaise. Das arme Kind, schau sie dir doch an! Und reg dich bitte nicht auf. Denk an deinen Vater, denk daran, was Marian sich gewünscht hatte.

Brunon Mysza hatte nicht vergessen, was der letzte Wunsch seines greisen Vaters Marian gewesen war: Friede müsse gemacht werden mit allen Myszas, Mischas und allen Blutsverwandten überhaupt auf dieser Erde. Dass jedenfalls wenige Jahre nach seinem Ableben tatsächlich eine entfernte Verwandte in der Stadt erschien, hätte Brunon wie ein Fingerzeig Gottes oder zumindest des Schicksals vorkommen können, tat es aber nicht – vielmehr nahm er es zum Anlass, rot anzulaufen, sich zu seiner Frau zu drehen, die er anscheinend verdächtigte, mit der Deutschen unter einer Decke zu stecken, und loszubrüllen. Wie lange man ihm eigentlich schon wichtige Informationen vorenthalte? Ihn für einen dementen, siechen, hinfälligen Krüppel halte, der nicht mehr fähig sei, die Geschicke der Familie zu lenken? Ob sie etwa vorgehabt hätten, allein mit dieser Katastrophe zurechtzukommen? Was solle denn jetzt aus der Wohnung werden? Den Einnahmen? Sie wüssten doch ganz genau, wie wenig seine Rente zum Leben ausreiche …

Ausgerechnet Bartosz sprang für Kinga ein und sagte, dass sie zwar etwas merkwürdig sei, aber sicher keine Katastrophe. Bronka nickte und hakte sich bei ihrem Sohn unter. Sie ist wirklich ein ganz nettes Mädchen. Wir haben sie schon mehrmals getroffen und –

Mehrmals?, polterte Brunon wieder los, und vielleicht bekam deshalb niemand mit, wie Kinga Mischa, den Tränen nah, die Wiese hinunter zu dem kleinen Verschlag wankte, wo sie wahrscheinlich die Toilette vermutete. Kröger, der es für das Klügste hielt, sich aus dem Familienstreit herauszuhalten, blieb bei seinem Bier und in sicherer Entfernung unter dem Kastanienbaum. Bronka redete auf Brunon ein, und unter ihrem Einfluss setzte er sich wieder auf die Decke und nahm sein Bier zur Hand.

Bartosz hatte sich zum Grill verzogen und zerrte ein paar Würstchen aus ihrer Verpackung. Cudny bekam ein rohes Würstchen zugesteckt, das er ohne zu kauen hinunterschlang.

Dann drang vom hinteren Teil der Wiese ein Klappern, ein Flügelschlagen, ein erschrockener Schrei von Kinga zu den Myszas. Ein Dutzend Gänse drängte aus dem Verschlag ins Freie, zeterte, schnatterte und flog ein paar Meter in die Höhe. Kaum dass Cudny sein Würstchen verschlungen hatte, galoppierte er auf sie zu und fing an, nach ihnen zu schnappen, Mopsik folgte ihm ein paar Meter, ließ sich aber schon bald ermattet ins Gras fallen und beobachtete von dort, wie Cudny eine der Gänse am Bein erwischte. Kröger ließ sein Bier fallen und eilte zur Hilfe, auch Bronka und Bartosz kamen angelaufen. Kinga blieb wie versteinert stehen und schien nicht ganz zu begreifen, was geschehen war. Später würde sie gestehen, dass sie sich vor keinem Tier so sehr fürchtete wie vor Gänsen, was die allgemeine Stimmung etwas heben sollte, auch wenn Bartosz sich nicht beherrschen konnte und alle paar Minuten losschnatterte.

Während Bronka und Kröger hinaus aufs Feld liefen, um die Gänse zurückzuscheuchen, versuchte Bartosz den Hund zur Vernunft zu bringen. Kinga, aus ihrer Starre erwacht, war ihm nachgerannt und hielt Cudny am Halsband fest. Vorsichtig löste Bartosz das Bein der Gans aus der Hundeschnauze. Sofort machte diese sich von ihm frei und flatterte davon, in Richtung Bronka, die sofort ihre Jacke über sie stülpte und sie festsetzte.

Was für ein Zirkus, rief Kröger. Großartig. Sollen wir weiterjagen?

Bronka schüttelte den Kopf.

Die sind rüber zur Bäuerin. Die können wir nachher dort abholen, da bin ich mir sicher. Die wird Augen machen.

Entschuldigung, sagte Kinga. Ich dachte, da drin wäre die Toilette.

Weißt du, wie viel eine Schar Gänse kostet? Bronka sperrte die übriggebliebene Gans zurück in den Schuppen und richtete ihre aufgelöste Frisur. Wenn wir die nicht alle wiederbekommen, haben wir ein Vermögen verloren.

Ja, so geht das los, sagte Brunon, der auf seiner Decke geblieben war. Die Gänse sind erst der Anfang. Erst verlieren wir das Federvieh und schließlich die Wohnung, die uns doch zusteht. Das war ein Omen!

Kinga zuckte unmerklich zusammen. Früher oder später würde dieses Thema verhandelt werden müssen, das war klar gewesen. Aber ausgerechnet jetzt? Das war kein Omen, das war ein Unfall, sagte sie schließlich. Und wegen der Wohnung …

Du hast völlig recht, Kinga, unterbrach sie Bronka. Natürlich ist es erst einmal das Beste, wir belassen alles beim Alten, bis sich die Wogen geglättet haben. Und es ist ja auch Platz in der Wohnung. Und da du praktisch zur Familie gehörst, kannst du unseretwegen auch nur die Hälfte der üblichen Zimmermiete zahlen. Als Zeichen unseres guten Willens.

Kinga lachte kurz auf, und Bartosz fing an, nervös ein paar Würstchen auf seinen Teller zu stapeln. Schließlich konnte sich Kinga nicht mehr beherrschen. Eine Frechheit sei das, jawohl, immerhin sei sie Eigentümerin der Wohnung. Ihr Vater sei anscheinend der großzügigste Mensch jenseits der Oder gewesen, und was sei nun der Preis? Dass sie, Kinga, Miete zahlen solle? Sie habe sich auf allerhand vorbereitet, wollte der Familie eigentlich entgegenkommen, aber unter diesen Umständen werde sie sich das noch einmal überlegen. Und ob sie tatsächlich zum Notar gehen würde, so, wie ihr Vater es sich gewünscht hatte, darüber müsse sie ebenfalls noch einmal nachdenken.

Als sie das hörte, lenkte Bronka sofort ein und sagte, dass es sich hier um ein unglückliches Missverständnis handeln müsse, natürlich müsse sie, Kinga, keine Miete zahlen, wo denke sie denn hin. Was sie gemeint habe: Wenn ihre Mitbewohnerinnen einmal in der Klemme sein sollten, finanziell, sei es selbstverständlich kein Problem, wenn *sie* die Hälfte der Miete zahlten. Bronka setzte ihr süßestes Lächeln auf. Und was Emmerichs Testament angehe … sie gedenke doch nicht etwa, den Willen ihres Vaters zu unterlaufen? Das habe er ihnen damals versprochen: Dass nach seinem Tod die Wohnung ihnen gehören würde, und niemandem sonst.

Kinga blickte hilfesuchend erst zum Auto, dann zu Kröger, der so unbeteiligt wie möglich das Etikett von seiner Bierflasche abzupfte.

Bartosz, der nicht gemacht war für solche Auseinandersetzungen, fuhr sich über den Kopf, der Teller mit den Würstchen schwankte bedenklich in seiner Hand. Weißt du was, Kinga? Warum sagst du nicht einfach, dass du die Wohnung verkaufen willst?

Will ich vielleicht gar nicht, sagte Kinga. Das habe ich an meinem Vater gesehen: Wie ihn das kaputtgemacht hat, die eigene Heimat zu verlieren. Aber davon wisst ihr ja nichts.

Da stand Brunon von der Decke auf und steckte sich das Hemd tiefer in die Hose. Wissen? Der Krieg ist wie ein Panzer über uns hinweggerollt, uns hat er tief in den Asphalt der Stadt hineingedrückt, euch hat er wie ein Bulldozer vor sich hergeschoben und als Häuflein Dreck irgendwo in Westdeutschland abgeladen. Es war aber die Entscheidung deines Großvaters, die Stadt zu verlassen. Hat lange gedauert, bis mein Vater Marian das begriffen hat. Kurz vor seinem Tod hatte er noch einen Wunsch: Dass sich die Familie endlich versöhnen möge. Er ist vor ein paar Jahren gestorben, aber das weißt du ja, ohne sein Testament wäret ihr schließlich nie an die Wohnung gekommen.

Tut mir leid. Dass er gestorben ist, meine ich.

Ach so? Mir nicht. Bis auf die Zeit vor seinem Tod war

er unausstehlich. Hat immerfort von der Wohnung geredet und davon, wem sie wirklich gehört. Angeblich hatte sein Vater sie ja Konrad vermacht, nicht ihm. Wollte er noch zurechtbiegen, vor seinem Tod, und hat die Wohnung Emmerich vererbt. Mein Vater hat immer gesagt: Gedanken sind Kräfte. Er hat dich hergerufen, und du bist ihm gefolgt.

Unwillkürlich schüttelte Kinga den Kopf. Sie war ganz in einen Gedankengang versunken und kam erst wieder zu sich, als ein Motor aufheulte. Bartosz hatte anscheinend genug vom Familientreffen. Mit weit offenstehendem Kofferraum und durchdrehenden Reifen fuhr er den Feldweg hinunter.

Auf der Rückfahrt hörten wir Mazurkas von Chopin und schwiegen. Der kleine Streit, den Bartosz und ich um die Staatsangehörigkeit des Komponisten anzettelten, währte nicht lange, und schon bald waren alle wieder in ihre eigenen Gedanken versunken. Ob mit dem Treffen etwas gewonnen war? Schwer zu sagen. Kurz bevor Bartosz sich erbarmt hatte und wieder umgekehrt war, hatte Bronka verboten, noch einmal von der Wohnung zu sprechen.

Als wir die Stadtgrenze wieder erreicht hatten, fiel mir Renia ein. Ich schämte mich für meine Beichte vor der Abfahrt. Was, wenn ich heillos übertrieb? Vielleicht war ich auf eine andere, familiäre Weise mit gewissen Menschen verbunden, vielleicht hatte ich einfach ein Gefühl für sie, und alles andere war nichts als Tagträumerei. Ich würde all das klarstellen müssen, wenn ich sie sah. Meine feuchten Handflächen wischte ich an der Hose ab, als wir vor dem Haus hielten.

Und dann war sie nicht einmal da. Ich stand im Flur, neben mir ein Korb mit Restessen, den mir Bronka mitgegeben hatte, darin auch eine Flasche Krimsekt, die mir Brunon zugesteckt hatte. Ich rief Renias Namen, aber erst war Stille, und dann hörte ich, wie Albina die Treppe hinter mir hochging, mich begrüßte und sagte, dass Renia an diesem Abend arbeiten würde, sie mir aber einen Umschlag dagelassen habe. Umständlich zerrte sie an der vorderen Tasche ihres Overalls, und als sie endlich wieder aufblickte, hielt sie einen zerknitterten Umschlag in der Hand, auf den ein Auge gemalt war, mit riesigen Wimpern und einer schwarzen Pupille. Die Kugelschreibertinte war etwas verwischt und hatte Flecken auf Albinas Fingern hinterlassen.

Umschlag gegen Schampus, sagte ich zu ihr.

Niemals, antwortete Albina. Umschlag gegen Schampus plus Picknickkorb plus Gesellschaft beim Abendbrot.

Ich nickte, besiegt. Wir gingen hinüber, und während sie das Essen auf dem Tisch ausbreitete und mich danach ausfragte, wie das Treffen verlaufen sei, öffnete ich den Umschlag, holte einen gelblichen Zettel heraus und las: Morgen 16 Uhr im Elektronikgeschäft beim alten Wehrturm. SEI PÜNKTLICH. Renia.

Was, bitte, soll ich in einem Elektronikgeschäft? Was für ein Wehrturm?

Aha. Albina nahm mir den Zettel aus der Hand und führte ihn zu ihrer Nase, schloss die Augen und sagte: Patchouli. Soso. Hast du mit Renia über ihren Job geredet?

Habe ich. Albina rollte mit den Augen und sagte, dass Demoiselle Mayas Parfum unverkennbar sei, von ihr stamme die Nachricht, auch wenn Renia sie geschrieben habe. Ihre letzte Bekanntschaft habe Renia übrigens ganz ähnlich ins Varieté geschleust. Ob ich mir das auch gut überlegt hätte? Nicht alle würden so etwas vertragen. Renia zum Beispiel, die tue zwar so, als wenn alles in Ordnung sei, dabei sei gar nichts in Ordnung, und schuld daran sei dieser Job. Ob ich kapiert hätte?

Nein, sagte ich. Wer ist noch mal Demoiselle Maya?

Am nächsten Tag, Renia war nicht in der Wohnung erschienen, machte ich mich auf den Weg zu der Straße, die mir Albina beschrieben hatte. Das Elektronikgeschäft lag versteckt hinter ein paar Baucontainern mit Schutt, dem ein paar junge Birken und jede Menge Schafgarbe entwuchsen. »Marios Welt« stand in verblichenen roten Buchstaben über der Tür. Wer immer in dieser Gasse den Mut gehabt hatte, einen Laden mit Elektronik zu eröffnen, war nicht dafür belohnt worden. Ich war enttäuscht, sicher, am falschen Ort zu sein, und dabei hatte ich mich beherrschen müssen, nicht schon viel früher loszugehen. Auf meine Anrufe hatte Renia nicht reagiert, sie musste ihr Handy ausgeschaltet haben. Wie sollte ich mich auf das Gespräch vorbereiten, wenn ich nicht einmal ahnte, wie sie meine Offenbarung aufgenommen hatte?

Hinter der Scheibe des Geschäftes war es dunkel. Die wenigen Pappschachteln, die noch in der Auslage zu sehen waren und auf ein paar Regalen ihr Dasein fristeten, waren vergilbt und zeigten Geräte, wie sie vor ein paar Jahren modern gewesen sein mochten. Spinnweben und Überreste von Pollen und Blättern hatten sich im Gitter der Eingangstür verfangen, und so dick, wie der Taubendreck auf den Stufen vor der Tür lag, hielt ich es für unmöglich, dass jemand in letzter Zeit diesen Ort betreten hatte. *PÜNKTLICH,* stand auf dem Zettel, der sich in meiner Hosentasche knüllte. Über dem P prangte eine winzige preußische Pickelhaube, die Sache war also ernst.

Es war bereits fünf nach vier, als ich die Klinke hinunterdrückte und den Raum betrat. Wenn jemand kommen und fragen sollte, was ich hier tat, würde ich einfach sagen, ich hätte mich verlaufen. Einer Touristin würde man das sicher abnehmen. Die Tür zu einem hinteren Raum stand halb offen, hell war es dahinter, ich meinte, einen Hauch von Patchouli zu riechen, und trat etwas näher.

Na endlich, sagte eine Stimme. Ich dachte schon, du würdest dich nie hertrauen.

Renia?, fragte ich und ging ein paar Schritte weiter. Natürlich hatte ich bemerkt, dass es sich unmöglich um Renias Stimme handeln konnte, Renias Stimme war von einer angenehmen hohen Tonlage, diese Stimme aber war anders, tief und rauchig, aber da sie mich angesprochen hatte, folgte ich ihr.

Guten Tag, sagte ich und dann gar nichts mehr, denn die Betrachtung der Person vor mir nahm meine ganze Aufmerksamkeit in Anspruch. Auf dem silberfarbenen Aluminiumstühlchen thronte eine Dame, weit über sechzig, in schwarz-violettem Kostüm, dick Kajal auf den faltigen Augenlidern und eine Zigarette an einer Elfenbeinspitze genüsslich zu ihrem Mund führend. Sie musterte mich von oben bis unten.

Ich bin Maya, sagte sie. Renia hat mir von dir erzählt. Möchtest du einen Kaffee?

Sie lächelte, als sie bemerkte, dass ich unschlüssig war, ob ich sitzen oder stehen wollte. Mit einer raschen Handbewegung schob sie einen Stuhl zur Seite, und so setzte ich mich vor eine dampfende Tasse, deren Inhalt sich später als Tütencappuccino entpuppen sollte. Ich fragte, was das eigentlich für ein Geschäft sei, in dem wir uns befanden. Maya sog an ihrer Zigarette und betrachtete mein Gesicht. Sie sah mir nicht in die Augen.

Ach, das, sagte sie. Mario war zu faul, das Schild abzumachen. Das hier ist unsere Kantine, unser Café, wenn du so willst. Den vorderen Raum benutzen wir nicht. Eigentlich kommt man hier herein. Sie deutete auf eine Tür, die auf einen Hof führte. Die Vorstellungen dauern manchmal bis spät in die Nacht. Wir haben auch ein paar Matratzen, manchmal schläft einer der Künstler hier. Vor Erschöpfung, du verstehst.

Ich nickte, obwohl ich gar nichts verstand.

Also, wie ist es? Maya drückte die Zigarette auf dem Unterteller ihrer Tasse aus.

Wie ist was?, fragte ich. Mir wurde zunehmend unwohl. Ich überlegte, rasch meine Tasse zu leeren und zu Hause auf Renia zu warten.

Renia hat erzählt, dass du Geldprobleme hast.

Unsinn, sagte ich. Dann rechnete ich nach. Der Kurs stand gerade sehr schlecht, das stimmte, außerdem hatte ich vorerst keine Einnahmen. Pleite war ich zwar nicht, trotzdem würde das Geld nicht besonders lange reichen.

Jedenfalls sind noch keine in Sicht. Darf ich fragen, warum Sie sich für meine Finanzen interessieren?

Ich interessiere mich nicht für deine Finanzen, Kleine, sondern für dein Köpfchen. Benutze es doch mal. Künstler mit Phantasie kann ich immer gut gebrauchen. Und jetzt besonders, da wir einen Ausfall haben. Hast du schon mal auf einer Bühne gestanden?

Klirrend stellte ich meine Tasse auf dem Tisch ab, neben die Untertasse. Nein, ich hätte noch nie auf einer

Bühne gestanden, sagte ich, aber überhaupt müsse es sich hier um ein Missverständnis handeln, was solle ich denn schon vorführen, ich sei schließlich keine Zirkusartistin. Ihr Ausfall tue mir leid, aber ich könne ihr überhaupt nicht helfen.

Da stieß sie mich an der Schulter, tat belustigt und sagte, dass ich mich nicht so zieren und es einfach mal vorführen solle. Na: Was mir denn so in den Kopf käme?

Ach, sagte ich. Jetzt erst begriff ich. Die Sache war mir mehr als peinlich. Hoffentlich war Maya die einzige Person, der Renia von unserem Gespräch erzählt hatte.

Sie irren sich. Das funktioniert nicht auf Knopfdruck, nur manchmal kommt es über mich, bei manchen Personen stärker, bei manchen schwächer.

Dann übe, antwortete Maya. So hat es bei Renia auch angefangen. Wir verfügen über eine illustre Runde von Stammgästen. Die Bezahlung ist recht gut. Denk darüber nach. Mir persönlich ist es übrigens herzlich egal, worum es sich handelt. Meinetwegen erzähle den Leuten irgendwelche Märchen, die sie dir glauben. Meinetwegen sei ein Weltwunder. Das Einzige, was zählt, wenn du für mich arbeiten willst: Reiß dich zusammen. Und mach eine gute Arbeit.

4.

Vor Zeiten gab es einen Tischler, der hatte zwei Söhne: Marian und Konrad. Konrad aber liebte er mehr als Marian.

Über fünfzehn Jahre waren vergangen, seitdem der Tischler mit seiner Familie in die Stadt am Meer gekommen war. In dieser Zeit hatte er sich mit seiner Frau gestritten und wieder versöhnt, seine Söhne waren herangewachsen und er selber hatte viele Jahre in der Tischlerei gestanden und gearbeitet. Einige Jahre war er im Krieg gewesen, im großen, der sich über die Welt gezogen hatte, und diese Jahre waren mächtiger gewesen als die Jahre daheim bei seiner Familie. Als er aus dem großen Krieg wieder zurückgekommen war, mochte er kaum noch ein Wort sprechen, und es gab Tage, da er gar nicht hoch in die Wohnung kommen wollte, sondern es vorzog, in der Werkstatt zu bleiben. Seine Frau Magda hatte ihn mehrmals gefragt, ob er vielleicht lieber zurück auf das Land zöge, wo es Ruhe gab und Frieden, aber er hatte nicht geantwortet, sondern nur den Kopf gehoben und gesagt: Friede, Weib, den gibt es nirgends.

So waren die Mischas in der Stadt geblieben, der einzigen Welt, die Marian und Konrad sich vorstellen konnten, einer dichtgedrängten Welt aus Backstein, dem Kreischen der Möwen, dem Rattern und Schnaufen der Züge auf dem Güterbahnhof, den gebrüllten Befehlen, die vom Gelände der Kaserne aufstiegen, dem Klappern der Droschken, den Schreien der Marktfrauen, dem Kreischen der Katzen, die sich über das Kopfsteinpflaster der Altstadt jagten, und schließlich dem Glockengeläut, das, je nach Windstärke, mal ohrenbetäubend laut, mal entfernt und leise von den Kirchen herüberklang. In der Schule blickten Marian und Konrad mitleidig herab auf die Kinder, die jeden Morgen mit der Bahn aus den umliegenden Dörfern in die Stadt fahren mussten: Nach Heu rochen die, nach der Leibeswärme von Tieren und Großmüttern, nach Schlaf und nach frischer Milch, die sie in kleinen Kannen dem Lehrer mitbrachten.

Jedes Mal, wenn ihre Mutter ihnen etwas von ihrer ursprünglichen Heimat draußen im Wald erzählen wollte, vom Fluss und dem Wassermann, der in ihm wohnte, liefen sie rot an und kratzten sich hinter den Ohren: Ihre Scham und Bestürzung über ihre Herkunft gehörten zu den wenigen Dingen, die sie verbanden. Konrad war mittlerweile größer als sein Vater, dürr und mit braunem, drahtigem Haar. Marian hingegen geriet nach seiner Mutter, rundlich, mit weichem Gesicht, hellen Locken und Sommersprossen. In der Schule und während der langen sommerlichen Nachmittage war Konrad stets umgeben von mehreren Halbstarken aus der Nachbarschaft, *der Kompanie*. Konrad überragte alle und hatte sich einen scharfen Tonfall angewöhnt, wie er ihn aus der Kaserne ein paar hundert Meter weiter gehört hatte. Ihm selber und den anderen imponierte es sehr, wenn sie nach der Schule nach Hause gingen und Konrad sagen hörten: Plan für heute Nachmittag! Kosmowski, Butterbrot! Scheile, zeitig einfinden! Schmidt und Grynberg, bereithalten!

Zur Kompanie gehörten mal fünf, mal sechs, mal acht Mitglieder, je nach Konrads Launen und Bedürfnissen.

Nur ein Junge war zugleich immer und doch nie Mitglied der Kompanie: Marian, der sich mit seinen zarten Händen stets verletzte, wenn die Kompanie eine Hütte baute, der sich eine Lebensmittelvergiftung zuzog, wenn sie eine Delikatesse aus dem Mülleimer einer Schänke herausgefischt hatten, und der eine Lungenentzündung bekam, wenn sie eine Nacht draußen im Freien verbrachten.

Die anderen Mitglieder stöhnten, wenn sie sahen, dass Marian auf sie zugetrabt kam, aber Konrad zuckte nur mit den Schultern. Keiner von ihnen mochte ihn leiden, sein Lächeln und seine hellen Augen verwirrten sie, und selbst Konrad sprach kaum mit seinem Bruder, wenn er bei der Kompanie war. Er duldete ihn nur, weil er wusste, was sonst mit Marian geschehen würde: Die Kompanien der anderen Viertel würden ihn aufgreifen, an einen geheimen Ort entführen und ihm Moos und Steine in den Mund stopfen, so wie es schon einmal geschehen war. Damals hatte nicht nur Marian, sondern auch Konrad Prügel vom Vater dafür bekommen, dass so etwas hatte geschehen können. Seitdem wurde Marian bei den Streifzügen geduldet.

Es war an einem Tag im Herbst, dass Konrad ohne seine Kompanie im Innenhof bei der Hundehütte saß und den Schäferhund streichelte. Er schien auf etwas zu warten, immer wieder ging sein Blick hinaus zur Pforte, glitt auf die Straße und wieder zur Pforte. Der Hund hechelte, legte seinen Kopf in Konrads Schoß und hob ihn erst wieder, als Marian über den Hof kam. Marian hielt etwas in der Hand, das Konrad erst erkannte, als er vor ihm stehen blieb. Sofort ließ er den Hund los und stand auf.

Vaters Bernstein.

Er nahm den Anhänger an seiner Silberkette aus Marians Hand, in der Sonne glühte er auf. Im Gegenlicht war deutlich das winzige Körperchen der Spinne zu erkennen. Ihre Beine waren so verrenkt und nach vorne gerichtet, als hätte sie noch im letzten Moment versucht, den Harztropfen von sich zu schieben.

Was machst du damit?

Er hat ihn mir geschenkt, stell dir vor.

Marians Wangen waren vor Aufregung rot geworden, Schweiß glänzte auf seiner Stirn, wie immer, wenn er dem Vater begegnet war. Es war das erste Mal gewesen, dass der Vater ihm etwas geschenkt hatte, und zwar ausdrücklich ihm und nicht Konrad. Das hatte er ihm richtig eingebleut: Das, Marian, ist dein Anhänger, du bist sein nächster Träger, und du darfst ihn unter keinen Umständen abgeben. Hörst du, er darf nicht in Konrads Hände gelangen. Marian hatte zwar nicht begriffen, warum er ihn Konrad nicht einmal ausleihen durfte, hatte sich aber so über das Geschenk gefreut, dass er sich nicht getraut hatte nachzufragen.

Du wirst ihn doch nicht etwa tragen? In Konrads Kopf rotierte es. Er wusste, dass sein Vater ihn bevorzugte, er gab ihm sogar heimlich Geld, ohne der Mutter oder Marian etwas davon zu sagen. Warum hatte also nicht er den Stein bekommen? Er war schließlich der Ältere und der Stein ein Erbstück …

Klar werde ich ihn tragen, sagte Marian, nahm seinem Bruder die Kette aus der Hand und legte sie sich um den Hals. Stolz hatte es ihn gemacht, dass sein Vater ihn wenigstens einmal dem Bruder vorgezogen hatte, so stolz, dass er sich gar nicht gewundert hatte, warum Konrad alleine im Innenhof saß. Auch dass neben ihm ein Säckchen mit Nägeln und mehrere Hämmer lagen, fiel Marian erst jetzt auf. Schon wollte er fragen, wo denn die Kompanie sei, da schien ihm etwas einzufallen. Plötzlich sah er Konrad ungläubig an, rieb sich die Stirn, auf der erneut der Schweiß schimmerte, und stöhnte leise auf.

Was ist, fragte Konrad und wog in seinen Händen ein paar Nägel, aber Marian antwortete nicht. Unentwegt hielt Marian den Blick auf seinen Bruder gerichtet, so lange, bis Konrad ihn zur Seite schubste und ihn fragte, ob Marian seine Zunge verschluckt habe. Dann nahm Konrad das Säckchen und die Hämmer, warf einen letzten Blick auf den Bernstein an Marians Hals und lief aus dem Hof hinaus auf die Straße. Warte, wollte Marian rufen, aber seine Stimme versagte, ganz so, als hätte er tatsächlich seine Zunge verschluckt. Als er wieder zu sich kam und zur Pforte rannte, war Konrad bereits um die Ecke gebogen und nicht mehr zu sehen.

Er setzte sich auf die Stelle, an der Konrad vorher gesessen hatte, und fragte sich, wohin sein Bruder wohl gegangen sein mochte. In den letzten Tagen hatte es in der Kompanie keine neuen Pläne mehr gegeben, vielleicht hatte man sie Marian verheimlicht. Aber vorhin, als er Konrad angesehen hatte, stand ihm ein sonderbares Bild vor Augen: eine einsame Hütte im Wald, von der niemand etwas wusste, in die jemand heimlich Lebensmittel, Decken und Süßigkeiten geschafft hatte, und mittendrin Konrad, der die Hütte sorgfältig herrichtete und immer wieder innehielt, um sie zu betrachten. Sogar eine Kerze, die er der Mutter gestohlen haben musste, stand auf einer kleinen Kiste und flackerte auf, als Konrad sie anzündete.

Plötzlich lachte Marian, denn er wusste, wo sein Bruder war. Als der Vater zurück in die Werkstatt gegangen war, stand er auf und machte sich auf den Weg hinaus in den Forst, dorthin, wo er die geheime Hütte vermutete.

Marian erkannte Konrad schon von weitem. Die Hütte war zwar von einer Gruppe junger Buchen verdeckt und lag etwas abschüssig an einem Hang, aber Konrad kam immer wieder herausgelaufen, zog die Decke zurecht, die er als Eingangstür angebracht hatte, und dichtete mit einer Handvoll Moos die Ritzen zwischen den Balken ab. Sein Fluchen, wenn er auf ein paar nassen Buchenblättern ausrutschte, war weithin hörbar. Als Marian sah, wie klein die Hütte war, wusste er, dass er mit seiner Eingebung richtig gelegen hatte: In diese kleine Hütte konnte unmöglich die gesamte Kompanie hineinpassen, diese Hütte bot höchstens Platz für zwei.

Die Hände fest gegen den Mund gepresst, kauerte Marian hinter einer mit Efeu bewachsenen Holzbank und dachte daran, wie sich die Jungs aus den höheren Klassen anstrengten, den Mädchen nahezukommen. Wie sie ihnen nachgingen, vor ihrer Schule standen und ihnen Limonade anboten, Wochen, Monate konnte sich das hinziehen, bis ein Mädchen nachgab und sich küssen ließ. Marian dachte an seinen Bruder, wie unbeholfen er immer tat, wenn etwa Lilli oder Agnieszka aus der Nachbarschaft bei ihnen im Hof erschienen, und da tat er ihm leid. Marian wusste, wie man mit Mädchen zu reden hatte, wie man sie zum Lachen brachte, schließlich hatte er, bevor sein Bruder ihn aufgenommen hatte, die meiste Zeit bei ihnen verbracht, und die Mädchen hatten mit seinen blonden Locken gespielt und ihm Blumen hinter die Ohren gesteckt. Ganz anders Konrad: Der kannte nur den Umgang mit den Mitgliedern der Kompanie. Aber war er nicht sein Bruder, und hatte er ihn nicht immer vor den anderen Kompanien beschützt?

Als Konrad sich von der Hütte entfernte, beschloss Marian, seinem Bruder etwas auf die Sprünge zu helfen. Er hob einen Ast vom Boden auf, entfernte die Seitentriebe und ging hinüber zur Hütte. Vorsichtig umkreiste er sie, den Ast auf dem Boden, und fuhr immer wieder eine Linie nach, die er zwischen das Laub in die Erde ritzte. Dreimal umzog er die Hütte, dann stellte er sich vor den Eingang und lächelte zufrieden.

Heinz Segenreich war der stärkste Junge der Kompanie. Kaum zwei, drei Schläge brauchte er, damit Konrad Mischa bewusstlos ins Gras zwischen den Buchen fiel. Aber wie hatte das auch ausgesehen: Um das neue Hauptquartier der Kompanie hatte sich ein riesiges Herz gerankt, noch dazu durchbohrt von einem Pfeil! Die Spitze hatte direkt auf ihn, Heinz Segenreich, gezeigt, als er mit Konrad zur Hütte gekommen war. Konrad war sofort errötet, tat überrascht, schockiert, aber da war es schon zu spät.

Als Marian sich am Abend wieder nach Hause traute, war Konrad bereits von der Mutter verarztet worden und würdigte seinen Bruder keines Blickes. Die Eltern sollten nie ganz begreifen, was die Brüder derart hatte entzweien können: Nie wieder sahen sie sie miteinander reden, Fußball spielen oder zusammen zum Meer fahren. Auch verschwiegen sie ihnen, was Konrad zugestoßen war oder warum Marian sich so lange versteckt hatte: Magda war zu erschrocken, und Kazimierz war es halbwegs egal gewesen, auch wenn er das vage Gefühl nicht abschütteln konnte, dass es ein Fehler gewesen war, Marian den Anhänger zu schenken.

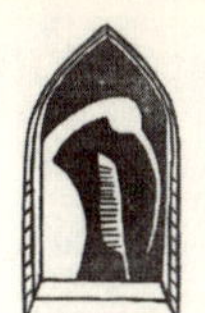

Wenige Wochen nach Kingas Ankunft in der Stadt hatten sich bereits herbstliche Nebel vom Fluss gelöst, waren in die Gassen der Innenstadt gedrungen und bereiteten die große Kälte vor. Auf den Straßen und in den Parks, die an den Resten der Stadtmauer entlangliefen, ließen sich immer weniger Menschen sehen, so dass man meinen konnte, einer jener Schicksalsschläge habe die Stadt heimgesucht, zu denen sie seit Jahrhunderten neigte; seien es Seuchen, Kriege oder die Verschiebung von Staatsgrenzen. Dabei war es nur der Herbst, der alles Leben in Häuser, Cafés, Geschäfte und Salons verbannte.

Zwei frierende Touristen drängten sich auf der Brücke über dem Fluss zusammen, um ein Foto zu schießen. Das Wasser unter ihnen lag so regungslos da, als sei es aus Blei gegossen. Das Geländer der Uferpromenade, vor noch gar nicht langer Zeit Rückgrat der Fisch-, Schmalzbrot-, Edelsteinbäumchen-, Buddelflaschen- und Luftballonverkäufer, der Handleser und Kunstmaler, diente nun einzig als Befestigung für Plakate und Ankündigungen von Shows, Konzerten und Attraktionen aller Art. Für die kleinste Veranstaltung ließ sich dort ein Poster oder ein Zettel finden, der sie anpries und ihre Qualität lobte, der jedem Besucher ein Freigetränk oder zumindest eine Vergünstigung versprach, immerfort wurde etwas eröffnet, demnächst geschlossen, feierte Jubiläum oder war neu entworfen worden.

Trotz des Windes, der jetzt aufgekommen war, entschieden sich die zwei Touristen für einen Spaziergang die Uferpromenade hinunter. Vor einigen Plakaten blieben sie stehen, griffen mit eisigen Fingern nach Abreißzettelchen und eilten weiter. Was sie nicht wussten und nicht wissen konnten: In der Stadt gab es zu jener Zeit nur eine einzige sehenswerte Show, und ausgerechnet die sah von jeder Form der Werbung ab. Kein Plakat, kein Handzettel, auf dem jemals gestanden hätte, dass Mayas Varieté geöffnet habe und seine Artisten präsentierte, kein Wort von dem Spielort zwischen Stadtmauer und Schnellstraße, nein.

Das war Teil des Geschäftskonzepts: das *Collegium Obscurum*, wie sich das Varieté etwas hochtrabend nannte, war darauf angewiesen, dass die geladenen Gäste sich in einem exklusiven Rahmen wähnten, als Teil einer verschworenen Gemeinschaft, die gelegentlich zusammenkam, um etwas Ungeheuerlichem beizuwohnen. Jene Ungeheuerlichkeiten wurden von Maya sorgfältig ausgesucht und so lange mit ihren Künstlern einstudiert, dass es tatsächlich aussehen musste, als geschähe vor den Augen des Publikums etwas Übernatürliches, etwas, das sie Mal um Mal eine dreistellige Summe entrichten ließ.

Kingas Mitbewohnerin Renia gehörte zum festen Kern des Ensembles, ihre Darbietung war unbestritten der Höhepunkt jedes Abends. Mit ihrem zarten, langen Hals und ihrer filigranen Figur hätte sie zwar auch als Schauspielerin oder Balletttänzerin des Stadttheaters arbeiten können, aber mit der verblüffenden Darstellung eines Mediums in Trance verdiente sie wohl mehr, als jeder Theaterschauspieler sich je erhoffen könnte.

Der feste Kern des Künstlerensembles wurde dann und wann ergänzt von Gästen, deren Auftritte die Show abwechslungsreich und unvorhersehbar machten. Hätte es eine bessere Möglichkeit für Kinga geben können, in der Stadt zu bleiben und Renia so nah wie möglich zu sein? Kaum dass sie erfahren hatte, wo Renia arbeitete, setzte sie alles daran, Maya davon zu überzeugen, dass auch sie schauspielerische Fähigkeiten besaß, die das Collegium bereichern würden. Hatte sie, Kinga, etwa nicht monatelang am Stadttheater einer respektablen norddeutschen Universitätsstadt gearbeitet, jeden Sommer in den Semesterferien, und hatte dort, nebenbei quasi, eine Performance entworfen, die jeden, aber auch wirklich jeden davon überzeugen musste, dass sie, Kinga, Gedanken lesen könne?

Wie ein Wink des Schicksals musste es ihr vorgekommen sein, dass sie nun ausgerechnet mit diesem Taschenspielertrick ihren Unterhalt verdienen konnte, dass es tatsächlich jemanden zu geben schien, der bereit war, dafür Geld auszugeben. Kurze Zeit nach ihrem ersten Treffen mit Maya wurde sie eingeladen, sich eine Vorstellung im Collegium Obscurum anzusehen, und nach ein paar Proben im engen Kreis kam der Tag, an dem Kinga vor Publikum auftreten sollte.

Es dämmerte bereits, als Renia und Kinga die unscheinbare Tür des Varietés passierten und kurz vor dem Vorhang stehen blieben, der den Eingangsbereich vom Zuschauerraum abschirmte. Kingas Hände krampften sich schweißnass um die Henkel der Plastiktüte, die sie mit sich trug. An diesem Abend, dachte sie, würde sich ihre nähere Zukunft entscheiden; für diese Vorstellung hatte sie nicht nur ihrem Onkel eine Abfuhr verpasst, der sie in eine der Spelunken am Hafen mitnehmen wollte, sondern auch ihrer Tante erzählt, sie habe Migräne und könne sich vorerst nicht vom Fleck bewegen. Sie konnte nicht verhehlen, dass sie deswegen ein schlechtes Gewissen hatte: Tante Bronka, wie sie sie mittlerweile nannte, hatte in den letzten Wochen kaum eine Gelegenheit ausgelassen, ihre neue Nichte zum Kaffee einzuladen und sie so lange mit selbstgebackenen Keksen und Biskuitrollen zu traktieren, bis beide Seiten eine gewisse Sympathie füreinander entwickelt hatten und der Zwischenfall mit den kaschubischen Gänsen schließlich in Vergessenheit geraten war.

Die Härchen des dunkelroten Brokatvorhangs reflektierten das Licht der Glühbirne, die an der Decke des Vorraums hing. Eine weiße Motte stob auf, als die Tür hinter Renia und Kinga langsam ins Schloss fiel und einen letzten Luftzug durchließ. Nackter Beton, an den Wänden wie auf dem Boden. Bis auf einen Schaltkasten und einen Feuerlöscher war der Raum leer. Gedämpfte Stimmen waren zu hören, jemand räusperte sich. Obwohl Kinga bereits alle Künstler vom Sehen kannte und mehr als einmal an diesem Ort gewesen war, hätte sie am liebsten auf dem Absatz kehrtgemacht. Schließlich gab sie sich einen Ruck und zog den Vorhang so zur Seite, dass Renia als Erste hindurchschlüpfen konnte.

Im Zuschauerraum war es dunkel. Es roch nach verloschenen Wunderkerzen und einem Aftershave mit Moschusnote. An irgendetwas erinnerte Kinga dieser Geruch – hatte ihr Vater ein ähnliches Aftershave benutzt? Kinga wischte ihre Handflächen an der Hose ab. Noch war keiner der geladenen Gäste eingetroffen. Vor ihr, im Halbkreis, gruppierten sich etwa hundert gepolsterte Stühle um die Bühne. Dazwischen standen kleine Tische mit Aschenbechern, Notizbüchern, Gläsern und Schreibtischlämpchen. Die Bühne selber maß kaum zehn Quadratmeter, sie war gerade groß genug, um ein, zwei Personen und ein paar Requisiten zu beherbergen. In ihrer Mitte stand ein Kleinwüchsiger im Frack, der seinen Zylinder abnahm und sich verbeugte, als Kinga ihm ein schüchternes *Hallo, Przemek* zurief.

Auf dem Weg zur Tapetentür, die nach hinten in die Umkleideräume führte, stieß sie mit einem Mann zusammen, dessen Name ihr partout nicht einfallen wollte. Wenn sie sich richtig erinnerte, handelte es sich um etwas Italienisches, aber ganz sicher war sie sich nicht. Auch er war elegant gekleidet, sein schütteres Haar penibel nach hinten gekämmt. Zum ersten Mal fiel ihr auf, dass er ein Glasauge hatte.

Ihr seid spät dran, sagte er. Die Demoiselle pflegt heute schlechte Laune zu haben. Besser, ihr zieht euch um. In zwanzig Minuten geht es los.

Maya trug an diesem Abend eine schwarze Perücke, um deren korrekten Sitz sie sich verblüffenderweise kaum scherte. Als das Publikum einströmte, thronte sie bereits auf der Bühne. In der einen Hand hielt sie eine Elfenbeinspitze mit Zigarette, in der anderen einen Martini. Vorsichtig führte sie das Glas zum Mund. Als alle saßen, stand sie auf und begann zu reden. Sie wirkte gelangweilt, so sehr, dass sie nicht einmal Tilmann Kröger bemerkte, der in der ersten Reihe Platz genommen hatte und ihr unauffällig zuwinkte. Kaum dass er den Saal betreten hatte, hatte sich Kinga in den Sessel neben ihn gleiten lassen. Sie war so nervös, dass sie ihn nicht sofort erkannte. Trotz der aufgeplatzten Äderchen auf ihren Wangen, dem jungenhaften Kinn und dem nachlässig hochgebundenen kastanienbraunen Haar, wirkte sie beinahe attraktiv. Das Kleid allerdings, für das sie sich entschieden hatte, hing schief an ihren Schultern herunter und entblößte ihre kräftigen Oberarme. Angestrengt blickte Kinga zu Demoiselle Maya hinauf.

Da seid ihr also, liebe Interessengemeinschaft des

Absonderlichen. So pünktlich wie ihr seid, ist euch wohl einmal die Woche noch zu selten, was? Oder zu kurz? Vielleicht würdet ihr am liebsten die ganze Nacht hier bleiben und Maulaffen feilhalten, euch ergötzen am Nichtverstehen?

Während Maya an ihrer Spitze zog und den Rauch in Richtung der ersten Reihe blies, runzelte Kinga ihre Stirn. Die Ansprache schien ihr unangenehm zu sein, sie drehte sich um und blickte in die Gesichter der Zuschauer hinter sich, als suchte sie Bestätigung für ihre Irritation. Nirgends zeigte sich die kleinste Regung. Man kannte Demoiselle Mayas Kapriolen zur Genüge.

Wie dem auch sei. Das Collegium ist um eine Disziplin reicher geworden. Begrüßt mit mir zusammen Kinga, die eure Gedanken lesen und euer Bewusstsein entschlüsseln wird, der keine Ecke eurer Gedanken fremd sein wird, die euch besser kennen wird als eure eigene Mutter.

Kinga stand kurz auf, ein paar Leute klatschten. Das Blut schoss ihr in die Wangen. Sie schien erleichtert, als Maya weiterredete und sie sich wieder setzen durfte.

Aber bevor wir zu Kinga kommen, liebe Zweiflergemeinde, darf ich die Üblichen auf die Bühne bitten. Przemek und Mario haben etwas Erbauliches vorbereitet. Das kennt ihr ja schon, das mögt ihr, was unterhält, gefällt, also … Applaus für das ungleiche Paar!

Während das Publikum klatschte, diesmal etwas länger als zuvor, knickste Demoiselle Maya grazil, setzte sich wieder in ihren Sessel und steckte eine neue Zigarette in ihre Spitze.

Auf der Bühne hatte Mario einen kleinen Tisch aufgebaut, der ihm selber gerade bis zu den Knien reichte.

Przemek verbeugte sich, nahm seinen Zylinder ab und legte ihn auf das Tischchen. Mario trat einen Schritt zur Seite.

Und was machst du jetzt? Zauberst du uns ein Häschen aus deinem Hut?

Er lachte, aber Przemek und Demoiselle Maya verzogen keine Miene. Przemek fuhr mit seinen Armen mehrmals über den Hut. Als er ihn schließlich vom Tisch hob, lag dort ein Krötenpärchen.

Da hast du's, sagte Przemek, nahm eine der Kröten und warf sie hoch zu Mario. Der fing sie auf, aber als er seine Hand wieder öffnete, war sie verschwunden. Ist das alles, was du heute mitgebracht hast? Demoiselle Maya rollte im Hintergrund mit den Augen und blies Rauchringe an die Decke.

Ach so? Sind wir heute anspruchsvoll? Na, dann verändern wir das Ganze doch ein bisschen … Przemek sprang von der Bühne, ging durch die Reihen – die Schöße seines winzigen Fracks schleiften auf dem Boden – und blieb vor einem der hinteren Sessel stehen. Ein Herr saß da, der seinen Hut vor sich auf den Tisch gelegt hatte. Scheinwerferlicht richtete sich auf den Herrn, auf dessen Stirn sofort der Schweiß perlte.

Wenn ich mir Ihren hochverehrten Hut einmal ausborgen dürfte? Es ist ja, wie Sie wissen, für einen guten Zweck. Przemek nahm den Hut vom Tisch, überlegte es sich im selben Moment anders, legte ihn nochmals ab, und als er ihn wiederum anhob, blieb auf dem Tisch eine Krähe zurück, die gerade eine Walnuss zu ihrem Schnabel führte. Jemand lachte, es wurde applaudiert. Die Krähe ließ die Nuss fallen und flog auf, wollte zum Vorhang, schien es sich aber mitten im Flug anders überlegt zu haben und nahm Kurs auf die

Bühne, wo sie sich auf Demoiselle Mayas Schulter niederließ. Die zuckte zwar zusammen, verzog aber keine Miene.

Przemek stieg auf das Tischchen – so reichte er Mario bis zu den Schultern – und blickte konzentriert in das Publikum.

Der junge Herr da hinten hat sich gerade ein Glas Wasser eingeschenkt, sehe ich das richtig? Ein Scheinwerfer wurde nach hinten gedreht, der angesprochene Mann in der vorletzten Reihe nickte verdutzt. In der Hand hielt er noch die Wasserflasche, auf deren Etikett ein paar verschneite Gipfel zu sehen waren. Würden Sie mir für einen Moment in die Augen schauen? Wahlweise können Sie sich auch auf Mario konzentrieren. Bitte schön.

Der Mann in der vorletzten Reihe blickte sich unsicher um, rückte etwas vom Tisch ab, schaute dann wieder zur Bühne. Die Gäste in ihren Sesseln hatten sich umgedreht, um besser zu sehen, in der vordersten Reihe war sogar jemand aufgestanden, um freien Blick zu haben. Eine Minute verging, nichts passierte.

Dann räusperte sich der Zwerg, verbeugte sich und stieg vom Tischchen. Das Publikum schaute zur Bühne, bis der Mann in der vorletzten Reihe laut hörbar nach Luft schnappte und von seinem Sessel hochfuhr. Der Scheinwerfer zeigte noch immer auf seinen Tisch, die Wasserflasche und das Wasserglas – in dem, anstelle des eingegossenen Wassers, ein solider Eisbrocken lag. Mario gähnte, bevor er das Geschehen kommentierte.

Und das soll jetzt große Kunst sein? Man kann ja gar nichts erkennen. Also, jedenfalls ich nicht. Großartiger Effekt, wirklich.

Als Demoiselle Maya das Eis sah, ließ sie für einen

kurzen Moment ihre Zigarettenspitze sinken. Dann führte sie sie abermals zum Mund, vergaß aber, daran zu ziehen.

Her mit dir! Mario stieß seinen Arm nach vorn, und noch bevor sein Schrei verklungen war, landete das Glas mit einem saftigen Schmatzer in seiner Hand, quer durch den Raum war es geschnellt, über die Köpfe der Gäste hinweg. Er wog es in seiner Hand, klopfte mit dem Daumen dagegen. Tatsächlich, Eis. Nicht schlecht.

Meinst du, das reicht für heute?

Davon gehe ich aus.

Przemek trat vor, sie nahmen einander bei der Hand und verbeugten sich.

Die Gesichter des Publikums waren unbezahlbar. Manchen stand der Mund offen, und selbst die Hartgesottenen, die sonst jeden Trick durchschauten, rieben sich die Nasen und waren ratlos. Einzig Tilmann Kröger saß mit verschränkten Armen da und hatte sich nicht täuschen lassen. Lächelnd schüttelte er seinen Kopf, während er eine Frau betrachtete, die sich mit einem Notizheft Luft zufächelte, als würde sie gleich ohnmächtig werden. Kinga neben ihm schien kaum noch etwas von der Vorführung zu registrieren, so beschäftigt war sie damit, an ihren Fingernägeln zu kauen und auf den Fußboden vor sich zu stieren. Als das Publikum endlich anfing zu applaudieren, schaute sie hoch und klatschte ein paar Mal in die Hände. Dabei blickte sie an der Bühne vorbei zum Seiteneingang. Es war offensichtlich: Nicht das Publikum war es, das Kinga unter Druck setzte, oder die Aussicht, gleich selber auftreten zu müssen, sondern einzig die Tatsache, dass sie es nicht erwarten konnte, Renias Auftritt zu erleben. Besorgt sah sie aus, wie sie da saß, ganz, als ob sie wirklich um Renias geistige Gesundheit fürchten würde, als ob sie nicht verstanden hätte, dass Renia auf der Bühne eine Rolle spielte, die Teil der Show war.

Tilmann Kröger beugte sich vor und tippte sie an. Kinga zuckte zusammen, nahm dann aber die Hand, die Kröger ihr reichte, und schüttelte sie. Für einen Moment sah es so aus, als wolle sie etwas sagen, dann aber begnügte sie sich mit einem Nicken. Ihr Kopf drehte sich wieder zur Bühne, wo Mario sich umständlich über das Haar strich, das kleine Tischchen wegräumte und an dessen Stelle einen dicken Perserteppich auf der Bühne ausbreitete. Als er sie verlassen hatte und sich endlich – nach einer kurzen Ankündigung Mayas – die Seitentür öffnete, beugte Kinga sich so weit vor, dass sie beinahe aus dem Sessel gefallen wäre.

Zuerst sah man nur einen Schatten, dann das schwerfällige Etwas selber, das sich hin zur Bühne schleppte. Barfuß war die Person, die da ging, ein dunkles, sackartiges Kleid trug und mit glasigem Blick die Bühne abtastete. Renia.

Die gealterte, träge Person, um die es sich dort handelte, war auf keinen Fall Renia. Beinahe hätte ich laut aufgelacht. Von diesem Clou hatte mir niemand erzählt: dass man Renia hinter der Bühne austauschte, einfach jemand anderes hinausschickte und das Publikum glauben ließ, es sei immer dieselbe, die auftrat. Was im Grunde sehr vernünftig war, dachte ich: Bei so vielen Vorstellungen, die Renia in letzter Zeit im Collegium gegeben hatte, müsste sie sich schon längst verausgabt haben, aber diese

Wendung erklärte ihre noch immer einigermaßen gute Verfassung.

Natürlich hatte sich die Frau auf der Bühne Renias Kleid angezogen, damit es ganz so aussah, als handele es sich wirklich um die Frau, die vorher noch mit ein paar Gästen aus dem Publikum geplaudert hatte. Selbstverständlich hatte auch sie lange, braune Haare, war schlank, fast mager – aber dieses Gesicht gehörte einem anderen, viel älteren Menschen. In die blasse, ölig glänzende Haut hatten sich Falten gegraben, die Augenbrauen waren eng zusammengezogen, der Mund merkwürdig verzerrt.

Das ist doch nicht Renia, sagte ich zu Kröger, der sich auf einen für die Künstler frei gehaltenen Sessel gesetzt hatte. Renia hatte mich vorgewarnt, dass ich ihn wohl früher oder später im Varieté antreffen würde – in einer Kneipe hatte er Mayas Bekanntschaft gemacht und war schließlich geladener Gast des Varietés geworden. Diese Stadt, Kinga, hatte sie gesagt, ist so klein, dass man irgendwann jeden Bewohner doppelt und dreifach kennt. Kröger nickte energisch, als wolle er meinen Gedankengang bestätigen.

Doch, doch, sagte er. Es ist ganz erstaunlich, nicht wahr? Ganz große Schauspielkunst. Sie wirkt völlig weggetreten. Wenn man es nicht besser wüsste …

Merkwürdig begriffsstutzig kam er mir vor, aber bevor ich ihm klarmachen konnte, dass Renia wohl kaum schauspielerte, wenn sie auftrat, öffnete die Person auf der Bühne ihren Mund, und Renias Stimme erklang. Etwas kraftlos und monoton, aber es war einwandfrei Renias Stimme, und wenigstens in diesem Punkt hatte Kröger also recht gehabt.

Renia räusperte sich und sagte, dass man sie vor der

Vorstellung gebeten habe, ein kürzlich verstorbenes Mütterchen herzuholen. Diesem Wunsch würde sie versuchen zu entsprechen.

Ganz still war es im Zuschauerraum geworden, niemand hustete mehr, niemand schnäuzte sich, keiner scharrte mehr mit den Füßen oder schrieb mit nervtötend kratzendem Kugelschreiber in sein Notizbuch. Alle Aufmerksamkeit war auf Renia gerichtet, die sich auf den Teppich gleiten ließ und die Augen schloss. Minuten vergingen, in denen nichts geschah. Schließlich aber formten Renias Lippen erst ein O, verharrten kurz, als müssten sie sich besinnen, wie man sprach, und entspannten sich schließlich wieder. Renia fing an zu reden.

Die Gurken waren noch überhaupt nicht sauer. Das weiß ich ganz bestimmt. Keine zwei Tage haben die in der Lake gelegen.

Die Stimme, die aus Renias Mund kam, klang rau und laut, wie zu jemandem gehörend, der es gewohnt war, sich durchzusetzen und alle anderen zu übertönen. Als die ersten Sätze verklungen waren, stand jemand aus dem Publikum auf und kam an den Bühnenrand. Es war ein älterer Herr mit schweißglänzender Halbglatze. Bevor er die Bühne erreichte, hielt Mario ihn fest und setzte ihn auf seinen eigenen Platz in der ersten Reihe. Er selber blieb neben ihm stehen und klopfte ihm kurz auf die Schulter.

Ihre Mutter?

Der Mann nickte und wurde noch eine Spur blasser.

Was hat die Rychterowska mit ihren halbvergorenen Gurken auf dem Stand überhaupt zu suchen gehabt? Mittwochs gehörte er mir, dass wusste sie ganz genau. Die Rychterowska mit ihren alten Eiern und dem welken Dill, die verdient doch, dass man ihr den Stand unter dem Hintern wegverkauft, hörst du, wegverkauft! Und ihr das Lästermaul stopft mit dem dämlichen Grünzeug, das sie beim alten Grabowski gestohlen hat. Jawohl, aus dem Pfarrgarten hat sie's genommen!

Renia verstummte. Noch immer herrschte Grabesstille im Publikum, nur das schwere Atmen des Mannes auf Marios Platz war zu hören.

Hatte Renia noch vor einem Moment halbwegs gerade dagesessen, mit weit aufgerissenen Augen und gespreizten Händen, so war es nun, als hätte jemand die Luft aus ihr herausgelassen. Mit hängenden Schultern, Hohlkreuz und eingefallenen Wangen wartete sie darauf, dass Mario auf die Bühne kam, um ihr aufzuhelfen. Halb stützte er sie, halb trug er sie, und es kam mir vor, dass das Publikum diesen Teil abgewartet hatte, als gehöre er zur Darbietung dazu – denn erst danach, als Renia schon längst in der Umkleide verschwunden war, begannen die Ersten zu applaudieren.

Als Mario wieder im Zuschauerraum erschien, hielt ich es nicht länger auf meinem Sessel aus. Ich musste wissen, wie es Renia ging. Kein Wunder, dass sie so dünn war, so ausgemergelt, wenn sie diese Tortur mehrmals pro Woche über sich ergehen lassen musste. Erbost dachte ich, dass Maya die Leute ausbeutete, Mario, Przemek, vor allem aber Renia, sie wie Zirkustiere vorführte und sich nicht darum scherte, wie es ihnen nach den Vorführungen ging. Gerade war ich aufgestanden, da spürte ich, wie Kröger mich zurückhielt.

Die kommt schon wieder, sagte er und lächelte. Nimm lieber einen Drink. Gleich bist du an der Reihe.

Ich blinzelte und setzte mich. Wie sollte ich an diese Darbietungen anschließen können? Für einen Moment vergaß ich Renia und hoffte, Maya würde mit mir auf der

Bühne bleiben und irgendwie die Aufmerksamkeit von mir ablenken, einfach so lange weiterreden, bis mich das Publikum gar nicht mehr beachtete. Das Licht war im Zuschauerraum erst angegangen, dann sofort, nach einem allgemeinen Murren, gedimmt worden. Einige der Gäste drängten mit Zigaretten und Feuerzeugen in ihren Händen zur Tür, andere wiederum bildeten Grüppchen und steckten die Köpfe zusammen.

Pause, sagte Kröger. Und, aufgeregt?

Natürlich war ich aufgeregt. Ich schüttelte den Kopf und antwortete: Nein, woher denn. Dann, um meine Gelassenheit zu demonstrieren, winkte ich Maggie heran, die eigentlich Magda hieß und deren Aufgabe es war, die Gäste mit Drinks zu versorgen. Sie trug ein schwarzglänzendes Corsagekleidchen und einen wippenden Pferdeschwanz, huschte durch die Reihen und reichte uns zwei Martini-Gläschen. Kröger hob das Glas und prostete mir zu. Ob ich mich mit den Myszas eigentlich geeinigt habe, wie mit der Wohnung zu verfahren sei? Immerhin sei das ein ganz besonderer Fall, eine zeiten- und nationenübergreifende Immobilie.

Kurz überlegte ich, ihn zu fragen, was ihn das angehe, dann antwortete ich aber, dass ich die Angelegenheit bald klären würde. Das sei alles, was ich zu dem Thema zu sagen habe.

Ich lehnte mich zurück und betrachtete Kröger, wie er neben mir saß und mit der linken Hand einen hektischen Rhythmus auf seine Sessellehne trommelte.

Schön, schön, sagte er. Ich dachte ja bloß. Und jetzt, da wir uns hier wiedertreffen … Ich bin übrigens ganz gespannt auf deine Darbietung. Hast du lange dafür proben müssen? Es ist bestimmt nicht einfach, sich in ein eingespieltes Ensemble zu integrieren.

Es ist quasi unmöglich zu proben. Meine Darbietung, wie du sie nennst, hängt ganz vom Moment ab. Und vom Publikum. Mit dem, was Mario oder Przemek machen, hat das Ganze wenig zu tun. Das sind Künstler. Ich – ich bin bloß ein einfaches Mädchen aus der norddeutschen Tiefebene. Kröger lachte.

Hinter uns hörte man, wenn die Tür aufging und ein Raucher wieder zurück in den Zuschauerraum fand. Ein Lachen ließ mich stutzen. Ich kam nicht darauf, wem es gehörte, und wurde noch nervöser, als ich ohnehin schon war. Eine tiefe, männliche Stimme war es, die dort draußen mal lachte, mal laut dröhnend etwas verkündete. Kröger stellte mir noch eine Frage, aber ich hörte kaum noch hin. Ich war ganz damit beschäftigt, mich jedes Mal, wenn die Eingangstür ins Schloss fiel, unauffällig umzudrehen. Keiner der Neuankömmlinge kam mir bekannt vor. Mal waren es Ältere, mal Jüngere, generell mehr Frauen als Männer, keine Touristen, aber keines der Gesichter hatte ich vorher bereits gesehen. Als ich schon meinte, dass sich alle bereits wieder auf ihren Plätzen befanden, spürte ich ein letztes Mal den Luftzug von der Tür. Dort, zwischen Vorhang und der letzten Sesselreihe, stand Bartosz Mysza und sah aufmerksam nach vorne.

Er fixierte den leeren Sessel, auf dem Mario gesessen hatte, und bemerkte mich nicht. Erst jetzt, da ich ihn in seiner alten Bomberjacke und den Jeans sah, fiel mir auf, wie elegant die meisten Gäste gekleidet waren: Als hätte man sich für ein Konzert drüben in der Philharmonie fein gemacht. Bartosz hob sich von ihnen ab wie ein Arbeiter, der sich auf dem Heimweg von der Werft ins Varieté verirrt hatte.

Wie hatte er vom Spielort erfahren? Renia hätte mir gesagt, wenn er Gast gewesen wäre. Ob es ihr recht war, dass er sich in eine Vorstellung im Collegium schlich, das wagte ich zu bezweifeln. Kröger zwinkerte Bartosz zu, und da wurde mir klar, wie Bartosz seinen Weg hierher gefunden hatte.

Du hast ihn eingeladen, stellte ich leise fest, aber Kröger tat verwundert und antwortete nicht. Wie sollte ich auf die Bühne gehen, wenn ich wusste, dass Bartosz sich im Publikum befand und alles, was ich tat, spöttisch mitverfolgte? Außer mir schien niemand bemerkt zu haben, dass ein Fremder den Raum betreten hatte. Maggie verteilte noch ein paar Drinks, und bevor ich etwas unternehmen konnte, hatte sich Bartosz in Marios Sessel neben mich gesetzt. Als er mich erkannte, wäre er beinahe von der Sitzfläche gefallen.

Kinga! Was machst du denn hier?

Obwohl er flüsterte, überschlug sich seine Stimme. Auf mich war er anscheinend nicht vorbereitet gewesen. Ich spürte, wie sich mehrere Augenpaare auf unsere Hinterköpfe richteten. Eine ältere Dame mahnte uns zur Ruhe, und so nickte ich Bartosz bloß zu, wollte etwas sagen, das ihn vielleicht bewegen würde, den Raum wieder zu verlassen, aber

der Skorpion hatte gegen die Walzenspinne keine Chance. Eigentlich war das jedem von Anfang an klar gewesen, so ein großes Tier, das noch dazu zur Hälfte aus seinen Beißwerkzeugen bestand, gegen diesen Winzling, komisch, dass Socha so ein kleines Exemplar gefangen hatte, das ganze Camp war voll von größeren Skorpionen, widerlichen, hautfarbenen Kreaturen, die sich in die Stiefel und Betten verkrochen und nur darauf warteten, ihre

Stachel in unsere Haut zu versenken. Und wo sie die Spinne aufgetrieben hatten: Keine Ahnung, aber das war das größte Exemplar, das ich während der gesamten Zeit gesehen hatte. Länglicher, dicker Körper, größer als meine Hand samt den Fingern, beinahe transparent, die Beißer dunkelrot verfärbt, das vordere Beinpaar dunkler als die anderen und viel länger, ein Paar Augen, die schwarz glänzten.

Lysiecki gab natürlich damit an, dass er sie selber ausgegraben hatte, na klar, unter irgendeinem Stein hinten bei den Palmen, wer's glaubt, wird selig, hatte man doch gesehen, was passierte, wenn man versuchte, diese Biester anzufassen, irgendeinem war mal ein Stück Fleisch aus dem Unterarm herausgebissen worden, geblutet hatte das wie nach dem Angriff eines Hundes, und dann musste sich das auch noch entzünden und anschwellen wie ein Ballon. Der Typ war erst mal ausgeschaltet gewesen, die ganze nächste Woche hatte der im Aufenthaltsraum gesessen und Fernsehen geguckt, amerikanische Shows, manche haben ihn bemitleidet, wie er da saß, aber die meisten waren schon neidisch und haben überlegt, wo sie bloß so ein Scheißding herkriegten, das ihnen ein ordentliches Stück vom Arm oder Bein abbiss, aber wirklich getraut hatte sich niemand.

War garantiert Lysieckis Idee gewesen, das Ganze, das traue ich dem zu, krank genug wäre der für so was gewesen, krank und nervös, bestimmt beruhigte den das, zu sehen, wie sich zwei Viecher gegenseitig in der Luft zerrissen, ganz uninteressant war das nicht, aber ein bisschen unfair, das schon, der Skorpion war ja bloß halb so groß wie diese verdammte Spinne. Wie verrückt rannte die in dem Wäschekorb umher, den Lysiecki über sie und den

Skorpion gestülpt hatte, man konnte ihr mit den Augen gar nicht folgen, so schnell sind diese Viecher, und dann halten sie an und sind wieder ganz still, als ob ihnen für einen Moment die Puste ausgeht, nur um dann kurze Zeit später wieder loszujagen.

Der Skorpion saß ganz ruhig da, zuckte ab und zu bloß, drehte sich nach der Spinne um, verzog sich in eine Ecke und bewegte den Stachel, genau konnte man das aber nicht mehr erkennen. Socha, Lysiecki und ich lagen zwar auf dem Boden, um alles mitverfolgen zu können, aber die Ecke lag im Schatten, außerdem war der Sand auf der Stelle, an der Lysiecki den Wäschekorb abgesetzt hatte, so hell, dass man kaum Skorpion von Sand unterscheiden konnte, und wie gesagt der Schatten, es war ja schon beinahe abends. Und ausgerechnet, als es losging, als sich die Spinne auf den Skorpion stürzte und ihn mit den Vorderbeinen umklammerte, musste Jarzębiński aufkreuzen, wahrscheinlich hatte er sich von hinten angeschlichen, um zu prüfen, was es da zu sehen gab, und dann musste er extralaut auf seine Knie fallen, so dass Spinne und Skorpion sich für einen Moment voneinander lösten und innehielten. Jarzębiński starrte in den Korb hinein, Spinne und Skorpion heraus, alle drei entsetzt, und dann ertönte Jarzębińskis näselnde Stimme, die etwas von Tierquälerei erzählte und ob wir nichts Besseres zu tun hätten. Der wieder mit seiner Tierliebe, geh doch zurück zu deinen Vögeln, sagte Socha, und Lysiecki sah ihn von der Seite an und fragte, ob er schwul sei, oder was sonst mit ihm los sei, so ein Weichei, bemitleidet einen Skorpion. Jarzębiński antwortete, dass nur ein wirklich Schwuler Spaß haben könnte an solchen Spielereien, und da wären wir beinahe aufgesprungen, aber in dem Moment fiel der Skorpion die Spinne an, ließ seinen Schwanz auf und ab schnellen, versuchte immer wieder, ihren Körper zu treffen, aber die Spinne war schneller und packte den Skorpion von der Seite und trennte ihm ein paar Beine ab.

Wie still es dabei war, ein ganz stummer Kampf war das, nur ein bisschen Sand wurde aufgewirbelt, das war alles, Herrgott, und hätte ich gewusst, was mit Jarzębiński passieren würde, hätte ich mich beherrscht, hätte nicht wieder angefangen zu erzählen von den Vögeln und sie und ihn nachzuahmen, als seien sie ein und dasselbe, es war einer der letzten freien Tage, die Jarzębiński erleben sollte, und wir haben ihn getriezt wie die Spinne den Skorpion, dem Bein um Bein abgekniffen wurde, bevor die Spinne ihn in zwei Hälften zerbiss. Eine gelbliche Flüssigkeit rann aus seinem Körper und versickerte im Sand, widerlich war das, aber besser als Fernsehen. Das einzige Problem war dann das mit der Spinne und wer ihren Korb hochheben sollte, und da klopfte Socha plötzlich dem Jarzębiński auf die Schulter und sagte, dass er sich einmal nützlich machen könne, er könne doch so gut mit Tieren, und eine Walzenspinne freizulassen sei doch eine ehrenvolle Aufgabe. Eigentlich wollte ich Lysiecki fragen, warum er es nicht selber tat, immerhin hatte er das Tier angeblich gefangen, aber da war Jarzębiński schon am Korb dran, schob ihn immer weiter zu den paar Steinen, die hinter den Baracken lagen, und als er ganz nah dran war, hob er ruckartig den Korb hoch und sprang zur Seite, Socha und Lysiecki lachten. Die Spinne erwischte ihn trotzdem. Es war wohl nur eine kleine Wunde, er wollte sie uns aber nicht zeigen. Er ist gleich ins Krankenzimmer, und wir sind rüber zu den Playstations, wie jeden freien Abend. Ich erinnere mich nicht mehr, Jarzębiński an diesem Abend noch einmal gesehen zu haben.

Ich schüttelte mich und fuhr mir über das Gesicht. Bartosz hatte sich wieder abgewandt, das Licht im Zuschauerraum war verschwunden. Maya trat auf die Bühne, stellte sich an den Rand und lächelte mich an. Ich erinnerte mich an die Einführung, die sie gerade gegeben hatte, und befürchtete das Schlimmste. Sie räusperte sich, dann hob sie an.

Liebes Publikum. Bald ist es geschafft. Geradezu: vollbracht. Kinga ist an der Reihe. An sie habt ihr doch sowieso die ganze Zeit gedacht! Und gehofft, ich möge mich irren, übertreiben, euch übers Ohr hauen, als ich sagte, dieses Mädchen würde euch auf den Grund eurer klapprigen Seelen schauen. Kinga, bitte!

Der Grund ihrer klapprigen Seelen. Wäre ich nicht so aufgeregt gewesen, hätte ich wahrscheinlich laut aufgelacht, aber aus dem Publikum erklang nicht das leiseste Kichern. Also gut. Ein letztes Mal überprüfte ich den Sitz meines Kleides, wischte mir über die Stirn.

Kurz durchzuckte mich der Gedanke, dass mein Auftritt eine Havarie werden könnte, eine bodenlose Peinlichkeit, falls nichts von dem klappen sollte, was Maya dem Publikum versprochen hatte. Ich hatte schon die Bühne betreten, als mir einfiel, dass mir Bartosz den Schlüssel zur Lösung dieser Situation soeben geliefert hatte. Im schlechtesten aller Fälle hätte ich etwas, das ich sagen könnte, etwas, das meine Darbietung legitimieren würde.

Vorsichtig ließ ich mich auf den Sessel nieder, den Maya mir angeboten hatte. Sie selber verließ die Bühne und nahm neben dem Seiteneingang Platz, als glaubte sie, mein Kopf könnte auf einmal beginnen, Funken zu sprühen oder elektrische Stöße von sich zu geben. Nichts dergleichen passierte. Überhaupt gar nichts passierte. Geblendet von den Scheinwerfern, blinzelte ich in den Raum und sah vorne Bartosz und Kröger miteinander flüstern. Mario, der endlich aus der Umkleide zurückgekehrt war, hatte sich auf meinen Platz gesetzt und nickte mir zu. Was tun? Vom Plan absehen und eine Entschuldigung stammeln, sagen, es habe sich um ein Missverständnis gehandelt, und von der Bühne stolpern? Ich sah, wie Kröger wieder auf seine Armlehne trommelte. Jemand hustete. Ich riss mich zusammen und tat, als fixierte ich Bartosz, rieb meine Schläfen und beugte mich vor. Vorsichtig löste ich die Kette von meinem Hals und betrachtete den Bernsteinanhänger im grellen Licht der Scheinwerfer. Es ließ die Spinne fast lebendig aussehen, jeder Lufteinschluss, jedes Moosblättchen glänzte auf und umgab ihren Körper wie eine Aureole. Das Husten aus dem Publikum war verklungen.

Ich sehe euch, hörte ich mich sagen. Ich sehe, was ihr gesehen habt, höre, was ihr gesagt habt.

Mit allen zehn Fingern berührte Kinga ihre Stirn. Als würde sie einen Migräneschub erleiden oder als habe sie ihren Text vergessen, massierte sie ihre Schläfen. Ihre Gesichtszüge entspannten sich ein wenig.

Was für ein Durcheinander! Alle funken dazwischen, nein, unmöglich, so geht das nicht.

Sie wischte wütend ein paar Strähnen zurück auf den Hinterkopf und ging zum Rand der Bühne. Vorsichtig, um weder das Kleid zu zerreißen noch einen zu tiefen Einblick in ihr Dekolleté zu gewähren, bückte sie sich und setzte sich auf die Kante.

Wenige Meter trennten sie von der ersten Reihe und von Bartosz, der ihr schräg gegenüber saß. Leicht zurückgelehnt, saß er in seinem Sessel, ein spöttisches Lächeln auf den Lippen. Kinga stützte ihre Arme auf die Knie, blinzelte in das Scheinwerferlicht und konzentrierte sich auf Bartosz.

Schön. Endlich etwas Konkretes zwischen dem einheitlichen Kindergebrüll während des Familienfrühstücks, den immer gleich überfüllten Straßenbahnen, dem Streit auf der Arbeit und den paar Ausflügen mit irgendjemandes Motorbooten.

Bartosz ließ die verschränkten Arme sinken, steckte die Hände in die Hosentaschen. Der Zwerg hielt die Krähe auf seinem Arm, streichelte den Schnabel des Vogels und blickte aufmerksam nach vorn. Wenn Kingas Blick ihn streifte, lächelte er und nickte ihr zu, ganz wie ein stolzer Vater, der seinen Nachwuchs bei den ersten Gehversuchen beobachtet. Kingas Stimme wurde etwas lauter, stärker. Als sie wieder ansetzte, verschwand das Lächeln aus Bartosz' Gesicht, und sogar im Dämmerlicht konnte man erkennen, dass seine rechte Hand zitterte.

Das Bild ist so glasklar wie ein Morgen in der Wüste.

Bartosz beugte sich nach vorne und drehte seinen Kopf zur Seite, um besser zu hören.

Ich sehe einen Skorpion und eine riesenhafte Spinne, beide unter einem Wäschekorb mit ausgestanztem Sternchenmuster, außerdem drei Soldaten, die rundherum hocken und beobachten, wie die Tiere miteinander kämpfen. Der Skorpion hat gegen die Spinne keine

Chance. Das Sonnenlicht scheint durch die Sternchen des Wäschekorbes, am Horizont sind Ruinen zu erkennen, Tore, Wälle, Behausungen. Alles sandfarben, dazwischen vertrocknete Palmen und ein paar Straßen, die durch das Camp führen. Baracken aus weißem Blech, Hubschrauber und Jeeps dazwischen, und am Rand des Ganzen, hinter der letzten Baracke: die drei Soldaten vor dem Wäschekorb; jetzt liegen sie sogar auf dem Bauch, um besser sehen zu können, wie die Spinne den Skorpion zerfleischt.

Kinga hielt kurz inne. Bartosz hatte begonnen, auf seiner Unterlippe zu kauen, und Kröger tippte ihn kurz an die Schulter, als ob er ihn daran erinnern musste, dass sie sich in einem Varieté befanden und einer einstudierten Vorführung beiwohnten. Dann, als wäre ihm etwas eingefallen, als wäre der Groschen gesprungen, zog er seine Hand zurück und seufzte. Natürlich, so musste es sein: Bartosz war Teil des Spiels. Kinga hatte sich mit ihm verabredet, ihn ins Collegium geschleust, und nun war es seine Aufgabe, entsetzt zu tun und zu beweisen, dass Kinga tatsächlich und wahrhaftig Gedanken lesen konnte. Ein billiges und zigtausend Mal angewandtes Mittel.

Das Publikum, wenigstens in den hinteren Reihen, registrierte es nicht. Przemek schien vor lauter Amusement sogar ein paar Zentimeter gewachsen zu sein und hob die Krähe wie ein Weinglas in Kingas Richtung, prostete ihr zu.

Kröger hingegen hatte seine Taschenuhr hervorgeholt, spielte mit ihrer Kette und blickte immer wieder auf das Ziffernblatt, als könne er es nicht erwarten, dass die Vorstellung endlich zu Ende ging. Kinga beachtete ihn nicht, sondern konzentrierte sich einzig auf Bartosz.

Eine gelbliche Flüssigkeit tritt aus dem Skorpion, aber

die Männer bemerken es kaum, sie sind damit beschäftigt, sich über einen vierten Soldaten zu ärgern, der dazu gekommen ist und ihr kleines Spektakel stört. Tierquälerei nennt er es und macht sich über die Männer lustig, woraufhin sie ihn dazu bringen, die Spinne aus ihrer Falle zu befreien. Der Soldat wird gebissen. Wäre er daran gestorben, hätten die anderen ihn auf dem Gewissen, dann wäre er einer mehr, der in Babylon bliebe, denn so heißt das Camp. Das hier ist Babylon, und das am Horizont ist Babilla, die Stadt Hammurapis und Nebukadnezars.

Vielleicht eine Spur zu spät besann sich Bartosz auf seinen Einsatz. Er war aufgestanden, hatte es sogar geschafft, eine Spur blasser zu werden. Seine Stimme zitterte, und an den Reaktionen der Umsitzenden erkannte Kröger, dass man Bartosz die Rolle des Betroffenen abnahm. Erstaunen und ein wohliges Grauen spiegelten sich in den Gesichtern. Niemand rechnete damit, dass es auch im Publikum Schauspieler gab, die in das Geschehen eingeweiht waren und sich ebenso sehr an ihren Text hielten wie die Gestalten auf der Bühne … Am liebsten hätte Kröger interveniert.

Das ist doch krank, sagte Bartosz. Er war so nah an die Bühne herangetreten, dass Kinga seinen Atem auf ihrem Gesicht spüren musste.

Hast ein bisschen Fernsehen geguckt, ein paar Aufnahmen von polnischen Truppen in der Wüste gesehen, und jetzt tust du so, als könntest du Gedanken lesen. Meinst du, das glaubt dir hier irgendwer?

Bartosz zeigte auf das Publikum hinter sich, in dem ein paar Leute zu flüstern begonnen hatten. Demoiselle Maya erhob sich.

Ich muss Sie bitten, das Collegium zu verlassen. Das

hier ist nichts für schwache Gemüter, das hätten Sie wissen müssen. Mario, geleite den jungen Mann zur Tür.

Mario packte Bartosz an den Schultern, der aber wand sich sofort aus dessen Griff und hielt ihn mit ausgestrecktem Arm auf Abstand.

Und was weiter? Na? Ist dir der Stoff schon ausgegangen? Kinga?

Kinga stand von ihrem Platz am Bühnenrand auf und schüttelte ihren Kopf.

Der Abend ist ruhig, manche von den Soldaten haben einen freien Tag, und nach dem Kampf des Skorpions mit der Spinne gehen die drei Soldaten rüber in den Fernsehraum, der vierte zieht sich auf die Krankenstation zurück und wird an diesem Abend nicht mehr gesehen, nicht einmal zum Biertrinken.

Bartosz riss sich los und stürmte aus dem Saal, man hörte, wie er die Eingangstür zuschlug und die Treppe hinunterrannte. Mario und Demoiselle Maya blieben stehen, auch Kinga war aufgestanden. Sie strich über ihre Stirn, als würde sie sich wundern, wie sie auf diese Bühne gekommen war, schien erst dann das Publikum zu bemerken und sich zu erinnern. Sie verbeugte sich, und nach ein paar Sekunden begannen die Ersten zu klatschen. Man war sich nicht ganz sicher, was geschehen war, aber dass etwas geschehen war, stand außer Frage. Schließlich drangen vereinzelte Bravo- und Zugabe-Rufe aus den hinteren Reihen und rissen die restlichen Zuschauer mit. Kröger, der Bartosz nachdenklich hinterhergeschaut hatte, erwog kurz, ob auch er das Varieté verlassen konnte, wollte aber nicht die Vorstellung stören und entschied sich, sitzen zu bleiben.

Kinga trat unschlüssig von einem Bein auf das andere, als sie die Zugaberufe hörte. Als Maya ihr zuwinkte, dass sie fortfahren solle, setzte sie sich wieder an den Rand der Bühne, kniff die Augen zusammen, rutschte umher und bat schließlich darum, dass die Scheinwerfer etwas gedimmt würden, da sie niemandem im Publikum ins Gesicht sehen könne, was unerlässlich sei. Sofort verdunkelte sich die Bühne. Kinga ließ ihren Blick schweifen. Als sie bei Kröger ankam, begannen ihre Augen zu glitzern und fixierten ihn: den talentierten, aber leider unterschätzten Schriftsteller Tilmann Kröger, der arglos an seinem Getränk nippte und im Geiste mit dem Abend bereits abgeschlossen hatte.

Genauer genommen fragte er sich, warum er auch an diesem Abend nichts Besseres hatte finden können, um sich zu zerstreuen. So viele Male war er bereits hiergewesen, kannte alle Darsteller und ihre Tricks, konnte Demoiselle Mayas Texte beinahe auswendig mitsprechen, und wenn es ein Getränk auf dieser Erde gab, das er nicht ausstehen konnte, dann war es Martini, mit oder ohne Olive, ganz gleich. Von der stickigen Luft im Zuschauerraum bekam er Kopfschmerzen, von manchen der Darbietungen Migräne, es verging kaum ein Tag, an dem er nicht das dürftige Angebot an anständigen Kneipen in der Stadt verfluchte. Wenn er wenigstens eine Alternative gehabt hätte an diesem Abend, vielleicht hätte er sie ergriffen, vielleicht wäre er woanders hingegangen und wäre nicht so schändlich bloßgestellt worden, wie es dann geschehen war.

Da haben wir ihn ja, sagte Kinga. Den Kröger. Den stadtbekannten Schreiberling, der alleine seinen Abenden nichts Künstlerisches abringen kann. Schade eigentlich. Vor allem, wenn man weiß, wie sehr es ihn pressiert, zeitlich. Schon zwei Monate ist er hier und hat noch immer nichts geschrieben.

Kröger setzte sich gerade hin, eine Frechheit war das, eine Unverschämtheit. Er runzelte seine Stirn und versuchte mit einer dezenten Geste Kinga zu bedeuten, doch still zu sein, zu schweigen, jemand anderen aufs Korn zu nehmen. Vielleicht war ein weiterer Soldat unter den Zuschauern, die Nummer mit dem Skorpion und dem Krieg war doch so gut angekommen. Sie aber ignorierte sein hilfloses Mienenspiel, seine raschen Handbewegungen. Wieder setzte sie an.

Dabei hätte er allen Grund, sich zu beeilen, Tag und Nacht an seinem Schreibtisch zu sitzen und an seinem Manuskript zu arbeiten, dem großen, epochalen Werk über die Stadt am Meer, so, wie er es seinem Verleger versprochen hat, vor ein paar Wochen in dessen Büro … tief in seinen Sessel ist er damals gerutscht, ungefähr so wie jetzt, aber gesehen hat man ihn trotzdem, vor allem, wenn man wie sein Verleger genau vor ihm saß und ihm ins Gesicht hinein sagen konnte, dass sich sein letztes Buch irrsinnig schlecht verkauft hatte, und dabei hatte es sich um einen durchaus vielversprechenden Thriller gehandelt, in den sogar eine Liebesgeschichte hineingewoben war.

Tilmann hat gestammelt vor Aufregung, als er seine Idee für den nächsten Roman vorgebracht hat. Von einer Stadt am Meer sollte der handeln, einer etwas sonderbaren Protagonistin, außerdem von einer ungewöhnlichen Familiengeschichte. Der Verleger hat sich nachdenklich die Koteletten massiert und schließlich zugesagt. Ein halbes Jahr hat er Tilmann gegeben, das erste Drittel des Romans abzuliefern.

Dann erst wird man über einen Vorschuss verhandeln. Noch so einen Flop wie mit dem letzten Buch kann sich ein so kleiner Verlag nicht erlauben. Da muss erst eine Schreibprobe her, der Beweis dafür, dass es Tilmann Kröger gelingt, ein Gespür für die Stadt zu entwickeln. Das ist die Mission. Und, Tilmann, wie läuft es?

Unendliche Schmach, als Künstler so bloßgestellt zu werden, verballhornt und verlacht, belächelt von diesen zweifelhaften Artisten, sogar der Zwerg lachte, dass ihm der Zylinder vom Kopf fiel. Als könnten sie auch nur ahnen, was es hieß, Schriftsteller zu sein, täglich mit sich zu ringen und sich das Äußerste abzuverlangen, in der Stadt umherzustreifen und nichts zu sehen als ödeste, einfallsloseste Wirklichkeit, Alltag, der so grau ist wie die Straßen dieser Stadt oder ihr Himmel oder das dumme Stück Papier, das man vor sich hat und das einen beinahe um den Verstand bringt, weil es zu oft nichts, rein gar nichts zu notieren gibt – solcher Art nämlich und nicht anders ist das Schicksal der Schreibenden, und kaum wagt man es, sich wenigstens während der Abende und der Nächte abzulenken, begnügt sich mit dem Einfachen, Provinziellen, das man in dieser Stadt findet, dann kommt eine Zecke wie Kinga daher und saugt einen aus, wie sie nur kann.

Sogar Mario wieherte, dieser grobe Kerl, als ob es da etwas zu lachen gebe. Demoiselle Maya wischte sich unauffällig eine Träne aus dem Augenwinkel, und irgendwo ging in der Ausgelassenheit ein Glas zu Bruch. Kinga stand auf und verbeugte sich, die Arme halb erhoben.

5.

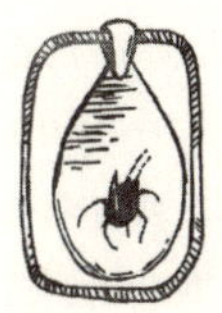

Eines Nachts vor langer Zeit wurde die Stadt am Meer vom Winter überrascht, der still und leise von Osten gekommen war und sich in die Gassen hineingestohlen hatte. Kaum dass die Bewohner am nächsten Morgen erwachten, mussten sie sich ergeben und dem Gesetz des Winters folgen, der alles Lebendige von der Erdoberfläche und hinein in den Backstein verbannte.

Ein eidotterfarbener Spalt, durch den etwas Licht schimmerte, ein paar Kristalle, in denen sich seine Strahlen brachen. Ein Hämmern, das gedämpft ans Ohr drang, ein leises Poltern und Fluchen. Dann plötzlich der Lärm, die Stimmen dieser Stadt: ein Säuseln, ein Seufzen; ein Murmeln und Wispern, das anschwoll zu einem Choral, aus dem klar vernehmlich das Ave Maria drang; ein hastiges Anreden gegen die Kirchenglocken, die träge in der meereskalten Luft hin- und herschwangen und ihr Läuten in das Schweigen der Vögel woben.

Im Spalt verschwanden langsam die Kristalle, das Licht drang stärker hindurch und ließ in kaum zwei Metern Entfernung das helle Fenster, einen Tisch und einen Stuhl erkennen, auf dem eine Hose und ein Hemd hingen. Konrad Mischa schob seine Daunendecke zur Seite und fuhr sich mit dem rechten Zeigefinger ins Auge, um es von der Kruste zu befreien, die sich in der Kälte der Nacht zwischen den Lidern gebildet hatte. Wo nur kamen all die Geräusche her? Es klang, als hätte sich die ganze Stadt unter seinem Fenster zusammengetan, um lautstark zu skandieren. Mit jedem Atemzug stieß Konrad kleine Wölkchen aus. Marians Bett war unberührt, das Kissen lag genauso aufgeschüttelt da wie am Abend zuvor, die Decke zurechtgezupft und ordentlich in der Mitte gefaltet. Konrad richtete sich auf und zog sich die Decke augenblicklich wieder über die Schultern. Ein Luftzug vom verzogenen Fensterrahmen drang herüber. Dort, auf der Glasscheibe, standen die Eisblumen in voller Blüte und bedeckten beinahe die untere Hälfte. Noch immer hatte der Lärm nicht nachgelassen. Fröstelnd stand Konrad auf, umschlang sich mit der Decke und ging stolpernd ans Fenster, wo er eine Menschenansammlung vermutete, vielleicht Kunden seines Vaters oder die Nachbarn, die aus irgendeinem Grund alle durcheinanderredeten, vielleicht war etwas geschehen, und nur er, Konrad, hatte es verschlafen.

Sein erster Gedanke, als er hinunter auf den menschenleeren Hof blickte, war, dass er sich eventuell noch im Tiefschlaf befand und all das nur träumte. Der Hof war leer. Das Gemurmel war etwas schwächer geworden, aber noch immer deutlich vernehmbar. Vielleicht wurde er krank? Er zog die Decke zurecht, als er mit dem Handrücken gegen einen harten Gegenstand an seinem Hals stieß. Er zuckte zurück und blickte an sich herunter. Als er die Silberkette mit dem Bernsteinanhänger erkannte, erinnerte er sich wieder daran, was tags zuvor geschehen war.

Alles hatte damit angefangen, dass Heinz Segenreich nicht vergessen konnte, was vor einiger Zeit bei der Hütte im Wald geschehen war, als er und Konrad sich treffen wollten, um einen zweiten Zug der Kompanie zu gründen. Dabei hatte Konrad ihm doch zigtausend Mal erklärt, was geschehen sein musste: Sein Bruder Marian war hinter ihm her geschlichen und hatte ihm einen üblen Streich gespielt, kindisch, wie er war.

Die Nachricht vom durchbohrten Herzen war wie ein Lauffeuer binnen kürzester Zeit durch die Kompanie und das ganze Stadtviertel gegangen. Obwohl die jungen Männer Konrad als Anführer und Ideengeber der Gruppe respektierten – auf seinen Vorschlag hin hatten sie den kleinen Stichweg hinunter zum Fluss gepflastert, seinem Engagement war es zu verdanken, dass sie außerdem ein paar junge Linden gepflanzt und sich außerordentlich beliebt gemacht hatten bei den Anwohnern der Gegend –, hatte sich die Stimmung verändert.

Eines Mittags, nach einem eisigen Lauf über den Strand und die Dünen, als die Kompanie ein Lagerfeuer entzündet und die ersten Kartoffeln in die heiße Asche geschoben hatte, begann Heinz Segenreich von einem Buch zu sprechen, das er gerade las, und von den sogenannten zersetzenden Elementen der Gesellschaft.

Konrad war damit beschäftigt, aus einem Stück Treibholz einen Speer zu schnitzen, deshalb achtete er kaum darauf, was Heinz sagte. Er dachte an Lilli, das Mädchen, das jeden Tag auf dem Weg zum Milchmann an seinem Fenster vorbeiging. Heute früh hatte sie ihm sogar zugelächelt. Konrads Herz klopfte schneller.

Erst als die anderen merkwürdig still wurden, hörte er, wie Heinz Segenreich ihn vor allen Mitgliedern der Kompanie aufforderte, seine Männlichkeit zu beweisen und allem Weichlichen und Absonderlichen die Stirn zu bieten. Anfangs wollte Konrad nicht recht begreifen, dass Heinz von Marian redete. Natürlich, sein jüngerer

Bruder war nicht gerade das, was er sich gewünscht hätte, und seit dem Vorkommnis im Wald hatten sie nicht mehr miteinander gesprochen, aber die Kompanie war in den letzten Jahren immer loyal Marian gegenüber gewesen, immerhin war er der Bruder des Anführers. Was also sollte diese Meuterei?

Es stimmt, sagte schließlich Mosche Grynberg, der Zweitälteste der Gruppe. Marian hat die Kompanie blamiert und muss bestraft werden. Du bist der Anführer, Konrad. Du bestimmst, was geschehen muss. Aber es muss etwas geschehen.

Die anderen nickten und beobachteten, wie Konrad den Speer ins Feuer schmiss. Kurz züngelten die Flammen hoch und überzogen den Stab mit einer weißen Schicht, bevor er knackend zerbrach. Als Konrad nichts sagte, schlug einer der Jüngeren vor, man könne ihn hinten im Fluss taufen, das würde meistens großen Eindruck machen, oder ihm wenigstens einen Sack über den Kopf ziehen und ihn irgendwo im Wald aussetzen.

Nein, sagte Konrad. Wind war aufgekommen, und jetzt, da die Jungen sich abgekühlt hatten und schweißnass vom Laufen waren, fingen sie an zu frieren. Das Feuer blieb niedrig und half nur wenig.

Du musst doch einsehen, begann Heinz, aber Konrad schnitt ihm das Wort ab und sagte: Still.

Eine Möwe kreiste unweit des Strandes über dem Meer.

Ich habe eine bessere Idee.

Der Plan sah unter anderem vor, dass Konrad sich bei der Durchführung heraushalten und hinter dem Knallerbsengebüsch bei Oma Fiedler auf die anderen warten würde.

Mach dir keine Sorgen, hatten sie ihm gesagt, als sie

ihn zur Hecke begleiteten. Ist doch klar, deinem Bruder tun wir nichts. Wirst schon sehen.

Als die anderen verschwunden waren, ging Konrad hinüber zur Hauswand, deren rote Ziegel sich in der Sonne etwas aufgewärmt hatten. Er lehnte sich an und untersuchte seine Hosentaschen nach Tabakkrümeln, aber er fand nichts als Fusseln und Sand. Der Knoten seines Schals hatte sich gelöst und entblößte die noch immer gebräunte Haut. Konrad nahm den Schal ab, zerknüllte ihn in der Hand und versuchte, sich auf seine Wut gegen Marian zu konzentrieren und zu ignorieren, dass er sich heimlich wünschte, sein Bruder würde heute einen anderen Weg nach Hause nehmen.

Endlich fand er doch ein paar Krümel, die er in einen Schnipsel Zeitungspapier rollen und anzünden konnte. Durch die blassen Rauchschwaden sah er, wie Oma Fiedler ihn aus dem Wohnzimmerfenster beobachtete. Im letzten Sommer erst hatte die Kompanie auf ihre Bitte hin einen Walnussbaum im Garten gefällt, seitdem lud sie immer wieder zu Kaffee und Kuchen, was die Jungen aber jedes Mal erneut zu vergessen schienen. Konrad stellte sich gerade hin und salutierte, die Zigarette dabei in der Höhle versteckend, zu der er seine Hand geformt hatte.

Das alles hatte sich vor kaum zwölf Stunden abgespielt. Was war in der Zwischenzeit mit Marian geschehen? Konrad wandte sich vom Fenster ab. Aus der Küche nebenan hörte er, wie seine Mutter das Frühstück bereitete. Er seufzte und schob die anderen diffusen Geräusche, die noch immer an sein Ohr drangen, auf das Radio, das anscheinend wieder repariert worden war.

Seit dem Frühstück am Vortag hatte er seinen Bruder

nicht mehr gesehen, und er wagte nicht, sich den Zorn seines Vaters vorzustellen, sollten sie Marian verprügelt haben. Er ging einen Schritt auf Marians Bett zu, aber es war unmöglich herauszufinden, ob er heute darin geschlafen hatte. Was hatte die Kompanie mit ihm angestellt?

Kaum eine halbe Stunde, nachdem er seine Zigarette geraucht hatte, waren die Jungs zurückgekommen, Zufriedenheit in ihren Gesichtern. An Mosche Grynbergs rechter Hand hatte die Kette mit dem Anhänger gebaumelt. Leise lachend übergab er ihn Konrad und sagte, wenn in Zukunft alles so einfach sei wie das, dann würde er sich auf dieses Leben freuen.

Konrad ließ sich auf Marians Bett fallen und betrachtete umständlich den Bernstein. Sein Vater musste sich geirrt haben, als er Marian den Anhänger geschenkt hatte, vielleicht war er betrunken gewesen und hatte seine beiden Söhne verwechselt. In jedem Fall war er es, dem der Anhänger zustand, er war es, der ihn nach seinem Vater tragen sollte, und er war es, der ihn eines Tages an seinen Sohn weitergeben würde, und nicht Marian.

Seine Mutter klopfte gegen die Küchenwand, das Zeichen, dass sie ihn brauchte oder jedenfalls seine Anwesenheit wünschte. Wie spät war es? Der kleine Wecker, der auf dem Korbstuhl neben seinem Bett lag, war in der Nacht stehengeblieben. In das wiederholte Klopfen mischten sich nun die Schritte seines Vaters auf der Holztreppe, und jetzt ließ es sich nicht länger ignorieren: Es war Zeit, zu frühstücken.

Ich komme schon!, rief er und räusperte sich, weil seine Stimme von der Kälte belegt war. Rasch faltete er seine Decke zusammen, warf sie auf sein Bett und streifte sich einen Wollpullover über. Bevor er das Zimmer verließ, leckte er kurz an seinen Handflächen und fuhr sich über das Haar.

In der Küche war es hell und warm. Der Ofen, auf dem seine Mutter Magda Haferbrei und Grießklößchen zubereitete, glühte. Der Vater war gerade dabei, seine Socken und seine Mütze auf dem Ofensims auszubreiten und überhörte erst Konrads Frage nach seinem Bruder.

Marian?, fragte der Vater schließlich. Der ist unten, in der Werkstatt, Holz hacken. Er kommt gleich hoch.

Er hackt Holz? Magda ließ vor Verwunderung ein Grießklößchen anbrennen.

Wenn ich es doch sage. Kazimierz schenkte sich Malzkaffee in seine Blechtasse ein und rührte drei Löffel Zucker darunter.

Kam um sechs runter und fragte mich nach Arbeit. Hab gar nicht nachgefragt, dachte, es könnte ihm sonst wieder vergehen.

Konrad räusperte sich wieder, vielleicht hatte er sich im Garten von Oma Fiedler erkältet, aber lange hatte er da nicht gestanden, nein. Es war alles ganz schnell gegangen, deshalb, so dachte Konrad, konnte auch nichts Schlimmes geschehen sein, denn alles Schlimme brauchte seine Zeit. Der Vater rührte so lautstark seinen Malzkaffee um, dass Konrad überhörte, wie sein Bruder die Werkstatt verließ und hinauf in die Küche kam. Er bemerkte ihn erst, als er vor dem Küchentisch stand und die Mutter ihm einen Holzspan aus den Haaren zupfte. Marian sah aus, als hätte er die ganze Nacht in der Werkstatt verbracht: rote Augen, fettiges Haar und staubige Kleidung.

Na, sagte Konrad und versuchte den Blick seines Bruders einzufangen. Marian ignorierte ihn und setzte sich auf den Platz neben seinen Vater, wo bereits ein Teller mit Grießklößchen und Butter stand. Das Kinn auf der linken Hand abgestützt, stierte er auf die kleinen Klümpchen im Teig und bewegte stumm seine Lippen, bis sich auch seine Mutter an den Tisch setzte. Schon wollte Konrad glauben, dass alles noch einmal gut gegangen war, da fiel ihm auf, dass er keine Gabel hatte, und beugte sich über den Tisch, um die Besteckschublade zu öffnen. In dem Moment löste sich etwas von seinem Hals und rutschte hinaus auf seinen Pullover. Konrads Hand schnellte empor und griff nach dem Anhänger. Niemand schien etwas bemerkt zu haben, nicht einmal Marian.

Was hast du?, fragte Magda, als sie vom Teller aufblickte und Konrad an seinem Kragen nesteln sah.

Nichts, antwortete er. Ich glaube, ich werde krank.

Der November hatte einen Schleier aus Raureif über die gesamte Nachbarschaft gelegt, alle Bäume, Grünflächen und Gärten schienen konserviert für den Tag, an dem das Leben zurückkehren würde. Nach und nach gesellten sich zu dem Weiß des Frostes die ersten bunten Kugeln und Lichter: Die Stadt hüllte sich in ihr Weihnachtsgewand, so fern die Feiertage auch noch sein mochten. Unsere winterliche Dekoration beschränkte sich vorerst auf eine Meisenfamilie, die auf unserer Küchenfensterbank ihr Winterquartier bezogen hatte.

Nach den ersten Tagen unter Null hatten wir in der Wohnung einen Rohrbruch. Wir mussten einen Klempner kommen lassen und schließlich auch neuen Boden verlegen, der alte war uns buchstäblich unter den Füßen weggefault. Ich zögerte erst, das Geld vorzustrecken – ein wenig hatte sich noch auf meinem Konto befunden – dann aber entschied ich mich doch dafür. Wegen Brunons langem Krankenhausaufenthalt waren die Myszas knapp bei Kasse, und Bronka hatte mich darum gebeten. Bartosz fiel finanziell aus, seine Zeit beim Militär war abgelaufen und eine neue Arbeit noch nicht in Sicht.

Kurz hatte ich überlegt, nach Deutschland zu telefonieren und den guten Przybylla zu bitten, in meine alte Garage zu gehen und meine Pullover, den Wintermantel und ein paar Mützen herauszusuchen und mir zuzusenden. Nach der Renovierung war von meinem Ersparten kaum genug übrig geblieben, um mir eine neue Wintergarnitur anzuschaffen. Diese Stadt gehörte nicht gerade zu den günstigsten. Wenn man sich komplett neu mit Winterkleidung eindecken wollte, dann konnte man locker mit einem mittleren Monatsgehalt rechnen, und das, was ich im Collegium verdiente, reichte gerade zum Überleben aus.

Eines führte zum anderen. Hätte ich kein Geld gebraucht – und wäre es nicht jeden Tag kälter und kälter geworden, bis schließlich die ersten Eisschollen im Fluss trieben –, wäre ich vielleicht nicht auf Rokas' Angebot eingegangen. Aber dass er genau zu diesem Zeitpunkt auf der Bildfläche erschien, kam mir wie ein Zeichen vor, eine Art Gnade, und ich wollte nicht zu stolz oder eitel sein, sein Angebot abzulehnen. Maya um einen Vorschuss anzubetteln wäre mir im Traum nicht eingefallen.

Es war der bisher kälteste Abend in diesem Jahr. Draußen, vor dem Küchenfenster, saßen die aufgeplusterten Meisen und rührten sich nicht.

Es war mittlerweile so kalt in der Küche geworden, dass wir uns Wolldecken umgehängt und schließlich beschlossen hatten, den alten Kachelofen in Betrieb zu nehmen. Albina hatte einen Sack Kohle aus dem Keller hochgeschleppt, Renia und ich säuberten die Luke und versuchten, das klemmende Türchen zu richten. Mit klammen Fingern zerrissen wir schließlich etwas Zeitungspapier, stopften es in die Luke hinein und entfachten das Feuer. Eigentlich hatte ein Schornsteinfeger kommen sollen, aber wie so oft verschoben sich die Dinge ins Ungewisse, und so musste man sie selber in die Hand nehmen.

Zu dritt setzten wir uns auf den honiggelb gekachelten Vorsprung des Ofens und spürten, wie die Wärme langsam unsere Rücken emporkroch.

Na endlich, sagte Renia und nieste. Sie hatte sich erkältet und war außerstande, in dieser Woche Vorstellungen im Collegium zu geben. Demoiselle Maya hatte sie angefleht, es doch wenigstens zu versuchen, aber Renia war – auf meinen und Albinas Rat hin – unnachgiebig geblieben. Ich stellte mich an den Herd, um uns Tee zu machen. Als es an der Tür klopfte, war es Albina, die aufstand, um zu öffnen.

Ein zögerliches, suchendes Klopfen war das, als sei dem Besucher unklar, ob er wirklich die richtige Tür gefunden hatte, oder als sei er sich seines Anliegens nicht hundertprozentig sicher. Man hörte die Tür quietschen, kurz über den Läufer schaben, dann war Stille. Renia hörte kurz auf, sich zu schneuzen, und ich stellte die Gasflamme niedriger, um besser hören zu können. Schließlich drang ein spitzer Freudenschrei aus dem Flur, etwas polterte, jemand lachte. Albina kam zurück in die Küche, mit hochrotem Kopf und feuchten Augen.

Hinter ihr erschien ein dunkelhaariger Mann mit ausladendem Schnurrbart. Es war unmöglich, sein Alter zu schätzen: Der hagere Körper und der jugendliche Gang kontrastierten mit tiefen Falten, die sich in sein Gesicht gegraben hatten, und einer breiten, schlohweißen Strähne, die sich von seiner Stirn bis zum Hinterkopf erstreckte.

Rokas!

Bei der Erwähnung seines Namens flackerte die Glühbirne an der Decke kurz auf. Renia ließ ihr Taschentuch unter der Wolldecke verschwinden und fiel in seine Arme. Während Rokas ihr über den Rücken strich, als müsse er sie trösten, hielt er seinen Blick auf mich gerichtet und zwinkerte mir zu. Sofort wurde ich verlegen und fühlte mich wie ein Schulkind. Ich drehte mich um und schaltete umständlich den Ofen aus, stellte den Wasserkessel zur Seite. Mir war plötzlich etwas Unangenehmes eingefallen: sein Zimmer. Richtig, es war beschlagnahmt worden, und zwar von mir. Nichts hätte mir unangenehmer sein können.

Kinga, Kinga, wiederholte er, als mich Albina vorgestellt hatte.

Die Prinzessin mit dem glücklichen Händchen, nicht wahr?

Der Singsang seines Akzents ließ die Worte ineinander übergehen, verschwimmen, so dass ich nicht sofort begriff, was er meinte. Albina reagierte schneller, nickte und sagte, dass *unserer Prinzessin hier* jedenfalls das schmucke Anwesen gehöre, in dem wir uns befänden, und insofern besäße ich ja eine Art Hoheitsrecht. Sie lachte. Rokas zog seine Augenbrauen hoch, nahm meine Hand und schickte einen Kuss etwa dreißig Zentimeter über ihr in die Luft. Dann, mit einer eleganten Bewegung und einem Gesichtsausdruck, der kaum nach Erlaubnis fragte, griff er nach meinem Bernstein, der unter der Decke hervorblitzte.

Was für ein Schmuckstück, sagte er. Eine Träne der Sonne. So was hat damals wirklich nur den Adligen gehört. War ein Zeichen von Macht und Luxus. Riecht übrigens gut, wenn man es verbrennt, fast wie Weihrauch. Ambra.

Mit Luxus und Weihrauch habe ich es nicht so.

Ich fiel in sein Lachen ein.

Ist aber alles Blödsinn, also, das mit dem Hoheitsrecht. Leider gibt es trotzdem ein kleines Problem. Ich bewohne dein Zimmer. Leihweise, quasi, und selbstverständlich nur, weil man mir versichert hat, dass …

Ah, sagte Rokas. Perfekt. Ich hatte ohnehin vor, die nächste Zeit in meine Werkstatt auf der Werft zu ziehen. Es gibt eine Menge zu tun.

Wir werden sicher einen Platz für dich finden, falls … ich meine, wenn du …

Plötzlich fehlten mir die Worte, ich spürte, wie ich rot wurde. Rokas lächelte mich an, so milde und gütig, als habe er sich entschlossen, mir alles zu vergeben, was ich mir jemals hatte zuschulden kommen lassen. So katholisch hatte ich mich schon lange nicht mehr gefühlt. Weihrauch. Aber das war es: Rokas hatte die Aura eines Priesters.

Vor Aufregung vergaß Renia zu niesen. Eine Werkstatt *auf der Werft?* Wie bist du denn an die gekommen?

Sie holte ein paar Tassen aus dem Küchenschrank und sortierte jene aus, die die wenigsten Sprünge und Mäusezähne aufwiesen. In die vier schönsten goss ich den Tee.

Es hat sich so ergeben. Angenehm warm habt ihr es

übrigens hier. Rokas hielt schützend die Hand über seine Tasse, als ich einen Teelöffel Zucker darüber balancierte.

Ja, der Kachelofen. Wir haben es nicht mehr ausgehalten.

Albina nahm einen Schluck vom heißen Tee. Apropos: Wo warst du so lange? Kinga hätte beinahe nicht geglaubt, dass es dich wirklich gibt.

Lächelnd knetete er seinen Schnurrbart und schien in Gedanken und Erinnerungen zu versinken. Dann, als ob ihm eingefallen wäre, dass es so etwas wie eine Gegenwart gab, zog er seine Jacke aus, seinen Pullover und schließlich auch seine Schuhe, die er mit etwas übriggebliebenem Zeitungspapier ausstopfte und vor den Ofen stellte.

Ich habe jemanden getroffen. In Warschau. Ihr wisst schon. Ich habe *ihn* getroffen.

Ist nicht wahr. Albina schaute mich mit großen Augen an, Renia blinzelte aufgeregt, und so war ich die Einzige im Raum, die von nichts wusste.

Aha, sagte ich. Wer ist denn *er?*

Ich versuchte möglichst nicht darauf zu achten, dass aus einem Sprung in Rokas' Tasse ein Teerinnsal heraussickerte. Es hatte mich immer wahnsinnig gemacht, wenn mein Vater sich in einem Gespräch von Kleinigkeiten ablenken ließ.

Mein Sponsor. Stellt euch nur vor: Es wird tatsächlich klappen, er hat mir eine weitere Summe zur Verfügung gestellt. Ein letztes Projekt noch.

Er legte seine Hände mit den Innenseiten nach oben auf den Tisch und schaute hinauf zur Zimmerdecke, als erwarte er, dass ein Strahl göttlichen Lichts auf ihn herabfalle, aber es war lediglich die Glühbirne, die erneut aufflackerte. Die letzte Fliege des Jahres surrte an der

Zimmerdecke umher, im Ofen knackte es. Rokas fing an zu erzählen.

Nach einer knappen Stunde war ich bestens informiert über den Plan, den er sich zurechtgelegt hatte. Er, Rokas, würde die Stadt zum Verschwinden bringen. Denn das war sie doch: Aufgebaut aus dem Nichts, auf dem Nichts. Als er meinen verwunderten Blick bemerkte, korrigierte er sich und sagte, dass es sich natürlich nicht um die ganze Stadt handeln könne. Leider. Aber doch wenigstens um einen kleinen, äußerst zentralen Teil von ihr. Über Nacht würde der: verschwinden!

Das klingt ganz ... phantastisch, sagte ich, als er seine Ausführungen beendet hatte. Aber wie willst du das schaffen? Doch sicher mit Unterstützung der Stadtverwaltung?

Nein. Das ist doch der ganze Sinn, unterbrach mich Rokas und legte mir die Hand auf den Unterarm. Niemand dürfe von seinem Plan erfahren, es gehe gerade um den Überraschungseffekt, den ersten Schock des Betrachters. Da es sich um eine Aktion von einer gewissen Größenordnung handle – er lachte –, er aber auf äußerste Diskretion angewiesen sei, brauche er unkomplizierte, verlässliche Helfer. Geld sei kein Problem. Sein *Sponsor* sei überaus großzügig. Als ich fragte, wer dieser mysteriöse Mäzen sei, schüttelte Rokas den Kopf. Sein Geldgeber sei jemand, der der Stadt sehr nahestehe, äußerst nahe sogar – und eben deshalb sei es umso wichtiger, seinem Wunsch nach Diskretion zu entsprechen. Ob er sich auf uns verlassen könne?

Er konnte. Ohne hundertprozentig zu wissen, worauf wir uns einließen, hatten Albina und ich Rokas versprochen, ihm einige Stunden pro Woche auszuhelfen. Das

Zubrot, das ich mir damit verdienen würde, kam gerade recht.

Am nächsten Morgen – Rokas hatte auf einer Gästematratze, die Albina unter ihrem Bett gefunden hatte, in der Küche geschlafen – brachen wir gemeinsam auf, um uns seine Werkstatt und Materialien anzusehen. Ich hatte versucht, Renia zu überreden, zu Hause zu bleiben, ohne Erfolg. Sie wolle es sich wenigstens einmal anschauen, sagte sie. Und sie sei bislang nur ein einziges Mal auf der Werft gewesen.

Obwohl es bereits spät am Vormittag war, hielt sich noch ein Rest von Dunkelheit zwischen den Häuserzeilen. An den Ecken standen Grüppchen von Schülern, die sich die Mützen tief in die Gesichter gezogen hatten, keiner sprach lauter oder bewegte sich mehr, als unbedingt nötig. Es war kalt, und die Einzigen, denen es nichts auszumachen schien, waren die Katzen, die durch die Straßen huschten und irritiert maunzten, wenn wir ihre Wege kreuzten.

Bald schon ragten über uns die Kräne der Werft in den Himmel. Wir ließen den Haupteingang und das mit Kränzen und Kerzen geschmückte Arbeiterdenkmal hinter uns und passierten das Tor. Rokas nickte im Vorbeigehen dem Wächter zu, der weiter seinen Blick geradeaus gerichtet hielt und uns, als wir an ihm vorbeigingen, nicht einmal zu bemerken schien.

Verrückt, kommentierte Renia. Ich zuckte mit den Schultern.

Auf dem Gelände angekommen, waren wir umgeben von Leuten mit Rucksäcken und Beuteln, die zur Arbeit gingen. Ihr Atem blieb als helle Rauchflecken in der Luft zurück. Während des gesamten Weges zu seiner Werkstatt schwieg Rokas. Er strahlte eine Gelassenheit aus, die beruhigend auf seine gesamte Umgebung wirkte, außerdem lächelte er ständig, als habe er alles von Grund auf durchschaut und als habe es ihn gerührt.

Renia und ich folgten ihm, vorbei an rostenden Autowracks, Lagerräumen mit zerbrochenen Fenstern und Schiffsteilen, die noch unverschweißt übereinandergestapelt lagen, vorbei an Hallen, in denen man das helle Feuer der Schweißer glimmen sah. Nur Albina war kurz vorm Zerplatzen, weil Rokas jede ihrer Fragen unbeantwortet ließ: Ob er das wirklich ernst gemeint habe, was er vorhin erzählt hatte, wie er sich das vorstelle, woher er die Materialien nehmen wolle und so weiter.

Rokas strich über seinen Schnurrbart, bewegte seinen Kopf hin und her, lächelte und wollte nichts verraten. Vor einer mit Graffiti besprühten Lagerhalle blieb er stehen und holte einen Schlüsselbund hervor. Der Eingang der Halle war halb verdeckt von einem rostigen Schiffsrumpf, dahinter stritten sich ein paar Katzen um den Kadaver einer Ratte. Als Rokas die Metalltür aufgestoßen hatte, ging er einen Schritt zur Seite. Da, hinter der Tür, klaffte ein schwarzes Loch.

Du zuerst, sagte Rokas, verbeugte sich schwungvoll und ließ mir den Vortritt. Schönen Dank, murmelte ich. Hinter mir hörte ich Renias und Albinas Schritte. Ich sah noch immer nichts, spürte nur den rutschigen Betonboden unter meinen Füßen, und genau in dem Moment, als ich mich umdrehte, ging das Licht an. Ich sah mitten in Renias erschrockenes Gesicht und

da setzte ich mich in den nächsten Zug gen Osten und kam nach Stunden in der Stadt am Meer an, ohne einen Plan, ohne jemanden zu kennen, Hauptsache, nicht zurück nach Dydów, Hauptsache, nicht zurück aufs Land zu Vater und Marek. Gleich am Bahnhof wäre mir beinahe das Herz stehengeblieben, ein fetter Typ stand da neben einem Kiosk und gaffte mich an, und im ersten Moment dachte ich, das ist der Goerke, der Goerke ist mir gefolgt, aber natürlich war es nicht der Goerke, es war einfach irgendein fetter Pole, der sich nach der Arbeit am Kiosk besoff, und da hätte ich ihn am liebsten umarmt und geküsst.

Aus lauter Erleichterung kaufte ich mir und einem kleinen Jungen, der in einem abgerissenen T-Shirt auf einer Mauer saß, zwei Hamburger, schweigend aßen wir sie auf und blickten unbestimmt ins Gedränge vor den Bushaltestellen. Als wir aufgegessen hatten und der Junge noch immer nichts sagte, fragte ich ihn, ob er wisse, wo ich übernachten könne, aber er schüttelte bloß den Kopf und rannte davon. Ich dachte an Großmutter und setzte mich in Bewegung, ging endlich los, über Straßen und kleine Plätze. Überall vor den Bürogebäuden standen gut gekleidete junge Menschen mit teuren Frisuren und glänzenden Ledermappen, keiner von ihnen würdigte mich auch nur eines Blickes: In meinem Aufzug, mit meiner dreckigen Tasche und diesem müden Gesicht gehörte ich zur anderen Hälfte, zu der Seite der Verlierer, die es nicht gepackt hatten, die ewig in Armut und im Scheitern verharren würden, so eine war ich in deren Augen, aber das erschrak mich nicht, das war mir egal, da war etwas anderes, Größeres, das mich umfing, das mich packte und nicht wieder losließ.

Am Anfang dachte ich, es sei die Müdigkeit, die Überspanntheit, vielleicht, aber diese Stadt schien nach mir zu greifen: das steinerne Antlitz verzogen, überschminkt, und doch so voller Ausdruck und Wesen, dass ich erstarrte. Egal, an welchem Haus ich vorbeiging, welches Pflaster ich überquerte, die Stadt schien zu reden, überzuquellen an Geschichten und dem Leid der Menschen, aber vielleicht war ich traumatisiert, und so erging es möglicherweise traumatisierten Menschen: Überall sahen sie Leid und Elend, und wo sie kein Leid und Elend sahen, sahen sie wenigstens den Tod, der überall, auf jeder Gasse, jedem Hinterhof biwakierte und nur darauf wartete, dass man ihm in die Arme spazierte. Jeder Steinhaufen in dieser Stadt schien seine Stimme zu erheben, kein Meter des alten Pflasters, der kein Blut gesehen hatte, und überall, überall tummelten sich die Toten, traten sich gegenseitig auf die Füße, saßen auf Rinnsteinen und lehnten an Fassaden, eine Symphonie aus Angst und Erinnerung und dem verzweifelten Klammern ans Leben, nach all den Jahren: Tote, die noch nicht recht begriffen hatten, was ihnen plötzlich fehlte, ein Körper nämlich, das Leben selber, und Tote, die so leise waren, dass man sie kaum verstand, mit merkwürdigen Dialekten und Akzenten, die ganz zähen, sturen, die es nicht wahrhaben wollten, nach all den Jahrhunderten. Da waren die, die zu Unrecht hingerichtet worden waren, die Ermordeten, die plötzlich Umgekommenen. Die Menschen, so viel begriff ich nach wenigen Stunden in der Stadt, verloren nach dem Tod keine ihrer unerfreulichen Eigenschaften, abgesehen davon, dass sie weder nach Schweiß stanken noch Bier auf die Straße verschütteten so wie der Penner, der mich beobachtete, seitdem ich die Fußgängerzone betreten hatte. Um ihm zu entkommen und auch, um endlich etwas zu trinken zu kaufen – Vielleicht, dachte ich, vielleicht handelte es sich einfach um Dehydrierung, das konnte doch passieren? –, betrat ich einen kleinen Laden in der Fußgängerzone und kaufte eine Flasche Wasser. Die Verkäuferin betrachtete mich mitleidig und reichte mir zwei Bananen, die ich sofort aufaß, ungeachtet der braunen Stellen und der Tatsache, dass ich Bananen nicht ausstehen konnte.

Was mit dieser Stadt los sei, fragte ich sie noch, bevor ich wieder hinausging, und da zog sie die Augenbrauen hoch, musterte mich eine Weile und sagte schließlich, dass diese Stadt der Wahnsinn sei, im Winter und im Sommer sowieso, und, dass ich besser auf mich aufpassen solle, hier, an diesem Ort, seien noch ganz andere als ich untergegangen, dieser Ort sei nämlich stärker als die meisten, und das sei das Problem.

Und was ist mit den Toten, fragte ich sie, aber da schien sie wütend zu werden, denn sie kräuselte ihre Stirn und scheuchte mich hinaus, keine Zeit zu plaudern hätte sie, und ich solle mich am Riemen reißen, so wie alle hier. Und da stand ich dann, draußen, auf der Straße, Leute gingen an mir vorbei und schienen nicht zu bemerken, was hier eigentlich vor sich ging, was sich wirklich auf den Straßen abspielte. Vor allem bei den Kirchen ging es hoch her, da wuselte es geradezu. Ich rannte los, fort, genug Geld für ein Hotel hatte ich ja in der Tasche, aber das kam mir in dem Moment nicht in den Sinn: ein Hotel. Ich rannte und rannte, bis ich auf einem kleinen Platz ankam, wo Ruhe herrschte. Eine alte Weide stand da, ein paar Bänke vor einer kleinen Wiese, und da ließ ich mich nieder, legte meinen Kopf auf die Tasche und schloss die Augen, und der letzte Gedanke, an den ich mich erinnere, war der an Dydów, an Vater und an Marek und die sich sofort darauf ein-

stellende Gewissheit, dass ich es lieber mit dieser Stadt aufnahm als mit dem, was mich außerhalb von ihr erwartete.

Als ich wieder zu mir kam, befanden wir uns mitten im Nichts. Albina flüsterte: Mein Gott!, und Renia bekreuzigte sich. Ich machte ein paar pinguinartige Bewegungen mit meinen Armen und sah mir selber dabei zu.

Silbrige, spiegelnde Flächen umgaben uns und reflektierten das Neonlicht, das von ein paar Röhren an der Decke ausging. Unendlich viele Albinas, Renias, Kingas und Rokas' spiegelten sich und wurden immer kleiner, bis sie schließlich nur noch aus dunklen Flecken bestanden, die sich ineinander auflösten.

Das ist es, sagte Rokas.

Was?, fragte ich. Meine Kehle war trocken.

Spiegelfolie. Eins-a-Ware. Verblüffend, nicht wahr?

Rokas ging auf eine der spiegelnden Flächen zu, packte sie an ihrem Rand und zog sie zur Seite. Dahinter stapelten sich mehrere Konstruktionen aus Sperrholz, riesige Rechtecke, die man anscheinend beliebig ineinanderschieben und verhaken konnte. Flink kletterte er auf eine Leiter, löste die Folie aus ihrer Verankerung und ließ sie auf den Boden gleiten. Dann drückte er ein paar Schalter an der Wand, es knisterte, zischte, und schließlich wurde es auch im hinteren Teil des Raums hell. Die Lagerhalle war größer, als man vermutet hätte. Wo keine fertigen Rahmen lagerten, standen Rollen mit Spiegelfolie, und auf mehreren Tischen wurde am Rahmennachschub gearbeitet. Beide Seitenwände des Gebäudes waren beklebt mit einer Art Fototapete der Stadt, unschwer zu erkennen war die Hauptmeile der Stadt, ihr Schmuckkästlein und ganzer Stolz der Restaurateure. Rokas folgte unserem Blick.

Das alles, sagte er, wird schneller verschwinden, als es erschienen ist.

Die Werftanlagen der Stadt waren ein abgeschirmter, ein intimer Ort, an den keiner gelangte, der dort nicht ausdrücklich etwas zu suchen hatte. Als aber ausnahmsweise Tickets für eine Rundfahrt über das Gelände verkauft wurden, ergriff Brunon Mysza sofort die Chance. Kinga Mischa sollte später nicht sagen, man habe ihr ein unrealistisches, ein geschöntes Bild von diesem Land oder dieser Stadt gemalt, mit saftigen Wiesen, fröhlichen Gänsejagden und Picknicks im Grünen, nein. Die Lebensrealität in diesem Land, und vor allem in dieser Stadt, sah anders aus.

Jahrzehntelang war Brunon Mysza tagaus, tagein auf die Werft gegangen, und wenige Schiffe hatten sie verlassen, ohne dass er Hand an sie gelegt hätte. Das und die Tatsache, dass er an den Streiks teilgenommen und sich vor keiner Demonstration gedrückt hatte, war sein ganzer Stolz.

Leider hatten seine Augen und seine Lungen auf der Werft gelitten; und hätte es nicht die Wohnung am Wallplatz gegeben, die jeden Monat ein paar zusätzliche hundert Złoty an Miete abwarf, wäre die Familie, trotz Bronkas kleiner Nebeneinkünfte als Schneiderin, nicht über die Runden gekommen. Die Nachbarn und Arbeitskollegen, die davon wussten, missgönnten ihnen, was sie sich als unverdienten Geldregen aus fremden Mieteinnahmen vorstellten. Die Myszas hingegen wussten es besser: Natürlich gehörte die Wohnung rechtmäßig ihnen, und dass Marian Mysza die Wohnung seinem deutschen Neffen Emmerich Mischa vermacht hatte, war in ihren Augen nichts als ein Zeugnis seniler Verwirrung gewesen. Emmerich jedenfalls hatte ihnen die Miete überlassen, aber eines war doch merkwürdig: Warum hatte er in seinem Testament verfügt, dass die Wohnung nicht direkt an die Myszas ging, warum musste sie erst den Umweg über seine Tochter nehmen?

So oder so, entschied Brunon eingedenk seines verstorbenen Vaters, könne es nicht schaden, wenn man sich mit der Deutschen beschäftigte. Vielleicht würde sich das Thema eines Tages ganz natürlich erledigen, ohne dass man es erzwingen musste.

Als schließlich, nach längerer Diskussion, Bronka und nicht Brunon Kinga anrief, schien Kinga sich zu freuen und sagte gleich zu. Das Treffen kam ihr gerade recht: Seit Tagen hatte sie keinen Auftritt mehr im Varieté gehabt, Renia, ihre Renia hatte sich zurückgezogen, und mit der Zeit war sie der Gesellschaft Albinas mehr als überdrüssig. Die Tage zogen sich endlos hin, so dass Kinga sich wünschte, in einer etwas lebhafteren Gemeinschaft zu wohnen, mit tatkräftigen, resoluten Charakteren, die sie hätten teilhaben lassen an ihren Plänen. Vor lauter Kummer darüber, dass Renia sich so rar gemacht hatte, hatte sie sogar erwogen, von sich aus bei den Myszas vorbeizuschauen, aber bevor sie sich die Jacke hatte umwerfen können, war sie erneut in ihren Tagträumereien versunken und hatte sich nicht aus dem Bett gerührt.

Kurz vor der vereinbarten Zeit um zehn Uhr morgens war Kinga vor dem Tor der Werft angekommen, gähnte ein paar Atemwölkchen in die eiskalte Luft hinein und schloss die Augen, um das leichte Schwindelgefühl zu ignorieren. Seit mehreren Tagen hatte sie nicht mehr als vier, fünf Stunden in der Nacht geschlafen, der Magen bereitete ihr Probleme, sie fühlte sich angeschlagen. Die nervösen Zustände, die immer wieder über sie kamen, seit sie die Stadt betreten hatte, machten ihr mehr und mehr zu schaffen. Selbst für Außenstehende, die nichts weiter von Kinga wussten und nichts von ihrer Arbeit ahnten, musste es befremdlich wirken, wenn Kinga zu versteinern schien oder plötzlich zusammenzuckte, als hätte sie einen elektrischen Schlag bekommen.

Noch allerdings schien alles im Rahmen zu sein, noch ließ sich alles ertragen.

Als Kinga zwei eng in ihre Mäntel geschlungene Menschen die Straße herunterkommen sah, wischte sie sich den Schlaf aus den Augen und winkte. Bronka, die ihre Hände in einen fliederfarbenen Muff gesteckt hatte, stieß Brunon den Ellbogen in die Seite, und da hob auch er die Hand und winkte ihr zu. Er trug einen gefütterten Anorak und massive Gummistiefel, als habe er geplant, nach der Führung auf der Werft zu bleiben und eine Schicht durchzuarbeiten. Die beiden wirkten ausgeschlafen, seit Stunden wach, und Bronka roch untrüglich nach Kohlrouladen, die sie schon am frühen Morgen zubereitet haben musste. Kinga schaute auf ihre Uhr: Es war punktgenau zehn Uhr. Man küsste sich auf die Wangen, Bronka tätschelte Kingas Rücken, so, wie sie es auch bei ihrer Tochter getan hätte, fragte nach der Wohnung, ob es nicht zu kalt sei und ob sie auch zurechtkämen, so ganz ohne Mann im Haus.

Kinga antwortete, es gehe ihnen ausgezeichnet, zu dritt würde es ihnen an nichts fehlen, ein Mann, sagte sie, würde bloß Unruhe stiften. Kurz dachte sie darüber nach, ob es an der Zeit sei, die Wohnungsfrage anzusprechen, dann entschloss sie sich aber, Bronka und Brunon noch etwas hinzuhalten.

Brunon hatte die Augen zusammengekniffen, als seine Frau die Wohnung erwähnte, lachte aber kurz mit, ohne begriffen zu haben, warum. Dann ging er zum Torhäuschen am Eingang, kam mit den drei vorbestellten Tickets in der Hand zurück und strahlte über das ganze Gesicht.

In zehn Minuten geht es los. Bronka, um Himmels willen, wie lange waren wir schon nicht mehr hier?

Seit Marians Tod, denke ich, seit vier, fünf Jahren. Eine Schande.

Eigentlich, so Bronka, seien sie, nachdem Brunon zum Frührentner wurde, wenigstens einmal in der Woche vorbeigekommen und hätten Blumen am Arbeiterdenkmal abgelegt. Aber seitdem sich die Pflichten auf dem Friedhof gehäuft hätten … und dann habe man um Bartosz bangen müssen, und da sei keine Zeit mehr gewesen für Ausflüge zur Werft.

Brunon nickte gedankenverloren und schaute nach oben, in den bleigrauen Himmel.

Tja. Wenn es nicht so bedeckt wäre, könnte Vater uns sicher dabei zusehen, wie wir hier herumspazieren.

Kinga verkniff sich jeden Kommentar, nickte bloß und hörte sich an, was für ein Glücksfall es sei, dass es ausgerechnet jetzt, da sie da sei, diese Rundfahrten über das Gelände der Werft gebe. Von allen Orten der Stadt sei dies der Wichtigste, hatten doch die Männer der Familie jahrzehntelang ihr Auskommen als Tischler und Schweißer gefunden, alles zusammengeschreinert und zusammengeschweißt, was ein Schiff an Holz und

Metall so brauchte, Kajüten, Parkett, Fensterrahmen, Türen. Durch diesen Eingang, durch den sie gerade gingen, sei auch er, Brunon, gegangen, genau wie sein Vater, mit einem Köfferchen voll Essen und der blauen Schiebermütze auf dem Kopf. An tausend friedlichen und tausend stürmischen Tagen, an denen sie, die einfachen Arbeiter, sich verbündet hatten und aufgestanden waren gegen die Willkür der Staatsmacht. Leuten wie ihnen sei der Niedergang des Kommunismus zu verdanken. Ob sie, Kinga, das gewusst habe? Er persönlich habe den Kopf dafür hingehalten, so wie fast alle hier, damals.

Bewegte Zeiten, sagte Kinga und nickte, als müsse sie bestätigen, was sie eben selber gesagt hatte.

Bewegt ist gut, antwortete Bronka. Anfangs hatte sich gar nichts bewegt, deswegen ist es ja auch losgegangen. In den Läden und auf den Straßen gab es nichts, rein gar nichts, und wenn es etwas gab, dann war es überteuert, das kannst du dir nicht vorstellen.

Wir haben aber nicht nur für Fleisch und Zucker gestreikt. Oder nur für uns.

Brunon machte eine kurze Pause und fasste Kinga am Arm.

Wir haben für den Frieden gekämpft. Hier und anderswo.

… und dann kommt der eigene Sohn und muss aus der Reihe tanzen, sagte Bronka. War ihm nicht genug, das zu tun, was sein Vater auch schon getan hatte. Wollte höchstpersönlich hinaus in die Welt.

Da gibt es aber schönere Berufe, um hinaus in die Welt zu kommen. Kinga betrachtete die Gruppe von Ausflüglern, die sich bereits um das Tor geschart hatte. Sie alle trugen Jeans und schwarze Daunenjacken, einzig ihre Mützen unterschieden sich und schienen einander an Farbenpracht und Albernheit überbieten zu wollen.

Hab du mal Kinder und versuch, ihnen etwas zu sagen.

Brunon blickte voller Ingrimm auf eine pink geringelte Mütze mit orangefarbenem Bommel. Es schien, als wolle ihm Kinga darauf antworten, aber dann beschränkte sie sich darauf, verständnisvoll zu nicken und Bronka ein mitleidiges Lächeln zu schenken. Was ging es die beiden alten Leutchen auch an, dass sie nie im Leben geplant hatte, Kinder zu bekommen; ein biologischer Mechanismus, den sie als Akt tiefster Unterwerfung und Selbstbeschneidung empfand. Schon als kleines Mädchen hatte sie alle Babypuppen, die ihr Vater ihr geschenkt hatte, in das Holztruhenmassengrab im Flur versenkt und nur hervorgeholt, wenn sie Besuch von anderen Mädchen bekam, die unbedingt mit ihnen spielen wollten.

Nur einer Puppe war dieses Schicksal erspart geblieben, vielleicht, weil sie kein Baby mehr war, sondern eine junge Dame, mit wallendem braunem Haar, blauen Augen und so roten Lippen, dass man seinen Mund fest darauf pressen wollte.

Der Bus fuhr vor. Irgendwo hatten die Veranstalter einen Bus aus den Fünfzigern aufgetrieben, ihn mit ein paar Girlanden und einem Foto von Padre Pio geschmückt. Der Tourleiter, ein Mann mittleren Alters, der behauptete, selber einmal auf der Werft gearbeitet zu haben – Blödsinn, flüsterte Brunon, etwas lauter als geplant –, kontrollierte die Tickets der Teilnehmer und ließ sie einsteigen. Die Sitze waren mit rotem Kunstleder bezogen. Ganz oben, am Fensterrand, hatte sich jemand die Mühe gemacht, eine weiße Spitzenbordüre anzukleben. Das Schildchen, auf dem *Rauchen verboten* stand, war fast nicht mehr zu erkennen, so viele Zigaretten waren darauf ausgedrückt worden.

Die Myszas drängten sich bis ganz nach hinten und belegten zwei freie Sitzreihen. Kinga setzte sich ans Fenster, Bronka neben sie, und so blieb Brunon nichts anderes übrig, als sich mit der hinteren Reihe zu begnügen. Ein schwedischer Tourist ließ sich neben ihn fallen und begrüßte ihn mit einem freundlichen *Hej*. Brunon nickte ihm kurz zu und versuchte dann, sich aus seinem Mantel zu befreien. Bronka beugte sich zu Kinga.

Sag mal, hast du dich in letzter Zeit mit Bartosz getroffen?

Kinga schüttelte den Kopf. Nein.

Ich hätte es ahnen müssen. Bronka flüsterte so leise, dass Kinga sie kaum verstand. Dann trifft er sich bestimmt mit Renia. Und mir erzählt er, er würde sich um seine arme Cousine kümmern, die niemanden hier kenne und seine Hilfe brauche. Rührende Geschichte.

Bartosz trifft sich mit Renia? Kinga klang alarmiert. Bronkas verschämtes Lachen verlor sich in einem grimmigen Gesichtsausdruck. Allerdings tue er das. Ganz plötzlich habe es angefangen, wie aus dem Nichts heraus, und das, obwohl sie sich ja schon seit Jahren kannten. Vor einigen Wochen habe sie ein Foto von Renia bei Bartosz entdeckt. Sie selber würde sich ja jemanden – Bronka zögerte – *Solideres* für ihren Sohn wünschen.

Bronka und Kinga ignorierten den Führer, der sie begrüßte. Der Bus fuhr an.

Erst traute sich Kinga nicht, nachzufragen, es gab schließlich mehrere Renias in dieser Stadt, dieser Name war nicht außergewöhnlich, warum sollte es Bartosz um genau das Mädchen gehen, um das es auch ihr ging. Aber als Bronka weiterplapperte, wurde klar: Bartosz hatte *ihre* Renia ins Visier genommen, sie war sein Ziel und er längst auf seiner Mission, und die arme Renia, scheu und schön wie ein Reh, ahnte von nichts.

Die Ausflügler stiegen zusammen mit dem Führer an einem Trockendock aus und ließen sich die Fertigungsweise von Schiffen erklären – Brunon stand draußen und blickte enttäuscht zu Bronka und Kinga, die drinnen geblieben waren –, da beteuerte Kinga, dass es Bartosz guttue, sich für jemanden zu interessieren, etwas Ablenkung sei nur gesund, man dürfe sich auf keinen Fall auf etwas fixieren, so wie er auf den Krieg, krank werde man davon und könne merkwürdige Ideen ausbrüten.

Bis zum Ende der Fahrt sagte sie kein Wort mehr, wirkte apathisch und schien sich auch nicht für die Ausführungen von Brunon oder dem Fahrer zu interessieren. Erst als sie erneut am Eingangstor angelangt und aus dem Bus gestiegen waren, kam wieder Leben in sie. Verwundert blickte sie um sich, als könne sie nicht ganz begreifen, dass die Führung schon vorbei war. Obwohl mittlerweile die Sonne etwas höher stand und der Himmel wolkenlos war, hatte die Luft sich kaum aufgewärmt. Sie war noch immer so kalt, dass die Menschen sich die Schals vor ihre Nasen hielten, um sie nicht direkt einzuatmen. Trotzdem schienen sich die Myszas nicht von Kinga trennen zu können: Eine Minute nach der anderen verstrich, und noch immer stand das kleine Dreiergrüppchen beisammen und trat von einem Fuß auf den anderen.

Ja, also, wegen der Miete, brachte Brunon endlich hervor. Mittlerweile sei bereits Ende November, und sie hätten nicht einmal die Miete für Oktober erhalten. Von den anderen Mietern, verstünde sich. Und überhaupt …

Ach, das, sagte Kinga. Eine schwierige Angelegenheit.

In der nächsten Zeit war ich so oft auf der Werft, dass ich abends kaum noch die Kraft aufbrachte, ins Collegium zu gehen. Wenn ich mich doch aufraffte, dann so, dass ich wenige Minuten vor einem Auftritt ankam und kurz danach den Saal wieder verließ, um nach Hause zu gehen. Es tat mir leid, in Mayas und Marios fragende Gesichter zu blicken, aber ich hatte einfach keine Energie mehr übrig, nicht mal, um zu erkennen, dass mich die Arbeit im Varieté aussaugte. Ein absurder Gedanke: Hätte ich mich dem Willen meines Vaters widersetzt und die Wohnung verkauft, hätte ich mich nie auf Bartosz eingelassen, dann wäre vielleicht alles anders gekommen, aber eben nur vielleicht.

Nach einem dieser anstrengenden Tage im November stieg ich abends, kurz bevor ich ins Varieté aufbrechen wollte, auf eine der Bastionen unweit der Wohnung. Ich lehnte mich gegen die Bank auf der Anhöhe und zog mir die Kapuze über den Kopf. Der Wind wehte so stark, dass er selbst durch den Stoff in meine Ohren drang. Weiter unten, auf der Wiese vor dem Wasser, führte eine Frau ihren Dobermann aus. Eine Ente verschwand im Schilf. Der Dobermann bellte auf und stürzte sich in den Morast. Die Frau schrie ihn an, aber dann drehte der Wind und ich konnte sie nicht mehr verstehen. Der Gestank des Klebers in Rokas' Werkstatt saß noch immer in meiner Kleidung. Eine solide Person, dachte ich und lachte leise, das war ich wohl, das oder wenigstens: solide verklebt.

Renia und Albina waren bereits nach Hause gegangen, völlig erschöpft waren sie aus der Werft hinausgewankt. Der Tag war anstrengend gewesen, es hatte viel zu tun und zu planen gegeben: Wann konnte man es wagen, sich in der Innenstadt zu schaffen zu machen? Welche Geschichte würde man den Sicherheitsleuten erzählen, falls welche auftauchten? Mein Vorschlag, dass wir eine größere Institution einbeziehen sollten – wenn schon nicht das Kulturbüro der Stadt, so doch wenigstens das Kunstinstitut der Universität – stieß erneut auf Widerstand. Das sei der ganze Zweck, wiederholte Rokas, die Überraschung, die Attacke aus dem Hinterhalt. Seine Besessenheit hatte uns angesteckt. Als er aber angekündigt hatte, auch den Abend noch auf der Werft zu verbringen, hatten wir gestreikt.

Wir gehen, hatte Albina gesagt. Wir müssen schlafen. Und vorweihnachtliche Gefühle entwickeln. Willenlos folgten Renia und ich ihr, so lange, bis wir eine Kneipe gefunden hatten, die bereits Glühwein ausschenkte.

Vorweihnachtlich ist erst, wenn sie den Baum aufstellen. Renia hatte ihren Glühwein nach dem ersten Schluck wieder abgesetzt und unbestimmt aus den Butzenfenstern geblickt. Apropos. Wir feiern doch zusammen, oder?

Hinten im Werder stieg Rauch auf, es roch nach verbranntem Holz. Ich atmete auf und genoss die große Erleichterung, nach einem Tag in der Gruppe mit niemandem mehr reden zu müssen, die Gesichtsmuskeln nicht mehr zu beanspruchen als unbedingt nötig, auf nichts mehr etwas antworten oder reagieren zu müssen.

Dann hörte ich wieder das Bellen, ein heiseres Jauchzen, der Dobermann, dachte ich, bis mich ein grauer Wolfshundmischling umsprang und sich neben der Bank niederließ. Cudny! Ich drehte mich um, konnte Bartosz aber nirgends erkennen. Cudny legte seine Vorderpfoten in meinen Schoß und schaute mich aufmerksam an.

Na, was hast du mit deinem Herrchen gemacht?

Er wedelte mit dem Schwanz. Ich seufzte und stand auf, sah den Schotterweg hinab, der zur Straße führte. Nichts. Ein paar Schritte ging ich auf dem nassen Gras zur anderen Seite der Bastion, und dort unten, in der Nähe des Grabens, sah ich ihn hocken, mit seiner Einbrechermütze und der Hundeleine in der Hand. Er begutachtete etwas im Boden. Kurz überlegte ich, ob wir uns verabredet hatten und ich es vergessen hatte, aber mir fiel nichts ein, kein Gespräch, keine Notiz. Ich war mir sicher, dass er wegen etwas Bestimmtem da war, nur wegen der Aussicht kam Bartosz sicher nicht hierher. Es musste mit dem Abend im Varieté zusammenhängen – vielleicht erwartete er eine Erklärung. Was sollte ich ihm bloß sagen?

Ich strich meine Haare hinters Ohr und rief gegen den Wind Bartosz' Namen. Keine Reaktion, das zweite Mal also lauter, bestimmter. Der Hund bellte, da schaute Bartosz endlich her, winkte und rief etwas, das ich nicht verstand. Als ich keine Anstalten machte, nach unten zu kommen, begab er sich auf den Weg nach oben, nicht ohne zweimal auszurutschen und seine Jeans an ein paar spitzen Kieselsteinen aufzureißen. Oben angekommen, sagte er *Hallo Kinga* und streckte seine Hand aus. Ich schaute sie überrascht an –, wir hatten doch vorher nie zur Begrüßung die Hände geschüttelt – aber als er schließlich auch noch seinen Lederhandschuh auszog, nahm ich sie und drückte zu. Es wunderte mich, dass er wegen der Vorkommnisse im Collegium weder zornig noch verblüfft schien.

Schön, dich zu sehen.

Ich lächelte müde und fragte ihn, was ihn hergeführt habe, er sei doch sicher nicht zufällig hier? Da lachte er, betreten, wie es mir schien, und fing an, von einem erfrorenen Maulwurf zu erzählen, den Cudny unten gefunden habe,

gute dreißig Zentimeter muss das Ding lang sein, ohne Übertreibung, unterarmlang, ein Teil, wie man es nur von Tieren kennt, Eseln oder Hengsten oder so, natürlich steht es nicht, auch wenn es steif ist, hängt es herunter, das macht das Gewicht, wenn da so viel Blut drin ist, braucht man schon einen Kran, um es oben zu halten, aber funktional ist es trotzdem, o ja.

Die Brzuszek hatte ihre Stimme gesenkt, an jenem Abend, ein, zwei Wochen vor Jarzębińskis Abgang muss das gewesen sein, und für ihre Verhältnisse hatte sie ziemlich leise geredet, damit nur die Kijowska etwas mitbekam und sonst niemand, natürlich hatte sie nicht damit gerechnet, dass man hinter den Baderäumen alles mithören konnte, woher sollte die das auch wissen, da führte ja kein Weg entlang, jedenfalls kein offizieller. Der Jarzębiński kannte ihn trotzdem, was wir ihm alle hoch anrechneten, sogar der Socha klopfte ihm auf die Schulter und flüsterte, dass er ja doch zu was zu gebrauchen sei, anscheinend würde er ja nicht nur Vögeln und Echsen und Insekten nachstellen, in seiner Freizeit, aber Jarzębiński lächelte bloß unbeholfen und sagte, eigentlich habe er den Weg durch Zufall entdeckt, und ja, es sei wirklich ein Vogel daran beteiligt gewesen, ein Weiß-

ohrbülbül nämlich, ein besonders junger. Der noch nicht besonders fliegen konnte und noch ein ganz dunkles Gefieder hatte, dort, hinter den Baderäumen, habe er gesessen und so laut gezwitschert, dass es kaum zu überhören gewesen war, zuerst habe er ihn für eine Nachtigall gehalten …

Da vergaß Socha, dass wir leise sein mussten, er gähnte so laut, dass drinnen die Brzuszek verstummte, keinen Pieps sagte die mehr, wir sind schnell weg, aber immerhin wussten wir jetzt, was es mit dem Michalewski auf sich hatte, fragen konnten wir den ja schlecht. Dass der Jarzębiński wieder einen auf Heiliger machen würde und immer, immer gewissenhaft tun musste, das hat uns damals genervt und jetzt macht es mich fertig, wie schafft man es denn bloß, so gut zu sein, fast unmenschlich, jawohl, das war unmenschlich, vielleicht mehr eine Art Engel, aber was zum Teufel er dann beim Militär zu suchen hatte, kapier ich bis heute nicht.

Wir also zurück auf die Bank vor unserer Baracke, von der man einen guten Blick hatte auf Michalewskis Quartier und seinen Eingang, und Socha und ich waren nur am Lachen, Esel hatte die Brzuszek gesagt, das gefiel uns, dasselbe dachten wir vom Michalewski nämlich auch, natürlich aus ganz anderen Gründen. Das Ganze war zum Totlachen, nur Jarzębiński tat diskret, amüsierte sich aber ebenfalls, da bin ich mir sicher. War ihm doch auch nicht verborgen geblieben, wie eine Frau nach der anderen nachts bei Michalewski zur Tür rein ist, erst bloß nachts und später auch abends und noch viel später auch tagsüber, als gäbe es etwas Dringendes zu besprechen, zu klären, ja, so geschäftig taten sie, wenn sie vor seiner Tür standen, sich umschauten und dann die Klinke runterdrückten. Haben die also doch einen Trieb, sagte ich, Socha lachte und sagte irgendwas von wegen geiler Trieb, nur Jarzębiński war aufgestanden und wollte gerade gehen, da konnte ich es nicht lassen und rief ihm hinterher, ob er denn eigentlich auch so etwas wie einen Trieb habe, aber er winkte ab und war weg.

Ein paar Tage später, abends, als es ein Riesenfeuerwerk gab, mindestens zwei Tonnen Waffen waren das gewesen, also vorher, bevor wir sie haben hochgehen lassen, führte Michalewski das Kommando, und Socha und ich sahen ihn bewundernd an, ihn und sein Gewehr, das nicht mit verfeuert wurde, da waren wir neidisch, auf seine Frauen, denn wir hatten bloß die verdammten Pornos. Jarzębiński stand ein paar Schritte näher dran als wir, erst als Michalewski den Rückzug befahl, da war er ganz Ohr und als Erster weg. Ich glaube, das waren seine Lieblingsmissionen, falls er so was hatte, Waffen vernichten, vielleicht fand er das gut oder konkret oder sinnvoll, uns war das völlig egal, höchstens hat es uns ein bisschen leid getan um das ganze Gerät, aber es gehörte dem Feind und wurde zur Hölle geschickt, wo es hingehörte. Mir bleibt nur zu glauben, dass Jarzębiński in den Himmel aufgefahren ist und nun darauf wartet, bis ich ins Gras beiße, um daraufhin meinen sofortigen Weg in die Hölle anzuordnen, hinab zu den Waffen des Feindes.

Bartosz blieb vor mir stehen, tippte an seine Mütze und erstattete mir einen Bericht über die Situation der Maulwürfe in den Bastionen. Als ich mich wieder gefangen hatte, war er fertig und stellte fest, was für ein Zufall es sei, dass wir uns bereits hier treffen würden, eigentlich nämlich hatte er mich zu Hause abholen wollen.

Abholen? Was gibt's denn?, fragte ich, aber der Wind

riss meine Worte davon. Wir stellten uns rückwärts zum Hang, und als ich meine Frage wiederholte, musterte mich Bartosz bloß und sagte, dass ich überarbeitet aussehen würde, irgendwie müde, fertig. Anscheinend bekäme mir die Arbeit nicht gut, da könne ich ihm nichts vormachen, das kenne er: wenn einem die Arbeit nicht gut bekam. Von Rokas und seinem Projekt erzählte ich nichts, das war geheim, also nickte ich einfach und pflichtete ihm bei, dass die Arbeit im Varieté wirklich sehr anstrengend sei, psychisch vor allem.

Ja, siehst du, sagte Bartosz, mir ging es ganz genauso. Ich hatte keine Lust mehr auf die Arbeit beim Militär. Meine Kollegen machten mich fertig. Die Hubschrauber machten mich fertig, alles dort erinnerte mich an die Vergangenheit. Es ging einfach nicht mehr. Zum Glück war meine Zeit abgelaufen.

Tja, sagte ich und fragte mich heimlich, warum er das alles ausgerechnet mir erzählte. Er wollte doch wohl kaum einen Job bei Demoiselle Maya? Meinetwegen hätte er meinen Part gerne übernehmen können. Wenn ich es mir recht überlegte, würde ich dem Collegium nicht besonders nachtrauern, wenn nur nicht die leidige Sache mit dem Geld wäre. Jobs waren in dieser Stadt Mangelware; sogar, wer perfekt Polnisch sprach, mehrere Abschlüsse vorweisen konnte und praktische Erfahrung obendrein, tat sich schwer, etwas zu finden. Was sollte ich da erst sagen? Die Stelle im Varieté aufzugeben war der sichere Weg ins finanzielle Aus, trotz des Zubrotes, das ich bei Rokas verdiente. Die Wohnung über die Köpfe der Myszas hinweg zu verkaufen kam nicht in Frage.

Tja, sagte ich noch einmal, wir sind in Polen, gib dich zufrieden.

Du hast dich eingelebt, wie ich sehe. Bartosz rief den Hund zurück, der ein Kaninchen aufgestöbert hatte und ihm laut bellend nachstellte.

In ein paar Monaten wird dich die Lethargie infiziert haben, der Unglaube daran, dass jemals etwas besser laufen könnte. Und ehe du dich versiehst, humpelst du, trägst eine graue Windjacke und hast ein beschissenes Leben hinter dir.

Ich hatte die Lust verloren, die Problematik des Lebens in diesem Wind und der Kälte zu diskutieren und schlug vor, dass wir endlich nach unten gehen sollten, zu uns in die Küche, wo es warm war und Tee gab. Der Glühwein rumorte in meinem Magen, ich musste dringend etwas essen, bevor ich ins Collegium aufbrach. Bartosz nickte gedankenverloren. Kurz vor dem Haus aber hielt er mich am Arm fest und sagte, dass er eigentlich lieber ungestört mit mir sprechen wolle. Das Licht in der Küche brannte, drinnen würde es warm sein, gemütlich, meine Decke lag bestimmt noch über dem Holzstuhl, auf dem Herd stand sicher noch etwas Suppe. Ich rollte mit den Augen und lehnte mich gegen den Zaun.

Lass mich raten: Du willst auswandern. Zu deinen Schwestern nach Schottland. Und jetzt brauchst du jemanden, der es deinen Eltern steckt.

Quatsch. Ich will mein eigenes Geschäft aufmachen.

Bartosz schwieg. Als meine Nachfrage ausblieb, ergänzte er eilig, dass es eine Pfandleihe werden solle, ich wisse schon, Kleinkredite gegen Sicherheiten, Schmuck, Juwelen und so, er hätte sich da ein kleines Kapital angespart, das wolle er investieren, und jetzt endlich habe er den idealen Ort für sein Vorhaben gefunden. Na ja, eigentlich habe ihn Renia gefunden. Ich würde ihn doch sicherlich kennen: den kleinen Laden vor dem Varieté.

Marios Welt. Renia habe sich erkundigt, ihre Chefin würde ihn für wenig Geld vermieten. Und wenn man sich schnell einen Kundenstamm erschloss, konnte es ein überaus lukratives Geschäft werden. Nichts bräuchten die Polen so sehr wie Geld, und er würde es ihnen geben. Gegen Zinsen, versteht sich.

Aha, sagte ich. Und was habe ich damit zu tun?

Ich hatte noch nicht verstanden, worauf er hinauswollte. Damals, im ersten Moment, hätte ich ihn gleich auslachen, ihm das Ganze ausreden sollen, und zwar ernsthaft. Ich hätte ihm sagen sollen, was für eine bescheuerte Idee eine Pfandleihe sei, sagen, dass die Katastrophe vorprogrammiert sei, immerhin war er kein Experte in Finanz- oder Kreditfragen, war kein Juwelier und kein Antiquitätenhändler, dass ihn nichts dafür qualifizierte … In diesem Moment jedenfalls fiel mir nur ein, ihn zu fragen, ob er verrückt geworden sei. Bartosz schüttelte den Kopf.

Ich habe mir das alles ganz genau überlegt. Verrückt wäre es nur, wenn man über keine Sicherheit verfügen würde, was die Leute und ihre Gegenstände angeht, ob sie echt sind, ob sie sie wieder abholen … Man müsste quasi in ihre Köpfe hineinschauen können. Und jetzt kommst du ins Spiel.

Was mache ich? Ich stieß mich vom Zaun ab, glaubte, mich verhört zu haben. Wieso ich, und nicht Renia?

Renia? Renia kann eine Menge, aber keine Gedanken lesen. Jedenfalls nicht von Lebenden. Nein. Mit *dir* im Boot will ich die Pfandleihe aufmachen. Wir werden Geschäftspartner. Ich sorge für das Kapital und den Raum, und du durchschaust unsere Kunden. Komm schon, das ist die Chance, aus diesem Theater rauszukommen.

Ich antwortete, dass ich mir gar nicht so sicher sei, ob

ich da wirklich rauskommen wolle, klar, die Bezahlung sei schlecht und die Arbeitszeiten auch, aber … darauf schien er gewartet zu haben. Sofort holte er einen zerknitterten Zettel aus seiner Anoraktasche und rechnete mir vor, welche Gewinne seine Pfandleihe abwerfen könne, wie unsere Gehälter sein könnten. So ein solides Familiengeschäft sei doch nicht zu vergleichen mit diesem Etablissement, in dem ich jetzt arbeitete. Ich schaute auf die Zahlen auf seinem Zettel. Das war nichts als Theorie, das sagte ich ihm auch, er nickte und fing sofort wieder an, von seinen Analysen zu erzählen.

Unwahrscheinlich, dass ich mich schon an diesem Abend entschieden hatte, dafür war ich zu müde, dafür fror ich zu sehr und war zu lustlos. Der erste Schritt aber wird es gewesen sein, der Samen war gesät.

6.

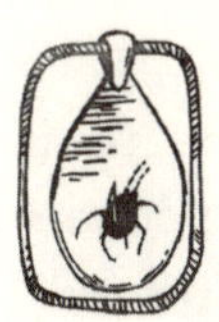

Es war einmal ein junger Tischler, der beinahe zu seiner eigenen Hochzeit zu spät gekommen wäre. Dabei befand sich die Kirche, in die er die Gäste geladen hatte, kaum einen Steinwurf von seinem Elternhaus entfernt, und wenn man sich beeilte, konnte man die Entfernung in weniger als einer Minute zurücklegen. Konrad Mysza sagte später, er sei so schnell gerannt, dass er nur wenige Sekunden gebraucht habe, aber geglaubt hatten ihm nur die Betrunkenen, die noch während der Feier im Hof unter die Tische gesackt waren und ebenfalls glaubten, dass Hasso, der Schäferhund, in Wahrheit ein entlaufener Zirkusbär sei, der leider all seine Kunststückchen verlernt hatte.

Bereits eine halbe Stunde vor der Trauung standen die geladenen Gäste vor dem Backsteinportal der Kirche und beobachteten abwechselnd die Wolken, die über den Himmel zogen, und Lilli, Konrads Braut, die auf dem Bordstein vor ihnen hin und her ging und immer wieder den Sitz ihres Schleiers überprüfte. Ihre Eltern, ein in die Jahre gekommenes Schneiderehepaar, begannen leise miteinander zu flüstern und fragende Blicke zu Konrads Mutter zu schicken. Magda Myszas grau-violettes Kleid schnürte sie in der Taille ein, zwickte unter den Achseln und erinnerte sie daran, wie lange es her war, dass sie eine junge Frau gewesen und mit ihrem Mann in die Stadt gekommen war. Sie hatte es sich in den ersten Jahren in der Stadt gekauft und sich für ein besonderes Ereignis aufbewahrt. Aber was nutzte das schönste Kleid, wenn Kazimierz nicht dabei sein konnte, um sie darin zu bewundern? Kasimir, wie ihn die Leute nannten, war mit seinen achtundfünfzig Jahren ein von Krankheit und Krieg gezeichneter Mann, der kaum noch das Krankenlager verließ. Und das war noch nicht alles: Wie sollte sich eine Mutter auf das Fest einlassen, wenn der Streit ihrer Söhne ihr das Herz zerriss? Es war so weit gekommen, dass Konrad es für besser befunden hatte, seinen Bruder Marian nicht zur Trauung einzuladen; ein Unding, wie Magda fand.

Als schließlich auch der evangelische Pfarrer der Kirche, Martin Cornelius, eingetroffen war und sich nach Konrad erkundigte, schreckte Magda aus ihren Gedanken hoch. Es war Punkt zwölf Uhr, die Glocken begannen zu läuten, und Lilli, die sich bei ihrer Mutter eingehakt hatte, war den Tränen nah.

Ohne den Bräutigam können wir nicht einziehen, sagte Cornelius. Schon wollte sich Heinz Segenreich auf den Weg machen, um ihn abzuholen, da sah er jemanden, der in hochgeschlossenem Anzug die Straße hinunterrannte und schließlich keuchend vor der Gruppe stehenblieb.

Es tut mir leid, sagte Konrad. Ich hatte etwas Wichtiges vergessen.

Er nahm Lilli bei der Hand, begrüßte seine Schwiegereltern und nickte den Gästen zu. Seine Mutter klaubte noch rasch eine Staubfluse von seinem Anzug, dann folgten sie dem Pfarrer.

Bevor Konrads Freunde die Kirche betraten, lachten sie miteinander: Wie dumm es doch gewesen sei, die Ringe zu verlegen! Als Bräutigam! Natürlich konnten sie nicht ahnen, dass es nicht die Ringe gewesen waren, die Konrad verlegt hatte, sondern die Silberkette mit dem Anhänger. Gerade, als die Glocken angefangen hatten zu läuten, hatte er ihn in der untersten Schublade der Kommode gefunden und ihn sich umgelegt. Der Anhänger war unter seinem Hemd und der Krawatte verschwunden, niemand würde ihn bemerken. Unter dem lauten Schimpfen und Rufen seines Vaters war Konrad schließlich aus dem Haus und die Straße hinunter gestürzt.

Geh mit Gott, hatte Kazimierz ihm hinterhergerufen, geh mit Gott, aber geh!

Die Gäste füllten kaum die Hälfte der Bänke. Obwohl nur wenig Licht durch die Fenster nach innen drang, hatte sich der Küster dagegen entschieden, die Kronleuchter zu entzünden.

Während des Einzugs hielt Lilli den Blick starr auf das dunkle Chorgestühl gerichtet. Als Zeichen seiner Entschuldigung drückte Konrad kurz ihren Unterarm, was Lilli aber ignorierte. Konrad überlegte, ob er ihr etwas zuflüstern sollte, beugte seinen Kopf zu ihr hinüber, aber gerade, als er seinen Mund öffnen wollte, schien er unaufmerksam zu werden. Wie sonst wäre es zu erklären gewesen, dass er beinahe an den Stühlen, die für sie bestimmt und vor dem Altar platziert worden waren, vorbeigegangen wäre? Lilli musste ihn zurückhalten, und trotz der Dunkelheit konnte Pfarrer Cornelius genau die Falten auf ihrer gerunzelten Stirn erkennen.

Konrad, flüsterte Lilli, und da erst schien er aufzumerken und setzte sich neben seine Braut. Wie merkwürdig er ihr vorkam: Sonst ein Mann, den nichts erschrecken und wenig erschüttern konnte, folgte Konrad kaum der

Predigt, verpasste immer wieder, aufzustehen oder dem Pfarrer zusammen mit der Gemeinde zu antworten. Als Lilli schließlich bemerkte, dass Konrad stark schwitzte und sich immer wieder umdrehte, da wartete sie bis zum nächsten Lied: Lobe den Herren, den mächtigen König der Ehren!

Statt zu singen, beugte sie sich ein wenig zu Konrad und fragte ihn, was bloß in ihn gefahren sei. Konrad strich sich mit der Hand über die Stirn und antwortete, dass er von Anfang an gemerkt habe, dass etwas nicht stimme, etwas habe nicht gepasst, ihn irritiert …

Marian ist hier, sagte Konrad. So unauffällig wie möglich drehte Lilli sich um, konnte ihn aber nicht unter den Gästen ausfindig machen. Sie wollte Konrad noch fragen, ob er sich sicher sei, da aber schloss schon die Gemeinde: Lob ihn in Ewigkeit. Amen.

Konrad wusste, dass nun die eigentliche Trauung folgen würde, es war jetzt wichtiger als je zuvor, einen kühlen Kopf zu bewahren, sich zu konzentrieren und auf keinen Fall ablenken zu lassen. Aber warum nur eilten seine Gedanken immer wieder zu einem fetten katholischen Priester, vor dem sein Bruder Marian niederkniete und sich auf Polnisch von ihm segnen ließ? Falls es wahr sein sollte, was er da sah, beschloss Konrad, konnte es nur eines bedeuten, und das war Verrat. Marian war heimlich konvertiert, und wenn sein Vater das erfuhr, da war sich Konrad sicher, würde er entweder auf der Stelle sterben oder sofort gesund werden und aufstehen, um seinen Sohn zu bestrafen.

Als hätte es nicht gereicht, dass Marian sich gegen seine Familie hatte durchsetzen müssen und Agnieszka, diese polnische Gans, zu seiner Frau genommen hatte. Nie zuvor hatte Konrad seinen Vater so entsetzt und so wütend zugleich gesehen, tagelang hatte er sich mit der Mutter gestritten und ihr alle Schuld für Marians Verfehlung gegeben, woraufhin sie immer wieder gedroht hatte, zu ihrer Mutter hinaus aufs Land zurück zu ziehen, wenn er so über ihren Sohn sprach. Wochenlang hatte zu Hause der Ausnahmezustand geherrscht. Da hatte nur geholfen, so viele Stunden wie möglich in der Werkstatt zu verbringen, bei den Werkzeugen, die schwer und verständig in der Hand lagen und das Holz in die Dinge der Welt verwandelten. Ein winziger Sägespan, der sich in sein Hemd hineingestohlen hatte und ihn am Nacken kitzelte, holte Konrad zurück in die Gegenwart. Wie still es plötzlich um ihn herum geworden war, und wie die rechte Augenbraue von Pfarrer Cornelius immer mehr in die Höhe wanderte!

Lilli stieß Konrad in die Seite – etwas stärker, als nötig gewesen wäre –, und da sagte er laut und deutlich: Ja, mit Gottes Hilfe.

Ein Aufatmen ging durch die Gemeinde, kurz hörte man Magda Mysza aufschluchzen, dann ertönten wieder die Glocken.

Man hatte die Tische und Stühle für die Feier im Hinterhof aufgestellt, wohl wissend, dass es eigentlich schon ein wenig zu kühl war für eine Feier im Freien. Aber der Hof bot sich nun einmal an für größere Gesellschaften, und glaubte man den Nachbarn, bestand Grund zur Hoffnung, dass das Wetter es gut mit dem jungen Brautpaar meinen würde. Außerdem, hatten sie gelacht, gäbe es nur genug Bier und Schnaps, würde die Temperatur bald schon keine Rolle mehr spielen.

Dennoch hatte sich Magda Mysza vorgenommen, im schlimmsten aller Fälle – kaltem, andauerndem Regen –

die Gäste hinein in die Werkstatt zu bitten. Kazimierz hätte es natürlich nie zugelassen, deshalb hatte sie im Stillen und nur mit der Hilfe eines wenig überzeugten Konrads die Werkstatt in der Nacht vor der Feier gefegt und so gut es ging hergerichtet.

Erbost hatte Konrad zum Schluss noch gesagt: Ich feiere meine Hochzeit draußen im Hof oder gar nicht – aber so weit war es gar nicht gekommen. Die Nachbarn sollten recht behalten: Kaum, dass sich die Hochzeitsgesellschaft auf den Weg von der Kirche zur Tischlerei machte, brach die Sonne durch die Wolken und ließ ein letztes Mal in diesem Jahr die Kraft des Spätsommers spüren. Bei der Kastanie, unter der man das Bierfass aufgestellt hatte, bildeten sich eingeschworene Trinkgemeinschaften, die auch dann nicht vom Fass wichen, als die ersten Reden gehalten wurden.

Als die Reihe an den Vater des Bräutigams kam, blickten alle erwartungsvoll hoch zu dem geöffneten Fenster, an dem Kazimierz Mysza mal saß, mal lag. Mühsam hatte er sich aufgerichtet – die Hilfe seiner Frau dabei ausgeschlagen – und beteuerte nun, wie unangenehm es ihm sei, nicht unten bei den Gästen feiern zu können. Aber natürlich habe man von hier oben einen besseren Überblick, über den Hof, das Bierfass und das Leben überhaupt. Über sein eigenes, aber auch das seines Sohnes Konrad – er prostete ihm mit einem Wasserglas zu –, das an Reichtümern und glücklichen Fügungen nichts entbehren solle. Im Übrigen müsse man nicht viele Worte machen: Frisch ans Werk, frisch ans Feiern! Und dass man nicht vergesse, ihn beizeiten hier oben zu besuchen und etwas Hübsches mitzubringen.

Bald war die Feier in vollem Gange. Nach dem Essen hatte man die Tische und Stühle an die Hauswände gestellt, so dass Platz zum Tanzen war: Mehrere Gäste hatten ihr Akkordeon mitgebracht und übertrumpften sich in ihrem Spiel, ein Nachbar, der angeblich bereits eine halbe Flasche Schnaps geleert hatte, überraschte seine Gastgeber mit glasklarem Gesang, in den der Schäferhund Hasso mit Geheul einstimmte.

Über fünfzig Gäste drängten sich mittlerweile im Hof, und nur selten machte einer dem anderen Platz, indem er die Treppe zur Wohnung der Myszas hinaufging und Kazimierz' Bitte nachkam, ihn zu besuchen. Auf einem Tischchen vor dessen Bett stand eine Auswahl der Speisen, die es unten zu essen gab; Kazimierz hatte jeden Streifen panierten Fleisches, jede Pirogge und jedes Stück Kuchen einmal in die Hand genommen, ohne davon zu probieren.

Ja, sagten die Gäste, wenn sie zu ihm nach oben gekommen waren und ihm heimlich einen Schluck Bier zu trinken gaben, ja, Kasimir, jetzt hast du also beide Söhne verheiratet.

Jedes Mal, wenn er das hörte, stach es in seiner Brust, sein Blick suchte seinen jüngeren Sohn Marian und fand ihn unten, am Rande des Getümmels. Vor allem zu den alten Kumpanen seines Bruders hielt er Abstand und plauderte lieber mit den Nachbarn, die noch einigermaßen nüchtern waren. Das Polnische, hatte Kazimierz Mysza befunden, hatte sich in Marian gebündelt und war in ihm zu voller Ausprägung gekommen, da hatte alle Erziehung nichts genützt; in zahllosen Predigten hatte er versucht, seinem Sohn zu erklären, auf wessen Seite man stehen solle, falls man sich je entscheiden müsse, aber Marian hatte immer abgewunken.

Unten im Hof hatten mittlerweile die ehemaligen Mitglieder der Kompanie, allen voran Heinz Segenreich und Mosche Grynberg, begonnen, Konrad, der trotz einiger geleerter Bierkrüge noch immer ernst dreinblickte, zu einem Tänzchen anzufeuern. Magda Mysza, die die Not ihres Sohnes bemerkte, stand von ihrem Sitzplatz an einem der Tische auf und nahm ihn bei der Hand. Während des Tanzes flüsterte sie ihm ins Ohr, dass er seinen alten Vater besuchen solle, ganz aufgekratzt sei der, vielleicht fühle er sich nicht gut, all die Aufregung … Konrad nickte und bahnte sich seinen Weg an den Gästen vorbei, kaum dass die Musik verklungen war. Mit seinen Gedanken war er immer noch bei dem Bild, das er in der Kirche gesehen hatte. Marian. Während des Festes bemühte er sich nach Kräften, ihn zu ignorieren, das war er seiner Mutter schuldig, das wusste er. Aber seinem Vater würde er von dem Verdacht erzählen. Kazimierz würde ihn verstehen, da war er sich sicher.

Nach wenigen Minuten, als Magda Mysza durch das geöffnete Schlafzimmerfenster ein Glas zerplatzen hörte und dann gar nichts mehr vernahm, wusste sie sogleich, dass etwas nicht stimmte. Noch bevor sie die Haustür erreicht hatte, erschien Konrad im Hof und wies nach oben. Er war blass geworden.

Vater, sagte er. Er ist … Magda stieß einen Schrei aus und hastete nach oben. Auch Marian bahnte sich einen Weg durch die ehemalige Kompanie und blieb vor seinem Bruder stehen, der ihm den Weg ins Treppenhaus versperrte.

Du bist zu spät, sagte der. Nur ich war bei Vater, als es passiert ist. Und weißt du, was seine letzten Worte gewesen sind?

Es ließ sich niemals beweisen, dass Kazimierz Mysza seinen Sohn wirklich enterbt oder gar verstoßen hatte. Nichts solle er bekommen, weder von der Werkstatt noch von der Wohnung, das jedenfalls, behauptete Konrad, habe er kurz vor seinem Tod gesagt. Als sich herausstellte, dass Marian Mysza tatsächlich zum Katholizismus konvertiert war, schenkten die Leute Konrads Version der Geschichte Glauben.

Seit Wochen hatte der Winter die Stadt am Meer fest im Griff, und auch der Eintritt ins neue Jahr schien keine Veränderung mit sich zu bringen. Der Glanz, den die Feiertage über die Stadt gelegt hatten, war verblasst, die Lichterketten waren defekt und die Weihnachtsbaumkugeln von Schnee bedeckt. Auf den Kränen der Werft und am Leuchtturm hatten sich unterarmlange Eiszapfen gebildet, und am Strand glitten Schwäne auf den Eisschollen aus, die an Land getrieben waren. Die Möwen saßen bei den verwaisten Tischen der Strandlokale und warteten auf Ausflügler, die sich erbarmen und sie mit Pommes frites und Waffeln füttern würden, aber die Einzigen, die die Strandpromenaden rauf- und runterwanderten, waren die Krähen und die Dohlen, und von denen war nichts zu erwarten.

Nur in der Nacht zwischen den Jahren verließen die Bewohner der Stadt ihre Wohnungen, versammelten sich auf den Plätzen und entzündeten kleine Ladungen von Schwarzpulver, Magnesium, Brom, Aluminium und Schwefel. Rauchschwaden waberten über den Straßen und vergifteten die Luft, der Himmel wurde taghell, und die Tiere glaubten, die Welt gehe unter. Die Ratten verkrochen sich in die tiefsten Winkel der Kanalisation, die Katzen versteckten sich in den Kellern, und die Vögel zogen sich in das Mauerwerk der Ruinen zurück. Über dem Rathaus leuchtete eine azurblaue See, über dem Neptunbrunnen blühten rote Blumen in den Himmel hinein, und den Stadttoren entwuchsen schlanke Palmen mit grünen Wedeln.

Keine zwei Tage später feierte ein neues Geschäft unweit der alten Stadtmauer seine Eröffnung. Ein schmales Schild hing über der Tür, und in gotischen Lettern stand darauf geschrieben: *Pfandleihe B. Mysza*. Die Geschäftsräume, Anhängsel der alten Stadtmauer, lagen unweit der am stärksten frequentierten Straßen der Altstadt. Die Gasse aber, die zu ihnen hinführte, war eine einzige graue Schlucht von vernachlässigten Nachkriegsbauten. Selbst der Asphalt war schadhaft und gab den Blick frei auf die darunter liegenden Pflastersteine, jedenfalls, wenn nicht Eis und Schnee darauf lagen und ganze Straßenabschnitte in eine unberührte, kaschubische Landschaft verwandelten. Ein Teil des Bürgersteigs verlief unter einem Laubengang, in dem Kinder im Sommer Verstecken spielten und Betrunkene sich vor dem grellen Sonnenlicht verbargen; jetzt aber, im Winter, war dies der einzige eisfreie Abschnitt der gesamten Gasse und ein beliebter Tauben- und Dohlenrastplatz.

Die älteren Bewohner, die sich sonst tagsüber auf der Straße und den Hinterhöfen blicken ließen, trugen meistens schwere Plastiktüten. In den kleinen Lebensmittelgeschäften am Ende der Straße konnte man frisches Brot kaufen, Würste, Kaugummi, Bananen, Karamellbonbons, Damenbinden, Zigaretten und eingelegte Gurken. Die Gasse war autark und brauchte weder den Markt an der Stadtmauer noch das große Einkaufszentrum hinter dem Kanal. Es war ein gutes Leben in der Gasse, auch wenn sich in letzter Zeit eine Galerie und ein Laden für Kunsthandwerk angesiedelt hatten und neuerdings auch diese Pfandleihe, die von den Bewohnern misstrauisch beäugt wurde. Im Erdgeschoss des vorvorletzten Hauses befand sie sich, man musste sie passieren, wollte man zum Kiosk am Ende der Straße gehen und sich ein paar Straßenbahnfahrkarten oder ein Fliederduftspray für die Toilette kaufen.

Bis vor wenigen Jahren hatte sich in jenem Erdgeschoss ein Geschäft mit Haushaltsgeräten aller Art befunden; als aber alle Bewohner der Gasse Haushaltsgeräte aller Art besaßen und sie lieber reparierten, als neue zu kaufen, ging das Geschäft zugrunde. So stand der Laden leer, und niemand interessierte sich für die winzigen, dunklen Räume.

Die Fenster waren notdürftig mit einem feuchten Handtuch abgewischt worden, die Auslagen leer bis auf ein paar Kissen, auf denen Freunde und ehemalige Kameraden von Bartosz Mysza saßen und stumm ein Bier nach dem anderen tranken. Die fünfzehn überheizten Quadratmeter des Lokals waren gefüllt mit etwa fünfzig schwitzenden und schlecht angezogenen Personen. Als Tilmann Kröger als der einundfünfzigste Gast eintraf, passte er gerade noch in den Raum hinein. Zigarettenrauch und laute polnische Popmusik füllten die Luft über den Köpfen der Leute.

Zwischen der Handvoll Kameraden, die Bartosz eingeladen hatte, und den Leuten, die aus dem Varieté herübergekommen waren, verlief eine unsichtbare, aber von allen respektierte Demarkationslinie: auf der einen Seite die Männer vom Militär, auf der anderen die

Künstler aus dem Varieté. Sie waren trotz Kingas unrühmlichem Ausscheiden aus dem Collegium gekommen: Hinter vorgehaltener Hand munkelte man, Maya habe Kinga in hohem Bogen gefeuert, auch wenn sich keine von beiden dazu jemals geäußert hatte.

Die Soldaten hielten ihre breiten Kreuze gerade, die kahlgeschorenen Köpfe immer bereit, beim geringsten plötzlichen Geräusch hochzuschnellen, egal, wie viele Liter Bier sie schon intus hatten. Trugen sie allesamt graue Jeans, schwarze Jacken und schwere Stiefel, so zeigten sich Mario, Przemek und der Rest der Theatertruppe auf der anderen Seite der Front in allen Farben des Regenbogens, bevorzugt in schillernden und glänzenden Stoffvarianten. Przemek hatte, wahrscheinlich, damit man ihn im Gedränge nicht übersah, ein Jäckchen aus neongrünem Taft an, und Mario – dreimal so groß wie der Giftzwerg – kleidete sich in einen purpurfarbenen Kaftan, der entfernt an die bodenlangen arabischen Gewänder erinnerte und die Jungs vom Militär beunruhigte.

Unter den Theaterleuten wurde mit reichen Gesten die Frage diskutiert, ob es ratsam sei, dass Mario Przemek auf den Arm nahm, denn mit dem Neuankömmling wurde der Platz noch knapper und die Lebensgefahr für Zwerge noch größer. Przemek wehrte sich nach Kräften, wurde aber trotzdem hochgehoben, von wo er Kinga, die weiter hinten stand, zuprostete. Aus dem allgemeinen Gelächter drang ein glockenhelles, perlendes Lachen, dem sich sofort ein paar Köpfe zuwandten. Da, neben Kinga und vor dem Plakat mit den Vorschriften, wie eine Pfandleihe zu funktionieren habe, stand Renia. Die Haarpracht nach oben geflochten, entblößte sie den schmalsten Nacken, den man je gesehen hatte.

Kröger ließ die Tür hinter sich ins Schloss fallen, klemmte dabei den Schoß seines Samtjacketts ein und musste sich erst aus dem Kleidungsstück schälen, bevor er sich befreien und seinen Körper an den anderen Gästen vorbeischieben konnte, um Bartosz und Kinga sein Einstandsgeschenk zu überreichen: sechs antike Kleiderbügel, frei zum Verkauf nach eigenem Ermessen, gewissermaßen als erste Exponate für das Schaufenster. Kinga nahm sie dankend entgegen, legte sie dann aber achtlos auf den kleinen Tresen aus übereinandergestapelten Bierkisten. Dann prostete sie Bartosz' Vater zu, der ein paar Schnapsgläschen randvoll mit Wodka gefüllt hatte. Als er Tilmann bemerkte, hielt Brunon Mysza inne und reichte ihm eines der Gläschen. *Nazdrowie* hieß es dann, und das Zeug brannte sich seinen Weg die Kehle hinab. Kinga und Brunon schienen schon zwei, drei von diesen Prozeduren hinter sich zu haben, so freundschaftlich, wie sie miteinander taten. Brunon schien selbst die Tatsache vergessen zu haben, dass Kinga es vorgezogen hatte, Heiligabend in der Wohngemeinschaft zu feiern und erst am nächsten Tag zu den Myszas herüberzukommen. Bronka war entsetzt gewesen und hatte sich nur schwer beruhigen lassen.

Zwei Lautsprecher waren auf ein paar Kisten gestellt worden, dazwischen, an einem kleinen Pult, standen ein hagerer Mann und sein Laptop. Mitleidig blickte Kröger über seine Schulter auf das Gerät. Verwöhnt war er von den Vernissagen der Stadt, bei denen es selbstverständlich Livemusik gab, und was für ein Unterschied war das zu den Retortenklängen aus dem hässlichen, veralteten Computer des Soldatenjungen in seiner Ecke.

Bevor Kröger sich zu Kinga beugen und fragen konnte, wer das sei, dem man da die Vollmacht über die Akustik verliehen hatte, ging die Tür zum Hinterzimmer auf, Bartosz erschien und sagte Kinga etwas ins Ohr. Rasiert hatte er sich und seine Wangen mit Aftershave benetzt; ohne die gebrochene Nase und das Schultermassiv, dem sein Nacken entsprang, hätte man ihn für einen Banker halten können. Ganz festlich sahen die beiden zusammen aus, in Grau und Schwarz gekleidet, und einmütig wirkten sie obendrein, wie sie geschäftig miteinander flüsterten und anscheinend wichtige Dinge besprachen. Es muss Kinga viel Selbstbeherrschung gekostet haben, zu ignorieren, was Bronka ihr von Bartosz und Renia erzählt hatte.

Schau mal, wer sich da die Ehre gibt, sagte Bartosz, als er Kröger begrüßte und ihm die Hand schüttelte. Auf Kingas fragenden Blick fügte er hinzu: Ich hab ihn eingeladen, warum soll er denn nicht ein bisschen vom wahren Leben hier mitbekommen? Er ist Schriftsteller!

Sicher, warum nicht, murmelte sie und mied Krögers Blick. Von hinten drängten noch mehr Leute in den Raum hinein und pressten die Gruppe aneinander.

Die Show hat übrigens ganz schön was verloren, ohne dich. Trotz allem.

Es ist ja erst einmal eine Trennung auf Zeit. Kinga überhörte geflissentlich die Anspielung. Aber die war fällig. In diesem Geschäft verliert man schnell das Gefühl für das, was noch normal ist. Und zumutbar.

Kröger nickte, verdrängte die durchlittene Schmach, die Nächte voller Phantasien der Rache und Heimzahlung. Es war an der Zeit, sich versöhnlich zu geben. Hier lagen Geschichten verborgen – nach all den Jahren witterte er das –, die nur gehoben werden mussten. Und er, Kröger, hatte das alleinige Schürfrecht.

Vielleicht gebe ich noch ein paar Gastauftritte. Nicht,

dass die nicht ohne mich auskommen würden. Schau sie dir doch mal an. Kinga zeigte auf Mario, der begonnen hatte, das Bier aus den Flaschen der Soldaten verdampfen zu lassen. Kröger nickte beifällig, nichts, was er nicht schon kannte, und widmete sich seinem Bier, das dankenswerterweise noch immer flüssig war. Kinga war auf den Geschmack gekommen und begann von dem Geschäftskonzept der Pfandleihe zu erzählen, dem Glück, plötzlich ihre eigene Vorgesetzte zu sein, als sie plötzlich eine rauchige Stimme unterbrach. Vor ihr stand Demoiselle Maya, zog an ihrer Zigarettenspitze und fragte, ob es normal sei, dass sich die Deutschen in der Stadt verschwägern würden, sich zusammenrotten und gemeinsam ihre Pläne schmieden.

Ach woher. Von gemeinsamen Plänen kann wohl kaum die Rede sein.

Noch nicht, liebe Kinga, noch nicht! Kröger lachte und fügte hinzu, dass er, wie ja allgemein bekannt sei, einen Roman über die Stadt schreibe und daher keine Gelegenheit zur Recherche verpasse. Sogar wenn es sich um die Einweihung einer Pfandleihe handele.

Demoiselle Maya hörte bereits nicht mehr zu. Sie musterte Kingas Gesicht und sagte geistesabwesend, dass das sicherlich der Grund sei, warum er sich an Kinga hielt, nicht wahr, ob das sein Erfolgsrezept sei: Kinga?

Kröger war natürlich empört, Kinga lachte, kurz darauf wechselte man das Thema. Das Gespräch plätscherte dahin mit Bemerkungen über die Stadt, die Touristen und die ungewöhnlich tiefen Temperaturen dieses Winters. Bald schon aber wurde Kinga unruhig und entschuldigte sich. Mit hoch erhobenem Kopf schob sie sich durch den Rauch und die Leiber zur Theke und kümmerte sich fortan um die Ausgabe von Wein und Bier, die bis dahin recht chaotisch verlaufen war. Der Rest blieb stehen, wo er stand, das war vorerst das Einfachste. Bartosz' Eltern hatten ein Dauerlächeln aufgesetzt. Wie ein Traum musste ihnen diese Szenerie vorkommen: Ihr Sohn war endlich dem Militär entkommen und hatte sein eigenes Unternehmen gegründet. Bewundernd schauten sie immer wieder hinaus, wo man das unterste Stückchen des Ladenschildes sehen konnte. Davor saßen Bartosz' Kameraden – Bronka schauderte jedes Mal, wenn sie zu ihnen hinüberblickte.

Kennen Sie die?, fragte Bronka, an Kröger gewandt, und versuchte, ihre Brüste nicht ganz so dicht gegen ihn zu drücken, was ihr für einige Sekunden gelang. Kröger schüttelte den Kopf.

Nie gesehen. Außer vielleicht mal im Fernsehen. Wer weiß. Bronka und ihre Brüste zuckten zusammen, sie fragte rasch, wie er das meine, aber Brunon stieß sie in die Seite: Wie er das schon meinen solle, man sah doch allerhand im Fernsehen, außerdem sei er doch ein Freund von Bartosz – oder?

So ähnlich, sagte Kröger. Sie sind sicher sehr stolz auf Ihren Sohn.

Bronka schwieg, Brunon nickte heftig. Das Bier in seiner Flasche klatschte gegen das braune Glas. Oh ja. Das sind wir. Natürlich haben wir ihn gewarnt. Selbständigkeit, das kann auch ordentlich in die Hose gehen, wie bei Bronkas Bruder etwa – Bronka nickte –, aber Gott sei Dank wird ihn unser Nachbar beraten, der ist nämlich Antiquar, wo ist er denn hin … Brunon reckte seinen Hals. Da hinten. Der ist froh, wenn er weiterhin das machen kann, was er sein Leben lang getan hat, und nebenbei seine Rente aufstocken. Außerdem soll ja Kinga auch viel von Schmuck verstehen, hat Bartosz gesagt, da ist er ja nicht allein.

Plötzlich stieß der Antiquar einen spitzen Schrei aus. Erschrocken betrachtete er sein Glas, in dem der Rotwein zu einer festen roten Substanz geronnen war. Kröger seufzte: Ein weiteres, leichtgläubiges Opfer hatte sich gefunden. Brunon rief laut seinen Namen, Arkadiusz, und der Mann mit dem nichtsnutzen Wein und der Vollglatze drängte sich zu den ersten Takten von Madonnas *Like a Virgin* herüber.

Habt ihr das gerade gesehen? Ich verstehe das nicht ... Er tat, als würde er seinen Wein ausschütten wollen, aber der blieb fest wie ein Pfropfen in seinem Glas stecken. Brunon nahm ihm das Glas aus der Hand und ging zur Theke, um ihm ein neues zu besorgen. Bronka schlug ein Kreuz, als sie Brunon das Glas verkehrt herum halten sah, aber Kröger klärte sie auf, dass es sich um einen gewöhnlichen Taschenspielertrick handele, wahrscheinlich habe ein Spaßvogel Gelatine unter das Getränk gemischt, das sei alles. Bronka schüttelte missbilligend den Kopf.

An der Theke war die Getränkeausgabe ins Stocken gekommen. Seit über fünf Minuten unterhielt sich Kinga angeregt mit einer Frau und schien darüber ihre anderen Gäste vergessen zu haben. Als die beiden schließlich herüberkamen, erinnerte sich Kröger, dass er sie schon einmal gesehen hatte: Es war Albina, Kingas Mitbewohnerin. Bartosz' Eltern begrüßten sie und fragten, wie die Arbeit voranschreite. Müde winkte sie ab und sagte, jetzt sei erst einmal ein anderes Projekt wichtiger – sie drehte sich zu Kinga –, da müsse sie ihr gleich auch noch etwas erzählen, es sei ziemlich wichtig. Kinga nickte und schrie ihr irgendetwas von wegen der Nachbarn ins Ohr. Als Albina zurückschrie, dass sie kurz zu Renia müsse, schüttelte Demoiselle Maya den Kopf und hielt sie am Ärmel fest: Besser nicht, wo sich doch Renia gerade so nett mit diesem jungen Mann unterhalte, soweit sie informiert sei, habe der dieses Fest mit ausgerichtet – sie schaute Kinga fragend an. Und das könne Renia doch endlich mal gebrauchen: einen netten, jungen Mann. Kinga erstarrte, als sie sah, dass Bartosz und Renia nebeneinander standen, die Köpfe eng zusammen, Renia lachte. Bartosz schielte auf seine Freunde, die die Szene mitverfolgten, und stellte sich mit dem Rücken gegen sie, damit sie Renia nicht angaffen konnten, jetzt, da er sie erfolgreich in ein Gespräch verwickelt hatte.

In ihrer Hand hielt sie eine leere Bierflasche, das musste die Erklärung sein, offenbar war sie benebelt, nahm gar nicht mehr wahr, mit wem sie da redete, wer ihr da den Hof machte – wie viele Biere hatte man ihr schon in die Hand gedrückt? Aber Kinga beherrschte sich, immerhin war Bartosz ihr Geschäftspartner und Renia nicht ihr Eigentum. Die Innenseite ihrer Wangen zerkaute sie dennoch. Demoiselle Maya bemerkte es und lächelte fein, Demoiselle Maya wusste über alles zwischen Himmel und Erde und darüber hinaus Bescheid.

Sie zog an ihrer Zigarettenspitze und fragte Kinga, was ihre persönlichen Pläne für die Zukunft wären, aber Kinga war in Gedanken ganz woanders, schmiedete Pläne, wie gegen Bartosz und seine Avancen vorgegangen werden könne, und vielleicht kam sie schon damals auf die Lösung: Bartosz musste verschwinden. Gerade legte Renia ihre Hand auf seinen Unterarm, wollte ihn zurückhalten, aber er machte sich los und kam herüber. Er lächelte selig. Wusstest du, dass manche Menschen in Trance einen Stoff ausspucken können, der beliebige Formen annehmen kann? Verrückt.

Schon setzte Demoiselle Maya an, das Ektoplasmaphänomen zu erläutern, als Kinga sie unterbrach, Bartosz die volle Flasche aus der Hand nahm und ihm etwas ins Ohr flüsterte. Bartosz nickte und verschwand in den Hinterraum. Einen Schluck aus seiner Flasche nehmend, drängte sich Kinga hinüber zu Renia. Ungläubig schüttelte Demoiselle Maya ihren Kopf und wandte sich an Kröger.

Ich bin mir sicher, die Hälfte unserer Einnahmen im Varieté haben wir der Zerbrechlichkeit Fräulein Renias zu verdanken. Finden Sie das nicht auch – ein bisschen eigenartig?

Während des gesamten Abends wirkte Renia merkwürdig weggetreten. Nicht einmal mit Mario wechselte sie ein Wort, von Maya ganz zu schweigen. Etwas schien zwischen ihnen vor sich zu gehen, ohne dass ich zu diesem Zeitpunkt genau den Finger darauf hätte legen können. Es hatte mich überhaupt gewundert, dass alle gekommen waren, denn meine Kündigung war nicht besonders gut aufgenommen worden, vor allem nicht von Maya, und auch Mario schien, jedes Mal, wenn wir uns zufällig begegneten, verdrossen. Immerhin waren sie nicht davon abgewichen, uns die Räumlichkeiten für die Pfandleihe zu vermieten.

Einen Gesprächspartner hatte Renia schließlich doch gefunden: Bartosz. Verwunderte es mich am Anfang, so war ich nach kurzer Zeit erleichtert. Hätte sie sich nicht so gut mit ihm unterhalten, wäre sie – trotz Albinas Anwesenheit – ein mittelschwerer Pflegefall auf der Einweihungsfeier gewesen, und ich hätte mich kaum noch um andere Gäste kümmern können. So nutzte ich nur eine kleine Pause, als Bartosz Bier holen ging, um mit ihr zu reden. Rokas hatte gerade aufgedreht, und wir genossen seine Musik. Er war ein talentierter Musiker und wechselte zwischen Klarinette und Akkordeon hin und her, unterbrochen nur von gelegentlichen Musikeinlagen anderer Gäste. Im Getümmel der Leute war er kaum zu erkennen, ich konnte nur vermuten, wo er ungefähr stehen musste. Renia hatte schon ziemlich viel getrunken und ließ die Soldaten, die noch immer auf der Fensterbank saßen, nicht aus den Augen.

Traurige Gestalten, sagte sie. Meinst du nicht?

Ich schüttelte den Kopf, und ohne Bartosz zu bemerken, der sich mittlerweile wieder zu uns vorgedrängelt hatte, sagte ich, dass ja keiner gezwungen werde, in den Krieg zu ziehen. Dass das eine ganz bewusste Entscheidung sei, man könne doch ebenso gut Klempner werden oder Tischler, nicht wahr, aber es gebe eben Leute, die zögen es vor, sich und andere in Gefahr zu bringen. Das sei höchstens besorgniserregend, aber traurig?

Geh doch mal hin und rede mit denen, sagte Bartosz hinter mir, und ich zuckte zusammen.

Nein, vielen Dank.

Aber warum denn nicht?

Unsanft schob er ein paar Gäste zur Seite und bahnte sich seinen Weg zu den Kameraden. Mit mir im Schlepptau blieb er schließlich vor einem von ihnen stehen. Ich setzte ein Lächeln auf und begrüßte die Runde, wovon aber niemand Notiz nahm.

Das ist Andrzej, sagte er. Andrzej, das ist Kinga, aber das weißt du ja. Was du nicht weißt: Kinga interessiert sich für das Militär.

Der Hüne vor mir hatte ganz offensichtlich schon einiges an Bier getrunken, sein Kopf war hochrot, die blauen Augen waren starr auf Bartosz gerichtet, als hätte er Probleme, die Worte nachzuvollziehen.

Willst du mich verarschen, sagte er schließlich. Bartosz tat entrüstet und stieß mich in die Seite. Na los, frag ihn schon. Wie sich das verhält, mit der Entscheidungsfreiheit.

Was sollst du mich fragen? Andrzej schien auf einen Schlag ausgenüchtert. Seine leere Flasche hatte er hinter sich in die Auslage gestellt.

Ob du noch ein Bier möchtest, natürlich, sagte ich. Immerhin bist du unser Gast. Bartosz lachte. Ich drehte mich zu Renia um, aber

los…, loslassen sollst du mich, schrie ich, schrie Hilfe, Hilfe, wie in den Filmen, in denen die Frauen um Hilfe schrien und fast den Verstand verloren. Am Anfang dachte ich, es wäre der fette Goerke, aber es war nicht der fette Goerke, es war einfach irgendein Arschloch, das mich gesehen hatte, wie ich nach Hause ging, unter irgendeiner Laterne sah er mich vorbeigehen, und ich fühlte mich sicher, wie oft war ich diesen Weg denn schon gegangen, fünfzig-, hundertmal bestimmt, auf dem Weg vom Varieté in der Nacht fühlte ich mich sicherer als am Tag, mich musste niemand begleiten, alle Angebote schlug ich ab und sagte, ich sei ein großes Mädchen, das auf sich alleine aufpassen könne, es war so ein schönes, so ein gutes Bild, das ich von mir hatte. Ich war in die Stadt gekommen, bekam einen Job, lebte, gut ging es mir, und so sollte es weitergehen, nichts im Leben sollte sich jemals verschlechtern müssen.

Aber da tauchte dieser Affe an der Straßenbiegung auf, humpelte auf mich zu, und gerade, als ich an ihm vorbeiwollte, packte er mich an meinem Schal und an meinem Wintermantel und glotzte mich an, und ich schrie und schrie, aber hier waren keine Häuser, keine Wohnblocks, kein Mensch war auf der Straße, es war eine Nacht im tiefsten Winter. Der Typ schüttelte mich, als sei ich ein Sparschwein, aus dem man die Münzen herausschütteln musste, aber ich hatte ja nichts bei mir, nur ein bisschen Kleingeld, das wollte der mir aber nicht glauben, sondern schüttelte und schüttelte … Da packte ihn jemand von hinten, verpasste ihm einen Haken, dass der Typ in die Büsche fiel und stöhnte, und ich stand auf der Straße und zitterte und konnte es nicht glauben: Bartosz stand da, zitterte ebenfalls, aber vor Wut, und wie wir da standen und zitterten, mussten wir plötzlich lachen, aber bei mir kippte das Lachen schnell in ein Weinen um. Bartosz nahm mich in den Arm und sagte, dass wir jetzt die Polizei rufen müssten, weil das Arschloch sonst in der Kälte erfrieren würde, und das wäre doch hässlich, oder, und so rief er die Polizei an, und als er wieder auflegte, fragte ich ihn, was um alles in der Welt er um diese Zeit noch hier gemacht habe, sicher, ich hätte ihn im Varieté gesehen, aber er wohne doch ganz woanders – da lächelte Bartosz, vielleicht schämte er sich ein bisschen, er, der gerade den Gorilla vermöbelt hatte, denn seine Stimme klang ganz leise und weich, als er sagte, er habe sich eben Sorgen gemacht um mich, Kinga und die anderen seien in der Bar verschwunden, ich als Einzige habe mich auf den Weg nach Hause gemacht, gefährlich sei so etwas, das müsse ich doch wissen.

Ich war noch immer so erschrocken, dass ich erst einmal gar nichts sagte, oder nur so viel, dass ich jetzt in meine Wohnung wollte, mir war kalt, und außerdem taten mir die Arme weh, die Stellen, an denen der Typ mich so gepackt und gerüttelt hatte, und da strich sich Bartosz über sein Kinn, es raschelte kurz, vielleicht überlegte er, ob er noch mal zutreten sollte, aber er ließ es, und so gingen wir zusammen los, und dieses Mal fühlte ich mich sogar noch sicherer als sonst, wenn ich alleine nach Hause ging. Ich schämte mich ein bisschen, weil Albina und ich so schlecht von ihm geredet hatten, als Kinga nach ihm fragte, und jetzt hatte er mir geholfen, ich nahm mir vor, dringend allen zu erzählen, was für ein netter Kerl Bartosz eigentlich war, Soldat hin oder her, man konnte ja auch für das Gute kämpfen, kämpfen war nicht immer gleich kämpfen, das leuchtete mir in dieser Nacht ein.

So etwas in der Art wollte ich sagen, als wir schon beinahe an der Pforte vor unserem Haus angekommen waren, das, oder dass ich mich gerne bei ihm bedanken wollte und ihn demnächst einmal einladen würde, aber als ich anfing, fing auch er an, und er war aufgeregt, redete so schnell, als hätte er sich seine Sätze zurechtgelegt, vorher, sagte, wie sehr ihn meine Arbeit beeindrucke, sicher sei das anstrengend, und am Anfang habe er es wirklich für Schauspielerei gehalten, aber er sei nun schon öfter da gewesen und deshalb überzeugt, dass ich wirklich mit den Toten reden könne, und das sei etwas Unerhörtes, und er habe nun wirklich schon viel gesehen und viel erlebt – an der Stelle brach er ab. Ich hatte schon den Schlüssel in der Hand, traute mich aber nicht zu fragen, ob er noch mit hochkommen wolle, wie hätte das denn geklungen … Da sagte ich ein-

fach danke, noch mal, und gab ihm meine Hand, die er nahm und kurz anschaute, bevor er sie drückte.

Ich ließ mir nichts anmerken und nahm einen Schluck Bier aus meiner Flasche. Rokas hatte gerade aufgehört zu spielen. Die Leute applaudierten und reckten die Hälse, um zu sehen, wer da so furios gespielt hatte, aber Rokas hatte sich schon in eine Ecke des Raumes zurückgezogen und die Klarinette aus der Hand gelegt. Für einen kurzen Moment sah ich sein Gesicht zwischen den Menschen aufblitzen, sah, wie müde er war und wie schlaff seine Schultern herabhingen. Er hatte seine Kondition überschätzt. Als jemand anderes zum Akkordeon griff und einen Schlager anstimmte, runzelte Renia die Stirn und sagte, dass sie ihm ein Bier bringen würde.

Das trinkt der doch gar nicht. Weißt du, wo der Kwas hin ist? Hat den jemand weggetragen? Ausgetrunken?

Bartosz hatte die Getränke eingekauft und ins Lokal geschafft, aber ihn konnte ich nicht fragen. Er stand noch immer bei seinen Kameraden und schien mich vorerst ignorieren zu wollen.

Glaub ich nicht. Vorhin war die doch noch da in der Ecke – Renia zeigte nach hinten, dahin, wo Brunon und Bronka sich unterhielten, aber von einer Kiste keine Spur. Der Brottrunk blieb verschwunden. Einige Stunden zuvor waren Bartosz und ich extra noch losgefahren, um ein paar Flaschen von dem Zeug zu besorgen. Rokas hatte erklärt, dass er nichts anderes trank, und schon gar kein Bier, jedenfalls nicht, wenn er spielte. Renia drängelte sich zu ihm durch und setzte sich neben ihn. Sie rief mir etwas zu, zeigte auf die Tür zum Hinterzimmer. Ich nickte und zwängte mich an Mario und Bronka vorbei, die über vietnamesische Seide redeten.

Der Kwas, sagte ich zu Bartosz. Ich kann ihn nicht finden. Weißt du, wo er hin ist?

Sich bei seinen Kameraden entschuldigend, begleitete er mich zum Lagerraum, wo er das Getränk abgestellt hatte. Unter den Jacken kamen nur ein paar leere Aktenordner und Stapel blanken Papiers zum Vorschein. Bartosz kratzte sich am Hinterkopf.

Jemand muss es weggeschafft haben. Ich bin mir absolut sicher, dass ich die Kiste mit dem Zeug genau hierhergestellt habe.

Peinlich. Der Kwas war alles, was Rokas für seine Musikeinlage haben wollte.

Ich bitte dich. Stellen wir ihm halt eine Kiste Cola hin. Oder holen ihm morgen eine neue Ladung. Einen Aufstand wird er deswegen doch nicht machen.

Hast du eine Ahnung. Das mit der Cola sagst *du* ihm.

Wir gingen wieder hinaus, Bartosz nahm sich eine Eineinhalbliterflasche und einen Plastikbecher vom Tisch und drängelte sich an ein paar Fremden vorbei in Richtung Rokas. Der saß in seiner Ecke und brütete über einem Notizbuch. Als Bartosz sich zu ihm setzte und ihm Cola in den Becher goss, sah er angewidert auf, schüttelte den Kopf und setzte Bartosz wahrscheinlich auseinander, was für ein furchtbares Zeug diese Coca-Cola sei. In Litauen würden sie höchstens Fleisch darin einlegen und sonst nichts, aber auf die Idee, es pur zu trinken, würde er nie und nimmer kommen und lieber verdursten.

Bartosz stand verdutzt auf und drückte einem der Fremden die Flasche in die Hand. Als die Fremden mit der Colaflasche in der Hand das Lokal verließen, bemerkte ich, wie käsig Rokas' Gesicht aussah, als müsse er sich gleich erbrechen; auf die Party, die Leute, auf das Geschäft selber.

Ich erinnerte mich, dass mein Vater immer von Vorzeichen gesprochen hatte, dass man sie nur richtig deuten müsse, dann wisse man schon, wohin etwas führe oder wie es ausgehe, aber darauf verstand ich mich damals nicht und tue es noch immer nicht. Jedenfalls war Rokas erschöpft, dehydriert, da war es nur logisch, dass er Albina ein Zeichen gab und sich von ihr nach draußen begleiten ließ. So schnell wie möglich verließ auch ich die Party, in der Hoffnung, einen geöffneten, gut sortierten Getränkeladen zu finden. Aufmunternd klopfte ich Rokas auf den Rücken.

Also schön, los jetzt, sagte er. Das Ganze hat ja ewig gedauert. Er drehte sich zu Albina. Ich dachte, du hättest ihr Bescheid gesagt, und ich stehe da und spiele und spiele und ... Seufzend zog er seine Mütze tiefer in die Stirn, das Licht der Straßenlaterne warf dunkle Schatten unter seine Augen. Er wandte sich zu mir. Tut mir leid wegen dem Durcheinander. Die Kiste ist übrigens unter der Fensterbank.

Du hast sie extra – ich lachte fassungslos.

Natürlich, sagte er und lächelte breit. Kwas kann ich genauso wenig leiden wie das andere Zeug, Coca-Cola oder wie das heißt. Und jetzt kommt schon, Mädels, wenn wir Pech haben, sind wir bereits aufgeflogen.

Wir fassten uns an den Händen und machten uns schlitternd auf den Weg zur Hauptstraße. Es gehe nur um eine kleine Probe, sagte Rokas, es handle sich um *das Projekt*. Trotz der Party. Trotz des Schnees. Es würde wirklich ganz schnell gehen.

Von schnell konnte keine Rede sein. Tatsächlich türmten sich an den Seiten der Gassen die Schneemassen zu Miniaturgebirgen auf, die eine so bizarre Höhe erreichten, dass wir uns fragten, was darunter vergraben liegen und erst im nächsten Frühjahr wieder zum Vorschein kommen mochte: ein besonders kleines Auto, etwa ein erbsengrüner Fiat Polski? Eine Mülltonne? Rund fünfhundert gebündelte Exemplare der Gazeta Wyborcza? Ein Quartalstrinker von nebenan, den niemand vermisste?

Immer wieder auf den Halt der Fassaden und Straßenlaternen angewiesen, kamen wir schließlich an unserem Ziel an. Ein paar Meter von uns entfernt hingen Eiszapfen vom Brunnen, sie reflektierten das Licht der Straßenlaternen. Für die lächerliche Distanz von wenigen hundert Metern hatten wir über zwanzig Minuten gebraucht. Bis hinunter zum Fluss war niemand zu sehen, kein Liebespärchen, keine Stadtmiliz, nicht einmal ein einzelner Betrunkener. Rokas' warme Hand knetete meine Finger, als wir auf den Brunnen zugingen.

Perfekt, flüsterte Rokas. Keiner hat ihn angerührt. Albina und ich hakten uns unter, und während Rokas zu einem Anhänger schlitterte, der tatsächlich an der seitlichen Flanke des Rathauses stand, erklärte sie mir, dass es längst Zeit geworden sei für einen Test, ob die obere Befestigung auch wirklich an der Fassade haften würde. An der Wand der Werkstatt hätten sie es natürlich schon ausprobiert, aber nun müsse unter Realbedingungen getestet werden, wie sich das Konstrukt verhalten würde. Die eine Stunde könnte ich doch entbehren, und Bartosz habe in Renia doch sowieso eine interessante Gesprächspartnerin, die beiden würden gar nicht merken, dass ich nicht da sei.

Na wunderbar. Dann ist ja für alles gesorgt. Ich verkniff mir jeden Kommentar zu meinen Zweifeln an Rokas'

Plan. Wie wollte er in einer einzigen Nacht zwei ganze Häuserreihen verspiegeln – noch dazu so, dass keiner etwas davon bemerkte? Albina und Rokas jedenfalls schienen sich ihrer Sache sicher zu sein. Beide standen vor einem der Giebelhäuser und reckten ihre Köpfe nach oben. Die Uhr am Rathausturm zeigte halb zwei an, eine Zeit, in der man entweder schlafen oder feiern sollte. Ich seufzte. Rokas machte sich an der Plane des Anhängers zu schaffen, drehte sich aber kurz um und fragte mich, ob ich irgendein Problem hätte, den ganzen Abend schon gehe ich umher als gräme mich etwas. Ich schüttelte den Kopf und sagte, ich sei einfach müde und außerdem keine Spezialistin für solche Aktivitäten.

Albina, die zusammen mit Rokas auf den Anhänger geklettert war, reichte mir dennoch zwei Holzstreben heraus und sagte, ich solle bloß festhalten, das sei alles. Kurz brachte mich ihr Gewicht zum Schwanken, aber rechtzeitig, bevor ich mit ihnen über das Eis hinunter zum Fluss galoppierte, fing ich mich. Ich hielt das Holz im engsten Schwitzkasten, den ich zustande brachte, o ja, ich war eine würdige Vertreterin meiner Art, eine richtige Mischa, wenn ich auch aus dem Holz keinen Tisch und keinen Schrank fertigen konnte, festhalten konnte ich es allemal.

Gut machst du das. Rokas' Gesicht war kaum zu erkennen, aber seine Stimme klang zufrieden.

Was tut man nicht alles für seinen Musiker.

Deine Wertschätzung ist mir die teuerste Bezahlung.

Ich dachte, das wäre schon der Kwas. Rokas lachte und kam mit einer Tüte voller Packbandrollen heraus. So, es kann losgehen. Kinga, deine Aufgabe wird sein, das Ganze festzuhalten, während Albina und ich alles arrangieren und ineinander verhaken. Ist noch provisorisch, ich will nur kontrollieren, ob die Proportionen tatsächlich stimmen.

Vorsichtig versuchte ich, zur Fassade des Hauses zu gelangen. Hier war das Eis nicht ganz so dick, es fanden sich sogar einige freie Stellen. Todesmutig rutschte ich um die Ecke und spähte die Straße hinunter: Noch immer war niemand zu sehen. Das konnte sich jeden Moment ändern, natürlich, und dann was? Ich hoffte, Albina und Rokas hatten wenigstens irgendwelche gefälschten Schreiben vom Kulturamt dabei, die sie zu diesem Blödsinn legitimierten. Leider war wahrscheinlicher, dass Rokas einfach von Anfang an ausgeschlossen hatte, dass etwas schiefgehen würde. Einfach so, mit einem Selbst- und einem Gottvertrauen, das bestürzte, mich jedenfalls.

Im Geiste sah ich schon die Schlagzeile vor mir: Betreiberin einer neuen Pfandleihe festgenommen wegen Beihilfe zu Vandalismus. Geschäftspartner ehemaliger Soldat. Polnische Armee außer Rand und Band … Bartosz würde mich aufknüpfen, wenn etwas in der Art passierte.

Rokas sprang vom Anhänger und hievte etwa fünf der Rahmengebilde heraus, die er ächzend vor seinen Füßen abstellte.

So, das wär's. Und jetzt schnell.

Ihre Stimmen schallten über den ganzen Rathausplatz, für jedermann deutlich hörbar, der sich mehr oder weniger zufällig in der Nähe befand.

Hatte doch jeder bemerkt, wie laut Kinga Bartosz draußen auf der Gasse beschimpft hatte, wie er versucht hatte, sie zu beruhigen, und sie sich schließlich darauf geeinigt hatten, ihr Gespräch an einen anderen Ort zu verlegen, wo sich keine Gäste die Nasen an der Ladenscheibe plattdrücken würden, nur um zu verfolgen, wie man sich in die Haare bekam. Aber nach draußen zu gehen, um einzugreifen, nein, dazu hatte sich sonst niemand aufraffen können. Einzig Renia, die zwar nicht ganz begriffen hatte, weshalb sie sich stritten, war kurz, nachdem sie verschwunden waren, hinter ihnen hergerannt und im Dunkel der Gasse verschwunden. Sie musste über das Eis geflogen sein, einfach darüber hinweggeschwebt – Kröger nämlich, der sich einer profaneren Fortbewegungsweise bediente, schlitterte und rutschte und landete mehrmals auf seinem Allerwertesten, so dass er mit einigen Minuten Verspätung zur Aufführung erschien. Kinga glänzte in ihrer Rolle.

Breitbeinig stand sie vor Bartosz, eine Hand hoch über ihren Kopf erhoben, als wolle sie auch Neptuns Zorn beschwören und auf Bartosz niedergehen lassen, der seinen Schädel dem Himmel und der Kälte entgegenstreckte, Kinga schließlich bei den Schultern packte und ein wenig schüttelte, um sie zur Besinnung zu bringen. Atemlos schrie sie, dass es eine Schande sei, jawohl, dass es so weit gekommen sei und sie die eigene Feier verlassen mussten, und alles nur, weil er, Bartosz, sich wie ein Trottel benehmen würde, ein Pavian, ein unterentwickelter, schwachbrüstiger –

An dieser Stelle wurde ein Fenster aufgerissen, jemand brüllte: Ruhe!, und für einen Moment verstummte Kinga und rang nach Atem. Bartosz ließ von ihr ab. Wo war Renia geblieben? Eigentlich hätte sie längst vor Ort sein müssen, bereit, zu intervenieren, den Streit abzuwenden, den sie ausgelöst hatte, aber den ganzen Weg vom Stadttor hinunter zum Fluss, vorbei am Rathaus und allen Patrizierhäusern, fand sich keine Menschenseele – bis auf Kröger natürlich, der sich hinter einem Anhänger versteckte, bereit, jederzeit die beiden davon abzuhalten, sich etwas anzutun.

Kinga verschränkte ihre Arme vor der Brust, beherrschte sich mühsam, ihre Stimme klang gepresst, als sie erneut ansetzte, dieses Mal etwas leiser. Weißt du eigentlich, was du da tust? Nein, natürlich nicht, du siehst bloß, aha, weiblich, jung, irgendwie hilflos. Was? Na los, was? Ist dir etwa nicht aufgefallen, dass Renia neben sich steht? Du nutzt ihre Situation schamlos aus.

Kleine Wölkchen lösten sich von Kingas Mund und stiegen auf. Bartosz atmete durch. Falls er überrascht war, ließ er es sich nicht anmerken.

Ich habe doch nur mit ihr geredet! Und sie hat sich freiwillig mit mir unterhalten, hörst du, freiwillig! Sie hat mich doch angesprochen, hast du das nicht gesehen? Reg dich ab. Du tust so, als wenn sie dein Haustier wäre, dem du jeden Kontakt mit der Außenwelt verbieten könntest, nur weil …

Nicht *jeden*! Aber ich weiß, was sie aufwühlt, was schlecht für sie ist! Ich kenne sie doch besser als du, glaubst du denn, du kannst sie einschätzen, nur weil du ein paar Mal mit ihr geredet hast? *Scheiße!*

Kinga hatte ihr Standbein wechseln wollen, war dabei aus dem Gleichgewicht geraten und gestürzt. Sie blieb auf dem Eis sitzen und fing an zu schluchzen, Bartosz drehte sich kurz um, als müsse er sich vergewissern, dass sie tatsächlich niemand beobachtete. Dann kniete er sich zu Kinga. Mein liebes Waislein. Keine Ahnung, was wirklich dein Problem ist. Aber jetzt sage ich dir mal was: Menschen kann man nicht für sich beanspruchen! Kannst dich freuen, wenn ich Renia nicht erzähle, wie kindisch du dich aufführst. Und sie wird ganz bestimmt auf meiner Seite sein, so verständig ist sie nämlich. Und selbständig, falls du das noch nicht bemerkt haben solltest!

Bartosz zog Kinga vom vereisten Pflaster hoch, wie ein nasser Sack hing sie in seinen Armen, plötzlich schien alle Energie, aller Zorn von ihr gewichen. Ihr Mantel, den zu schließen sie keine Zeit gehabt hatte, hing ihr schief von der Schulter, ihr Make-up war verschmiert. Wind war plötzlich aufgekommen. Er trug die äußerste Lage Pulverschnee ab und zog ihn wie einen glitzernden Vorhang vor die Laternen. Krögers Knie schmerzten mittlerweile, die Hockposition und die Kälte machten sich in seinen Gelenken bemerkbar, jetzt, wo es kaum noch etwas zu verfolgen gab. Kinga murmelte weiter, Bartosz schien sie überreden zu wollen, zurück zur Feier zu gehen, alles langweilig, alles schon Abspann – als Kröger plötzlich, ein paar Meter versetzt, an die Wand einer Seitengasse gedrückt, eine schmale Silhouette wahrnahm. Den Oberkörper vorgebeugt, hatte sie die Arme eng um sich geschlungen. Trotz der Dunkelheit hätte Kröger schwören können, dass sich eine Zornesfalte tief in das zarte Gesicht gegraben hatte, die untrüglich anzeigte, dass sich der gesamte zierliche Körper kurz vor dem Zerplatzen befand. Renia bebte.

7.

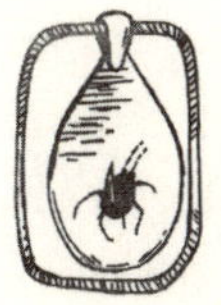

Es waren einmal zwei Brüder, die nach langem Streit Stein und Mörtel in die Hand nahmen und eine Mauer zwischen sich errichteten. Keiner von beiden – weder Konrad Mischa noch Marian Mysza – war bereit gewesen, auf die elterliche Wohnung zu verzichten, und so wurde mit einem Stück weißer Schulkreide auf dem Dielenfußboden die Grenze verzeichnet.

Der erste Ziegel der Mauer wurde früh am Morgen gesetzt. Mitten durch den Flur und das alte Wohnzimmer verlief die Trennwand: Einzig die Küche würden die Frauen sich teilen, das, hatten die Männer beschlossen, ginge leider nicht anders, wollten beide Familien warme Mahlzeiten zu sich nehmen.

Konrad Mischas Beschwörungen, dass sie gegen den Willen des Vaters handeln würden, wurden nicht erhört. Weder Marian noch Magda Mysza wollten etwas davon wissen, dass er Marian enterbt oder gar verstoßen hatte; der einzige Kompromiss, auf den man sich also einigen konnte, war, die Tischlerei Konrad zu überlassen, den Rest aber brüderlich aufzuteilen.

Wenige Tage vorher, auf der Beerdigung Kazimierz Myszas, hatten sich beide Familien zusammengefunden. Marian war mit seiner Frau Agnieszka ein paar Schritte hinter Konrad und Lilli zurückgeblieben. Vor Betreten des Friedhofes hatte Agnieszka Marian gefragt, ob es ihm wirklich recht sei, dass sie mitkam, aber Marian hatte nur genickt, sie am Ellenbogen gefasst und hinüber zum ausgehobenen Grab geleitet. Konrad hatte sie nicht begrüßt, er hatte nicht einmal den Kopf gewendet.

Die roten Nelken, die Magda Mysza ins Grab hinabwarf, leuchteten hell gegen das dunkle Eichenholz auf. Ohne sich anzusehen oder sich gar zu umarmen, fuhren sich die Brüder heimlich über ihre Augen.

Das hätte ihn sehr stolz gemacht, flüsterte Magda. Zu wissen, dass er als Städter sterben würde.

Tot ist tot, sagte Konrad, und da seufzte Marian auf. Zum ersten Mal an diesem Tag schaute Konrad zu ihm hinüber, aber Magda legte den Arm um die Schultern ihres jüngeren Sohnes und flüsterte ihm etwas ins Ohr. Daraufhin verstummte er, und schien den Rest des Nachhauseweges in Gedanken versunken.

Im Hof wurden sie von den letzten, noch immer nicht beseitigten Spuren des Hochzeitfestes empfangen. Das leere Fass stand noch immer unter der Kastanie, und ein paar Tische und Stühle verteilten sich vor den Fenstern der Werkstatt. Konrad begleitete Lilli und Magda nach oben, während Marian Agnieszka zu ihren Eltern brachte, die unweit der Myszas wohnten. Nach dem letzten großen Streit zwischen Konrad und Marian hatten sie dort Unterschlupf gefunden; die Korzeniowskis verfügten zwar nur über zwei Zimmer und einen winzigen Balkon, der als Speisekammer diente, dennoch waren die jungen Eheleute herzlich empfangen worden.

Als Marian Agnieszka auf dem Sofa ihrer Eltern abgesetzt hatte, machte er sich auf den Weg zurück zur Tischlerei. Er nahm auf einem der Stühle Platz und blinzelte in die Sonne. Ein Windstoß fuhr in die Kastanie, die im Hof stand, und trieb raschelnd die toten Hummeln mit sich fort über die Pflastersteine. Oben, aus dem geöffneten Küchenfenster, waren das Weinen von Magda und die leisen Worte von Lilli zu hören, und schließlich Konrads Schritte, der die Treppe herunterkam.

Die Sonnenstrahlen, die sich in den Fensterscheiben der Tischlerei spiegelten, blendeten Konrad. Er kniff die Augen zusammen: Als sich eine Wolke vor die Sonne schob, war im Spiegelbild ein hoch aufgeschossener Mann zu sehen, mit gescheiteltem Haar und gutsitzendem Kragen. Kazimierz Mysza hatte immer stolz gelächelt, wenn er seinen Sohn gesehen hatte, auch wenn sie sich in der Tischlerei nicht immer einig gewesen waren.

Vor einigen Jahren, als Kazimierz aufgefallen war, dass seine Hände anfingen zu zittern, hatte er die Tischlerei an seinen ältesten Sohn abgegeben. Sein jüngerer Sohn hatte nach seiner Lehre in der Tischlerei und unzähligen Streits mit seinem Bruder beschlossen, in der Werft zu arbeiten. Dort verdiente er ordentliches Geld und konnte mit einigen seiner Kollegen Polnisch sprechen, wenn auch heimlich. Mit seiner Mutter wechselte er nur dann einige polnische Brocken, wenn weder der Vater noch der Bruder in der Nähe waren – hatten sie es doch verboten, diese Sprache zu benutzen, die polnische Familie Magdas zu erwähnen oder ihrer aller Namen leichtsinnig auf die polnische Weise zu schreiben: Mysza. Das, hatte Kazimierz gesagt, sei gefährlich, in dieser Zeit, in der die Polen beinahe so unbeliebt waren wie die Juden, und Konrad fügte hinzu, es sei nicht nur gefährlich, es sei schlichtweg falsch. Das deutsche Erbe der Familie müsse respektiert werden, darauf komme es an, etwas anderes habe es nie gegeben. Und falls doch, müsse es vor aller Welt geheim gehalten werden, weil man sonst mit Folgen zu rechnen habe, früher oder später.

Als Konrad wieder nach unten kam, wartete Marian auf ihn, das rechte Bein abgestützt auf einem der Stühle.

Und jetzt? Marian betrachtete die Zigarette, die Konrad in hohem Bogen vor ihn auf den Boden schnippte. Konrads Blick glitt von seinem eigenen Spiegelbild zu Marians: Marian war der Untersetztere von beiden, das blonde Haar eine Spur zu lang, der Blick etwas zu unsicher. Konrad räusperte sich. Was soll schon sein, jetzt? Mutter wird sich beruhigen. Lilli ist bei ihr.

Ich rede von der Wohnung. Nur weil du direkt darunter arbeitest, hast du nicht mehr Recht auf sie als ich.

Schämst du dich nicht? Vater ist kaum unter der Erde, und du redest schon von seinem Besitz.

Marian blickte hoch zu dem Fenster, hinter dem zuletzt der Vater gelegen hatte. Er schlug ein Kreuz, Konrad lachte spöttisch und hörte kaum, was Marian sagte.

Vater hätte gewollt, dass wir uns vertragen. Wir müssen eine Lösung finden. Marian verstummte. Am Eingang zur Tischlerei war seine Frau erschienen.

Agnieszka! Marian sah sie fragend an, dann umarmte er sie. Die junge Frau versuchte Konrads Blick zu entgehen und versteckte sich hinter Marian. Sie redeten miteinander, nur einzelne Worte wie *żal* oder *niepokój* waren zu hören. Wie kleine weiße Fische lagen die Hände des Mädchens in Marians Hand, als sie sich wieder von ihm verabschiedete und über den Hof hastete. Konrad zog Marian durch die geöffnete Tür in die Tischlerei. Ob er denn völlig den Verstand verloren habe? In aller Öffentlichkeit polnisch zu sprechen? Mehr als unklug sei das, er selber kenne da nämlich viele Leute, die nicht übel Lust hätten, Polacken und Leuten, die sich mit ihnen abgeben, ordentlich eins aufs –

Marians Faust hinterließ einen etwa fünf Zentimeter großen blauen Fleck auf Konrads rechter Wange, der erst nach zwei Wochen abheilte. Seine Wut aber besaß eine so durchschlagende Wucht, dass die Schranktür, auf der Konrad gelandet war, in zwei beinahe gleich große Stücke zerbrach. Regungslos blieb Konrad liegen und betrachtete verblüfft seinen Bruder. In seinen Blick trat plötzlich so etwas wie Respekt, und dann, als er ihn musterte, wie er dastand im Gegenlicht, so etwas wie eine Ahnung. Ein Summen setzte ein, aber das hätte auch der Aufprall sein können, auch das Flirren vor seinen Augen war wahrscheinlich vom Schlag verursacht worden.

Wir werden die Wohnung aufteilen, sagte Marian, plötzlich. Bei Agnieszkas Eltern können wir nicht länger bleiben.

Wenige Tage nach der Beerdigung fragte Marian seinen Freund Leo Fidlerowski, einen Klempner und Maurer, wie die Wohnung am besten zu halbieren sei. Magda wurde gesagt, dass sie zusammen mit Marian in der größeren Hälfte wohnen würde und Konrad dafür den Teil der Wohnung bekäme, der heller war. Magda weigerte sich, beschimpfte ihre Söhne auf Deutsch, flehte sie an auf Polnisch, und als alles nicht half, schloss sie sich in einem der Zimmer ein. Sie sei zu alt zum Streiten, beschloss sie, aber nicht zu alt, um zu protestieren.

Nach Fidlerowskis Inspektion wurden drei Tragen mit Backsteinen die Treppe hinaufgewuchtet und im Flur ausgeladen. Eine Mauer würde eingerissen, zwei neue gezogen werden, dann gäbe es zwei voneinander unabhängige Wohnungen, die sich lediglich den Eingangsbereich und die Küche teilten. Kurze Zeit später wurde mit den Bauarbeiten begonnen. Magda Mischa – oder Mysza, wie sie noch immer vorzog, ihren Namen zu schreiben – hielt sich die Ohren zu, als die Männer begannen, die Wand des kleinen Kinderzimmers einzureißen, das zu einem Wohnzimmer werden sollte, und verfluchte ihre eigene Langlebigkeit.

Wie einer von Konrads politischen Witzen klang das Ganze: dass die eine Hälfte der Wohnung die polnische, die andere die deutsche sei.

Das ganze Gerede von einer Entscheidung, deutsch, polnisch … Wie soll das eine arme Wohnung können, wenn sich nicht einmal unsere Stadt entscheiden kann?

Sie hat sich längst entschieden, Mutter, sagte Konrad, und trug ihren Koffer in den Teil der Wohnung, in dem sie fortan leben würde.

Ich habe dir doch neulich erst aus der Zeitung vorgelesen. Erinnerst du dich auch, was ich dir über unseren Namen sagte? Denk daran, wenn ihr ein Namensschild irgendwo anbringt. Und erzähl nicht so viel bei den Nachbarn herum.

Als die Mauer etwa einen halben Meter hoch war, schmiss Konrad Marian ein paar Pantoffeln hinüber, die er neben dem Ofen gefunden hatte. Die müssten auch nicht mehr da herumliegen, zusammen mit den ganzen anderen Dingen, die Marian immer überall verloren habe, zu einer polnischen Wirtschaft sei diese Wohnung in der Vergangenheit verkommen, jawohl!

Wenn das so ist, dann kannst du mir ja auch gleich meinen Bernstein wiedergeben. Den habe ich übrigens nicht verloren, der wurde mir geklaut, falls du dich erinnerst.

Ohne sich umzudrehen blieb Konrad stehen. Bernstein? Keine Ahnung, wovon du redest. Meinst du den Anhänger, mit dem du immer umhergerannt bist, bis alle dachten, du seiest ein Mädchen?

Als am Nachmittag Leo Fidlerowski vorbeikam, um zu helfen, wunderte er sich, wie weit die beiden Brüder gekommen waren und wie dick und stabil die Wand war, die sie erbaut hatten.

Hör mal, sagte er zu Marian, als er Konrad außer Hörweite wähnte: Du machst mir Konkurrenz. Warst du schon immer so ein begabter Maurer?

Marian schüttelte den Kopf und erwiderte, dass sich die Zeiten nun mal ändern würden, und in Zeiten wie diesen müsse man eben besonders findig sein. Das schien Fidlerowski nachdenklich zu stimmen, denn plötzlich ließ er seine Maurerkelle sinken und hörte auf, Mörtel aufzutragen.

Wir sind doch Freunde, nicht wahr, fing er plötzlich an, leise. Marian nickte.

Ich habe da etwas eingemauert, in meine Schlafzimmerwand. Ich will, dass du darüber Bescheid weißt. Nur für den Fall der Fälle.

Am Anfang ging es in der Pfandleihe zu wie in einem Taubenschlag. Mehrmals am Tag schauten Mario, Przemek und die anderen bei uns vorbei, um sich einen Kaffee, ein paar Kekse oder ein paar von den mittäglichen Piroggen abzuholen, die Bronka regelmäßig vorbeibrachte. Die Nähe zum Varieté war einfach zu verlockend. Auch Arkadiusz war so gut wie täglich in der Pfandleihe, und das, obwohl wir vereinbart hatten, dass er uns nur an zwei, drei Tagen behilflich sein würde. In Wirklichkeit ging es ihm gar nicht um das bisschen Geld, das er bei uns verdiente, und vielleicht nicht einmal um die Wertschätzung seiner Arbeit oder Erfahrung. Immerhin hielt eine Pfandleihe keinem Vergleich mit einem Antiquitätengeschäft stand, das ließ er uns immer wieder mit einer freundlichen Verachtung spüren. Aber er suchte Gesellschaft – mit irgendjemandem musste er schließlich die Geschichten teilen, all das Wissen, das sich in den Jahren angestaut hatte.

Deshalb hatten weder Bartosz noch ich an jenem Tag gleich hochgeschaut, als das Glöckchen an der Tür klingelte und ein junger Mann unser Geschäft betrat. Ich war davon ausgegangen, dass Przemek seine Tasse vergessen oder noch etwas auf dem Herzen hatte, und Bartosz war dabei, seine Bankunterlagen zu sortieren. Auch Arkadiusz, der gerade den Wert eines Bernsteincolliers schätzte, ignorierte ihn zu Anfang. Er war in eines seiner Selbstgespräche versunken.

Ein Bernstein wie dieser, sagte er, hat den Namen wenigstens verdient. Elektron, Hellgold, wie die alten Griechen es genannt haben. Das Gold der Götter. Wusstet ihr, dass Aristoteles höchstpersönlich die Bernsteininseln aufgesucht haben soll? Kinga, das musst du doch wissen. Die Elektriden liegen bei euch vor der norddeutschen Küste. Heißen heute aber anders. Und bei den Römern war ein Stück der gelben Ambra teurer als ein Sklave, stellt euch nur mal vor. Am Hofe des Kaisers Nero …

Arkadiusz, wir haben Kundschaft.

Ich räusperte mich und nickte dem jungen Mann zu. Arkadiusz blickte kurz auf, aber die Ärmlichkeit unseres Gastes ließ ihn sofort wieder seine Lupe ins Auge klemmen und die Steine untersuchen, die die Front des Kleinods schmückten.

Guten Tag, sagte Bartosz. Können wir Ihnen helfen?

Als wolle er sichergehen, dass ich seine vorbildliche Begrüßung auch wahrgenommen hatte, stieß er mich in die Seite und wies, unserem Kunden zugewandt, auf den Besucherstuhl. Der junge Mann nahm seine Mütze ab und blickte mit hellen Augen erst auf Bartosz, dann auf Arkadiusz. Die Mütze hatte einen Abdruck auf seiner Stirn und zwei Flächen verschiedener Röte hinterlasssen. An der Oberlippe hatte er eine kleine Narbe, die von einer operierten Hasenscharte herrühren mochte.

Guten Tag, antwortete er schließlich. Seine rechte Hand spielte unablässig mit dem Reißverschluss seines Mantels. An den Ärmeln und am Kragen klebten Spinnweben, in die sich Staub verfangen hatte. Für einen Moment schloss ich meine Augen und sah schließlich eine Wand vor mir, alte Backsteine, jede Menge Staub und Zeitungspapier. Ich hörte die laute Stimme einer Frau, ein paar Männerstimmen, die einfielen, und schließlich sah ich ein Bündel, das auf einem Tisch lag, beleuchtet von einer nackten Glühbirne.

Bartosz sah mich fragend an, aber ich zuckte mit den Schultern. Noch ließ sich nichts feststellen. Vielleicht hatte sich der Mann bloß in der Tür geirrt und wollte eigentlich seinen Mantel reinigen lassen. Ich konnte mir ein Grinsen nicht verkneifen und fuhr mir über den Mund.

Anscheinend war der junge Mann sich nicht ganz sicher, wer von uns dreien das Sagen hatte, denn als er anfing zu sprechen, wandte er sich Arkadiusz zu.

Ich habe etwas gefunden. In meiner Wand. Meine Freundin hat gesagt, es ist bloß Quatsch, aber ich dachte, ich bringe es mal vorbei, ich meine, es ist ganz dreckig, und man erkennt kaum etwas darauf, aber ein paar Złoty, habe ich gesagt, wird man dafür doch vielleicht bekommen! Oder etwa nicht?

Bartosz fühlte sich nicht ganz ernst genommen, das sah ich. Seine rechte Hand hatte sich unter dem Tisch um ein Stuhlbein verkrampft, und als er sie kurz löste, um näher an den Tisch heranzurücken, sah ich, dass sie zitterte. So gut wie möglich versuchte er, seine Irritation zu kaschieren, und fragte nach, worum es sich denn genau handle. Er müsse übrigens seinen Kollegen entschuldigen – er zeigte auf Arkadiusz am Schreibtisch gegenüber –, wenn der beschäftigt sei, könne ihn nichts in seiner Konzentration stören.

Jetzt setzen Sie sich doch, fügte ich hinzu. Und dann erzählen Sie uns, was Sie aus Ihrer Wand gezogen haben.

Der Mann nahm zögerlich auf dem Stuhl Platz, rutschte nach vorne auf die Kante und fing an, an der Seitentasche seines Mantels zu nesteln, so lange, bis er einen Batzen dreckigen, verkrümelten Zeitungspapiers herausgezogen hatte.

Soll das ein Witz sein? Arkadiusz hatte die Szenerie aus dem Augenwinkel mitverfolgt und fragte, ob man sich über uns lustig machen würde. Das, guter Freund, informierte er unseren Kunden, ist ein seriöses Geschäft. Anscheinend verwechseln Sie da was.

Was denn, sagte der Mann und drehte sich zu Arkadiusz. Ich dachte, das hier ist eine Pfandleihe? Man bringt Sachen und kriegt Geld dafür, oder etwa nicht?

Schon gut, schon gut. Natürlich. Mit spitzen Fingern begann Bartosz, den Batzen zu sezieren. Ich beugte mich ebenfalls über das Papier und überlegte, ob ich dem Mann erklären sollte, dass das meiste, was die Leute uns präsentierten, sauber und geputzt und so gut hergerichtet wie möglich war, also: nicht direkt aus der Wand, was auch immer das heißen mochte. Ich ließ es. Er tat mir leid, wie er dastand mit seinem kahlrasierten Schädel und dem Mantel, der schlaff an ihm herunterhing. Es gab Kunden, bei denen klar war, dass ich sie betreuen würde – grundsätzlich alle älteren Damen und Herren –, und dann gab es Typen, die in Bartosz' Bereich fielen, und der hier gehörte ganz klar zu letzteren. Was unseren Sachverstand anging, so hatten wir uns in den letzten Wochen in etwa angenähert; Bartosz hatte versucht, so viel wie möglich vom Wesen und Funktionieren einer Pfandleihe in meinen Schädel hineinzubekommen, und ich hatte ihn so oft wie möglich getriezt mit Gelb-, Rot- und Weißgoldproben, einer kleinen Haken-, Karabiner- und Schnappverschlusskunde, alles, was ich über Schmuck wusste, das ganze Wissen, das mir meine Mutter mit ihrer kleinen Schatulle vererbt hatte. Natürlich half es sehr, dass Arkadiusz mehrmals die Woche bei uns vorbeischaute und einige der Wertgegenstände schätzte. Ohne ihn hätten wir häufig danebengelegen.

So sehr ich versucht hatte, Bartosz vom Gegenteil zu überzeugen, wollte er in den meisten Fällen keinen Bernsteinschmuck annehmen. Alles Reden hatte keinen Sinn. Ich konnte ihm zehnmal erklären, wie wertvoll der Stein einst gewesen war, ihm schildern, dass man geglaubt hatte, er entstamme dem Schatz der Götter oder wenigstens dem Inneren der Wale, und überhaupt komme es auf die Ausführung und das Alter der Gegenstände an – es blieb sinnlos. Bartosz bestand darauf: Hier, an diesem Ort, war Bernstein kaum etwas wert – es sei denn, hatte er hinzugefügt, es handle sich um einen Klunker wie meinen, in so einem Fall könne man eventuell eine Ausnahme machen. Das Collier, das Arkadiusz gerade untersuchte, war eine dieser seltenen Ausnahmen. Mit meinem Bernstein, hatte ich ihn gleich informiert, war es trotzdem nicht zu vergleichen, so einen gebe es nämlich nur einmal, diese Spinne, sagte ich ihm, spinne noch nach ihrem Tod weiter: Geschichten nämlich. Bartosz hatte mich daraufhin ausgelacht und gesagt, von allen schrägen Vögeln, die in die Pfandleihe kämen, sei ich mit Abstand der schrägste.

Was ist denn das? Ein angelaufenes Amulett war aus dem feuchten Papier in Bartosz' Hand geglitten.

Deutsch ist es jedenfalls nicht, sagte der Mann. Deutsch ist es auf keinen Fall, sehen Sie, die Buchstaben da?

Bartosz und ich beugten uns über das Amulett, – erkannten aber nichts außer stark angelaufenem Silber mit einigen Schnörkeln und filigranen Verzierungen. Arkadiusz war hinter seinem Schreibtisch hervorgekommen und versuchte zwischen unseren Köpfen einen Blick auf das Objekt zu werfen.

Wie kommen Sie darauf, dass es sich um eine Schrift handelt?

Bartosz holte aus einer Schublade ein Silberputztuch hervor und rieb es über die Oberfläche des Anhängers. Einzig der ganz oberflächliche Staub ließ sich abtragen, tiefere Verschmutzungen blieben kleben. Bartosz rieb sich die Augen, murmelte, dass er vielleicht doch irgendwann eine Brille brauche, aber bevor Arkadiusz nach dem Anhänger greifen konnte, nahm ich ihn vom Tablett. Ich hauchte ihn an und fuhr mit dem Daumennagel darüber. Ich stutzte. Der Mann hatte recht.

Hebräische Schriftzeichen, sagte ich. Vielleicht ist es aus Silber, vielleicht auch nicht.

Hebräisch?, fragte Arkadiusz und riss mir das Amulett aus der Hand.

Tatsächlich. Und wo, sagen Sie, haben Sie das her?

Der Mann wiederholte, dass er es gefunden habe, vor ein paar Tagen, als er eine Wand bei sich zu Hause eingerissen habe, nämlich die Wand zwischen Schlafzimmer und Wohnzimmer, seine Freundin Gosia habe sich das so gewünscht, und wie er und ein paar Kumpels da standen mit ihren Spitzhacken und Hämmern, sei ihm plötzlich dieses Ding entgegengekommen. Der Schmuck und ein paar alte Dollarmünzen seien darin gewesen, das Geld habe er seinen Freunden gegeben, und übrig geblieben sei der Anhänger. Ob er nun etwas wert sei oder nicht? Wenn nicht, würde er ihn nämlich wieder einpacken und gehen, gleich beginne seine Schicht, und er müsse noch einmal zu Hause vorbei.

Na ja, altes Silber ... Bartosz sah mich fragend an. Diesmal nickte ich ihm zu, der Mann, soviel zumindest stand fest, hatte die Wahrheit gesagt. Ich sagte, dass das Schmuckstück sicher echt und somit antik sei. Und noch dazu jüdisch! Die Juden der Stadt, so selten wie –

Weiße Mäuse! Arkadiusz hatte seine Lupe hervorgeholt und lachte.

Nur wenn man verrückt ist, sieht man sie überall, überall .... ich hatte einmal einen Nachbarn, Maischein hieß der – ist das etwa kein jüdischer Name? –, der hatte schon vor dem Krieg in der Stadt gewohnt, und der hat von nichts anderem geredet, überall wollte der Juden sehen, die ganze Stadt sei voller Juden ...

Na und? Silber ist Silber! Der Mann nahm sein Schmuckstück an sich.

Das ist nicht Silber, das ist Weißgold. Ich glaube, wir würden es sehr gern nehmen. Ein Blick zu Bartosz, der stürmisch nickte. So aufgeregt wie Arkadiusz plötzlich war, dachte ich, kannte der gleich mehrere, die sich für den Kauf eines solchen Objektes interessieren würden, falls es der Mann nicht wiederhaben wollte. Fünfhundert Złoty! Ach, was sage ich da, sechshundert, und Sie lassen es da!

Ich schaute zu Bartosz, dem eigentlich das letzte Wort zustand, aber dessen Blick war plötzlich glasig geworden, als wenn ihn nichts von all dem mehr interessieren würde. Alles hinfällig, alles langweilig. Dann lächelte er, hob die Hand und stand auf. Ich sah nach draußen.

Auf dem Bürgersteig stand Renia und versuchte, ihr vom Wind zerzaustes Haar zu bändigen. Von der Kälte waren ihre Nase und ihre Wangen ganz rot geworden und leuchteten fast so intensiv wie ihre Lippen. Sie zierte sich, blickte mal da, mal dort hin, ordnete ihren Schal und machte keine Anstalten hereinzukommen.

Warum bittest du deine Freundin nicht zu uns? Arkadiusz klopfte Bartosz auf die Schulter und winkte unseren Kunden zu sich an den Schreibtisch. Er würde ihm nun das Prozedere erklären und den Vertrag ausstellen. Ich nickte dankbar.

Bartosz war aufgestanden und suchte an der Garderobe nach seiner Jacke.

Wir müssen sowieso jetzt los. Ihr kommt allein zurecht, oder?

Ich winkte Renia zu. Arkadiusz hatte recht, warum sollte sie draußen stehen bleiben? Mir fiel ein, dass ich sie in den letzten Tagen fast überhaupt nicht gesehen hatte, und das, obwohl wir doch in derselben Wohnung lebten, theoretisch jedenfalls. In der Küche war nie eine Spur von ihr, und auch ihre Zimmertür war immer verschlossen gewesen.

Ich hatte es auf ihre Arbeit geschoben, sicherlich gab es einige Veränderungen, seit ich nicht mehr am Collegium war, vielleicht traf sie sich auch mit Albina und Rokas – Albina sah ich schließlich ebenfalls kaum noch. Aber dass sie hier auftauchte und mir nicht Bescheid gesagt hatte, ja, nicht einmal hereinkommen mochte, das versetzte meinem Herzen einen Stich. Versuchte sie, mich zu meiden? Vielleicht hatte sie sich Ärger eingehandelt, wegen mir und meiner Kündigung, immerhin hatte sie mich eingeführt, und nun hatte ich mich nach wenigen Monaten wieder aus dem Staub gemacht.

Als Renia bemerkte, dass ich aufgestanden war und mich in Richtung Tür bewegte, lächelte sie gequält und betrat nach einem kurzen Moment des Zögerns die Pfandleihe. Ich begrüßte sie und fragte, ob alles in Ordnung sei, ob sie noch einen Tee wolle, bevor sie losgingen, sie sei ja ganz verfroren. Sie schüttelte den Kopf. Nein, sie habe kaum Zeit mitgebracht, in letzter Zeit sei sie sehr beschäftigt, es wachse ihr alles ein wenig über den Kopf. Irgendwann würde sich ein bisschen Zeit finden, für einen Tee oder einen Kaffee, nur eben jetzt gerade nicht. Mir schien, dass sie abgenommen hatte: Ihre Wangenknochen traten hervor, ihre Augen wirkten größer.

Ist wirklich alles in Ordnung?

Ja, was denkst denn du? Widerwillen hatte sich ihrer Stimme beigemischt. Bartosz zog den Reißverschluss seiner Jacke zu und sagte, dass er in ein, zwei Stunden wieder da sei. Ich verkniff mir die Frage, wohin sie gingen, und beschränkte mich darauf, Bartosz zu erinnern, dass am Nachmittag ein gewisser Herr seine russischen Münzen wieder auslösen wollte. Als sie schon fast aus der Tür waren, wandte sich Bartosz nochmals zu mir um, und ich

sah ihn mir an, das klapprige Männchen, wie es in seinem noch viel klapprigeren Auto saß, ein zwanzig Jahre alter Toyota, unglaublich, dass der noch durch die Wüste pflügte, durch den Sand und den Wind, zu anderen Zeiten hätte man das Großväterchen zu einem Hei-

ligen mit einer Wunderbüchse erklärt, aber das waren eben keine anderen Zeiten, und dass sich Jarzębiński damit nicht abfand, das war nichts als seine eigene, läppische Schuld, wir waren im Krieg und nicht auf einer verdammten Butterfahrt. Vierzig Grad im Schatten, den es nicht gab, Jarzębiński, ich und ein paar andere standen schon seit mehreren Stunden an der Kreuzung, überwachten das Gebiet, kontrollierten Fahrzeuge, als endlich am Horizont die amerikanischen Humvees erschienen. Schaut mal, da kommen unsere Babys, murmelte Socha neben mir, aber ich antwortete ihm nicht, meine Pflicht war es, den Horizont und alles zwischen ihm und mir nach anderen Menschen, Fahrzeugen oder Bewegungen abzusuchen, und ich hatte einen guten Job gemacht, an diesem Tag an dieser Kreuzung griff der Feind nicht an, oder besser gesagt: Unser Feind griff uns nicht an, oder: Der Feind der Amerikaner griff weder uns noch sie an. Hätte er es geplant, unseren Augen wäre es nicht entgangen, aber das einzig Auffällige war eben Großväterchen, und es war Pech, nichts als Pech, dass er beinahe zeitgleich mit den Amerikanern bei unserer Straßensperrung ankam, kurz nachdem der erste Jeep angehalten hatte, ein Major ausgestiegen war und sich Bericht über die Lage erstatten ließ, genau in dem Moment musste Opalein in seinem Museumsstück angerasselt kommen und alle nervös machen, bis zuletzt dachte ich, Opa dreht ab, Opa sieht unsere Straßensperrung, Opa dreht ab, aber er drehte nicht ab, sondern fuhr tatsächlich bis auf wenige hundert Meter an uns heran und schielte zu uns herüber, zu der Absperrung, die den Weg zu einer Abzweigung blockierte, den Humvees. Es war unsere Pflicht, davon auszugehen, dass Opa uns als Geschenk zehn Kilo Sprengstoff mitbrachte, bereit, sie jeden Moment hochgehen zu lassen, mit sich selber als Dreingabe, aber die Amerikaner, die sofort aus dem Jeep gesprungen kamen, waren noch nervöser als wir. Dass er abdrehen solle, brüllten die ihm zu, sofort abdrehen, turn around now, *aber das Großväterchen stellte den Motor ab, und von da an wussten alle, das etwas passieren würde, der amerikanische Offizier gab den Befehl, auf das Auto zu zielen, aber noch Ruhe zu bewahren, noch einen Moment lang, und da schrie Großväterchen etwas zurück, kein Mensch wusste, was, außer Jarzębiński natürlich, der später schwor, der Mann habe* nach Hause *geschrien und auf die Abzweigung gezeigt, aber keiner bis auf Jarzębiński verstand den Alten, und als Opalein den Motor wieder zündete und ein paar Meter auf uns zufuhr, da schossen die Amerikaner.*

Jarzębiński hatte es nicht geschafft, ihnen zu übersetzen, dass der Alte in sein Dorf am Ende der Straße wollte und sonst nichts weiter, Jarzębiński konnte kein Arabisch außer einer Handvoll Wörter, darunter: nach Hause, *aber niemandem nutzte das, vor allem dem Großväterchen nicht, und das machte Jarzębiński zu schaffen, das ließ ihn bis zuletzt nicht los, und dass er diese Scheiße mit sich herumschleppen musste, das schafft mich mehr als die Sache mit dem Skorpion oder unseren Witzen über ihn, dass Jarzębiński davon überzeugt war, er habe den Mann getötet und nicht die Amerikaner, das machte ihn, den besten Menschen, den wir im Camp hatten, in seinen eigenen Augen zu einem Mörder, und keiner gab sich die Mühe, ihn vom Gegenteil zu überzeugen.*

Nachdenklich betrachtete ich Renia und Bartosz, wie sie die Straße hinuntergingen. Mir wollte partout nicht einfallen, was die beiden verband. Ich schüttelte den Kopf und nahm mir vor, Bartosz das nächste Mal darauf anzusprechen. In der Zwischenzeit hatte Arkadiusz das Geschäft mit dem jungen Mann abgewickelt. Mit einem knappen Dankeswort steckte der Mann die Geldscheine ein und verließ den Laden.

So, sagte Arkadiusz. Der Vormittag wäre gerettet. Habe ich euch eigentlich schon einmal von meiner Motorradfahrt nach Novosibirsk erzählt?

Mit über dreihunderttausend Kilometern pro Sekunde schoss das Licht auf die Stadt am Meer hinab, hüllte alles in gleißende Helligkeit und ließ die Stadt für einen Augenblick kurz nach Sonnenaufgang verschwinden: verschmolzen zu einem einzigen hauchfeinen Strahlenbündel, ausradiert von der Landkarte und von der Erdoberfläche, nur mehr energetischer Zustand, ein Punkt extremer elektromagnetischer Aktivität. Natürlich musste in genau diesem Moment irgendwo über der Küste eine Möwe aufsteigen und das Strahlenbündel in ein irreparables Schwingen, Zittern, Vibrieren bringen, und einige Millisekunden später fuhren wieder Straßenbahnen und benzinbetriebene Autos durch die Stadt, und die Menschen kauften mit Rosenmarmelade gefüllte Teigbällchen und Schwarztee mit einem Schuss Zitrone in Styroportassen und standen mit ihren Utensilien verschlafen an Haltestellen und Ampeln.

Seit das erste Schneeglöckchen in einem unordentlichen Vorgarten des Villenviertels den Erdboden durchstoßen hatte, erschien es nur noch wenigen unmöglich, dass der Frühling tatsächlich in die Stadt kommen würde; es ging das Gerücht um, dass der Frühling bereits Portugal erreicht hatte, und so war es nur noch eine Frage der Zeit, bis er die Ostsee und ihre Küste aufgewärmt und die Menschen erlöst haben würde. Einzig Bartosz Mysza hielt an seiner Behauptung fest, dass dieser Winter niemals ein Ende finden würde, und zog sich vorsorglich eine Erkältung zu.

Als er nachmittags in der Pfandleihe anrief und sich bei Kinga für den Tag entschuldigte, schwieg Kinga für einen Moment. Magda, die Kellnerin aus dem Varieté, war gerade zu ihr herübergekommen, kaute an einem Wurstbrötchen und schüttete zwischen zwei Proben ihr Herz aus.

Kinga hörte Bartosz' Atem im Telefon, und als sie sich gesammelt hatte, fragte sie ihn betont ruhig, warum er überhaupt ein Geschäft eröffnet habe, wenn er doch so gut wie nie da sei. Auf Bartosz' Erwiderung hin, dass er krank sei, fragte sie ihn, ob er sich nicht endlich professionelle Hilfe suchen wolle. Seine seelischen Probleme würden nicht nur ihn allein belasten.

Daraufhin war nur mehr ein Gemurmel vernehmbar, dem Kinga entnahm, dass sie grausam sei und eine Zumutung. Dann hängte Bartosz auf, und Kinga warf ein belegtes Käsebrötchen an die Wand. Magda zuckte zusammen und bot an, später noch mal zurückzukommen, wenn es gerade nicht passen würde, und als sie darauf keine Antwort bekam, griff sie nach ihrer Kaffeetasse und verließ damit das Büro.

Als sich kurze Zeit später das Brötchen mitsamt dem Käse von der Wand gelöst, aber noch immer keine Kunden das Geschäft betreten hatten, griff Kinga zu ihrer Jacke und beschloss, das Geschäft früher als gewöhnlich zu schließen. Die Dämmerung hatte eingesetzt, ein fahles Licht zitterte zwischen den Hinterhöfen, und wäre Kinga ein Stück weiter nach Süden gegangen, in die Schneise zwischen zwei Häuserblocks, hätte sie den Sonnenuntergang sehen können.

Kingas Magen fühlte sich an wie eine prallgefüllte Fleischpastete. Heimlich hatte sie die Knöpfe ihrer Jeans geöffnet und mit der Müdigkeit gekämpft, die zusammen mit den Piroggen gekommen war. Großmütig hatte Bronka beide Portionen der russischen Teigtaschen dagelassen, nicht ohne sich zu wundern, dass Bartosz nicht da war. Dann hatte sie Kinga ihrem Nägelkauen und der bohrenden Langeweile überlassen, die sich einstellte, wenn ein Geschäft nicht so lief, wie es sollte und seit Wochen Kunden sich nur sporadisch und häufig versehentlich sehen ließen. Die häufigsten Gäste in dem kleinen Ladenlokal, Kinga musste es sich eingestehen, waren die Künstler aus dem Varieté, die sich in den Pausen von ihr mit Kaffee und Kleinigkeiten bewirten ließen.

Als Kinga sich ihre Jacke überzog und überlegte, ob es ein Fehler gewesen war, die Arbeit im Collegium aufzugeben – vorbei die Zeit der nächtelangen Ausschweifungen und der Geselligkeit –, musste ihr der Gedanke gekommen sein, dass Bartosz sie eigentlich doch gegen ihren Willen in dieses Geschäft eingespannt hatte, überzeugt war sie nie von dieser Idee gewesen, nein; einer regelrechten Gehirnwäsche hatte er sie unterzogen, wer weiß, vielleicht hatte er sogar irgendwelche militärischen Tricks angewandt, um sie zu manipulieren, zu sabotieren, und alles nur, weil sie verwandt waren und er sich einbildete, Anspruch auf sie und ihre Arbeitskraft zu haben.

Kinga achtete darauf, dass der Schlüssel im Schloss

zweimal knackte. Als sie ihn herauszog, bemerkte sie, dass die Tür zwar ordnungsgemäß verschlossen, die Knöpfe ihrer Jeans aber noch immer geöffnet waren. Gerade als sie sich gegen die Tür presste, damit niemand sah, dass sie ihre Jacke zur Seite schob und sich an ihrer Hose zu schaffen machte, erschienen am Ende der Gasse zwei vertraute Gestalten: Kingas Mitbewohnerin Albina, in Begleitung von Tilmann Kröger. Kinga ordnete ihre Jacke und setzte ein Lächeln auf, als die beiden vor ihr stehen blieben und neugierige Blicke ins Ladenlokal warfen. Albina klopfte ihr auf die Schulter, als ahnte sie, warum Kinga bereits auf dem Nachhauseweg war.

Machst du schon zu? Schade, ich habe heute eine Tour für Eingeweihte gemacht und wollte auch bei dir vorbeischauen. Kröger wehrte ab, sagte, dass er niemandem in die Quere kommen wolle, und überhaupt hätten sie heute doch schon so viel gesehen. Eigentlich sei er bereits spät dran.

Kinga nickte und antwortete, dass man wenigstens ein Stück weit zusammen gehen könne, und so brach man gemeinsam in Richtung der Schnellstraße auf, die man auf dem Weg zur Wohnung passieren musste. Kurz vor der Unterführung erkundigte sich Kinga, welche Orte die Tour denn beinhaltet habe. Sie war abgelenkt, gab sich aber äußerste Mühe, interessiert zu wirken.

Albina hat mir ihre Werkstatt auf der Werft gezeigt. Streng geheim, ja ja, ich weiß! Ich habe schon alle Schwüre abgelegt, niemandem etwas davon zu erzählen, keine Sorge. Kröger wunderte sich über Kingas verblüfften Blick und verkniff sich zu sagen, wie beeindruckt er davon war, was eine Frau alleine auf die Beine stellen konnte, alles ohne Assistenten oder Team um sie herum.

Sag mal, musst du nicht in die andere Richtung? Kurz

vor der Unterführung gab Kröger zu, dass er längst hätte umdrehen müssen, und verabschiedete sich. Die beiden Frauen sahen ihm schweigend nach.

Was findest du bloß an ihm?, fragte Kinga.

Ich weiß nicht, sagte Albina, ich dachte, *du* wärest befreundet mit ihm?

Kröger? Bestimmt nicht. Aber meinetwegen triff ihn doch. Der arme Kerl ist sicherlich ziemlich einsam. Wie lange bleibt der noch hier? Hat er etwas gesagt?

Das weiß ich nicht. Komisch, das Gleiche wollte er auch über dich wissen: wie lange du noch hierbleibst.

Als sie am Nationalmuseum vorbeigingen, fragte sich Kinga laut, was denn das für eine absurde Frage sei: wie lange sie bliebe. Sie wohne ja hier.

Albina erwiderte, dass sie sich nicht ärgern solle. Überhaupt ärgere sie sich zu viel in letzter Zeit. Die Hände tief in den Jackentaschen vergraben, unterbrach Kinga sie und wollte wissen, was sie damit meine. Die Situation in der Pfandleihe würde sie etwas bedrücken, ansonsten sei doch alles so wie immer. Albina sah sie ungläubig an.

Glaubst du wirklich, ich bemerke nicht, wie ihr euch die ganze Zeit streitet, Renia und du? Seit ein paar Tagen geht das schon so. Manchmal denke ich, es wäre besser für sie, öfter zur Arbeit zu gehen. Was ist bloß los mit euch? Ich dachte, du hängst so an ihr?

Natürlich hänge ich an ihr! Wenn wir uns streiten, dann nur deshalb, weil ich ihr einige Erfahrungen ersparen möchte. Sie sieht doch überhaupt nicht klar, überarbeitet, wie sie ist. Auf Albinas Nachfrage hin, von welchen Erfahrungen sie denn bloß rede, schwieg Kinga. Erst, als die beiden schon fast zu Hause angekommen waren, sagte sie, dass sie in Zukunft versuchen würde, ruhiger zu bleiben. Albina habe ja recht, man müsse Konflikte intelligenter lösen, vor allem, wenn es um das Wohl der eigenen Freunde gehe.

Albina atmete auf. Die unfertigen Skulpturen vor der Kunstakademie mussten sie an alte Zeiten erinnern, als sie noch an der Hochschule beschäftigt war und mit Studenten Gipsfiguren hergestellt und aus pappigem Lehm Kinder- und Greisenköpfe geformt hatte.

Diese Zeiten waren endgültig vorbei.

In der Nacht schlief Kinga unruhig, die Piroggen und die Buttertunke lagen ihr schwer im Magen, ließen sie schlecht träumen und immer wieder hochschrecken. Als sie und Albina nach Hause gekommen waren, hatten sie Renia in der Küche angetroffen, wie sie über einer Zeitschrift brütete und eine Katze auf dem Schoß hielt, die sie im Hof angefüttert hatte.

Kinga konnte es nicht ausstehen, das Tier in der Wohnung zu haben, den Dreck, den es hineinschleppte, die Flöhe, Wanzen, Zecken, Milben. Renia wusste um Kingas Abneigung, und so war sie, kaum dass Kinga sich zu ihr gesetzt hatte, aufgestanden, hatte beschämt die Katze unter ihren Arm geklemmt und war in ihrem Zimmer verschwunden. Kinga hatte zu Albina geschaut und die Augenbrauen hochgezogen. Das war der Beweis: Die eigenartige Stimmung in der Wohnung ging nicht allein auf sie, Kinga, zurück, nein. Vor allem Renia hatte sich verändert.

Weit nach Mitternacht war das Kissen plötzlich unbequem geworden, die Decke war nicht dick genug, und zu allem Überfluss meinte Kinga, einen Luftzug vom Fenster zu spüren. Den ganzen Winter über war es dicht gewesen, und jetzt … Sie stand auf, um die Matratze etwas weiter weg vom Fenster zu schieben. Kaum hatte sie sich wieder hingelegt und eine halbwegs erträgliche Schlafposition gefunden, hörte sie ein Geräusch im Flur.

Die verfluchte Katze, dachte Kinga, aber dann fiel ihr ein, dass Renia das Tier hinausgelassen hatte, bevor sie schlafen gegangen war. Das Schnurren und kurz darauf das empörte Fauchen waren durch die ganze Wohnung zu hören gewesen.

Rasch sah sie auf die Uhr: zehn vor zwei. Albina und Renia schliefen längst, vor über einer Stunde waren sie in ihre Zimmer gegangen und hatten das Licht ausgeknipst. Von der Eingangstür her drang wieder ein Geräusch, ein Schaben. Ein metallener Gegenstand wurde in das Schlüsselloch eingeführt. Kinga war augenblicklich hellwach und setzte sich auf. Ihr fiel ein, dass sie vergessen hatte, die Vorhängekette anzulegen. Jedes Mal, wenn Albina das bemerkte, schimpfte sie mit ihr, aber Kinga hatte sie für ihre Angst vor Einbrechern immer ausgelacht.

Vorsichtig öffnete Kinga ihre Tür. Im Flur war es dunkel. Sie überlegte, ob sie schnell in Albinas Zimmer huschen sollte, aber da ertönte erneut ein Quietschen von der Eingangstür. Der kaum wahrnehmbare Lichtstrahl einer Taschenlampe drang in den Flur. Kinga spürte ihren Herzschlag bis zum Hals hinauf, als sie die Zimmertür wieder anlehnte, zu ihrem Handy griff und die Nummer der Polizei wählte. Das Freizeichen erklang – Kinga versuchte, durch den Türspalt etwas im Flur zu erkennen –, und schließlich meldete sich eine Männerstimme.

Hier wird gerade eingebrochen, flüsterte sie in das Handy hinein, kommen Sie, schnell! Natürlich musste der Beamte am anderen Ende träge sein, noch dazu etwas schwerhörig, und bis er endlich ihren Namen verstanden und ihre Adresse notiert hatte, waren bereits ein, zwei Minuten vergangen. Aber das war noch nicht alles: Wollte der doch tatsächlich wissen, um wie viele Einbrecher es sich handelte, als spielte das irgendeine Rolle, ob da zwei oder drei oder fünf Übeltäter in die Wohnung eindrangen!

Kinga stieß einen tonlosen Fluch aus und ging zurück zum Türspalt. Noch immer war nichts zu erkennen, auch der Lichtstrahl war verschwunden, als hätten es sich die Banditen in letzter Sekunde anders überlegt. Doch nein: Da war der Geruch von nasser Erde, kühler Luft, da musste etwas sein, das von draußen kam. Nichts als Dunkelheit … In die Stille hinein erklang plötzlich die quakende Stimme des Polizeibeamten aus dem Telefon.

Hallo, hallo, hören Sie? Sind Sie noch dran?

Plötzlich klickte es, der Lichtkegel der Taschenlampe wurde direkt in Kingas Gesicht gehalten, und eine Stimme sagte: Herrgott, du bist das.

Was um alles in der Welt … ? Kinga entschuldigte sich bei dem Polizisten, sagte, es habe sich um ein Missverständnis gehandelt und legte schnell auf. Dann ließ sie das Handy in die Tasche ihrer Pyjamahose gleiten.

Weißt du eigentlich, was für einen Schrecken du mir eingejagt hast? Bartosz richtete den Strahl der Taschenlampe kurz auf die Türen, hinter denen Albina und Renia schliefen, und als alles ruhig blieb, schob er sich zusammen mit Kinga in ihr Zimmer und schloss vorsichtig hinter ihnen die Tür. Was soll das? Was machst du hier?

Bartosz streifte sich die Mütze vom Kopf. Komisch, dachte Kinga, krank sah er gar nicht aus, genau genommen war seine Gesichtsfarbe so gesund wie immer, und auch sonst wirkte er nicht besonders schwächlich. Immerhin brachte er genug Kraft auf, nachts in fremde Wohnungen einzudringen. Er blickte sich in Kingas Zimmer um, als müsse er sichergehen, dass sich außer ihnen niemand im Raum befand, und sagte schließlich: Tut mir leid. Geht es dir gut?

Ob es mir gut geht? Du kommst mitten in der Nacht hier an, um mich zu fragen, ob es mir *gut* geht? Verlegen drehte Bartosz die Mütze in seinen Händen. Ja! Ich meine, nein. Ich habe mich mit meinem Vater gestritten. Ich musste raus, an die frische Luft, und da habe ich gedacht, komme ich halt vorbei, gucke, ob du noch wach bist, und frage dich, wie der Tag so gelaufen ist.

Kinga schwieg. Warum sollte er mitten in der Nacht bei seinen Eltern gewesen sein und sich mit ihnen gestritten haben? Außerdem hatte er doch von draußen gut sehen können, dass kein Licht mehr in der Wohnung brannte. Bartosz druckste herum, und so bot sie ihm, langsam ungeduldig geworden, eine Tasse Tee an. Als sie sich in die Küche setzten, erzählte sie ihm vom Tag in der Pfandleihe. Einige Stunden später, sie wusste nicht, wie sie dorthin gelangt war, wachte sie in ihrem Bett auf, den schalen Geschmack des Tees noch immer auf der Zunge.

Es muss am ersten Wochenende gewesen sein, als man keine Mütze mehr tragen musste und sogar erwägen konnte, den obersten Knopf seiner Jacke zu öffnen, dass Renia und ich samt Picknickkorb, mehreren Decken und Thermoskannen vor der Wohnung standen und auf Bartosz warteten, der sich mal wieder verspätete. Wir hatten uns für neun Uhr verabredet, immerhin war es Samstag und man musste davon ausgehen, dass wir nicht die Einzigen waren, die auf die Idee kamen, einen Ausflug auf die Halbinsel vor der Bucht zu unternehmen. Bartosz hatte mit den Augen gerollt, als ich den Vorschlag gemacht hatte: Auf so eine Idee könne auch nur ich und so weiter, aber ich hatte mich durchgesetzt.

Der Ausflug hatte uns allen guttun sollen, die Luft, die Weite des Meeres, ein bisschen Zeit allein und nicht immerfort mit irgendetwas beschäftigt. Schlimm genug, dass Albina und Rokas nicht mitkommen wollten – aber immerhin hatten sie sich ihre Vorwürfe verkniffen, und so eiste ich mich los und fuhr weg. Bartosz kommentierte, dass für die beiden sowieso kein Platz mehr im Auto gewesen sei, jedenfalls nicht, wenn Cudny mitkam, und das stand außer Frage. In der Jackentasche hatte ich etwas Katzenfutter für den Mischling mitgenommen – nur für den Fall, dass ich neben ihm sitzen würde und mich gut mit ihm stellen musste.

Aber Bartosz ließ auf sich warten. Ich befürchtete schon, dass es ihm schlechter ging, als er zugegeben hatte, und dass er es vorzog, den Tag allein in seiner Wohnung oder auf einem seiner Streifzüge zu verbringen. Renia gähnte und schenkte sich aus einer der Thermoskannen einen Becher Kaffee ein. Sie nahm einen Schluck und reichte mir die Tasse.

Wie hat der eigentlich Soldat sein können, mit diesem Zeitgefühl?

Vielleicht ist es ihm ja einfach zu früh. Und dann muss er noch den Hund verpflegen … Renia gähnte erneut, dieses Mal aber so laut, dass eine Amsel erschrocken aus der Hecke neben uns aufflog. Ich nahm ihr die Tasse aus der Hand und sah ihr ins Gesicht, sie lächelte, aber *die Stadt war in mir, und ich verdiente Geld und ging und saß und schlief und arbeitete, und von Zeit zu Zeit dachte ich an Großmutter: Lange bevor sie gestorben war, hatte sie von der Gefräßigkeit der Stadt und deren unmäßigem Appetit auf Menschenmaterial erzählt. Niemals, niemals könne sie sich zufriedengeben, jedes Jahrzehnt, jedes Jahr wieder verlange sie nach Fleisch, nach Muskeln Knochen Sehnen Seelen, am besten sei es, man halte sich von ihr fern. Damals hatte ich sie ausgelacht – wie kann das denn sein, Omalein, eine Stadt –, aber dann war alles anders, nach einiger Zeit, Großmutter schwieg und verlor kein Wort mehr über mich oder die Stadt, ich nahm das als ein gutes Zeichen, als eine Art Zustimmung, die keine Worte brauchte, aber je mehr Zeit verstrich, desto öfter erinnerte ich mich daran, was Großmutter einst gesagt hatte, über die Stadt, und obwohl sie mit dem Wandel der Dinge zufrieden schien, glaubte ich immer mehr, dass es sich tatsächlich so mit der Stadt verhielt, wie meine alte Dame gesagt hatte, vor vielen Jahren, in der Küche auf dem Bauernhof in Dydów.*

Sie nämlich, die Steinerne, Zerstörte, Auferstandene, sie fraß und nagte an jedem, der eine Schwäche offenbarte, dies hier war kein Ort für Schwache und für schwache Nerven schon gar nicht, zu viele Tote, zu viele Geschichten, zu viel für eine alleine, die dasitzt und ihren Job macht, und plötzlich gibt es kaum mehr Lebendige, nur noch den ersoffenen Besitzer eines Motorboots, kaum zwei Monate hatte er es, da hat es ihn schon abgeworfen und in der Bucht versenkt, wie böse der war auf seinen Sohn, richtig in mein Ohr geschrien hatte der; das Plärren des Kindes, das aus dem fünften Stock gefallen war, kein Wort war aus ihm herauszubekommen, gejammert, richtig gejault hatte es wie ein Tier, dem man auf den Schwanz getreten war, und zwischen dem Geheule nur ein paar Seufzer, bevor es erneut ansetzte; zu viel, zu viel all das – die leisen Stimmen der Selbstmörder, des jungen Mannes, der in den Fluss gesprungen war, drei-, vier-, fünfmal, bis es endlich klappte und er nicht mehr automatisch zurück zum Ufer schwamm, seine Beschwörungen, dass es nun besser so sei und wie er an mir zerrte und mich nicht losließ, stundenlang wäre der bei mir geblieben, wenn ich ihn gelassen hätte; wenn ich ihn gelassen hätte, hätte er meinen Verstand aufgesogen wie das letzte bisschen Sirup vom Boden eines Glases.

Der Chor der vier jungen Frauen, die bei Glatteis von der Straße Richtung Warschau abgekommen waren und gegen einen LKW aus Weißrussland schlitterten, wie die zeterten und einander nicht zu Wort kommen ließen, jede wollte die Erste sein, die sich ihrem Verlobten, Mutter, Vater, Bruder oder wem auch immer mitteilte, ein Lärm war das, zum Verrücktwerden, ein Geschnatter und Krakeelen, lauter war nur die alte Dame, die davon überzeugt war, von ihrem jüngsten Sohn vergiftet worden zu sein, ihre ganze Lebens- und Leidensgeschichte in fünf Minuten, so schnell konnte ich gar nicht sprechen, wie sie skandierte, ihr litauischer Akzent wälzte sich durch meine Mundhöhle hindurch und spülte alles andere hinfort, und als sie endlich schwieg, war ich mir sicher, meine eigene Stimme über all dem verloren zu haben. Aber sie war noch da und die eindringlichen Stimmen der Väter ebenfalls, auch die Stimmen der an Leukämie verstorbenen Kinderlein, und über allem der Stimmteppich der alleingelassenen Trinker und Säufer, die noch immer keinen geraden Satz hervorbringen konnten, von denen noch immer niemand etwas wissen wollte, die aber an mir rüttelten und zupften und zerrten und Einlass begehrten, die altersschwachen Nonnen aus Sri Lanka, deren Kommentare noch aus dem Jenseits verfroren und unzufrieden klangen über das bitterkalte Land, in dem sie ihre letzten Jahre fristen mussten, der Schäferhundbesitzer, der sich glucksend und krächzend über sein Tier wunderte, das ihm spaßeshalber die Kehle durchtrennt hatte, das junge Mädchen, das auf dem Bahnsteig ins Straucheln gekommen war und sich auf den Gleisen wiederfand, eine halbe Sekunde, bevor der Schnellzug aus Warschau eintraf, und plötzlich das Flüstern meiner Großmutter, dass ich auf mich aufpassen solle, aufpassen, aufpassen, denn kaum hätte ich es mich versehen, würde auch ich enden im unersättlichen Schlund dieser Stadt.

Eigentlich hätte Renia eine Kur gebrauchen können, so käsig, wie sie aussah. Ein Wochenendausflug war nichts als ein Tropfen auf den heißen Stein. Als ich sie darauf ansprach, winkte sie ab und sagte, das sei normal, wenn sie Stress habe. Ob ich mich daran erinnerte, wie es mir ging, als ich in der Stadt ankam? Da hätte ich auch nicht besonders gesund ausgesehen. Trotzdem hätte ich mich aufgerappelt.

Eine Wolke zog vorüber, und als sie die Sonne wieder freigab, schloss auch ich meine Augen und hielt mein Gesicht in ihr Licht. Bald, bald würde wieder Frühling sein, Sommer. Es kitzelte in meinem Bauch, als ich daran dachte.

Tag, die Damen. Wollt ihr euch doch lieber hier sonnen als am Strand?

Bartosz hatte sich vor uns aufgebaut und die Arme in

die Seiten gestemmt. Er sah übermüdet aus, die geröteten Augen mühsam aufgerissen. Kaum betrachtete er Renia, kam etwas Leben in ihn, er lächelte, nahm den Picknickkorb in die eine Hand und unsere Decken in die andere.

Können wir los? Wir sind spät dran.

Das Auto hatte sich aufgewärmt, und wenn man die Augen schloss, konnte man meinen, sich in einen Sommertag verirrt zu haben. Bartosz bestand darauf, die Fenster aufzumachen und die Freiheit zu spüren, wie er es nannte. Renias Dutt öffnete sich im Durchzug, und so flatterte ihr Haar bis nach hinten zu mir und Cudny, der immer wieder begeistert danach schnappte. Die beiden vor uns waren so sehr in ihr Schweigen vertieft, dass sie nicht bemerkten, wie Cudny und ich uns ein Wurstbrot teilten. Es kam erst wieder ein Gespräch auf, als wir die See erreichten und auf einen schmalen Streifen Land fuhren, der ins Blau hineinragte. Wenn die Straße für einen kurzen Moment leer war, fuhr Bartosz Schlangenlinien und brachte Renia zum Lachen. Sie ließ ihren schlanken Arm aus dem Fenster gleiten, Cudny roch interessiert daran, aber ich hielt ihn zurück und musste dafür erdulden, dass er mir an den Haaren lutschte. Bartosz schaute in den Rückspiegel, und für einen Moment sah es so aus, als wolle er einen Scherz machen, Renias Lachen hatte ihn aufgeheitert. Dann aber rutschte sein Lächeln ab, sein Blick gefror, und er schien nicht mehr wahrzunehmen, was er im Rückspiegel sah. Nervös trommelte er mit seiner linken Hand auf das Lenkrad und riss mehrmals seinen Kopf so stark zur Seite, dass es laut hörbar knackte. Wenigstens an diesem Tag, an diesem einen Tag, nahm ich mir vor, ihn in Ruhe zu lassen, ihn auf rein gar nichts anzusprechen. Ich war schließlich nicht seine Mutter.

Kurz vor der Ankunft war es so heiß im Auto geworden, dass Renia verkündete, irgendjemand müsse heute noch im Meer baden, und das sei ganz bestimmt einer von den anwesenden Herren. Bartosz tat entrüstet und fragte, ob wir seinen armen Hund umbringen wollten. Cudny bellte ausgelassen und verschluckte sich dabei.

Bartosz zeigte auf das Wasser, an dem wir vorbeifuhren. Kaum zwei, drei Meter trennten die Straße vom Haff. Das Wasser glitzerte eisig. Ob wir denn unsere Bikinis mitgebracht hätten? Nur deshalb sei er nämlich mitgekommen. Andernfalls würde er uns hier und jetzt aussetzen, an diesem langweiligen Binnengewässer, und alleine weiterfahren, hinüber zum offenen Meer. Wir protestierten und ließen uns weiter durch lichte Kiefernwälder und vorbei an Hotels chauffieren. Eine Familie ging im Gänsemarsch am Straßenrand, ganz so, als ob die Badesaison bereits eröffnet sei und man es sich unter seinem Sonnenschirm am Strand gemütlich machen konnte.

Es gibt also tatsächlich Leute, die besser ausgerüstet sind als wir. Bartosz fuhr in großem Bogen um die Familie herum und verlangte nach einem geschmierten Brot. Ich reichte es ihm.

Mit dem Zeug, das ihr eingepackt habt, könnten wir hier eine ganze Woche verbringen.

O ja, sagte Renia plötzlich. Lasst uns das machen. Eine Woche weg von allem.

Bartosz drehte sich verblüfft zu ihr um. Im Ernst?

Na klar! Renia beugte sich nach links. Ihr könntet doch einfach zu Hause anrufen und darum bitten, dass deine Eltern ein Schild an die Tür der Pfandleihe machen, wegen Renovierung geschlossen oder so!

Nach so kurzer Zeit? Bist du verrückt? Weißt du, wie viele Kunden wir pro Tag so haben? Praktisch die ganze Stadt würde uns vermissen.

Im letzten Ort auf der Landzunge hielt Bartosz an und parkte das Auto vor einem geschlossenen Supermarkt. Als wir ausstiegen, umfing uns ein kalter Wind, und sofort begannen wir nach unseren Jacken zu suchen. Bis auf uns und die Familie, die wir überholt hatten, war kaum jemand im Dorf zu sehen: Die Restaurants waren geschlossen, die Hotels und Herbergen hatten ihre Schilder mit Säcken und Tüten verhängt. Einzig ein Hund starrte aus einiger Entfernung zu uns herüber, wurde aber sogleich von Cudnys kehligem Bellen vertrieben.

Wir machten uns auf den Weg durch das Wäldchen aus Kiefern. Irgendwie hatten sie es geschafft, sich in einem Untergrund aus schierem Sand zu verwurzeln und dem Wind zu trotzen. Dazwischen, auf den Ausläufern der Dünen, wuchsen Strandhafer und Sanddorn. Diese Pflanze hatte ich im Herbst bereits an den Stränden bemerkt, aber in keinem Laden irgendein Sanddornprodukt gesehen. Ich sprach Bartosz darauf an, und als er mir endlich glaubte, dass man aus den orangefarbenen Beeren dieser Büsche tatsächlich Lebensmittel herstellen konnte, sagte er, dass die meisten Bewohner und deren Familien der Stadt ja gar nicht von von hier waren, sondern von Leuten abstammten, die Gott weiß woher gekommen waren. Aus den Sümpfen Litauens und der Wildnis der Ukraine. Die hiesige Flora und Fauna seien für diese Menschen immer fremd geblieben. Nicht jede

Familie, so wie seine, hätte an Ort und Stelle ausgeharrt. Standhaft und wacker.

Na ja, nicht ganz, sagte ich, und wir schauten uns kurz an. Schweigend kamen wir überein, das Thema nicht noch einmal anzuschneiden. Vor uns war schon das Ende des Wäldchens sichtbar, dahinter eine gleißend helle Düne und darüber der blaue Himmel.

Bartosz war die plötzliche Stille unangenehm, und so drehte er sich zu Renia und fragte sie, woher ihre Familie eigentlich komme. Da lief sie voraus und wich tänzelnd den Wurzeln der Kiefern aus.

Wo meine Familie herkommt? Sie blieb stehen, und wir schlossen auf. Sie schien scharf nachzudenken, dann kam ihr der rettende Gedanke. Aus dem wildesten aller wilden Sümpfe. Haben davon gelebt, Kröten und Ottern zu züchten, ja, so muss es gewesen sein. Und dann kamen sie hierher, und dann war es aus mit der Kröten- und Otternzüchterei.

Und worauf haben sie sich dann verlegt?

Saufen, rief Renia fröhlich und stapfte die Düne hoch.

Jetzt lass sie doch, flüsterte ich Bartosz zu. Ich kann gut verstehen, wenn sie nicht über ihre Familie reden will.

Wieso, ist doch alles in bester Ordnung mit deiner Familie. Schau dir doch mal deinen prächtigen Großcousin an! Bartosz hielt die Stäbe der Windschutzplane heroisch in die Luft. Obwohl er sich wirklich bemühte, gute Laune zu demonstrieren, kam er mir auf einmal traurig vor, abgeschlagen.

Ich legte meine Hand auf seine Schulter. Ist ja schon gut.

Kommt ihr? Renia stand ganz oben auf der Düne und zeigte hinaus auf das offene Meer, das da draußen lag, klar und blau und endlos. Mit ein paar schnellen Schritten erklomm ich die Böschung und winkte ihr zu.

Was? Was ist schon gut? Bartosz folgte mir, plötzlich wütend geworden.

Ich versuchte ihm zu erklären, dass alles in Ordnung sei, aber da hörte er schon nicht mehr zu. Renia und er schauten sich kurz an, warfen alle Decken, Körbe und Planen von sich und liefen in Richtung Wasser davon. Zusammen mit Cudny, der laut kläffend seinem Herrchen hinterhergerannt war, tänzelten sie um die Wellen herum, zogen ihre Schuhe aus, Renia kreischte und spritzte Bartosz nass.

Einen Moment lang blieb ich stehen, spürte den Wind in meinem Haar, horchte auf die Möwen und die See. Vor mir waren das Wasser und meine Freunde, und über uns nichts als die Sonne und der hohe nordpolnische Himmel.

8.

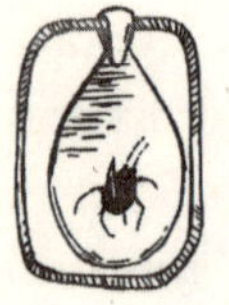

Es trug sich zu, dass ein großer Krieg ausbrach und Menschen, die ein Leben lang Tür an Tür gewohnt hatten, einander nachstellten, sich bekämpften und zu Abertausenden in den Tod schickten. Zu jener Zeit war es entscheidend, welche Sprache man auf der Zunge führte, und so kam es, dass Zahllose gezwungen wurden, sich auf Listen einzutragen, die versichern sollten, welcher Abstammung sie waren.

Aus Lilli und Konrad Mysza waren schon lange zuvor Lilli und Konrad Mischa geworden. Konrad, pflegte Lilli zu sagen, Konrad habe schon seit langem gewusst, in welche Richtung es mit dieser Stadt und mit dieser Gegend gehe; vertraute man auf Konrad, stehe man immer auf der richtigen Seite und wisse, was man zu tun habe.

Knapp acht Monate nach Kriegsbeginn stand Lilli Mischa am Fenster ihrer Wohnung und wusste weder, welche die richtige Seite war, auf der man zu stehen, noch, was sie zu tun habe. Der Frühling war in die Stadt gekommen, in der sich seit letztem Herbst so viel verändert hatte: Zwischen die fremden Fahnen in Schwarz-Weiß-Rot hatten sich das Gelb der Forsythien und das Purpur des Flieders gemischt. Durch das geöffnete Fenster drang der süßliche Geruch der Apfelblüten, und die ersten, schwer mit Pollen beladenen Bienen ruhten sich auf dem Sims aus. Wenn Lilli ihren Kopf ein wenig beugte, konnte sie das Summen der Bienen beim Auffliegen hören, aber oft genug war das Einzige, was sie hörte, eine Gruppe von Jungen, die an den Apfelbäumen vorbei die Straße entlangmarschierte und Lieder sang.

Lange konnte es nicht mehr dauern, sagte sie sich, gleich würde Lene, das Mädchen, das ihr zur Hand ging, seitdem Konrad irgendwo in Skandinavien kämpfte, zurückkehren und die Hebamme mitbringen. Dass ausgerechnet heute Magda Mysza eine Freundin in der nächstgelegenen Stadt besuchen musste! Sie war sich sicher gewesen, dass ihre Schwiegertochter Lilli noch mehrere Wochen von der Geburt trennten, und war mit einem Bündel getrockneter Fische und einer kleinen Packung Tee fortgefahren.

Mit beiden Händen fuhr sich Lilli über den Bauch, und gerade, als sie zum Sofa gehen und sich hinlegen wollte, überkam sie das Gefühl, in ihrem Unterleib würde ein Ballon zerplatzen. An ihren Beinen herab rann eine durchsichtige Flüssigkeit. Sie ließ sich auf den Boden gleiten, unter das Fenster, blickte hinauf zum hellblauen Himmel und sah zwei Wolkenbänder, die sich eng aneinandergeschmiegt hatten.

Ihr Bauch verhärtete sich, sie spürte, wie sich die Gebärmutter zusammenkrampfte, und richtete sich wieder auf. Schon überlegte sie, ob sie ihren Rock zur Seite schieben sollte, da hörte sie auf der Treppe ein Poltern, und wenige Sekunden später stand Lene in der Tür.

Die Hebamme, sagte sie, liegt selber im Bett und hat Fieber. Aber sie meint, dass es noch nicht so weit sein kann, immerhin haben Sie noch anderthalb Monate Zeit und …

Da ging ein weiterer Ruck durch Lillis Unterleib, sie erzitterte und bekam kein Wort heraus. Mit Lenes Hilfe schaffte sie es auf das Bett im Schlafzimmer und krümmte sich dort zusammen. Auf Konrads Nachttischchen stand sein Foto, und darunter, sorgfältig aufgebahrt, befand sich sein Bernsteinanhänger, den er zu Hause gelassen hatte. Lilli schloss die Augen.

Es war ein kalter Tag im Vorfrühling gewesen, als Konrad seine Uniform angezogen und seiner Frau erklärt hatte, dass es seine ehrenvolle Pflicht sei, für das Vaterland zu kämpfen.

Aber, hatte Lilli verwundert gefragt, was hat Skandinavien uns denn getan?

Heimlich beneidete sie Marian um dessen angebliche Sehschwäche. Nächtelang konnte sie nicht schlafen bei dem Gedanken, dass, während ihr Mann gegen die Wikinger kämpfte, Marian vergnügt neben seiner Frau im Bett lag und sich erholte für einen weiteren Arbeitstag auf der Werft.

Mit großen Augen starrte Lene auf den wässrigen Fleck, der sich auf dem Laken ausbreitete, und als Lilli bemerkte, wie blass das Mädchen war, schickte sie es nach Hause.

Du hilfst mir jetzt auch nicht weiter, sagte sie noch, aber kaum dass die Schritte des Mädchens auf der Treppe verklungen waren, bereute sie schon, es fortgeschickt zu haben. So nah wie möglich legte sie ihren Kopf an die Wand und horchte, ob Agnieszka vielleicht gerade in der Wohnung nebenan wirtschaftete, oder, wie so häufig in der letzten Zeit, in der Kirche war. Die Wand war etwas dünner als die anderen Wände in der Wohnung, und oft konnte man genau hören, ob drüben geredet, geputzt oder Radio gehört wurde. Aber jetzt herrschte Stille. Lilli wurde heiß. Sie spürte, wie sich ein paar Schweißtropfen auf ihrer Stirn bildeten, und fuhr mit dem Deckchen, das ihr Nachttischchen zierte, über ihr Gesicht. Es hinterließ einen Geruch auf ihrer Haut, von dem ihr übel wurde.

Ihr schwindelte, aber anstatt das Bewusstsein zu verlieren, sah sie plötzlich den letzten Abend im August vor sich, erinnerte sich daran, wie blau die Nacht und wie warm die Luft gewesen waren, Konrad war bei ihr gewesen, draußen in der Kastanie hatten sich die Glühwürmchen getummelt, Konrads Haut hatte nach Lärchenholz geduftet, und kurz bevor sie eingeschlafen war, hatte Lilli gewusst, dass sie einen Sohn gebären würde. Aber dann, wenige Stunden später, war etwas Merkwürdiges geschehen: Ein entferntes Heulen war durch die Stadt gegangen, außerdem etwas, das wie Kanonenschüsse klang, und schließlich hatten Blitze die Dämmerung erhellt.

Was ist das?, hatte Lilli gefragt und Konrads Augen in der Dunkelheit glänzen sehen.

Das, hatte Konrad gesagt, sind Schiffsgeschütze, und wenn das Schiffsgeschütze sind, dann ist das der Krieg.

Als Lilli jemanden die Nachbarswohnung betreten hörte, öffnete sie die Augen, ballte ihre Hand zur Faust und klopfte so stark sie konnte gegen die Wand. Drüben blieb es still, nicht einmal die Dielen quietschten, wie sie es immer taten, wenn man einen Schritt auf sie setzte oder auch nur sein Gewicht verlagerte. Stille. Lilli klopfte noch einmal, diesmal etwas lauter und etwas länger.

Was ist?, hörte sie plötzlich Agnieszkas Stimme, ganz nah an der Wand. Lillis Mund war trocken, sie konnte kaum schlucken.

Hilf mir, antwortete sie, und erst einen Moment später bemerkte sie, dass sie es auf Polnisch gesagt hatte.

Agnieszka kam sofort herüber. Die Haare hatte sie

schnell nach oben gesteckt, und über ihr ärmelloses Hauskleid hatte sie eine dünne graue Strickjacke gezogen. Als sie Lilli auf dem Bett liegen sah, drehte sie noch auf der Türschwelle um und holte eine Schüssel heißes Wasser und einen Stoß frische Handtücher.

Meine Mutter hat all meine Geschwister zu Hause zur Welt gebracht, sagte sie. Sie mied Lillis Blick, als schämte sie sich für ihre blasse Haut und ihre Augenringe. Seit Monaten fürchtete sie sich, allein auf die Straße zu gehen, und wartete ängstlich jedes Schichtende ihres Mannes ab, um ihn unten im Hof zu empfangen. Wenn die beiden glaubten, dass jemand sie hören könnte, sprachen sie deutsch miteinander und richteten ihre Rücken besonders gerade auf. Über Marians Bruder hatten sie kein Wort verloren, seit er in den Krieg gezogen war, und die beiden Frauen senkten den Blick, wenn sie einander im Flur begegneten, nur gelegentlich legten sie einander einen Beutel mit Eiern oder einen Kohlkopf vor die Tür.

Lilli überlegte, wann sie zum letzten Mal mit Agnieszka gesprochen hatte. Es musste kurz nach der Eintragung der Myszas in die Volksliste gewesen sein. Sie vermutete, dass man Marian gezwungen hatte zu unterschreiben und somit, genau wie Konrad, ein Mischa zu werden. Hatte man doch gesehen, was mit denen geschah, die entweder gar nicht die Möglichkeit bekamen, Deutsche zu werden, oder die es rundheraus ablehnten: Sie verschwanden aus ihren Wohnungen und wurden nie wieder gesehen. Da waren zum Beispiel die Michaliks von nebenan, die Piotrowskis vom Ende der Straße oder die Malcherczyks, die vor nicht allzu langer Zeit einen Esstisch in Konrads Tischlerei in Auftrag gegeben hatten – sie alle waren verschwunden, bei Nacht und

Nebel, und niemand wusste, wo sie sich jetzt befanden und was mit ihnen geschehen war.

Mit der nächsten Wehe kam der Hass. Hass auf diese Stadt, auf diese Welt, auf die grauen Uniformen, die aus Menschen Mäuse machten, und auf all jene, die sie sich nur allzu bereitwillig überzogen. Lilli schrie, und Agnieszka nickte, ja, es verlief alles, wie sie es von zu Hause kannte.

Noch musst du sie einfach kommen lassen, sagte sie, und als die Wehe nachließ, brühte sie sich und Lilli einen Tee aus Himbeerblättern auf. Draußen meinte Lilli wieder, die Jungen singen zu hören, und ihr wurde schlecht, wenn sie daran dachte, dass sich ihr Kind ebenfalls eines Tages diese lächerliche Kinderuniform anziehen würde.

Vielleicht, überlegte sie, vielleicht wäre es besser, ein Mädchen zu bekommen, aber da erinnerte sie sich an die Lager der Mädchenbünde, und, noch schlimmer, an die Frauenschaft, zu deren Veranstaltungen sie schon seit mehreren Wochen nicht mehr gegangen war, vermeintlich wegen der fortgeschrittenen Schwangerschaft. In Wirklichkeit schmerzte sie es zu sehr, mit der Tram an all den Geschäften vorbeizufahren, in denen sie früher gerne eingekauft hatte, dem Haushaltswarenladen von Herrn Melchersohn, dem Bekleidungsgeschäft von Frau Grynberg – denn wo vor dem Krieg noch reiche Auslagen die Schaufenster geschmückt und sich trotz aller Schikanen noch Bürger gefunden hatten, die ihren Stammgeschäften treu blieben, da klafften nun dunkle Löcher hinter den zerbrochenen Scheiben, und die Besitzer, so munkelte man, waren wahrscheinlich genau am selben Ort wie die Polen, die eines Tages aus der Stadt verschwunden waren.

Das ist nicht recht, sagte Lilli.

Doch, doch, antwortete Agnieszka, die nicht ahnte, worum es Lilli ging, und flößte ihr etwas Tee ein.

Es dauert ein paar Stunden, und dann ist es vorbei, du wirst schon sehen.

Der Tee schmeckte bitter, Lilli schüttelte sich und wandte den Kopf ab. Es beschämte sie, wie freundlich die junge Polin zu ihr war, nach allem, was in der Familie und in der Stadt geschehen war. Immerhin, dachte sie, hatte Agnieszka ihren Mann behalten dürfen, das war mehr, als sie von sich behaupten konnte. Ob sie Konrad jemals wiedersehen würde, konnte ihr nicht einmal die heilige Margarete sagen, zu der sie in den letzten Tagen immer wieder gebetet hatte, wenn sie gespürt hatte, wie sich der Bauch senkte und das Kind sich drehte. Ein Kriegskind, dachte sie, was hatte ein Kriegskind schon vom Leben zu erwarten, so hatte sie es sich für ihr Kind nicht gewünscht, in der lauen Sommernacht vor neun Monaten, als die Welt noch ganz war und fest in ihren Fugen saß.

Lass uns beten, sagte Agnieszka, als der Tee ausgetrunken war. Sie faltete ihre Hände und sank vor dem Bett auf die Knie.

Gegrüßet seiest du, Maria, voll der Gnade, der Herr ist mit dir. Du bist gebenedeit unter den Frauen, und gebenedeit ist die Frucht deines Leibes, Jesus. Heilige Maria, Mutter Gottes, bitte für uns Sünder jetzt und in der Stunde unseres Todes. Amen.

Nach drei weiteren Kannen Himbeerblättertee, fünf Stunden und sieben Presswehen, kurz bevor Marian von seiner Schicht nach Hause ging, nach Einbruch der Dämmerung und dem Einsetzen des Amselgesangs in den Apfelbäumen, aber knapp vor dem abendlichen Glockengeläut der großen Backsteinkirche, kam Emmerich Konrad Mischa auf die Welt – etwas zu klein, etwas zu mager, aber mit allem ausgestattet, was er brauchen würde, um sich in dieser Welt zu behaupten.

Breit ist der Strand im Osten der Stadt, abgelegen und einsam, zumindest an den kühleren Tagen im Frühling, wenn sich die Ausflügler noch für die Museen und gegen die Natur entscheiden. Breit und abgelegen und einsam und wie gemacht für einen Mysza, der es nicht mehr schafft, sich um sein eigenes Geschäft, seine Familie oder gar um seine deutsche Verwandte zu kümmern, die vor Überforderung und Verzweiflung immer dünner und dünner wird, einen Fehler nach dem anderen begeht und sich langsam wünscht, sie hätte sich niemals auf die gemeinsame Unternehmung eingelassen.

Die Sonne hatte längst alle Feuchtigkeit aus dem Sand gesogen und die grauen Bröckchen in ein beinah weißes Puder verwandelt. Noch waren Sanddornsträucher, Kiefern und Strandhafer mit sich allein. Der örtliche Kiosk hatte, seit der letzte Besitzer gestorben war, mehrere Monate leergestanden. Keine Waffeln mit Sahne, Aprikosenkompott und Schokoladencreme, keine überbackenen Baguettes mit Champignons, Käse und Schnittlauch für die Badegäste; keine sauren Schnüre, Lakritzheringe oder Brausepulver mit Waldmeistergeschmack für die Kleinen; kein Bier mit Sirup und schon gar kein Saft mit Wodka für die Väter – über mehrere Monate hatte der Kiosk nur eines im Angebot: ein verrammeltes Fensterchen. Die Bevölkerung hatte sich schon beinahe an den Mangel strandgemäßer Nahrung gewöhnt, als an einem besonders sonnigen Tag die Holzverkleidung des Fensterchens zur Seite geschoben wurde und das pausbäckige, gerötete Gesicht Filip Tokarczuks erschien. Sorgfältig fuhr er mit den Fingern die Konturen des Fensterchens ab, drehte sich um, holte einen Lappen hervor und begann schließlich, die gesamte Verkaufsfläche eingehend zu säubern. Tote Marienkäfer und ein paar mumifizierte Bienen und Wespen quetschten sich da in die Ritzen des aufgedunsenen Holzes, einige boshaft gegen die Scheibe gedrückte Kaugummis und jede Menge Sand mussten entfernt werden, außerdem war die ganze Warenladung in die kleine Holzhütte hineinzubefördern. Tokarczuk seufzte. Bald würden die ersten Gäste kommen, immerhin schien die Sonne, und dann mussten Wasserfläschchen (hellblau ohne Kohlensäure, dunkelblau mit), Kaugummistreifen und Fruchtsaftkartons adrett parat stehen. Das mit den Waffeln würde sich später klären, jemanden anstellen würde er, wenn das Geschäft einmal ins Laufen gekommen war, eine kleine Vietnamesin zum Beispiel …

Gerade, als Tokarczuk begonnen hatte, die Schokoriegel und Wasserflaschen in die Hütte zu tragen, sah er von weitem eine Frau über den Strand hasten. Ihr aufgelöstes rotes Haar wehte über ihrem Kopf wie eine Standarte. Von seiner Zeit als Bademeister im Freibad von Mukszyce wusste Tokarczuk, wie es aussah, wenn Ärger im Verzug war, und hier war Ärger im Verzug.

Sie wünschen?, fragte er und setzte seine geschäftigste Miene auf, als die Frau am Kiosk ankam und sich schnaufend auf den Tresen lehnte.

Da hinten –, sie zeigte auf den Strandabschnitt östlich von Tokarczuks Kiosk – da hinten ist ein Verrückter. Das geht doch nicht! Wir sind mit den Kindern da, was meinen Sie, wie die sich erschrocken haben! Unternehmen Sie was! Tokarczuk versuchte sie zu beruhigen und aus ihr herauszubekommen, was denn eigentlich geschehen war, aber sie sagte nur, dass es jeder Beschreibung spotte, und zog Tokarczuk mit sich fort.

Vom Kiosk aus hatte die Düne gar nicht so hoch ausgesehen, sogar der Anstieg der kleinen Schneise, die hindurchführte, brachte Tokarczuk zum Schwitzen, und dann diese Sonne … Er nahm sich vor, im Sommer nur in absoluten Notfällen seinen Kiosk zu verlassen, und ob das hier ein wirklicher Notfall war, das musste sich erst noch erweisen. Ein Verrückter! Er erinnerte sich an den Tag im Schwimmbad von Mukszyce, als ein älterer Herr auf den Dreimeterturm gestiegen war, ins Becken gepinkelt und dabei *Lang lebe Che* geschrien hatte. Alle Augen der Schwimmbadbesucher waren zu ihm, Tokarczuk, gewandert, und man hatte darauf gewartet, was er nun unternehme, *dass* er nun etwas unternehme, und genau wie jetzt hatte er angefangen zu schwitzen. Als er endlich auf den Dreimeterturm geklettert war, um den Mann zur Rede zu stellen und mit nach unten zu nehmen, war der Alte gesprungen und nicht wieder aufgetaucht.

Tokarczuks Hände wurden feucht, als nach ein paar hundert Metern, ganz in der Nähe der Uferböschung, ein dunkler, breiter Rücken sichtbar wurde, eine schwarze Windjacke war das, von jemandem getragen, dessen Kampfgewicht sicherlich weit über dem Tokarczuks lag.

Die Frau war bei ihrer Freundin und den drei Kleinkindern stehen geblieben, die mit ihren Gummistiefeln im Wasser spielten. Tokarczuk drehte sich kurz zu den Frauen um, die ihm aber nur zuwinkten, er solle endlich näher herangehen. Er kniff die Augen zusammen: Noch immer war nicht erkennbar, was der Mann da eigentlich trieb, er schien bloß dazuhocken und auf den Sand zu starren. Aber da stolperte Tokarczuk über etwas, das aussah wie eine kleine Pyramide, dahinter hatte jemand einen Kanal gegraben oder etwas, das aussah wie der Verlauf einer Straße, daneben unförmige Sandhügel, die aber vielleicht schon vorher da gewesen waren … Noch ein paar Schritte weiter, der Mann war keine zehn Meter mehr entfernt, da stolperte Tokarczuk erneut, gab einen unbestimmten Laut von sich und fiel in eine Grube, die etwa einen Meter tief und einen halben Meter breit war, und als Tokarczuk seine Augen wieder öffnete, sah er ein Kreuz aus Treibholz über sich prangen, außerdem die Sonne, die seine Grube ausleuchtete. Ein unrasiertes Gesicht schob sich vor die blendende Scheibe.

Was machen Sie denn da? Beinahe hätten Sie alles zerstört.

Tokarczuk stammelte eine Entschuldigung und ergriff die Hand, die sich nach ihm ausstreckte. Oben angekommen, strich er den Sand von seiner Jacke. Der Mann neben ihm war unrasiert, roch nach Schweiß, aber abgesehen von seinem unruhigen Blick und der Schaufel, die er in seiner rechten Hand hielt, schien er ungefährlich. Kurz vor der Stelle, an der der Strandhaferbewuchs stärker wurde, bemerkte Tokarczuk ein gutes Dutzend der Treibholzkreuze und längliche Hügel, die sich vor ihnen ausbreiteten. Es ärgerte ihn, dass er sich entschuldigt hatte. Ein grauer, beinahe hüfthoher Mischling kam kläffend über die Düne gerannt. Er fragte, ob das sein Hund sei, das hier sei nämlich kein Hundestrand, und dann sagte er: Man hat sich schon über Sie beschwert.

Wir befinden uns auf besetztem Gebiet.

Tokarczuk glotzte ihn an.

Mein Name ist Bartosz Mysza, sagte der Mann. Und hiermit fordere ich Sie auf, Ihren Hintern runterzubewegen vom Grab meines Kameraden.

Keine Minute zu früh kam eine junge Frau den Strand entlanggerannt, die wie wild mit den Armen fuchtelte, gerade als Tokarczuk begonnen hatte, mit seinem rechten Fuß eine der Pyramiden zu zertrampeln und Bartosz nach dem Kragen seiner Jacke griff.

Halt! Stopp! Tun Sie das nicht! Überrascht hielten die beiden Männer inne. Die Frau war vor den beiden zum Stehen gekommen, ihre Augen tränten ein wenig vom Wind und der salzigen Luft. Bartosz schien zu erschlaffen, seine Schultern sackten ein wenig ein, Cudny stupste ihm mit der Nase in die Kniekehle.

Was *machst* du hier?

Renia wischte sich mit dem Ärmel ihrer Strickjacke über die Nase.

Kennen Sie diesen Mann? Tokarczuk zeigte auf Bartosz, zwischen dessen Augenbrauen sich augenblicklich zweieinhalb Falten gebildet hatten. Er belästigt die Badegäste und verletzt die Strandordnung.

Sie müssen meinen Freund entschuldigen. Wissen Sie, er ist einer der bedeutendsten Sandkünstler Polens, hat schon für viele Sandfestivals Burgen, Figuren und so weiter gebaut, so was kennen Sie doch, oder? Jetzt im Sommer findet es wieder statt, sehen Sie, und wenn auf jemandem so viel Erfolgsdruck lastet wie auf Bartosz Mysza hier, dann ist man eben darauf angewiesen, dass man in einer ruhigen Ecke, unbeobachtet vom Publikum, seine neuen Techniken ausprobieren darf …

Tokarczuk blickte zweifelnd auf die Gruben, Hügel, Straßenzüge, die sich über den Strandabschnitt zogen, und hob schließlich die Hände, als würde er kapitulieren.

Kunst also, sagte er, als er sich auf den Weg zurück zum Kiosk machte. Vorne am Tresen bemerkte er einen Mann in hummerroten Jeans, den er von irgendwoher zu kennen meinte. Aus dem Fernsehen? Aus der Zeitung? Ein Künstler auch er, vielleicht ein Schriftsteller, ja, das war es: der deutsche Stadtschreiber. Als Entschädigung für die vergeudete Arbeitszeit, nahm sich Tokarczuk vor, würde er dem besonders viel verkaufen, und wenn er sich die Seele aus dem Leib tratschen musste.

Als Tokarczuks Rücken hinter der Düne verschwunden war, ließ Renia ihre Tasche in den Sand fallen, stemmte ihre Arme in die Seiten und starrte hinaus aufs Meer. Bartosz legte seine Arme um sie, Renia ließ ihn gewähren. Erst als sie sich umdrehte und Bartosz' Hand ihren Arm hinunterfuhr, wand sie sich aus seiner Umarmung heraus. Stumm betrachtete sie die Landschaft im Sand, die Straße, die Gräber.

Geht es dir immer noch nicht besser?, fragte sie leise. Bartosz versuchte mit der Innenseite seines rechten Fußes eine Flanke der demolierten Pyramide aufzurichten und geriet aus dem Gleichgewicht. Als er sich wieder gefangen hatte, fragte er sie, ob sie etwas zu essen mitgebracht habe.

Renia begann, in der Tasche zu kramen. Halb versöhnlich, halb besorgt berichtete sie von Brunons verschlechtertem Gesundheitszustand, auch Bronka könne Hilfe gebrauchen. Alle Männer der Familie würden ihr zur Zeit Sorgen bereiten. Sie reichte Bartosz ein dick mit Schmalz bestrichenes Brot und eine Salzgurke. Er nahm einen Bissen und antwortete, dass er im Moment niemandem eine Stütze sein könne, beileibe nicht, den größten Gefallen, den er seiner Mutter gerade tun könne, sei der, sich zurückzuziehen. Er könne es einfach nicht, er könne es nicht – in der Stadt, in der Wohnung.

Renia fragte nicht nach, was er mit *es* meinte, und zog eine Thermoskanne, zwei Edelstahlbecher und eine karierte Decke aus der Tasche. Sie schlug vor, dass sie sich unter den Kiefern niederlassen sollten, wo sie geschützter waren. Schutz sei immerhin etwas, das ihnen beiden im Moment nütze. Zwischen Bartosz' Zähnen knirschten Sandkörnchen, die auf dem Schmalz gelandet waren.

Im Windschatten der Kiefern sagte er schließlich, dass er sich verhältnismäßig gut fühle. Niemand müsse sich Sorgen machen und so weiter. Hier draußen an der frischen Luft – hier gehe es. Renia schenkte dampfenden Tee in die Tassen.

Du spinnst wohl. Keine Sorgen? Du solltest dich einmal sehen.

Ja, als Sandkünstler! Bartosz lachte kurz auf. Vielleicht wäre das ein Job für mich gewesen. Die ganze Zeit nichts als Sand und fröhliche Menschen, die sich über die schönen Dinge freuen, und Hunde, die in sie hineinrennen und alles kaputtmachen.

Er ließ Cudny von seinem Schmalzbrot abbeißen. Ohne zu kauen schluckte der Hund die Rinde herunter und wedelte mit dem Schwanz Sand auf die Decke. Renia streichelte das Tier und nahm einen Schluck Tee.

Ja, warum nicht Sandkünstler? Was war denn das für eine hirnverbrannte Idee: eine Pfandleihe?

Die Erwähnung seines Geschäfts schien etwas in ihm berührt zu haben, er erinnerte sich und fragte, wie sich Kinga schlage. Seinetwegen solle doch sie rüber zu seinen Eltern gehen und dort nach dem Rechten sehen. Wofür habe man denn Familie.

Kinga. Renia schnipste die Sandkörnchen von der Decke. Gut, dass du sie erwähnst. Seit du weg bist, dreht sie irgendwie durch, verfolgt mich, will wissen, was ich mache, was meinst du, wie schwierig es war hierherzukommen? Ich habe mich davongeschlichen!

Der Wind wurde stärker, Bartosz nahm seinen Schal ab und legte ihn Renia um die Schultern. Sie nahm seine Hand und hielt sie zwischen ihren Händen.

Bitte, komm zurück.

Bartosz stand auf und wiederholte ihr letztes Wort: zurück. Ließ es sich auf der Zunge zergehen, schnalzte. Er griff nach einem Ast der Kiefern und sagte, dass er unmöglich nach Hause kommen könne, da sei alles voller – nein, das gehe einfach nicht. Wohin man sonst gehen solle? Etwa zu Renia in die Wohnung – um sich mit Kinga herumzustreiten? Dafür habe er keine Kraft. Da stand auch Renia auf: Ihr sei gerade der perfekte Ort eingefallen.

Ich hatte mir gerade das letzte Stückchen der Apfeltasche in den Mund gesteckt und mich mit dem Gedanken angefreundet, für heute keine Kunden mehr zu empfangen. In der Pfandleihe hatte den ganzen Tag Stille geherrscht, einzig eine Fliege war stundenlang um die Deckenlampe herumgeflogen. Der Höhepunkt des Tages war ein Besuch von Maya gewesen, die verzweifelt ihre Zigarettenspitze gesucht hatte, murmelnd und fluchend im Büro herumgeschlichen war und sich nicht einmal einen Kaffee oder Tee hatte anbieten lassen.

Kurz erwog ich, mit der Straßenbahn an einen der Strände vor der Stadt zu fahren, da fiel mir ein, dass mich Bronka unlängst eingeladen hatte, und neben einem Abendbrot würde ich dort vielleicht auch erfahren, ob Bartosz sich mittlerweile in ärztlicher Behandlung befand, ob es ihm besser ging. Die Fliege an der Decke hatte sich zwischenzeitlich verausgabt und war zu Boden gefallen.

Angeekelt fuhr ich mir über die Nase und stellte mich ans Fenster, holte mein Handy hervor und ging die Liste mit Nummern durch, die ich gespeichert hatte. Przybylla. Mir fiel Beata ein, die Zeit, die wir miteinander verbracht hatten. Ihre Sommersprossen. Plötzlich bekam ich Sehnsucht und wählte die Nummer. Niemand nahm ab. Ich betrachtete die Fliege auf dem Boden und streckte meinen Fuß aus, um sie unter meiner Sohle verschwinden zu lassen, da klingelte das Glöckchen an der Tür, und einen Moment später stand eine junge Frau vor mir. Ein bunt eingefärbtes Tuch hielt ihre Haare am Hinterkopf zusammen, blauer Kajal betonte ihre Augen, die schnell den Raum und mich selber taxierten.

Aha, sagte sie. Na, Gott sei Dank. Sind Sie allein?

Guten Tag, erst mal.

Ich ging betont langsam hinter meinen Schreibtisch und ließ mich in den Chefsessel sinken, den ich mir von Bartosz' Platz herübergerollt hatte. Tatsächlich war ich allein. Bis jetzt hatte ich nie einen Gedanken daran verschwendet, ob es von Bedeutung war, alleine, zu zweit oder zu dritt im Geschäft zu sein. Worauf wollte die Frau hinaus? Sie hatte sich auf den Stuhl mir gegenüber sinken lassen und ihre Jacke geöffnet, unter der ein gewobener, ausgebeulter Pullover zum Vorschein gekommen war. Ich knipste die Lampe an, obwohl es hell genug war.

Selbstverständlich bin ich nicht alleine. Hinten ist mein Partner, er kümmert sich um die – Bücher.

Die Frau lächelte, als hätte sie meine Lüge durchschaut, und sagte, dass sie sich jedenfalls freue, dass ich da sei und weder der Alte noch der Komische, sie sei schon mindestens dreimal am Laden vorbeigegangen und habe sich dagegen entschieden, hineinzukommen. Ich hingegen wirke so freundlich, so nett …

Sie beugte sich vor, ihre Ohrringe klimperten. Ich konnte ihr Deo riechen, irgendetwas Blumig-Orientalisches. Ich rückte ein wenig ab und verschränkte die Arme vor meiner Brust.

Der Alte, sagte ich, ist sehr kompetent, der könnte Ihnen vielleicht sogar mehr von Nutzen sein als ich – wie sehr, verschwieg ich ihr –, und was meinen Partner angeht, so wird er sich sicherlich freuen, Sie gleich persönlich begrüßen zu dürfen, Frau –

Masłowska, erwiderte die Frau rasch und blickte in Richtung der Tür, die zum Hinterraum führte. Wissen Sie, das wird gar nicht nötig sein. Ich meine, so viel Zeit habe ich gar nicht.

Sie kontrollierte den Sitz ihrer Ohrringe und gewann wieder etwas an Selbstbeherrschung. Ich meine, außer, Sie möchten mich gerne zu einem Kaffee oder Tee einladen, in dem Fall natürlich –

Vielleicht schauen wir uns vorher einmal an, was Sie mitgebracht haben. Deswegen sind Sie doch hier, wegen der Pfandleihe, oder etwa nicht?

Plötzlich war es mir etwas peinlich, wie verärgert ich klang, aber etwas an der Frau stimmte nicht. Ich blieb auf meinem Platz sitzen, obwohl in genau diesem Moment das Brummen der Kaffeemaschine erklang, die den Kaffee vom Vormittag aufwärmte. Sie erinnerte mich daran, dass ich bereits vier Tassen getrunken hatte, und mir wurde schlecht. Die Frau bemerkte, dass ich ihr entglitt, und kramte schließlich unter ihrem Pullover eine Umhängetasche hervor, die mit glitzernden Pailletten und Spiegelchen bestickt war.

Leider bin ich unvermutet in eine Notlage geraten. Sie können sich das ja vielleicht nicht vorstellen, weil –

Sie nestelte an dem Reißverschluss, aber der Rest ihres Satzes ging verloren, denn plötzlich sah ich ihr bunt umschlungenes Haupt, wie es sich zusammen mit zwei Männern über einen Tisch beugte und eine massive Kette mit einer Lupe begutachtete. Ich schloss kurz die Augen. Einer der Männer hantierte mit einem Prüfstift an der Kette herum und schien zufrieden, die Frau löste ihr Tuch und strich ihre Haare glatt, sie sagte etwas, aber –

Entschuldigung, sagte Frau Masłowska. Hören Sie mir überhaupt zu?

Ich murmelte etwas von einer akuten Migräne und setzte mich auf. Die Kette, die sie vor mir auf der Samtunterlage ausgebreitet hatte, würdigte ich keines Blickes.

Wissen Sie was? Vielleicht würde ein kleiner Kaffee doch nicht schaden.

Mein Magen revoltierte zwar allein bei dem Gedanken, dennoch stand ich auf und schenkte uns zwei Tassen ein. Um mich wieder zu sammeln, blieb ich kurz bei der Maschine stehen. Der Geruch der Frau drang bis hierher. In die Gewissheit, sie loswerden zu müssen, mischte sich Genugtuung. Wie schafften es die bloß übrigen Pfandleihen und Kreditanstalten dieser Welt, ihre Kunden zu durchschauen? Technik und Erfahrung konnten täuschen, das hatte ich mittlerweile gelernt, und so war ich mir sicher, dass die Kette jeder Überprüfung, die ich vor Ort durchführen konnte, standhalten würde. Und doch wusste ich, dass es sich um eine Fälschung handelte, um irgendein Metall, das mit einer mehr oder weniger massiven Goldschicht überzogen war, dick genug, auch die misstrauischsten Pfandleiher zu überlisten.

Ich stellte die Tassen auf dem Tisch ab und begann die Kette zu untersuchen. Nachdem die Frau ein paar hastige Schlucke getrunken hatte, fing sie an, von ihrer Mutter zu erzählen, die sie unterstützen müsse, aber ausgerechnet jetzt habe man ihr gekündigt. Sie holte ein Taschentuch unter ihrem Pullover hervor und tupfte sich damit über die Augen. Der blaue Kajal färbte auf das weiße Tuch ab. Noch immer überlegte ich, wie ich sie am besten abwimmeln könnte, da spürte ich, wie sie ihre Hand auf meinen Arm legte und hörte sie tränenerstickt flüstern, dass man mit mir doch sicherlich reden könne, immerhin sei ich doch auch eine Frau, nicht wahr, und von Frau zu Frau könne man doch sicher sein, dass –

Einen Moment bitte. Ich spreche mit meinem Partner darüber.

Ich nahm die Kette an mich und verschwand im Hinterraum, wo ich mir ausmalte, wirklich auf Bartosz zu treffen und wirklich eine gemeinsame Entscheidung zu treffen. Nebenan rührte Frau Masłowska lautstark in ihrem Kaffee. Immerhin: Wer nicht da war, konnte sich auch nicht wehren. Und Frau Masłowska würde sich noch wundern, was für ein strenger und unnachgiebiger Partner der fiktive Bartosz Mysza sein konnte. Ein letzter Blick auf die Kette, dann ging ich wieder nach draußen.

Schwieriger Fall, sagte ich, und legte Frau Masłowskas Besitz zurück auf den Tisch, knapp neben ihre Kaffeetasse.

Nicht wahr?, fragte sie. Ich wusste, ich war gut beraten, zu Ihnen zu kommen.

Leider fürchte ich, dass wir Ihnen nicht weiterhelfen können.

Wie bitte? Sie riss die Augen auf und griff erneut nach dem Taschentuch. Aber Sie sagen doch selber –

Mein Partner weigert sich, die Kette anzunehmen. Das Objekt scheint ihm zu unsicher zu sein.

Zu *unsicher?* Sie können gerne die Kette prüfen, so oft Sie wollen!

Mir sind die Hände gebunden. Die Entscheidungsbefugnis liegt beim Besitzer, Sie werden verstehen.

Nichts verstehe ich!

Frau Masłowska war aufgestanden, in ihr Deo hatte sich eine Note Schweiß gemischt. Mit den Fäusten stützte sie sich auf dem Schreibtisch ab.

Ich muss Sie jetzt bitten, die Geschäftsräume zu verlassen.

Aber ich habe ein Recht darauf, wie jeder andere Kunde behandelt zu werden!

Sie werden wie jeder andere Kunde behandelt. Als Pfandleihe behalten wir uns das Recht vor, Objekte abzulehnen. Wenn ich Sie jetzt bitten darf – Ich stand auf, ging an ihr vorbei zur Tür und legte meine Hand auf die Klinke.

Einen Moment noch. Warum holen wir Ihren Partner nicht einmal selber dazu? Frau Masłowska ging auf den Hinterraum zu, ihre Augen blitzten. Ich verfluchte Bartosz' Abwesenheit. In diesem Moment aber spürte ich, wie jemand von außen an der Klinke zog, und dieser jemand war fast genauso gut wie Bartosz selber. Es war Andrzej, einer von Bartosz' ehemaligen Kameraden, ich hatte ihn während der Einweihung der Pfandleihe kennengelernt. Er trug die Kluft ehemaliger Soldaten: Schwarze Jacke, Cargohosen und massive Stiefel. Den Rucksack, den er mit sich führte, bemerkte ich erst später. Andrzej war unrasiert, vielleicht sogar ungewaschen. Nichts hätte mir gleichgültiger sein können.

Gott sei Dank, sagte ich, und er: Gibt es Probleme?

Noch mehrere Minuten, nachdem Andrzej die Frau hinausbefördert hatte, hing der künstliche Geruch von Pfirsichen und Frangipani in der Luft. Ich räumte die Kaffeetasse zur Seite und öffnete die Fenster. Aus lauter Dankbarkeit für Andrzejs Hilfe hatte ich meinen letzten Vorrat an Schokoladenkeksen vor ihm auf einem Tellerchen ausgebreitet. Gleichgültig steckte er sich einen nach dem anderen in den Mund. Er wirkte unruhig, mir fiel auf, dass seine Mundwinkel eingerissen waren, die Lippen spröde. Was mochte ihm fehlen? Bis jetzt hatte ich immer gedacht, Bartosz sei der Schwächliche, der Lädierte. Anscheinend war er nicht der Einzige.

Wie geht es Bartosz?, fragte er unvermittelt. Warum ist er nicht hier?

Tja, wenn ich das wüsste, antwortete ich. Ich hätte jetzt gedacht, du könntest mir mehr darüber verraten. Wolltest du nicht zu ihm?

Andrzej wand sich auf seinem Stuhl, blickte zur Seite und legte einen Schokoladenkeks wieder zurück auf den Teller.

Nein, eigentlich nicht.

Ich nickte, in der Hoffnung, das würde ausreichen, um ihn weiterreden zu lassen. Bereits der zweite an diesem Tag, der ausdrücklich *nicht* Bartosz zu sprechen wünschte. Aus einer der offenen Flaschen unter meinem Schreibtisch goss ich mir Wasser in die leere Kaffeetasse,

Andrzej lehnte dankend ab. Ich nippte an der Flüssigkeit und beobachtete ihn, wie er nach Worten suchte. Schließlich brachte er hervor, dass es wirklich warm hier drin sei und er jetzt erst mal seine Jacke ausziehen müsse. Den Rucksack stellte er vorsichtig auf den Stuhl neben sich.

Haben wir damals alle für eine Schwachsinnsidee gehalten, das mit der Pfandleihe. Hat ihm natürlich keiner so direkt gesagt, ich meine, wir wussten ja, woher er das hatte.

Ich schwieg. Obwohl Bartosz selber nie offen mit mir darüber geredet hatte, konnte ich mir denken, was Andrzej meinte.

Alleine hätte der das niemals durchgezogen. War für ihn die große Chance, dass du mitmachen wolltest. Na ja, was soll ich sagen. Ich sehe die anderen, die aufgehört haben. Keine Ahnung, wie es Bartosz so geht, aber mittlerweile glaube ich, das mit der Pfandleihe, das war vielleicht doch keine so schlechte Idee.

Es ist eine Aufgabe, sagte ich. Ein Inhalt. Jedenfalls, wenn man sich damit beschäftigt. Eine Therapie ist es nicht.

Bei dem Wort flackerte Andrzejs Blick über mein Gesicht, dann griff er nach seinem Rucksack und zog ihn herüber auf seinen Schoß.

Deshalb hat er ja auch so ein Glück, dass du da bist. Ich meine, als Unterstützung. Sonst würde ich jetzt zum Beispiel vor verschlossenen Türen stehen.

Das ist anzunehmen, ja.

Ich beugte mich vor, so nah an ihn heran, dass ich die braunen Einsprengsel in seinen blauen Auge zählen konnte. Noch war nichts passiert, das Einzige, was ich bisher sicher wusste, war, dass Andrzej mit einer bestimmten Absicht hergekommen war, vielleicht hatte er sogar darauf spekuliert, mich hier alleine anzutreffen. Ich nahm mir vor, beizeiten darüber nachzudenken, ob ich bestimmt genug auftrat, ob mich die Leute ernst genug nahmen. Sofort klang meine Stimme etwas reservierter, kühler.

Worum geht es denn? Weißt du, eigentlich wollte ich für heute bald schließen.

Ach ja, richtig, richtig. Andrzej fuhr mit der Hand in den geöffneten Rucksack, zog sie aber leer wieder heraus.

Ich weiß nicht ganz, wie ich es erklären soll.

Du brauchst Geld, half ich ihm. Unvermutete Notsituation. Und da hast du zu Hause etwas gefunden, das vielleicht wertvoll ist und von dem du denkst, dass du dafür Geld bekommen könntest.

So ist es, ja, sagte Andrzej. Ich meine, nein. Ich habe es nicht zu Hause gefunden. Ganz im Gegenteil.

Er hustete und holte endlich ein sorgfältig verschnürtes Paket aus Packpapier aus dem Rucksack. Ich bat darum, dass er es öffnete, und reichte ihm eine Schere. Stumm zerschnitt er die Schnüre, schlug das Papier zur Seite und gab den Blick frei auf ein paar dunkelblau lasierte Kacheln, wenige Zentimeter lang, auf einer war vielleicht der Schwanz eines Tieres zu erkennen, auf einer anderen der Unterleib von etwas, das eine Antilope dargestellt haben mochte. Schon auf die dritte konnte ich mich kaum mehr konzentrieren, denn Andrzej hatte seinen Kopf gehoben, unbestimmt aus dem Fenster geblickt, wo jemand vorbeiging, aber ich, ich bemerkte davon nichts, denn für ein paar Sekunden sah ich nichts als Sand und ein paar Ruinen und plötzlich einen Soldaten, der ein paar vermummte Männer dabei aufgreift, wie sie in einem Steinhaufen herumwühlen, und ich hörte nicht, was Andrzej sagte, denn das einzige Wort, das meinen Kopf erfüllte, war *Babylon*, und dann war da noch das Bild von einer Soldatengruppe, die die Männer abführt, und einer von ihnen trägt den Sack, den die Männer vorher in der Hand gehabt haben, prall gefüllt ist er, und dann erlosch das Bild, und plötzlich waren da wieder die braunen Einsprengsel in blauen Augen und rissige Lippen und Mundwinkel.

Ich habe alles abgegeben, was ich bei den Arschlöchern gefunden hatte, sagte Andrzej. Diese drei Täfelchen hier, die habe ich in einem Spind entdeckt, viel später, im Camp. Und dieser Spind, das will ich nur mal sagen, das war nicht meiner. Klar? Die Teile sind bei mir geblieben, stolz bin ich darauf nicht, das kannst du mir glauben.

Du musst sie irgendwo abgeben, sagte ich ungläubig. Die müssen von unschätzbarem Wert sein. Aber nicht für uns, Mensch! Was soll ich dir denn dafür geben? Hundert Złoty? Und was mache ich dann damit, wenn du sie nicht abholst? Auf dem Flohmarkt verticken?

Ich soll sie *abgeben*? Und wo, bitte schön? Bei der Polizei vielleicht? Andrzej lachte.

Nimm sie schon. Ich hole sie ab, ganz bestimmt. Eines Tages werde ich sie zurückbringen. Viele von uns wollen zurückkehren, in die Wüste, nach Babylon. Wenn wieder Frieden ist.

Wir nehmen Schmuck, Gold. Aber so was? Ich fürchte, ich kann dir nicht helfen.

Andrzej nickte und packte langsam die blauen Tafeln wieder ein. Als er auch das Bändchen wieder verknotet hatte, schob er mir das Bündel über den Tisch.

Ich lasse es trotzdem hier. Zur Aufbewahrung. Ihr habt doch einen Safe?

Aber –

Zu Hause ist es nicht mehr sicher. Meine Frau macht mir die Hölle heiß.

Ich fragte mich, was ich Bartosz sagen sollte, wenn er mich nach dem Inhalt des Bündels fragte. Die Wahrheit? Wer wusste schon, was das in ihm auslösen würde.

Schön, ich werde sie hier verstecken. Aber nur für einen Monat, verstanden? Dann musst du dir einen besseren Plan ausdenken, was du mit den Dingern anstellst.

Ruckartig stand Andrzej auf und machte sich nicht einmal die Mühe, den leeren Rucksack, den er sich auf den Rücken warf, zuzubinden. Er wollte schon gehen, da sagte ich ihm, er solle noch einen Moment warten. Ohne einen Pfandschein auszufüllen, holte ich hundert Złoty aus der Kasse und drückte sie ihm in die Hand. Dann verabschiedete ich ihn und sah ihm nachdenklich nach, wie er die Straße hinuntereilte und sich an der Kreuzung nochmals kurz umdrehte, bevor er abbog.

Keine zehn Minuten später hatte ich das Bündel im Safe versteckt, mir die Jacke übergezogen und das Geschäft für diesen Tag geschlossen. Auf dem Weg wollte ich bei Bronka und Brunon vorbeischauen, sicher war etwas vom Mittagessen übrig geblieben.

Der Weg am Fluss entlang wurde mittlerweile wieder bevölkert von Anglern und den Grüppchen von Schaulustigen, die sich um sie herum bildeten. Einer war gerade dabei, einen Aal aus dem Wasser zu ziehen, verlor ihn aber im letzten Moment und wurde ausgelacht.

Ich fiel in einen Laufschritt, sog die kühle Luft ein und näherte mich schließlich dem kleinen Yachthafen, der sich vor der kleinen Flussinsel ausbreitete. Am anderen Ende der Brücke erstreckte sich die Promenade, darauf hatten sich wieder die Ausflügler und alle, die an ihnen verdienten, breitgemacht. Vor einem alten Mütterchen, das Blumensträuße aus ihrem Bauerngarten verkaufte, blieb ich stehen. Gerade als ich mein Portemonnaie zückte, hörte ich eine Stimme, die meinen Namen rief. Ich drehte mich um und sah Albina, die in einem völlig verdreckten Overall und mit einer dampfenden Styroportasse in der Hand an einem Brückenpfeiler lehnte.

Schnell suchte ich eines der Sträußchen aus und ging zu ihr. Bereits auf einen Abstand von zwei Metern roch sie nach Klebstoff und Werkstatt.

Guten Tag, sagte sie. Na, auch schon wach?

Ich schaute auf die Uhr, es war bereits kurz nach fünf Uhr nachmittags. Albina zuckte gähnend mit den Schultern und sagte, dass sie jegliches Zeitgefühl verloren habe, heute Nacht zum Beispiel hätten Rokas und sie keine zwei Stunden geschlafen. Da erst fiel mir mein Versprechen wieder ein, den beiden unter die Arme zu greifen.

Wie kommt ihr voran? Unter der Woche ist es schwierig für mich, die Pfandleihe beansprucht einfach jede freie –

Schon gut, sagte Albina. Du hast nicht zufälligerweise etwas zu essen dabei?

Wir klingelten zweimal, bis Bronka endlich aufmachte.

Gäste!, rief sie, als sie uns die Treppe hinaufkommen sah. Na endlich!

In einen lavendelfarbenen Fleecepullover gehüllt, stand sie vor der Wohnungstür und schob ihre Schuhe zur Seite, die sie außerhalb der Wohnung auszuziehen pflegte. Mopsik hatte sich zwischen ihre Füße gedrängt und kläffte erbost, aber nicht besonders lang. Mopsik litt an Atemwegsproblemen. Mein Mops und mein Mann, pflegte Bronka zu sagen, sind wahrscheinlich seelenverwandt, anders ist das nicht zu erklären, dieselbe Krankheit in zwei verschiedenen Körpern.

Mit einem kleinen Knicks überreichte ich ihr die Blumen, die sie sofort aus ihrer Papierhülle schälte. Sie steckte ihre Nase in eine der größten Blüten und strahlte mich an.

Ein richtiger Glücksfall, sagte sie, während wir unsere Jacken auszogen und an die überfüllte Garderobe hängten.

Es gibt Kohlrouladen, und ich dachte schon, ich müsste alleine essen. Die paar Bissen, die Brunon zu sich nimmt, kann man ja kaum als essen bezeichnen.

Ich fragte, wie es ihm gehe, aber statt zu antworten, öffnete sie die Tür zum Schlafzimmer.

Brunon, Besuch!

Ist es Bartosz?

Brunons Stimme klang etwas heiser, aber als ich eintrat und ihn begrüßte, sah er besser aus, als ich erwartet hatte. Enttäuscht, dass es nicht sein Sohn war, drückte er unsere Hände. Hin und wieder schüttelte ihn ein Hustenkrampf, aber sonst war er bei bester Laune. Auf dem Nachttischchen stand eine kalt gewordene Tasse Kräutertee.

Stell dir vor, man hat mich ans Bett gefesselt und traktiert mich mit einer Salbei-Kamille-Kur. Heute früh gab es außerdem Grießbrei. Ist das eines Mysza würdig, frage ich dich?

Beschwert er sich schon wieder?, rief Bronka aus der Küche.

Nicht doch, sagte Albina, ging auf ein Zeichen von

Brunon in die Küche und fragte, ob sie behilflich sein könne. Das Quietschen von Schubladen und das Klappern von Tellern drangen herüber.

So, sagte Brunon. Ausgezeichnet. Siehst du da drüben meine Jacke und dort in der Ecke meine Schuhe? Bitte, sei so nett.

Ich reichte sie ihm. Rasch glitt er aus dem Bett und zog sich an. Dann nahm er sein Portemonnaie aus der Jackentasche und überprüfte, wie viel Geld noch darin war. Fünf Złoty. Wortlos gab ich ihm meinen letzten Zwanziger, flüsterte aber, dass es sehr wahrscheinlich besser für ihn sei, im Bett zu bleiben und sich nicht auf der Straße herumzutreiben.

Still, sagte er. Das ist die Gelegenheit. Ich muss zum Kiosk. Wenn Bronka mir das Essen bringen will, sag einfach, dass ich eingeschlafen bin.

Er zwinkerte mir zu, schlich durch den Flur und zur Tür hinaus. Als man von draußen das Knarzen der Holztreppe hörte, bellte Mopsik kurz aus dem Wohnzimmer auf. Bronka kam mit einem Teller dampfender Kohlrouladen und Tomatensauce in den Flur, gerade rechtzeitig schloss ich die Tür hinter mir und legte meinen Zeigefinger auf die Lippen.

Er ist eingeschlafen, flüsterte ich. Der Arme, er war völlig entkräftet.

Ja, es geht ihm wirklich sehr schlecht. Bronka sah mich kummervoll an und trug den Teller zum gedeckten Esstisch, wo Albina bereits Platz genommen hatte. Vor ihr, in einer Schüssel, dampfte etwa ein Dutzend Krautwickel. Sie sog ihren Geruch ein und winkte mir zu. Vom Sofa drang ein leises Schnarchen, Mopsik hatte sich dort breitgemacht, an seiner Schnauze klebte unverkennbar etwas Tomatensauce.

Guten Appetit, sagte Bronka. Hoffentlich werdet ihr auch satt.

Kaum hatte Albina ihre ersten drei Kohlrouladen hinuntergeschlungen, schien ihr etwas einzufallen, und sie rückte etwas näher an mich heran.

Es ist so weit, flüsterte sie mir zu, gerade als Bronka sich umgedreht hatte, weil Mopsik polternd vom Sofa gefallen war.

Morgen Nacht. Bist du dabei?

Bevor ich etwas erwidern konnte, hatte sich Bronka wieder ihrem Essen zugewandt.

Ich fuhr mit der Gabel in der verbliebenen Tomatensauce umher und blickte Albina fragend an, die sich aber mit einem herausgefallenen Stückchen Hackfleisch beschäftigte.

Was ist, Kinga, schmeckt es dir nicht?

Ich versicherte ihr, dass es die besten Kohlrouladen seien, die ich in meinem Leben gegessen hätte, und steckte mir demonstrativ den letzten Bissen in den Mund. Dankend lehnte ich jeden Nachschlag ab, worauf Bronka sich erhob und in die Küche ging, um, wie sie sagte, den Salat zu holen. Albina schluckte schnell hinunter und beugte sich vor.

Wir brauchen Leute. Rokas hat ein paar von den Werftarbeitern engagiert, Renia bringt vielleicht Bartosz mit, und jetzt brauchen wir noch dich.

Habt ihr mit der Stadtverwaltung geredet?

Albina schüttelte den Kopf, und als Bronka mit einer Schüssel Radieschen zurückkam, vertiefte sie sich wieder in ihre Hackfleisch-Saucen-Landschaft.

Ich nahm etwas von dem Gemüse und versuchte, es so geschickt wie möglich auf meinem Teller zu verteilen. Bronka legte ihre Hand auf meinen Unterarm.

Meinst du nicht, man müsste Brunon einmal eine richtige Freude bereiten? Vielleicht würde ihn das kurieren, wer weiß, am Ende ist er depressiv.

Ich antwortete, dass ich gehofft hätte, Bartosz würde sich zusammenreißen und sich mehr in seine Familie integrieren, das würde sicherlich allen helfen, nicht nur Brunon. Ob er sich eigentlich einer Therapie unterziehe?

Nein. Bartosz redet kaum noch mit uns, flüsterte Bronka und schlug die Augen nieder. Manchmal wissen wir gar nicht, wo er steckt. Aber du, Kinga, du könntest ihm eine Freude bereiten. Möchtest du das nicht gerne? Die ganze Geschichte zieht sich jetzt schon so lange hin. Du weißt, wovon ich rede.

Weil ich nicht länger schlafen konnte, ging ich am nächsten Tag schon um kurz nach sieben in die Pfandleihe. Ich nahm an, dass sich Bartosz in seiner miefigen Einzimmerwohnung verschanzt hatte, sich tags wie nachts mit seinen Computerspielen beschäftigte und sein Handy ausgeschaltet hatte, um ja keinen Kontakt zur Außenwelt zuzulassen.

Nichtsdestotrotz kam Bartosz am späten Vormittag in die Pfandleihe und schien sich darüber zu wundern, dass Arkadiusz auf seinem Sessel thronte und laut *Ach was!* rief, kaum, dass die Tür hinter Bartosz zugefallen war.

Er zog seine Jacke aus und nahm sich einen Keks aus der Schale.

Also, ja, sagte er. Was tut sich hier so?

Arkadiusz schaute zu mir herüber und untersuchte

dann betont geschäftig den Diamantbesatz einer Brosche. Bartosz sah furchtbar aus. Meine Wut auf ihn war im selben Moment verraucht, als er eingetreten war und mir sein Gesicht zugewandt hatte.

Herrgott noch mal, Bartosz – was tut sich denn bei *dir*?

Ich war – krank. Mir ging es nicht besonders. Wie läuft es, kommt ihr zurecht?

Na ja, wir kommen eben zurecht, *dein* Geschäft und wir. Schön, dass du dich mal blicken lässt.

Arkadiusz hatte die Brosche auf dem kleinen Samtläufer vor sich abgelegt und betrachtete Bartosz über den Rand seiner Brille hinweg.

Weißt du, wie oft deine Mutter hierhergekommen ist und wissen wollte, wo du steckst?

Bevor Bartosz etwas erwidern konnte, wurde die Tür geöffnet, das Glöckchen schellte. Maya war eingetreten und baute sich in der Mitte des Raumes auf, der obligatorische Dutt unordentlich, die Stirn schweißglänzend. So aufgelöst hatte ich sie noch nie zuvor gesehen.

Wo ist sie? Sie zeigte mit dem Kinn auf Bartosz. Du. Du musst doch wissen, wo sie steckt.

Wie auf dem Fundbüro, sagte Arkadiusz und schob die Brille höher auf die Nase, um sich wieder der Brosche zu widmen.

Wo ist wer, fragte ich, aber noch bevor Maya ihr wütendes *Renia natürlich* zwischen den Zähnen ausstieß, wurde mir klar, wen sie meinte.

Oh, sagte ich. Ich habe die ganze Zeit geglaubt, sie sei bei dir. Albina hat sie auch seit längerem nicht mehr gesehen.

Also schön. Maya stemmte die Arme in die Seiten. Die

Kleine hat sich seit drei Tagen nicht mehr blicken lassen. Ihr habt sie auch nicht gesehen. Niemand hat sie gesehen. Wir müssen sie suchen gehen. Sofort!

Sofort!, wiederholte Demoiselle Maya. Sie hatte sich an Kinga gewendet, als würde sie sich von ihr am ehesten Hilfe erhoffen. Die beiden anwesenden Männer, den ältlichen Arkadiusz und Bartosz, der so sehr abgenommen hatte, dass seine Lederjacke an ihm wie aufgehängt wirkte, beachtete sie gar nicht. Bartosz stierte sie an und begriff erst jetzt, um wen es in all der Aufregung ging.

Was ist mit Renia?

Demoiselle Maya rollte mit den Augen. Renia sei anscheinend verschwunden, denn sie habe sie seit Tagen nicht mehr gesehen, und wenn auch ihre Freunde und Mitbewohner sie nicht bemerkt hätten, so hieße das wohl, dass etwas passiert sei. Wie es eigentlich sein könne, dass es niemandem außer ihr aufgefallen sei?

Ich dachte, sie wäre drüben. Kinga sah Richtung Varieté. Dann sprang sie auf und warf sich ihre Jacke über. Schon hatte sie den Zipper hochgezogen und wollte Maya folgen, die bereits die Türklinke in der Hand hielt, da trat Bartosz zwischen sie und sagte:

Nein.

Er packte Kinga an den Schultern, drehte sie um und schüttelte, Maya zugewandt, den Kopf. Das Entsetzen in seinen Augen muss solchen Eindruck auf Maya gemacht haben, dass sie anfing zu stottern und erst nachdem Kinga sich befreit hatte, hervorbrachte, dass es vielleicht auch reiche, wenn nur eine Person mitkomme.

Was sollte das denn? Kinga rieb sich das linke Schultergelenk und entfernte sich einen Schritt von Bartosz. Das hat weh getan!

Ihre Augen funkelten fast so sehr wie damals, als sie noch auf der Bühne stand und mit Demoiselle Mayas falschen Diamanten um die Wette brillierte.

Entschuldige, wollte Bartosz sagen, aber aus seiner Kehle kam nur ein Kratzen. Er räusperte sich. Ich wollte nur – ich meine, du solltest hierbleiben. Wegen der Kunden. Wir können doch Arkadiusz nicht alleine lassen, und ich, na ja … Ich fühle mich in letzte Zeit wohler, wenn ich draußen –

Arkadiusz unterbrach Bartosz und sagte, dass man ihn sehr wohl alleine lassen könne, anscheinend würde das hier niemand bemerken, aber in Wirklichkeit würde er mittlerweile die Pfandleihe fast im Alleingang schmeißen, und das für diesen mickrigen Hungerlohn, den man ihm zahle, ein Witz sei das, jawohl, und dann komme man noch daher und unterstelle ihm, dass man ihn nicht alleine lassen könne, dabei sei er, Arkadiusz Błażej Krzysztof Dąbrowski, der Einzige, der –

Natürlich können wir ihn nicht alleine lassen, aber wenn Renia uns doch braucht? Ich komme mit! Kinga war ebenfalls der Schweiß auf die Stirn getreten.

Sie betrachtete Bartosz, seine langen, dreckigen Fingernägel, den Sand, der sich in seinem Haar verfangen hatte, den unsteten Blick. Ihr fiel ein, dass sie Bronka beim letzten Treffen versprochen hatte, anzurufen, wann immer sie ihm begegnete. Sie drehte sich um und sah ihr Telefon auf ihrem Schreibtisch liegen. Diesen Anruf war sie Bronka schuldig.

Kaum hatte sie den Hörer in die Hand genommen, schob Bartosz Maya nach draußen, schloss die Tür hinter sich und zog Maya um die nächste Häuserecke. Dann schlug er die Augen nieder und holte tief Luft.

Demoiselle Maya lachte so laut, dass Bartosz sich sicher war, Kinga würde es in der Pfandleihe hören, würde hören, wie Maya sich nicht mehr beherrschen konnte, wieherte, gackerte und blökte wie ein mittelgroßer Bauernhof draußen auf dem Land. Vor Lachen hatte sich ihr schwarzer Dutt noch weiter gelöst und wackelte hin und her, ihre Nase kräuselte sich, und in roten und schwarzen Rinnsalen flossen Kajal und Rouge die Wangen hinunter.

Maya traute ihren Ohren nicht: Dieser verstörte junge Mann vor ihr wollte sich doch tatsächlich mit Renia, ihrer Renia, ein Liebesnest gebaut haben, ein Versteck vor Familie und Freunden! Renia, der einst das halbe Publikum des Varietés nachgestiegen war, die Schöne, die Zarte, die hohlwangige Grazie hatte sich mit einem ehemaligen Schergen der polnischen Streitkräfte eingelassen …

Kinga darf es nicht wissen.

Bartosz drehte sich um, als erwarte er, Kinga um die Ecke stürmen zu sehen. Die Straße blieb leer. Maya stemmte die Arme in die Seiten.

Bring mich zu ihr. Ich muss dringend mit ihr reden. So unzuverlässig kenne ich das Mädchen gar nicht! Was ist denn bloß los mit ihr?

Demoiselle Maya schloss aus, dass Renia so sehr für Bartosz entflammt war, dass die Rauchschwaden des Liebesfeuers ihren Verstand benebelt hatten. Bartosz seinerseits schüttelte den Kopf und setzte sich in Bewegung, Maya folgte ihm und fragte sich, was bloß für Zeiten über das Varieté gekommen waren: Erst die Enttäuschung mit Kinga, dann Marios Gichtanfälle und jetzt das unentschuldigte Fehlen der Hauptattraktion. Es war eine einzige Katastrophe. Demoiselle Maya betrachtete sich in der Fensterscheibe eines Naturkostladens: Bald würde sie wieder ihre Haare nachfärben müssen, der graue Ansatz hatte sich bereits einen ganzen Zentimeter über die Stirn geschoben. Sie seufzte. Bartosz war vorgegangen und hatte beinahe die Unterführung erreicht. Maya packte ihr kleines Täschchen und lief ihm hinterher, nicht ohne das diffuse Gefühl, etwas vergessen zu haben.

Außer Atem schloss Maya zu Bartosz auf, der neben einem Parkautomaten auf sie wartete. Plötzlich war sie sich sicher, dass mit dem Mädchen etwas geschehen sein musste. Auf ihre Nachfrage, was Renia bis zum Zeitpunkt ihres Verschwindens die ganze Zeit getrieben habe, zuckte Bartosz mit den Schultern. Was wisse er schon von den Frauen? Irgendetwas werde sie schon getrieben haben. Maya hatte den Eindruck, dass Bartosz rot wurde, als er es sagte, beließ es aber dabei. Eigentlich hatte sie noch fragen wollen, was um alles in der Welt Kinga mit der Sache zu tun habe, doch sie sparte es sich auf für ihr Gespräch mit Renia. Im Grunde hatte sie Kinga als verständige, umgängliche Person in Erinnerung, was war denn bloß mit den Leuten geschehen? Sie beschloss, dass es sich hierbei um eine der Exaltiertheiten des Wassermannzeitalters handeln müsse und entschied, sich nicht weiter darüber den Kopf zu zerbrechen.

Ohne zu zögern, ging Bartosz durch die Gassen und die Hinterhöfe, achtete weder auf die Fahrzeuge – ein Wunder, dass ihn kein betrunkener Gasflaschenhändler, kein zehnjähriger Mopedfahrer und kein Auto der Stadtpolizei überfuhr – noch auf die Menschen, die seinen

Weg kreuzten: achtete nicht auf die Gruppe von Schülern, die auf das nahe Gymnasium zugingen, nicht auf den buckligen Asiaten mit den Plastiktüten, und vor allem achtete er nicht auf Tilmann Kröger, mit dem er zusammenprallte und dessen überraschtes *Dzień dobry* er überhörte. Kröger sammelte sein Notizbuch auf, das ihm beim Zusammenstoß mit der Soldatenbrust aus der Hand gefallen war, und folgte dem ungleichen Paar. Auch Maya hatte ihn nicht gesehen, und so traf Kröger unbemerkt mit den anderen ein.

Nur: Wo waren die beiden geblieben? Kröger hatte sie von weitem über den Platz mit dem verwahrlosten Springbrunnen gehen sehen, weiter über die Straße und hinunter zum Fluss, aber dann waren sie plötzlich verschwunden. Verwirrt blieb er vor der ehemaligen Kaserne stehen.

Da drehte der Wind, und von der Einfahrt des maroden, mit Geißblatt bewachsenen Fachwerkhauses drangen Stimmen herüber. Dort standen sie ja, vor einem der Fenster, unterhielten sich lautstark und gestikulierten. Auf der gegenüberliegenden Straßenseite befand sich eine offene Haustür, vom Treppenaufgang würde man eine gute Sicht auf das Geschehen haben. Kröger machte sich auf den Weg.

Bartosz war bereits in ein Fenster hineingestiegen, das sich von außen öffnen ließ. Rund um das Fenster herum lagen Glasscherben, Mörtelreste und Holzsplitter. Ein paar lose Bretter dienten als Verriegelung; bevor Bartosz hineingegangen war, hatte er daran geklopft, so gut es ging, hatte Renias Namen gerufen, und als keine Antwort gekommen war, hatte er endlich die Bretter herausgehebelt und ordentlich aufeinandergestapelt.

Ausgeflogen, bemerkte Demoiselle Maya und zündete

sich eine Zigarette an. Sie steckte den Kopf in den Raum, wo sich ein paar dünne Schaummatratzen, Decken und Kissen stapelten.

Und bitte sag mir, dass das nicht wirklich euer Versteck ist. Sie zog an ihrer Zigarette. Zu unserer Zeit gab es dafür noch Hotels. Das hier ist ja erbärmlich. Hallo? Wo steckst du denn?

Bartosz war an den Matratzen vorbeigegangen und in einem der hinteren Zimmer verschwunden. Seine Renia-Rufe waren bis auf die Straße hinaus zu hören, schließlich verstummten sie. Kurzentschlossen trat Demoiselle Maya ihre Zigarette mit dem Absatz aus und kletterte ebenfalls durch das Fenster in das Häuschen hinein. Kaum war ihr schwarzer Rock darin verschwunden, drang ein Kreischen aus dem Zimmer, und herausgeflogen kamen ein Dutzend Fledermäuse und – Demoiselle Maya. Sie kreischte noch, als sie sich schon längst wieder auf dem Rasen an der frischen Luft befand, raufte sich ihr Haar, und erst als endlich feststand, dass sich keine Fledermaus darin verfangen hatte, beruhigte sie sich wieder. Sie drehte sich mit dem Rücken zum Fenster und ordnete ihre Frisur. Auf ihrem Rock klebten Lehmbröckchen und Spinnweben, außerdem verteilten sich ein paar Schlieren über den Stoff, die eindeutig nach Fledermauskot aussahen, aber die sah Maya nicht. So beschäftigt war sie damit, ihren Dutt wiederherzustellen, dass sie nicht bemerkte, wie das Fenster hinter ihr erst Bartosz und dann Renia ausspuckte.

Was machst *du* denn hier? Renia rieb sich die Augen, als hätten Bartosz und Maya sie aus tiefem Schlaf gerissen. Sie hatte sich eine alte Strickjacke mit Perlmuttknöpfen über die Schultern geworfen, außerdem einen mehrere Meter langen karmesinroten Wollschal. Demoiselle Maya ließ von ihren Haaren ab. Ihre rechte Augenbraue zuckte.

Schätzchen. Was ich hier mache? Na, was glaubst du denn? Kannst du mir vielleicht verraten, was *du* hier machst?

Eine Gruppe von *Myotis dasycneme* beobachten, sagte Renia und fuhr sich mit dem Zeigefinger unter der Nase entlang, als müsse sie eine herbe Enttäuschung verwinden. Teichfledermäuse. Jedenfalls bis eben gerade. Wir, sie hakte sich bei Bartosz unter, interessieren uns für Fledermäuse. Jedenfalls seitdem wir diese Kolonie hier gefunden haben. Wusstest du, dass es mehr als zwanzig verschiedene Arten in den Gewölben der Stadt –

Sie ist verrückt geworden, sagte Maya leise zu dem Maulwurfshügel unter sich. Wie bedauerlich.

Renia lachte. O nein. Eben nicht. Weißt du was? Ich kündige.

9.

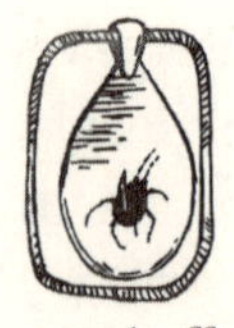

Eine Schneiderin hatte einst einen Sohn, der zwar jünger war als alle anderen Kinder, mit denen er im Hof und auf der Straße spielte, aber so klug, dass er sich stets einen Vorteil zu verschaffen wusste.

Dabei maß Emmerich Mischa kaum mehr als einen Meter, hatte eine auffallend hohe Stirn und an den Schläfen zwei Mulden, die ganz danach aussahen, als hätte man ihn mit einer Zange aus dem Mutterleib befördert. Wer weiß, dachten die Mütter des Stadtviertels, wer weiß, was dabei mit seinem Gehirn geschehen war. Dass Emmerich zu Hause geboren worden war, mit keiner Hilfe außer der einer jungen Polin und vier Litern Tee aus Himbeerblättern, das weigerten sie sich zu glauben. Trotz der immer knapperen Lebensmittel rannte der kleine Mischa wie ein dickes Ferkelchen im Zickzack durch den Innenhof.

Lilli Mischa, die ihre Nähmaschine am Fenster der Küche aufgestellt hatte, warf beim Ausbessern eines Faltenrocks oder dem Engernähen eines Wollmantels immer wieder einen Blick auf ihren Sohn, dessen Schopf mittlerweile von derselben dunklen Farbe war wie der seines Vaters. Heimlich verfluchte sie den Tag, an dem sich Konrad freiwillig zur Armee gemeldet hatte. Kaum dass er aus Skandinavien zurückgekehrt war, hatte man ihn an die Front im Osten geschickt, und das konnte nichts Gutes bedeuten, das wusste Lilli Mischa. Im Osten, so hörte sie ihre Nachbarinnen sagen, bestand der Boden aus einem nimmerendenden Morast, und wo man auch sein Lager aufschlug, wurde man überfallen von Bären, Wölfen oder den wilden Horden.

Ihrem Sohn hatte sie nichts von alldem erzählt. Wenn er nachts zu seiner Mutter ins Bett schlüpfte und nach seinem Vater fragte, so sagte sie, Konrad Kasimir Mischa sei zwar in den Krieg gezogen, in Wirklichkeit würde er aber dafür sorgen, dass seine Familie eine bessere Zukunft hatte, und das sei doch ein ehrenhaftes Ziel.

Eines Mittags saß Emmerich in der Küche und legte den Bernsteinanhänger seines Vaters vor sich auf den massiven Esstisch, den vor vielen Jahrzehnten sein Großvater getischlert hatte. Eine Hand tief in seiner Hosentasche verborgen, rührte Emmerich mit einem Silberlöffel in der Milchsuppe, die seine Großmutter Magda für ihn gekocht hatte. Die aufrechte, magere Frau mit schneeweißem Haar blickte immer wieder besorgt zu ihrer Schwiegertochter, die auf der Suche nach Konrads Namen die Zeitung studierte. Als diese endlich das Blatt zur Seite legte und den Kopf schüttelte, atmete Magda hörbar auf. Eine Hand fuhr hinauf zu dem geklöppelten Kragen ihrer Bluse, der sich bis weit über ihr schwarzes Kleid erstreckte, und kontrollierte seinen Sitz. Sie spürte Emmerichs Blick auf sich ruhen und fragte ihn, ob er sich vorstellen könne, auf dem Land zu wohnen.

Weißt du, sagte sie, auf dem Land, wo wir herkommen, da gibt es einen Wald, der kein Ende hat, einen mächtigen Fluss und so viele Tiere und Kinder, wie du dir nur vorstellen kannst.

Hat Vater eigentlich auch ein Gewehr?, fragte Emmerich ungeduldig und hörte für einen Moment damit auf, Grießnudeln auf den Rand seines Tellers zu stapeln und nur die Milch auszulöffeln.

Ja, das hat er wohl, sagte Lilli Mischa schnell. Zu oft in den vergangenen Tagen hatte sie mit ihrer Schwiegermutter darüber diskutiert, ob man nicht aufs Land ziehen sollte, aber das kam für Lilli nicht in Frage.

Wir sind hier doch sicher, pflegte sie zu sagen, und außerdem wäre dann die ganze Arbeit umsonst gewesen.

Kurz nachdem Konrad in den Krieg gezogen war, hatten sich die drei Frauen entschlossen, die Mauer, die die beiden Wohnungsteile voneinander trennte, wieder einzureißen. Marian war nicht gefragt worden, und erstaunlicherweise kommentierte er das Fehlen der Mauer nicht weiter. Marian war ein sehr schweigsamer Mann geworden.

Lilli Mischa nahm den Bernsteinanhänger in die Hand. Es war zu dunkel in der Küche, um etwas darin zu erkennen.

Heute habe ich drei Stück gewonnen, sagte Emmerich plötzlich, als wolle er seine Mutter ablenken. Drei Stück!

Er öffnete seine kleine Faust, die er die ganze Zeit eng umschlossen in der Hosentasche gehalten hatte, und heraus kullerten drei weiß-rot gefleckte Bohnen. Aber Lilli schien schon nicht mehr zuzuhören. Agnieszka war gerade nach Hause gekommen. Sie stand noch im Türrahmen, als sie von den Kellern anfing zu erzählen, die man überall in der Stadt ausbaute und verstärkte. Ob sie wüssten, was das heiße?

Magda schlug ein Kreuz, und Emmerich ließ heimlich

ein paar Grießbrocken nach unten gleiten, wo die Katze um seine Beine strich.

Nach seinem Mittagsschlaf kroch Emmerich aus seinem Bett und öffnete die Schublade seines Nachtschränkchens. Dort, in einem zusammengebauschten Schal, ruhte sein wertvollster Besitz: fünf Glasmurmeln. Drei davon hatte ihm seine Großmutter geschenkt, eine hatte er gefunden, und eine hatte er im Spiel gegen Hansi Bleckede gewonnen, wobei Hansi später behauptete, er haben den Kleinen ja bloß gewinnen lassen.

Er legte die Murmeln in seine Tasche, fühlte nach, ob auch der Bernsteinanhänger sicher im Innern der Geheimtasche ruhte, und rief schließlich nach Tante Agnes – so, wie man es ihm beigebracht hatte. Manchmal fragte er sich, wer diese Agnieszka sei, von der seine Mutter ab und zu redete, aber immer, wenn sie diesen Namen erwähnte, korrigierte sie sich sofort und sagte: Agnes. Ungeduldig ließ er sich von Agnieszka seine Schuhe anziehen und einen Hut gegen die sengende Sonne aufsetzen, und ohne den Kuss seiner Mutter abzuwarten, rannte er das Treppenhaus hinunter zum Hof, wo einige Jungen bereits begonnen hatten, ihre Murmeln vorzuzeigen. Ein paar Mädchen standen an der Pforte und sahen interessiert herüber. Als die Jungs sie bemerkten, gingen sie auf sie zu und luden sie ein, mitzuspielen.

Aus dem Bürgersteig hebelten sie zusammen einen Pflasterstein und glätteten das Loch, das zurückblieb. Hansi Bleckede, mit sieben dreiviertel Jahren und fünf Tagen der Älteste, bestimmte, wie weit sich die Gruppe von dem Loch entfernt aufstellte. Anfangs hatte Emmerich noch etwas näher als die anderen am Loch stehen dürfen, aber diese Zeiten waren vorbei, als sich zeigte, dass Emmerich für sein Alter nicht nur besonders viel zu wissen schien, sondern ebenfalls sehr geschickt war.

Das Spiel begann. Der Einsatz war diesmal eine Tonmurmel von jedem der Teilnehmenden.

Die Kinder kniffen ihre Augen zusammen, gingen in die Hocke, drehten sich ein wenig zur Seite und ließen schließlich, mal unter anerkennendem Pfeifen der anderen, mal unter lautem Gejohle ihre Murmeln in Richtung Loch kullern. Schwierig daran war, dass das Pflaster rundherum uneben war und man die Form und Lage der größten Erhebungen mitberechnen musste. Zwischen manchen Pflastersteinen hatten sich Kieselsteine und Erde gesammelt; das waren die gefährlichsten Stellen, denn flog die Murmel nicht darüber hinweg, sondern rollte bloß langsam, so lief sie Gefahr, darin stecken zu bleiben.

An diesem Tag schien alles schiefzugehen. Das Spiel zog sich, und noch immer hatte keiner der Jungs seine Murmel ins Loch befördert. Den Mädchen war es sogleich gelungen, was sie sofort vom Spiel disqualifizierte. Beleidigt waren sie in den Hof hineingegangen und hatten Tante Lilli gefragt, ob sie mit dem Welpen spielen dürften, der neuerdings Hassos Hütte bewohnte.

Heute ist sowieso kein guter Tag, um Murmeln zu tauschen, sagte Hansi, kurz bevor Emmerich ein zweites Mal warf.

Das Spiel ist bloß eine Übung. Für den Ernstfall.

Der Ernstfall sah vor, dass der Gewinner frei entscheiden konnte, ob er den Wetteinsatz kassieren wollte oder sich mit einem Tausch zufriedengab: eine seiner Murmeln gegen eine wertvollere. Hansi hatte kaum zu Ende gesprochen, da traf Emmerichs Murmel mit einem lauten *Klock* direkt ins Loch.

Doch, sagte Emmerich, heute ist wohl ein guter Tag. Meine Weiße gegen deine Grüne.

Auf keinen Fall, sagte Hansi. Wir haben doch extra gesagt, wir werfen nur aus Spaß. Und eigentlich spielen wir gar nicht mit so Kleinen wie dir.

Als Emmerich das hörte, stiegen ihm vor Wut die Tränen in die Augen. Damit die anderen es nicht bemerkten, rief er laut, dass der Leierkastenmann gerade um die Ecke komme. Er war es tatsächlich, aber ohne Leierkasten. Schwankend ging er die Straße hinunter, als sei er Matrose auf hoher See, inmitten eines der berüchtigten Stürme.

Als die Kinder sich nach ihm umdrehten, flüsterte Emmerich Hansi etwas ins Ohr. Ohne dass die anderen es bemerkten, ließ Hansi daraufhin widerstrebend die grüne Murmel in Emmerichs schwitzige Hand gleiten.

Vielleicht ist der Leierkastenmann krank, mutmaßte eines der kleineren Kinder.

Oder er hat sich verirrt, riet ein anderes.

So ein Quatsch, sagte da Hansi. Der ist besoffen. Kenn ich von meinem Onkel Egon. Aber jetzt habe ich keine Lust mehr zu spielen. Ich gehe nach Hause.

Geh nicht, baten die Jüngeren. Du kriegst auch eine der Tonmurmeln aus dem Wetteinsatz.

Ja, sagte Emmerich da. Und morgen spielen wir bei dir im Hof.

Meinetwegen. Aber ich geh jetzt trotzdem.

Die Kinder schauten ihm nach, wie er die Straße hinunterging und nach ein paar vertrockneten Pferdeäpfeln trat. Dann legten sie den Pflasterstein zurück ins Loch und stampften ihn fest.

Die Nacht wurde das reinste Abenteuer. Emmerich würde sich noch Jahrzehnte später daran erinnern, wie mitten in der Nacht – er hatte schon längst geschlafen – das Sirenengeheul einsetzte, seine Mutter in sein Zimmer gestürzt kam, ihn hochriss und mit ihm in den Keller rannte.

Auf der Treppe trafen sie Tante Agnes, Marian und die Großmutter, und während Tante Agnes immer wieder murmelte, dass es doch bloß eine Übung sei, zog Marian sie Stufe für Stufe weiter. Auch die Nachbarn waren aus den Wohnungen gekommen und eilten in den Keller.

Das ist keine Übung, sagte ein älterer Junge, der auf Emmerich schon wie ein Erwachsener wirkte. Diesmal ist es keine Übung.

Sei still, fuhr ihn seine Mutter an. Es war eng im Keller geworden. Das Geheul war von draußen noch immer zu hören, und gerade, als sich die Großmutter zu Lilli beugte und sagte, dass man doch aufs Land hätte fliehen sollen, da hörten sie eine Explosion, ganz in der Nähe, und es klang, als hätte es die Welt mitten entzweigerissen.

Treffer, sagte der Junge da, und Emmerich fing an zu weinen.

Aber es war doch alles abgedunkelt, flüsterte Agnieszka. Sie hielt ihre Arme eng um ihren Bauch geschlungen. Marian drückte sein Gesicht gegen ihr Haar.

Als der Lärm der Flugzeuge und das Heulen der Sirenen nach Stunden endlich verklungen waren, trauten sich die ersten, in den Hof zu gehen. Lilli und Emmerich blieben noch eine Weile im Keller.

Nach den Ereignissen der Nacht fanden sich am nächsten Morgen nur wenige Kinder auf den Straßen, die meisten schliefen oder wurden von ihren Müttern in den Wohnungen gehalten. Emmerich nutzte den Moment, als seine Mutter mit dem Kopf auf dem Küchentisch eingeschlafen war, und lief hinaus auf die Straße. Überall roch es nach Verbranntem und Staub. Keiner von seinen Freunden war zu sehen. Er überlegte, wo er hingehen konnte, und da fiel ihm das Treffen ein, das tags zuvor vereinbart worden war. Kurz drehte er sich zum Küchenfenster um, und als er weder das Gesicht seiner Mutter noch das seiner Großmutter darin sah, machte er sich auf den Weg zu Hansi Bleckede. Er hatte ein schlechtes Gewissen wegen der grünen Murmel: Vielleicht, dachte er, würde er sie ihm zurückgeben, aber nur, wenn er ihn nie, nie wieder *klein* nannte.

Als er schon beinahe Hansis Straße erreicht hatte, war alles voller Leute. Überall standen sie herum: Auf den Gehwegen, auf der Straße, sogar Polizisten waren da und Sanitäter, Leute, die Steine und Türen hin und her schleppten, und alles war dreckig und merkwürdig fremd. Emmerich zwängte sich an den Leuten vorbei. Als er ganz vorne ankam, sah er anstelle des Hinterhofs, in dem sie so oft mit Hansi und seiner kleinen Schwester gespielt hatten, einen Krater: so groß, dass sicher ein kleines Haus hineingepasst hätte. Die Druckwelle der Bombe hatte auch die Wohnhäuser rundherum getroffen, wie Kartenhäuser waren sie in sich zusammengefallen und hatten die Keller unter sich begraben. Ameisenhaft machten sich Dutzende von Männern an den Trümmern zu schaffen, ein paar Frauen am Straßenrand weinten. Eine von ihnen löste sich aus der Gruppe und kam auf Emmerich zu. Da erst bemerkte er, dass es eine

Bekannte seiner Mutter war. Schnell nahm er die grüne Murmel aus seiner Hosentasche und schnippte sie in den Krater. Dann lief er davon.

Es wehte eine lauwarme Brise in der Nacht, als Rokas die Stadt zum Verschwinden bringen wollte. Schon auf dem Weg in die Innenstadt stand uns der Schweiß auf der Stirn, Albina stöhnte und knotete sich ihre Jacke um die Hüfte. Ich erfüllte meinen kleinen Vertrag mit mir selber und enthielt mich jeglichen Kommentars. Die gesamte Belegschaft der Wohnung – Albina, Renia und ich – hatte sich gegen ein Uhr morgens auf den Weg gemacht, um Rokas und die anderen vor Ort zu treffen.

Immer wieder schoben sich Wolken vor den Halbmond, verharrten, trieben weiter. Die Schilder vor den Geschäften schwangen quietschend vor und zurück, ab und zu zuckte eine von uns zusammen, weil eine Tüte oder etwas Laub um eine Ecke getrieben wurde.

Es ist nichts, es ist nichts, flüsterte Renia jedes Mal, und jedes Mal klang sie erstaunt und erleichtert zugleich.

Kaum hatten wir die Pforte unseres Hinterhofs passiert, wurden auch die anderen von einer gewissen Anspannung befallen. Sie selber erklärten das mit dem Frühling, der in der Luft lag, dem warmen Wind, der den Menschen zu Kopf stieg und sie die merkwürdigsten Dinge tun ließ.

Kurz bevor wir den Fluss überquerten und eine Wolke den Mond vollständig verdeckte, konnte ich mich nicht beherrschen. Meine Vertragstreue hatte keine zwanzig Minuten gedauert.

So, jetzt ist die Stadt auch weg, sagte ich in die Dunkelheit hinein. Verschwunden. Genau wie nach dem Krieg. Schnell, mach ein Foto.

Sehr witzig, sagte Renia, die mit der Dokumentation der Aktion beauftragt war. Du nimmst das Ganze überhaupt nicht ernst.

Genau, sagte Albina. Noch kannst du nach Hause gehen, wenn du unbedingt willst.

Ich spürte Renias Wärme neben mir und schüttelte meinen Kopf, was niemand bemerkte.

War nur ein Scherz, antwortete ich schließlich. War doch bloß ein Scherz.

Rokas wartete vor dem Brunnen. Außer uns war im Licht der Straßenlaternen vom Flussufer bis hinauf zum Rathaus niemand zu sehen.

Wo ist Bartosz?, fragte Renia. Sie klang besorgt, was mich irritierte. Rokas wies mit seinem Kopf in eine Seitengasse, die am Rathaus vorbeiführte. Er sei hinten, bei den Lastwagen. Schon am Abend zuvor habe er ihn getroffen und die Dinge vorbereitet, die, wie er sich ausdrückte, nur Männer vorbereiten konnten.

Bevor sie die Wohnung verlassen hatten, hatte Rokas uns am Küchentisch versammelt, uns angesehen und gesagt: Entweder wir wandern in den Knast, oder wir werden die neuen Helden dieser Stadt sein. Ihr werdet schon sehen. Endlich tut sich hier etwas. Die Menschen werden es uns danken. Denkt immer daran: Wir schlagen eine Brücke in die Vergangenheit! Hinterfragen das Antlitz dieser Stadt! Es muss gelingen, und mit eurer Hilfe wird es gelingen.

Dann hatte er einen Zentimeter Wodka in unsere Teetassen gefüllt, und ich hatte noch immer gehofft, mich im letzten Moment aus der Sache raushalten zu können. Aber daraus wurde nichts.

Auf dich, hatte Albina gesagt, auf dein Genie. Du erweckst die Stadt aus ihrem Dornröschenschlaf.

Kurz danach hatte Rokas sich in meinem Zimmer umgezogen – sogar den Schnurrbart hatte er sich gewichst – und war vor uns losgegangen. Unten, an der Pforte, hatte Bartosz auf ihn gewartet, der sich bereit erklärt hatte, ihm beim Beladen des Lastwagens zu helfen. Bartosz, der leidenschaftlich schimpfen konnte über brotlose Kunst, wollte plötzlich Kopf und Kragen für sie riskieren.

Es war offensichtlich, dass Renia ihn dazu überredet hatte. Die gleiche Macht, die sie über die Zuschauer im Varieté gehabt hatte, schien sie nun auf Bartosz auszuüben. Ich bedauerte und beneidete ihn zugleich.

Die Häuserzeilen, die Rokas mit der Spiegelfolie verkleiden wollte, standen kaum einen Steinwurf voneinander entfernt. Das, sagte Rokas, sei wichtig für den Effekt. Mindestens genauso wichtig wie die Länge der Häuserzeile. Unter einem Dutzend Häuser könne man es genauso gut sein lassen, so eine Kleinigkeit, meinte er, würde sowieso niemand bemerken.

Genau deshalb hättest du sie einweihen sollen, flüsterte ich. Sie alle: die Stadt, das Kulturamt, die Polizei, die Kunststudenten …

Still, wisperte Renia. Hast du Rokas nicht zugehört? Das hat ja sogar Bartosz verstanden, als er

mich küsste, im Licht der Straßenlaternen, erst wollte ich gar nicht, aber dann waren seine Hände so warm und sein Gesicht so nah, und dann berührten seine Lippen meine Lippen, und ich schloss die Augen. Er roch ein bisschen nach Motoröl und auch ein bisschen nach Zedernholz, und ich war mir noch immer nicht sicher, ob es mir gefiel, da löste er sich von mir, und seine rechte Hand zeigte hinauf zum Himmel, schau, sagte er, dieser Sternenhimmel, den du da siehst, das ist höchstens der Schatten von dem, den man über der Arabischen Wüste sieht. Nachts nämlich glüht der Himmel vom Feuer der Sterne, die Milchstraße zieht sich wie ein brennendes Ölfeld über das Firmament, und selbst wenn man noch so müde ist oder noch so betrunken, das ist immer das Letzte, was man jeden Tag sieht.

Und dann sagte er, dass das auch jetzt sein Trost sei, wenn er daran denke, dass Jarzębiński diesen Himmel auch gesehen hat, am Abend, bevor es passierte, das wisse er genau, denn einige Zeit, nachdem es passiert war, habe einer seiner Kameraden Jarzębińskis Kamera gefunden, eine teure Digital-Spiegelreflex, und was habe der fotografiert? Nichts als Vögel, den Sternenhimmel und Babylon, Babylon, überall Babylon und seine Ruinen, aber das letzte Foto, das sei ein Foto vom Sternenhimmel über der Wüste gewesen, und es sei ein gelungenes Foto, nicht so wie viele andere, Jarzębiński sei kein besonders talentierter Fotograf gewesen.

Ich wandte meinen Blick ab und sah Bartosz an, er hielt seinen Blick stur nach oben gerichtet, natürlich habe ich trotzdem gesehen, dass seine Augen schimmerten und glänzten, und das bestimmt nicht bloß vom Feuer der Sterne über Nordpolen, nein, und so versuchte ich abzulenken und fragte, was denn mit diesem Jarzębiński bloß geschehen war, aber das war genau die falsche oder genau die richtige Frage. Bartosz packte mich an der Hand, und wir gingen die Straße hinunter, in Richtung seiner Wohnung, da dachte ich noch, o nein, so nicht, mein Lieber, so leicht bin ich nicht zu haben, sagte ihm, das mir das alles zu schnell gehe, aber er antwortete nicht, sondern drückte bloß stumm meine Hand, und als wir vor seiner Tür angekommen waren, fragte er mich, ob ich ihm einen Gefallen tun könne, das hier, sagte er, sei so wichtig wie kaum etwas, hier gehe es nämlich um sein Leben, oder genauer: um das Leben eines Kameraden, oder noch genauer: um seinen Tod.

So verzweifelt sah er aus, so müde, dass ich wirklich mit ihm in seine Wohnung ging, ich ahnte schon, was er wollte, und als wir oben waren, setzte ich mich auf sein Sofa und versuchte, mich nicht umzusehen. Das war das erste Mal, dass er mich flehentlich bat, die Augen zu schließen und mich auf Jarzębiński zu konzentrieren.

Bartosz hielt meine Hände fest in seinen, aber ich nahm sie ihm weg und sagte, dass es so nicht funktioniere, ich sei zu müde, und konzentrieren könne ich mich auch nicht, wenn er mir gegenübersitze. Da stand er auf und trat aus dem Zimmer. Als er die Tür hinter sich geschlossen hatte, lehnte ich mich zurück und wiederholte diesen Namen, immer wieder Jarzębiński, bis ich nichts sah als Sand, überall Sand, eine körnige, gelbe Fläche, wie im Sommer die Felder von Dydów, die Sonne hoch am Himmel, die alles verbrannte und nichts Lebendiges zurückließ.

Von draußen, von der Welt, war nichts mehr zu hören als ein leises Rauschen, ein Schäumen, und das Rauschen drang in meinen Kopf und wurde zu Stille, und die Stille wurde zu einem Strudel, und aus dem Strudel erklang plötzlich eine Stimme von weit her. Als ich meine Augen wieder öffnete und mich nach hinten auf die Kissen sacken ließ, kauerte Bartosz über mir, und seine Tränen fielen auf mein Gesicht, und ich, ich wünschte mich einfach nur fort, hoch hinauf in die Lüfte, wo die Fledermäuse kreuzten, und bevor ich einschlief, stellte ich mir vor, sie kämen und nähmen mich mit hinauf in die Wolke, die über der Stadt schwebt, hinauf, wo alles hingeht, was vergangen ist.

Da hinten ist er ja, sagte Albina. Ich atmete kurz durch. Im Dunkel der Gasse näherte sich eine Gestalt. Rokas richtete den Kegel seiner Taschenlampe auf ihr Gesicht. Es war Bartosz, abwehrend hob er seinen Arm.

Der Typ ist echt in Ordnung, sagte er und zeigte auf Rokas. Aber nach einem größeren Spinner müsse man lange suchen. Nicht mal Jarz... – er stockte. Sein Blick ging in die Ferne, das Lächeln entglitt ihm.

Ist schon gut, sagte ich. Heute Nacht ist das hier unsere Aufgabe. Zur Belohnung wird in zwei Wochen gefeiert. Du weißt schon. Ich hab doch Geburtstag.

Gut, sagte er so leise er konnte. Dann konzentrier dich mal besser.

Wir sind extrem konzentriert, sagte ich, und Renia nickte. Sie wirkte tatsächlich weniger zerstreut als sonst.

Seid ihr bereit?, fragte Rokas. Die anderen bejahten, ich schwieg.

Heute Nacht noch werden wir diese Stadt verwandeln. Und sei es nur ein kleiner Teil von ihr. Bei Tagesanbruch wird die Stadt genau hier, an dieser Stelle, auf die Unendlichkeit blicken, dann nämlich gebe es nur noch Reflektion und nichts mehr, was wirklich sei.

Der Plan sah wie folgt aus: die unteren Rahmen würde man anbringen, soweit es ging, dann käme die Hebebühne ins Spiel, die ein paar Ecken weiter parke. Die würde man brauchen für die obersten Holzleisten, die an den Regenrinnen oder am Gesimse befestigt würden.

Der Transporter mit der Folie und allem anderen sei ebenfalls dort. Im übrigen müsse man sich beeilen, seine Bekannten hätten nicht die ganze Nacht Zeit.

Eine Gruppe von Männern stand neben den Fahrzeugen und rauchte. Sie waren zu viert oder zu fünft, aber ihre Größe und Körpermasse ließ sie wie ein ganzer Pulk erscheinen, dem man besser nicht in die Quere kam. Als die Männer uns sahen, schnippten sie wortlos ihre Zigaretten fort, zwei von ihnen stiegen in den Laster, die anderen ließen sich von Rokas ein paar Scheine in die Hand drücken. Fünfhundert Złoty? Tausend Złoty? Es war zu dunkel, um es zu erkennen. So oder so war es eine Menge Geld, kein Wunder, dass Rokas danach blank war. Auch die Geduld seines Sponsors hatte Grenzen.

Wie Rokas uns erklärte, würden sich die Männer, wenn sie den Laster vor der ersten Fassade abgestellt hätten, an den vielbefahrenen Straßenkreuzungen postieren und dafür sorgen, dass weder Passanten noch Stadtpolizei durchkämen. Bartosz bedauerte, nicht für dieselbe Aufgabe eingeteilt worden zu sein. Leute fernzuhalten sei schließlich sein Spezialgebiet, wenn er etwas könne, dann doch …

Ruhig jetzt! Rokas faltete die Hände in Brusthöhe und sagte, dass wir kaum drei, vier Stunden Zeit hätten, um die beiden Fassaden zu verschalen, viel mehr Geduld und Disziplin würde er seinen Bekannten nämlich nicht zutrauen. Ihn, Bartosz, würde er für die Arbeit auf der Hebebühne brauchen. Jetzt müsse er außerdem den Transporter fahren – außer, eine der Damen erkläre sich bereit? Rokas lachte lautlos und stieg zu den Männern in den Laster. Der Motor sprang an, noch bevor er die Tür hinter sich geschlossen hatte.

Bartosz zuckte mit den Schultern und ließ uns in den Transporter einsteigen. Zu viert nahmen wir Platz auf den Sitzen und fuhren so langsam und möglichst leise zu Haus Nummer eins, vor dem bereits die Hebebühne parkte. Wir stellten uns direkt hinter sie.

Weiter hinten auf dem Marktplatz sahen wir jemanden von unseren Leuten stehen, der den Arm hob und winkte. Wir stiegen aus und begannen, die Rahmen und die Folie auszuladen. Die Teile, die sich besonders leicht an Fensterrahmen und Regenrinnen verankern ließen, hatte Rokas gekennzeichnet, ebenso diejenigen, die als unterste Schicht und somit als Fundament dienen sollten. Nach kurzer Absprache blieben Bartosz und ich im Innern des Transporters und reichten die Rahmen hinaus an Rokas und Albina, die sie ineinander verhakten und gegen die Wand lehnten. Später würde die Folie an ihnen festgemacht werden, auf diese Weise, sagte Rokas, riskierte man nicht, dass sie bei einem Windstoß oder in Begleitung eines Schwarms besonders rabiater Tauben gen Himmel flogen. Renia ging mit ihrer Fotokamera hin und her und kümmerte sich um die Dokumentation, auf die Rokas großen Wert legte.

Innerhalb kurzer Zeit hatten wir die Rahmen an der Traufe befestigt, es fehlte nur noch die Folie. Als sich Rokas daranmachte, die Rolle zu öffnen, blieb Bartosz für einen Moment am Ende der Ladefläche stehen und verschränkte die Arme vor der Brust.

Große Kunst ... Weißt du, was große Kunst ist?

Keine Ahnung, antwortete ich und schob ihm drei weitere Rahmen entgegen. Mit seinen Freunden umspringen zu können, wie man will, und hinterher ist einem trotzdem niemand böse?

Ach, komm. Er nahm die Rahmen und reichte sie an

Albina weiter, die, als sie hörte, was ich gesagt hatte, zischte und den Zeigefinger an die Lippen führte.

Bartosz senkte seine Stimme. Nur weil du jetzt ein paar Wochen lang alleine in der Pfandleihe warst! Das reicht nicht für eine Märtyrerin. Sei ein bisschen großherzig, Kingalein. Sei ein bisschen polnisch. Mir zuliebe.

Gerade als ich ihn fragen wollte, was mich denn sonst noch zur Märtyrerin qualifizieren würde, hörten wir, wie sich ein Auto näherte. Ein paar Straßen weiter brüllte jemand, dann klang es, als würde jemand gegen Blech treten. Ein Motor heulte auf. Renia ließ vor Schreck beinahe die Kamera fallen, Rokas schimpfte. Unser Schutzschild funktioniere bestens, das könne man doch hören.

Zusammen hievten wir die Rolle mit der Folie auf die Bühne und tackerten sie an den Rahmen fest. Als wir fertig waren, überraschte uns unsere eigene Spiegelung: eine Gruppe von staubigen Aktivisten vor einer Hebebühne. Renia schoss noch ein paar Fotos, dann fuhren wir hinüber zu Haus Nummer zwei. Irgendwo in der Nachbarschaft ging ein Licht an.

Keine Sorge, sagte Rokas. In zwei Tagen gibt es Konzerte in der Innenstadt, die Leute werden glauben, hier würden schon die Bühnen aufgebaut. Die sind Lärm aller Art gewohnt.

An der zweiten Häuserzeile ging die Arbeit langsamer voran. Uns taten die Hände weh, und trotz der Lederhandschuhe, die ich trug, hatte ich bereits mehrere Blasen. Bartosz und Albina bissen die Zähne zusammen. Wie ein Besessener hängte Rokas Rahmen an Rahmen, ich war nicht einmal halb so schnell wie er. Schweiß perlte auf seiner Stirn, wann immer der Mond durch die Wolken brach, glitzerten sie auf. Ab und zu sah ich nach hinten, aber wir waren anscheinend unbemerkt geblieben, so unwahrscheinlich das auch sein mochte.

Wir hatten nicht einmal die Hälfte geschafft, als plötzlich ein Hund bellend vom Fluss her in unsere Richtung raste. Bartosz brüllte *Cudny*, Rokas fluchte, und im selben Moment schoss ein Auto der Stadtpolizei aus der Gasse hinter dem Rathaus hervor. Dicht hinter ihm folgten die laut skandierenden Männer, die von Rokas bezahlt worden waren, irgendwo weiter draußen ertönten Polizeisirenen. Die Stadtpolizei hielt quietschend an, zwei Männer stiegen aus, und gerade als Rokas sich ihnen zuwandte, verlor er das Gleichgewicht, geriet ins Schwanken und prallte gegen die Rahmen, die er an den oberen Fenstern befestigt hatte. Eine Sekunde lang verharrte die Verschalung in der Schwebe, dann löste sie sich mit einem sanften Schmatzen von der Wand und stürzte auf uns nieder.

Ihr seid am Arsch, sagte einer der Polizisten, nachdem sie näher gekommen waren und sich vergewissert hatten, dass niemand verletzt war. Total am Arsch.

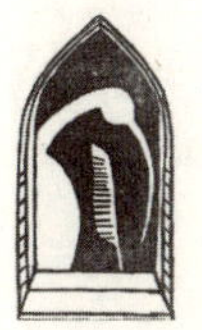

Aber Kinga und Albina hatten Glück; der Schwall der herabprasselnden Holzstücke und Steinbrocken bahnte sich seinen Weg zwischen ihren Körpern hindurch, ohne einen von beiden auch nur mit einem Splitter zu streifen. Später würde sich Albina erleichtert darüber zeigen, dass niemand außer Kinga eingewilligt hatte, ihr bei dem Coup zu helfen.

Wären mehr Leute dabeigewesen, wäre es womöglich doch zu Verletzungen gekommen, und dann hätte sie, Albina Krasielewska, wenigstens indirekt Schuld daran getragen.

Renia und Bartosz hatten am Abend zuvor Mattigkeit vorgeschützt und waren zu Hause geblieben, und wen außer Kinga hätte Albina sonst schon fragen können? Sie war sogar verzweifelt genug gewesen, Tilmann Kröger auf seinem Handy anzurufen, aber die grassierende Frühjahrsgrippe hatte auch ihn infiziert, so dass er zwar ihre Nachricht abhörte, aber zu schwach war, sich zurückzumelden.

Wäre er mitgekommen, hätte er Albinas Schaubude begutachten können, diese Konstruktion aus Holzrahmen und bedruckten Planen, von der Kinga später berichtete, sie habe ausgesehen wie eine Schaustellerbude des ausklingenden 19. Jahrhunderts: mit Efeuranken, Spiegeln, Bordüren, einem kleinen Vorhang, Spitzgiebelchen und an allen Seiten Malereien, Einhörner, Sphingen und grasgrüne Elfen. Für den ersten Verkaufstag hatte Albina zwanzig ihrer Skulpturen im Wagen und auf seinem Dach verteilt; das, so dachte sie wohl, würde den ersten Andrang befriedigen. Die Touristen, so viel stand für sie fest, würden ihr die Skulpturen aus den Händen reißen, und dann wäre sie, Albina, die Hauptverdienerin in der Wohngemeinschaft. Weder Renia noch Kinga hatten ein Herz, ihr zu sagen, dass ihr Plan fragwürdig sei, welcher Tourist würde schon ein mehrere Kilogramm schweres Souvenir ins Hotel, geschweige denn nach Hause schleppen wollen?

Jedenfalls fühlte sich zumindest Kinga verpflichtet, Albina beim Verkauf zur Hand zu gehen, und nebenbei konnte es auch nicht schaden, wenigstens eine Person zu haben, zu der ein ungetrübtes Verhältnis bestand, eines, das weder durch Zorn noch Eifersucht beschädigt worden war. Was Bartosz und Renia anging, hatte sich Kinga zwar eine Art äußere Gelassenheit angewöhnt und sprach keinen von beiden auf ihr Verhältnis an, grämte sich dafür in ihrem Innern umso mehr: Kinga Mischa, die in Liebesdingen ewig Enttäuschte, Verletzte, Übergangene.

Kinga hustete, röchelte, beugte sich vornüber. Eine Staubwelle hatte sich von dem Haufen Schrott gelöst und sie umgeben. Albina sank einige Meter davon entfernt auf dem Pflaster zusammen und hielt die Arme über dem Kopf verschränkt.

Kinga, sagte sie, ohne dass sie selber, Kinga oder sonst irgendjemand es hören konnte, Kinga, sag, dass das nicht wahr ist.

Kinga war noch ganz damit beschäftigt, die Partikel der zerschmetterten Steinbaben, die vom Dach gestürzt waren, aus ihren Lungen herauszuhusten.

Hatte sie nicht eine Sekunde zuvor Albina davor gewarnt, die Baben auf das Dach zu hieven? Die Bretter des Wagens waren mehr als marode, was schließlich passierte, war abzusehen gewesen … Aber Albina hatte Kingas Einwand abgelehnt, aus ästhetischen Gründen und solchen des Marketings: Wenn die ersten Passanten auftauchten, sollten sie schon von weitem Albinas Verkaufsstand bemerken, das Morgenlicht sollte auf die Baben scheinen und sie in ihrer ganzen Pracht präsentieren.

Als Kinga wieder ihre Augen öffnete und saubere, kühle Luft in ihre Lungen strömte, war Albina bereits damit beschäftigt, die heil gebliebenen Steinbaben von der Erde aufzusammeln und um die größte Figur herumzugruppieren. Es war noch immer dunkel, und jene Bewohner der Stadt, die nicht bereits vom ohrenbetäubenden Lärm geweckt worden waren, genossen die letzten Minuten Schlaf. Noch war die Fußgängerzone leer, nicht einmal die frühsten Frühaufsteher waren zu sehen, keine Müllmänner, Bäcker, Penner, Greise oder Kioskbesitzer ließen sich blicken; von Touristen, natürlich, ebenfalls keine Spur. Noch war nichts verloren – bis auf den Wagen, der für Albina so wichtig gewesen war. Nachdem sie im ersten Moment erstarrt war, verstummt, kehrte schließlich das Leben in sie zurück, und sie stieß Kinga in die Seiten.

Komm schon, Kinga, du musst mir helfen. Steh da nicht so rum. Um Gottes willen, auch die hier hat es erwischt.

Albina wog einen abgetrennten Kopf in ihren Händen, der sie fragend anstarrte, als habe er nicht ganz begriffen, was soeben geschehen war. Kinga legte ihre Hand auf Albinas Schulter.

Das wirst du alles reparieren können. Bis auf den Wagen, meine ich. Lass uns nach Hause gehen, Bartosz muss das ganze Zeug mit dem Auto abtransportieren.

Mit Aplomb setzte Albina den Kopf zurück auf seinen gedrungenen Rumpf und sagte, dass sie noch nicht aufgegeben habe und sich aus den Ruinen des Wagens eben ein Podest basteln würde, auf dem sie die Baben ausstellen wolle. Heute sei ein guter Tag, um Baben zu verkaufen, und überhaupt solle Kinga sie nicht entmutigen. Schlimm genug, dass das mit dem Wagen passiert sei, unter Renias zarten Händen wäre das Ding sicherlich nicht zusammengebrochen, aber sie, Kinga, habe ja wie ein Bauer daherkommen und die Baben darauf wuchten müssen, dass die Balken nur so gekracht hätten …

Im ersten Moment wusste Kinga nicht, was sie darauf antworten sollte. Sie hatte sich immerhin dazu bereit erklärt, zu helfen, war mitten in der Nacht aufgestanden – als ob nichts in dieser Stadt bei Tag erledigt werden könne –, und was könne sie denn schon dafür, wenn Albina dem Schrotthändler die hinfälligste aller Schaubuden abkaufen musste? Aber sie war zu müde, um zornig zu werden. Abgesehen davon, dass sie bereits um vier Uhr aufgestanden war, hatte sie auch in den Nächten zuvor kaum ein Auge zumachen können: Der Zustand der Pfandleihe war besorgniserregend, und auch wenn Bartosz durch seine Abwesenheit Anteil daran hatte, war es doch Kinga gewesen, die durch mangelnden Geschäftssinn das Kapital zu einer bescheidenen Summe hatte zusammenschrumpfen lassen.

Mit der aufkommenden Dämmerung erreichte sie ein diffuses Gefühl von Enttäuschung und Verärgerung: Das ist der Lohn der Welt, hatte sie ihren Vater Emmerich einmal sagen hören, jetzt erinnerte sie sich daran.

Also schön, sagte Kinga. Ich gehe. Viel Erfolg weiterhin.

Drei Stunden später, der Tag hatte sich bereits über die Stadt gewälzt und seinen Lauf genommen, wünschte Kinga, sie wäre bei Albina und ihren Steinbaben geblieben. Wie einfach wäre es gewesen, sich in Geduld zu üben, einer Freundin zur Hand zu gehen, wenn diese Hilfe benötigte, und ihr so gut es ging beim Verkauf zu helfen!

Einfacher als durch die erwachende Stadt zu streunen, ein paar Schulkinder anzurempeln (einem von ihnen fiel dabei das Heidelbeerhefeteilchen aus der Hand), die morgendliche Kälte zu verfluchen, die bisher gar nicht aufgefallen war, plötzlich aber umso spürbarer unter die Jacke drang; sich an irgendeinem Stand einen heißen Tee zu kaufen, über ein paar Gläser eingemachter

Gurken und Paprika zu stolpern, die eine Bäuerin aus dem Umland auf dem Bürgersteig ausgebreitet hatte, und schließlich vor einem Schild zu stehen zu kommen, das ihr nie zuvor aufgefallen war. *Casino*, stand da in rotgrüngelben Buchstaben, die rhythmisch pulsierten, und außerdem: *rund um die Uhr geöffnet*.

Kinga nippte an dem Tee, der mittlerweile kalt geworden war, und fragte sich, wozu das gut sein sollte: rund um die Uhr geöffnet. Wer solche Orte frequentierte, würde das doch in den Stunden der Nacht tun, nach einem langen Tag, einem Drink oder einer Enttäuschung. Wer solche Orte frequentierte … Kinga konnte sich nicht daran erinnern, jemals in einem Casino gewesen zu sein, jedenfalls in keinem richtigen. Das Pier-Casino in dem Kaff an der englischen Südküste, wohin Emmerich sie einst zu einem Sprachkurs geschickt hatte, zählte nicht. Damals war sie viel zu vernünftig gewesen, das Geld, das ihr Vater ihr mitgegeben hatte, sinnlos zu verschwenden, alles nur wegen der Hoffnung, es könne sich auf wundersame Weise vermehren. Ihre Freundin hatte sie zwar dazu gedrängt, sie als begnadetete Kartenspielerin, die jeden Abend zu Hause mit ihrem Vater spielte; aber öffentlich, mit fremden Männern, das war zu viel.

Kinga stutzte. In hohem Bogen warf sie den Styroporbecher in ein Gestrüpp und ging zögerlich die erste Stufe hoch. Sie überprüfte die Jackentaschen und fand einen zerknitterten Hundert-Złoty-Schein. Einerseits das letzte Geld, das ihr für diesen Monat verblieb, andererseits kein großes Risiko, wenn man bedachte, dass man jederzeit Bronka und Brunon besuchen und sich verpflegen lassen konnte. Aber: Wollte sie wirklich alleine dort hineingehen, wo schmerbäuchige, schnurrbärtige

Männer nur darauf warteten, dass sich eine junge Frau herverirrte? Die hundert Złoty lagen pappig in ihrer Hand. Kaum auszudenken, was sie alles verrichten konnte, wenn sie mit fünftausend oder gar fünfzigtausend Złoty nach Hause gehen sollte. Die Pfandleihe könnte wieder auf die Beine gestellt werden oder wenigstens Bartosz sein Kapital zurückbekommen, und sie, Kinga, wäre fein raus aus dem Schlamassel, das sie angerichtet hatte.

Als sie schon beinahe zu einem Entschluss gekommen war, öffnete sich die Tür, und in die Dämmerung schob sich eine behandschuhte Hand, die Kinga bekannt vorkam.

Die Herrschaften wollen wissen, ob du nicht hereinkommen möchtest. Möchtest du? Oder genießt du noch ein bisschen die Aussicht?

Kinga lachte auf, als sie Marios lange Gestalt erblickte. Er war erstaunlich braungebrannt, auf seinem Kopf thronte ein Zylinder – kurz fragte sich Kinga, ob es sich dabei wohl um Przemeks handelte –, und seine Gesichtszüge wirkten nicht so verkrampft wie im Varieté. Sie umarmten einander, und nach ein paar Scherzen ließ sich Kinga von ihm zur Garderobe führen. Zu spät bemerkte sie, dass ihr Pullover, der seit der letzten Wäsche etwas eng saß, und die graue Jeans nicht so recht zum Aufzug der anderen Gäste passen wollten: Mario selber war wie immer in einen tadellos sitzenden Anzug gekleidet, und die restlichen Gäste, die sich im Saal um ein paar Tische verteilten, trugen wenigstens Hemd mit Jackett. Sie sollte übrigens unrecht behalten: Im Saal waren auch einige Frauen anwesend, die sie mit herablassendem Blick musterten.

Ich habe aber nur hundert Złoty, flüsterte Kinga auf

Zehenspitzen, um wenigstens ansatzweise Marios Ohr zu erreichen. Mario schien amüsiert, nahm aber den Schein, sagte: Ich bin gleich wieder da, Schätzchen, und ging hinüber zu dem kleinen Fensterchen, wo aus dem Schein ein kleiner Stapel bunter Jetons wurde. Kinga lehnte sich gegen einen Barhocker, der vor einem der Black-Jack-Tische stand. Zwei Männer und eine Frau in fuchsiarotem Ballonkleid schauten kurz auf, als der Croupier fragte, ob sie mitspiele. Sie schüttelte den Kopf und drehte sich zur Kasse um: Mario stand noch immer neben einem Herrn mit schütterem grauem Haar und deutete eine Verbeugung an.

Einer der Kellner reichte Kinga unaufgefordert einen Drink. Nach einem Schluck – kurz überrascht davon, dass es sich um keinen Martini handelte, als könne man einzig Martini trinken, wenn Demoiselle Maya oder Mario in der Nähe waren –, hielt sie sich an ihrem Glas fest und versuchte, so unbeteiligt wie möglich zu wirken. Als Mario zurückkam, war ihr Glas bereits leer, dafür wirkte sie etwas sicherer.

Hier hast du sie. Ich hab noch mal tausend draufgelegt. Aus alter Freundschaft. Die Jetons lagen kühl und glatt in Kingas Hand, einzeln ließ sie sie durch ihre Finger gleiten. Sie bedankte sich, begleitete Mario zu einem der Roulettetische und fragte ihn, kurz bevor sie Platz nahmen, ob er öfter ins Casino gehe. Mario sah sich wie beiläufig um und erwiderte, dass er heute zum ersten Mal seit längerer Zeit wieder hier sei: Er sei gerade aus dem Ausland zurückgekommen, Südfrankreich, außerdem Italien, Monaco. Ja, er habe etwas Geld gewonnen, an genau diesem Tisch, und wer wolle nicht dem nordischen Frühling entkommen? Die Wärme sei seiner Gesundheit förderlich, er sei ja nicht mehr der Allerjüngste.

Kinga war beeindruckt, als Mario ihr zuflüsterte, wie viel Geld genau er gewonnen hatte, und setzte nach der Aufforderung des Croupiers hundert Złoty auf Schwarz und Ungerade. Der Croupier, ein junger Mann mit unbewegtem Blick, nickte, setzte die Roulettescheibe in Bewegung und warf die Kugel hinein.

Als diese langsamer wurde und endlich fiel, hatte Kinga ihren Gewinn verdoppelt. Der Croupier lächelte ihr freundlich zu, Mario klopfte ihr auf die Schulter, und so setzte sie erneut, diesmal hundert auf Rot und Ungerade. Die Kugel sirrte in ihrem Kessel umher, und Kinga sah rot, begriff nicht ganz, wie ihr geschah, aber sie gewann, das Schicksal hatte sie als Gewinnerin auserkoren, das war nicht zu übersehen. Der Croupier gratulierte ihr, und sie, auf ein Zwinkern Marios hin, überließ ihm ein paar der Jetons als Trinkgeld. Bevor sie erneut setzen konnte, zog Mario sie fort vom Roulettetisch und sagte, es sei an der Zeit, kurz durchzuatmen. Genau damit würde das Casino schließlich rechnen: dass man besinnungslos weiterspiele und im Laufe des Abends allen Gewinn, den man erzielte, wieder verspielte, und noch mehr darüber hinaus. Ob sie das wolle? Kinga schüttelte den Kopf. O nein: Dafür sei sie nicht hierhergekommen.

Ich habe gehört, dass es euch nicht besonders gutgeht, geschäftlich, meine ich. Mario bestellte zwei stille Wasser, die der Garçon sofort brachte und mit einer leichten Verbeugung auf das Cocktailtischchen vor ihnen stellte. Nachdem Mario sein Glas ausgetrunken hatte, erzählte er, dass Demoiselle Maya in den letzten Tagen in der Pfandleihe gewesen sei und ein paar Diamantohrringe bei Arkadiusz gelassen habe. Ein ganz schönes Sümmchen habe sie abkassiert, und später habe sie allen erzählt, dass es bloß schnöde Zirkoniasteine gewesen seien, die sie natürlich aber demnächst wieder abholen wolle, sie wolle schließlich niemanden betrügen. Aber erneut aufgetaucht sei sie seitdem nicht, oder?

Kinga verschluckte sich an ihrem Wasser und versuchte den Hustenreiz zu unterdrücken. Erst erschien es ihr unwahrscheinlich, dass Maya sie nicht persönlich im Büro angetroffen hatte, immerhin verbrachte sie doch die meiste Zeit in der Pfandleihe. Dann aber fiel ihr der Tag ein, an dem sie ihre Migräne nicht bezwingen konnte und deshalb Arkadiusz gebeten hatte, sie zu vertreten. Von Bartosz war zu diesem Zeitpunkt schon keine Rede mehr gewesen. Künstliche Kristalle … Was war nur in ihn gefahren? War Arkadiusz doch so senil und unzuverlässig, wie Kröger einmal behauptet hatte, als er seine Taschenuhr als antik ausgegeben und Arkadiusz ihm geglaubt hatte?

Alles ganz falsch, log Kinga. Das Geschäft läuft blendend. Sonst würde ich doch nicht auf die Idee kommen, in ein Casino zu gehen, oder? Hab bloß meine Brieftasche vergessen. Dumm von mir. Spielst du Black Jack?

Die Frau mit dem Ballonkleid war noch immer da und flirtete mit dem Croupier. Mittlerweile hatte sich Kinga an das Umfeld gewöhnt und wurde wagemutiger. Da half es wenig, dass Mario ihr zuflüsterte, dass man weder in betrunkenem, verzweifeltem noch in einem sonstwie fragilen Zustand spielen solle. Aber der schwarze Jack war Kingas bester Freund, seit Kindertagen. Immer, wenn Emmerich nichts mit sich oder seiner Tochter anzufangen wusste, hatte er eines seiner Kartenspiele hervorgeholt. Anfangs hatten sie um Bonbons gespielt, später dann um geringe Geldbeträge.

Woher Kingas Mut kam, beinahe all ihre Jetons auf ihr Feld zu legen und seelenruhig ihre erste Karte in

Empfang zu nehmen, blieb Mario unbegreiflich. Wie falsch er doch die Deutsche bei ihrem ersten Auftritt im Varieté eingeschätzt hatte: so schüchtern, so unbeholfen hatte sie gewirkt, als komme sie geradewegs aus der Schule und hätte bis dato am Rockzipfel der Mutter gehangen. Aber so konnte man sich täuschen.

Noch in seinen Gedanken, hörte er Kinga sagen: Ein Siebener-Drilling. Einen Moment später bekam Kinga mehr Jetons, als sie selber fassen konnte. Lächelnd entwand ihr die fuchsiarote Frau einen Hundert-Złoty-Jeton und kehrte mit zwei Drinks zurück. Mario stand kopfschüttelnd neben ihr und nahm ihr das Glas ab. Langsam solltest du aufhören, finde ich. Meinst du nicht auch?

Das nervöse Glitzern in Kingas Augen beunruhigte ihn, aber Kinga wollte nichts davon wissen, ihre Jetons an der Kasse umzutauschen und diesen Ort zu verlassen, vielleicht noch irgendwo ein Glas Sekt zu trinken, um dann Albina vor dem Rathaus all ihre Steinbaben abzukaufen. Kinga dürstete es nach dem Glück, das plötzlich in ihren Schoß fallen wollte. Nie dagewesene oder nie eingestandene Gedanken irrten durch ihren Kopf: Bartosz könne man entschädigen und mit dem Rest fliehen, egal wohin, zurück nach Deutschland, Südfrankreich oder in die Karibik, das alte oder ein brandneues Leben aufnehmen, es würde alles so einfach sein, hätte man nur genügend Geld. Schon als Kind war das doch ihr Traum gewesen: über genug Geld zu verfügen, nicht immer auf den Groschen zu schauen, nicht immer um das bisschen Taschengeld betteln zu müssen.

Den Kopf voller Pläne, ging Kinga abermals hinüber zum Roulettetisch. Sie überhörte, wie Mario sie warnte, sie anflehte, doch mit ihm zur Kasse zu gehen, es für diesen Tag gut sein zu lassen, sonst könne er für nichts garantieren, und das wäre doch schade, bei dem ganzen Geld, das sie gewonnen habe, jetzt, wo es der Pfandleihe doch so schlecht gehe …

Der Pfandleihe geht es nicht schlecht, sagte Kinga erneut und setzte alles, zwei-, dreitausend, auf Schwarz und Gerade. Ein paar Sekunden später, als die Kugel zum Liegen gekommen war, musste Mario sie beiseitenehmen und ein wenig schütteln. Mit blanken Augen hatte sie den Croupier angestarrt und darauf gewartet, dass sich ihre Jetons weiterhin wie die Karnickel vermehrten. Aber über die Karnickel war eine Seuche gekommen, die sie alle dahingerafft hatte, kein einziges hatte sie verschont. Mario hatte schwere Not, Kingas Bettelei, ihr doch Geld zu leihen, abzuwehren, ihr auszureden, dass sie eine Glückssträhne habe, die Gelegenheit, alles wiedergutzumachen und noch viel, viel mehr Geld zu gewinnen …

Die Gelegenheit ist vorbei, Kinga, sagte Mario, aber Kinga hörte nicht auf ihn. Ihr war etwas eingefallen. Sie rannte hinaus, in Richtung der kleinen Gasse, in der sich die Pfandleihe befand.

Mein Herz raste. Erst nach einer Weile begriff ich, dass ich zu Bronka rannte, um ihr zu erzählen, was geschehen war. Kurz vor der Steinschleuse blieb ich stehen und schloss die Augen. Ein leichter Wind kühlte den Schweiß auf meiner Stirn, die Sonne brach durch die Wolkendecke und malte orangefarbene Ringe auf die Rückseite meiner Lider. Plötzlich fiel mir ein, dass Bronka und Brunon womöglich gar nicht zu Hause waren. Ich suchte nach meinem Handy und wählte ihre Nummer. Jemand hob ab. Es war Bartosz. Schnell legte ich auf.

Ein paar ältere Damen sahen mich mit aufgerissenen Augen an, einer wäre beinahe die Tüte aus der Hand gefallen. Der Schweiß war mir in die Augen geronnen, brannte unter meinen Kontaktlinsen, was scherten mich da Nachbarn, die gesehen hatten, wie die Tür der Pfandleihe aufgeschwungen und ich hinausgeflogen war und *Rokas!* gebrüllt hatte, aber da war er natürlich schon über alle Berge gewesen. Zwei Stunden hatten ausgereicht, um alles, alles zu sabotieren, zu demolieren, was Bartosz und ich uns aufgebaut hatten, und dass Rokas mich betrogen hatte, das will mir bis heute nicht in den Kopf gehen.

Am Morgen nach dem Fiasko mit den Fassaden war ich wie gewöhnlich in die Pfandleihe gegangen, immerhin war es ein Dienstag. Bartosz war dazu wieder nicht in der Lage gewesen, der war zu Hause bei seinen Computerspielen, das bisschen Wirklichkeit hatte ihm den Rest gegeben. Die Typen von der Polizei hatten Rokas festgehalten, und er hatte schnell gesagt, dass wir damit nichts zu tun hätten, dass wir bloß zufällig dabeistünden, und die Typen hatten nichts kapiert, da sind wir schnell weg, Albina und ich, und Renia ist mit Bartosz zusammen abgehauen. Die feine Art war das nicht gewesen, Rokas alleinzulassen. Vielleicht fühlte ich mich deshalb auch irgendwie in seiner Schuld, als er in der Pfandleihe auftauchte und mich, eine Freundin, um Hilfe bat, das letzte Mal, wie er sagte.

Dem Desaster in der Fußgängerzone in den geschützten Raum der Pfandleihe entkommen, traute ich mich kaum, das Licht anzumachen – aus Angst, die Polizei könnte doch noch Interesse an mir entwickeln. Ein Wunder, dass sie uns überhaupt hatten gehen lassen, aber die waren wohl überfordert gewesen, überall bloß Holz und Plakate und der Laster und dann wir mitten drin. Nach ein paar Minuten, als ich mich wieder halbwegs beruhigt hatte, knipste ich doch meine Schreibtischlampe an. Draußen wurde es langsam hell, die ersten Passanten waren unterwegs und guckten in die Auslage, ein paar Broschen lagen da und Münzen und Ketten, nichts Wertvolles. Ein älterer Herr mit zerknautschtem Filzhut konnte sich gar nicht trennen vom Anblick einer alten Taschenuhr, ich war mir sicher, der würde gleich reinkommen und nach ihr fragen, aber nach ein paar Minuten schickte er mir einen misstrauischen Blick und ging weiter. Enttäuscht stand ich auf und schaltete die Kaffeemaschine ein. Es war gerade noch genug Kaffee für eine Kanne da. Ich wusste nicht, ob und wann Arkadiusz kommen würde, und so fing ich an, den Silberschmuck, den er neulich angenommen hatte, zu putzen und herzurichten. Ein paar schöne Sachen waren darunter gewesen, Ohrringe mit Amethysten und Armbänder mit Turmalinen. Der Kaffee wärmte von innen, er beruhigte mich immer, und schließlich war es so hell, dass ich die Lampe ausknipsen konnte. Der Herr kam zurück, wollte die Taschenuhr aus der Auslage sehen und bezahlte, ohne zu handeln. Alles, alles wies auf einen guten Tag hin, bis Rokas auftauchte, mit einem wirren Blick und noch unordentlicherem Haar als gewöhnlich.

Haben sie dich gehen lassen, stellte ich fest, kaum, dass er die Tür der Pfandleihe hinter sich geschlossen hatte. Erleichtert stand ich auf und ging auf ihn zu, wollte mich vergewissern, dass es ihm gutging, aber er wich zurück. Schließlich flüsterte er, dass man ihn bedroht habe. Wegen Vandalismus würde man ihn anzeigen und außer Landes verweisen, wenn er nicht einen bestimmten Geldbetrag aufbringe, und zwar sofort. Dann würde ihm nichts weiter geschehen. Die Stadt müsse er trotzdem verlassen. Ob ich begreife, welch schwerer Schlag das sei? Immerhin habe er doch seine Werkstatt hier und sein Atelier. Zurück nach Litauen gehe er auf keinen Fall.

Albina übrigens habe ihm absolutes Stillschweigen über die ganze Aktion versprochen, und nicht nur das: Stillschweigen über seine ganze Existenz. Auf ihre Loyalität könne er sich hundertprozentig verlassen.

Und auf deine?, fragte er. Es ist für alle am besten, wenn *das hier* niemals passiert ist. Als ob es mich niemals gegeben hätte. Kein Wort zu niemandem.

Naiv, wie ich war, fragte ich ihn noch, ob ich ihm irgendwie helfen könne. Rokas lächelte und setzte sich. Aus einem Beutel, den er bei sich trug, zog er eine kleine Schatulle. Da begriff ich, was er eigentlich wollte, und überschlug das Geld, das wir noch im Safe hatten. Viel war nicht mehr übrig, war gebunden in den Dingen, die wir angenommen hatten, und wie viel Geld Bartosz auf der Bank zurückgehalten hatte, wusste ich nicht.

Mit einem leisen Klack öffnete sich der Deckel der Schatulle, und zum Vorschein kam schwarzer Samt. Sie war leer, bis auf ein paar Staubflusen war nichts zu sehen, aber dann, ich hatte kaum den Blick wieder auf Rokas gerichtet, war da plötzlich das Bild von ihm und einem Mann, vielleicht sein Vater, wie sie in einem eng möblierten Zimmer stehen, der Vater mit Tränen in den Augen, wie er seinem Sohn etwas in die Hand drückt, eine Schatulle, und Rokas öffnet sie und schaut und scheint aber kaum zu begreifen, dann packt ihn der Mann bei der Schulter, und sie umarmen sich.

Rokas, sagte ich, wir nehmen eigentlich nichts mehr an, aus geschäftlichen Gründen, weißt du, die letzten Wochen ...

Warte, unterbrach mich Rokas und strich kurz über meine Hand. Er drückte auf die Unterseite der Schatulle und löste den Boden heraus.

Und Geschäfte mit Freunden sind so eine Sache. Bartosz hat ausdrücklich gesagt, dass wir keine ... Ich verstummte. Da, im Geheimfach, das kaum größer als eine Streichholzschachtel war, lag ein Rubin, beträchtlich größer als mein Daumennagel. Ich war so perplex, dass ich Rokas fragte, ob ich ihn anfassen dürfe. Nicht dass ich Expertin für Edelsteine war, aber das, so viel ließ sich doch erkennen, das war kein Glas, das war kein Kristall und nichts dergleichen; das, das war ein Kleinod.

Wo hast du das her?, fragte ich Rokas und legte den Rubin vor mir auf die Tischplatte. Ich musste Zeit gewinnen. Was sollte ich tun? Draußen ging jemand vorbei und blieb stehen. Schnell nahm Rokas den Stein an sich.

Von meinem Vater, es ist ein Erbstück. Er hat es mir gegeben, als ich in den Westen gegangen bin. Für die schwarze Stunde, sagte er. Ich glaube, die ist gerade angebrochen.

Eine Stunde später befand ich mich auf dem Weg zu Bronka und Brunon, aufgelöst und außer Atem. Vor ihrer Haustür angekommen, zog ich meine Jacke aus und wischte mit ihrem Ärmel meine Stirn ab. Oben, am Küchenfenster, war niemand zu sehen, nicht einmal Mopsik, der meistens dort auf jemanden wartete, den er ankläffen konnte. Gleich würde ich hinaufgehen, die Tür würde offenstehen, und Bronka würde mich mit ausgebreiteten Armen, an denen Teig oder Butter klebte, empfangen und mir Küsse auf die Wangen drücken. Sogar Brunon würde sich freuen, dass ich da war, in seinem Bett würde er liegen und immer wieder durch die Wohnung rufen, dass es ihm viel besser gehe, wenn das Haus voll sei. Diese Vorstellung tröstete mich. Eventuell hatte Bartosz Renia mitgenommen, und man säße vertraulich beisammen, ein Rahmen, in dem die Schilderung des Fiaskos sicher liebevoll aufgenommen werden würde … Diese Möglichkeit schloss ich sofort wieder aus. Wahrscheinlich hatte Renia Bartosz bloß begleitet und war dann nach Hause gegangen.

Die Klingel schrillte so laut, dass ich es bis nach unten hören konnte. Fast im selben Moment gab die Tür nach, und ohne den Lichtschalter zu betätigen, ging ich nach oben. In meinen Ohren hallten noch immer Rokas' Versicherungen nach, dass er sein Kleinod ganz sicher abholen würde, *natürlich* würde er den Stein abholen, das sei familiärer Besitz und nicht einfach irgendein Schmuckstück. Ich würde also gar kein Risiko eingehen, nach ein paar Monaten, wenn er wieder genug Geld verdient hätte, würde er mich auszahlen, und alles sei in bester Ordnung. Immerhin sei das doch eine Pfandleihe, oder nicht?

Ich war eingeknickt und hatte das restliche Bargeld aus dem Safe herausgeholt. So groß, wie der Rubin war, würde der schon etwas wert sein, den Safe-Inhalt allemal.

Da wird Arkadiusz aber Augen machen, wenn er das Ding sieht, hatte ich gedacht, und die hatte er ja dann auch gemacht, als er gekommen und von Rokas längst schon keine Spur mehr war.

Was ich mir denn da hätte andrehen lassen, hatte er

mich gefragt. Ich fiel aus allen Wolken. Wieso andrehen? Rokas hat mir sein Familienerbstück anvertraut.

Arkadiusz hatte sich seine Lupe ins Auge geklemmt und gesagt: Mädchen, den Kerl siehst du nie wieder.

Du kommst genau richtig, rief Bronka, als ich die Wohnungstür hinter mir ins Schloss drückte. Hat dir Bartosz davon erzählt? Ich wollte dich ja noch anrufen, aber …

Vor Schreck ließ sie beinahe die Schüssel mit der Quark-Rosinen-Mischung fallen. Ich hatte die Jacke im Flur abgelegt, kurz Brunon auf seinem Krankenlager begrüßt und war dann, ohne mich im Spiegel zu betrachten, in die Küche hineingegangen.

Wie siehst du denn aus?

Völlig verschwitzt sei ich ja, und dann diese Augenringe! Ich zuckte mit den Schultern, setzte mich auf die Fensterbank neben zwei vertrocknete Kakteen und tätschelte Mopsik. Aus Bartosz' Zimmer drang das Geballer seines Computerspiels, ich zuckte zusammen. Als Bronka mir prüfend die Hand auf die Stirn legte, wehrte ich ab und erklärte ihr, dass ich Einschlafprobleme hätte, auch wache ich nachts auf und könne nicht aufhören, über die Geschehnisse des Tages nachzudenken – aber, sagte ich, deswegen bin ich nicht hier, Bronka, es ist etwas passiert. Etwas Schlimmes.

In dem Moment trat Rauch aus dem Ofen, Bronka fluchte und holte mit ein paar rotkarierten Küchenhandtüchern ein Blech Kekse heraus. Sie schien mich nicht gehört zu haben.

Hier, probier die mal. Wenn du die magst, gibt's die an deinem Geburtstag.

Du musst ihr den Kuchen zeigen!, rief Brunon, seine Stimme klang brüchig, aber resolut, und tatsächlich tauchte er kurze Zeit später im Morgenmantel in der Küche auf und wiederholte: Du musst ihr doch den Kuchen zeigen, Bartosz hat gesagt, er schmeckt zu sehr nach Rum.

Ist er hinten?, fragte ich unnötigerweise. Das Geballer war zwischenzeitlich noch lauter geworden. Wahrscheinlich wäre es weder Brunon noch Bronka in den Kopf gekommen, sich zu beschweren, immerhin war ihr Sohn zu ihnen zurückgekehrt, zeigte sich, aß sogar Rumkuchen, dann durfte er auch Computerspiele spielen.

Ich hatte einen Kekskrümel eingeatmet und hustete. Mopsik sah mich interessiert an, verschwand aber winselnd unter den Tisch, als erst Cudny und schließlich Bartosz selber im Türrahmen erschienen.

Was gibt's, fragte er und nahm sich einen Keks. Ich verschränkte die Arme vor meiner Brust.

Erinnerst du dich, als du heute Nacht sagtest, dass … unser gemeinsamer Freund eigentlich total in Ordnung sei?

Bartosz nickte und gähnte, ohne sich den Mund zuzuhalten. Ich legte den Rest des heißen Kekses zurück auf das Backblech.

Ich glaube, da lagst du falsch.

10.

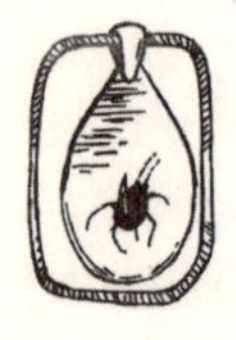

Es waren einmal zwei Frauen und ein kleiner Junge, die nach dem großen Krieg mit unzähligen anderen Menschen ihre Stadt verlassen und mit Schiffen über das Wasser fahren mussten, um weit entfernt ein fremdes Leben zu beginnen.

Selbst das Meer schien in Aufruhr zu sein: Meterhoch schlug die Gischt gegen die Schiffswand, bildete Strudel und schäumte so sehr, dass der kleine Emmerich Mischa meinte, jemand habe die See mit Seifenwasser aufgefüllt und ordentlich geschüttelt. Mit beiden Händen klammerte er sich fest an die Reling und blickte an der Schiffswand hinunter.

Bald werden wir zurückkehren, sagte seine Mutter. Sie stand neben ihm und versuchte, ihre Mantelschöße um seine Schultern zu legen. Emmerich wusste, dass sie log. Denn wie sollte das möglich sein: zurückkehren, wenn doch alles kaputt war, das Spielzeuggeschäft, der Laden mit den Bonbons, kaputt die Brücke, über die er mit der Großmutter immer gelaufen war, um Fisch zu kaufen, fort der Hansi Bleckede und der Willi Pfoschneider, mit denen er gemurmelt hatte, fort auch der Vater, und niemand wusste, wohin!

Und wie eigenartig sich dieser Staub über alles gelegt hatte: über die wenigen, unversehrt gebliebenen Häuser, über die Gärten, die Tiere, die frei umherliefen, die Gesichter der Menschen, über die Straßenbahnschienen und das Pflaster, ganz so, als ob die Stadt niemals wieder sauber werden könnte, als müsse erst jemand das Seifenwasser der See über die Stadt ausleeren, damit sie sich reinwasche.

Mit weit aufgerissenen Augen starrte der Junge auf den hellen Schaum, der sich auf dem Wasser gebildet hatte, und stellte sich vor, wie er zusammen mit dem Dreck der Stadt durch den Fluss und die Kanäle zurück ins Meer laufen würde. Aber dann? Das Einzige, was in der Stadt so bleiben würde wie bisher, war, dass Tante Agnes und ihr kleiner Sohn Brunon nach wie vor dort wohnten. Merkwürdig war das Emmerich vorgekommen: Alle hatten versucht, aus der Stadt zu fliehen, nur Agnes war entschlossen gewesen dortzubleiben.

Am Tag vor ihrer Flucht, als Lilli gerade dabei war, die Wollsachen des Jungen zusammenzupacken, hatte er nachdenklich danebengestanden und gefragt, ob die Mutter von Brunon auch gerade die Sachen packen würde, der sei doch noch so klein, der könne das nicht selber, er aber, Emmerich, sei kein Baby mehr und könne seine Pullover sehr wohl … Sei still, fuhr Lilli ihn an. Emmerich erschrak, als er den Zorn in ihren Augen sah. Die gehen nicht, sagte sie, um Ruhe bemüht, die bleiben. Das sind Polen, in Zukunft, das weißt du doch. Da fiel es Emmerich wieder ein: Natürlich, das hatte Hansi Bleckedes Großvater erzählt: Die Polen würden bleiben, auch wenn alle anderen gegangen sein würden, jetzt würden nämlich neue Zeiten anbrechen, aber nicht für ihn, er sei zu alt, und alles Deutsche um ihn herum sei auch zu alt für die neuen Zeiten, vor allem aber zu deutsch. Die Kinder hatten sich nicht getraut zu fragen, was denn das für Zeiten seien, aber weil sie für gewöhnlich alles, was der alte Bleckede sagte, für Märchen hielten, hatten sie darüber gelacht, als sie sein Zimmer in Hansis Elternhaus verlassen hatten.

Emmerich klammerte sich so sehr an der Reling fest, dass seine Knöchel weiß unter seiner Haut hervorschienen: nur nicht loslassen und ins Wasser geschleudert werden! Während der Sonntagsausflüge ans Meer hatte er es seiner Mutter niemals erzählt, aber wenn er auf der Mole stand und ihn dieses sonderbare Schwindelgefühl überkam, dann war ihm unsäglich bange vor dem Wasser. Unter der Mole hatte es sich gekräuselt und war gegen die muschelbewachsenen Pfähle geschwappt, so dass sich Emmerich am liebsten flach auf die Planken gelegt hätte, um nicht zu stürzen.

Er starrte hinunter ins Meer, auf dem große Stücke von Holz und Metall trieben. Emmerich schloss die Augen, um nicht das Wasser zu sehen, das ihn verschlingen konnte, so wie der Krieg die Stadt verschlungen hatte. Vor ein paar Minuten war Lilli Mischa weggegangen und noch immer nicht zurückgekehrt. Die Großmutter saß neben ihm, in sich zusammengesunken, sie schien zu beten. Lilli hatte nach irgendwelchen Verwandten suchen wollen oder einem besseren Platz, so ganz hatte Emmerich das nicht begriffen, nur, dass er hier bei der Großmutter und nirgendwo anders warten sollte. Er schaute hinüber zu einer Gruppe von Kindern, aber erkannte niemanden. Eines von ihnen war anscheinend verletzt, es trug eine dreckige Armbinde und durfte sich auf einen geöffneten Seesack legen. Ein bisschen sah es aus wie Hansis jüngere Schwester Greta, aber das war nicht Greta, Greta war doch mollig gewesen und voller Sommersprossen. Wie sie immer im Garten herumgetollt war! Weil sie beim Spielen im Gras immer ihre Kleider dreckig machte, hatte ihre Mutter ihr Hansis ausgediente Hose angezogen, und Greta war darin herumgelaufen, ohne sich zu schämen. Einmal war sie sogar die Regenrinne hinaufgeklettert …

Hansis Elternhaus. Als sie an den Überresten vorbeigekommen waren, hatte seine Mutter der Großmutter zugeflüstert, dass der alte Bleckede überlebt habe, in jener Nacht sei er auf dem Schwarzmarkt gewesen, und nun habe er vor, in der Stadt zu bleiben, trotz allem.

Einen alten Baum verpflanzt man nicht mehr, habe er gesagt, und Emmerich hatte sich sehr gewundert, weil er wirklich immer gedacht hatte, dass die Hände vom alten Bleckede aussahen wie altes Wurzelholz, knorrige Äste. Emmerich stellte sich vor, wie der alte Bleckede zu Hause im Keller saß und seine Hände nach draußen in die Erde des Gartens streckte, um ja den Halt nicht zu verlieren, und er nahm sich vor, ihm einen Brief zu schreiben, irgendwann, wenn sie an diesem Ort namens Dänemark angekommen waren.

So stark er konnte, dachte Emmerich an Willi, der niemals geweint hatte, nicht einmal, als Hansi und Emmerich ihm eine Kröte ins Hemd gesteckt und draufgeboxt hatten, ganz heldenhaft hatte der ausgesehen, wie er mit hocherhobenem Kopf nach Hause gegangen war, um sich von seiner Mutter frische Kleider geben zu lassen. Emmerich kniff seine Lippen zusammen, zählte die Nieten des kleinen Koffers, den seine Mutter mit warmer Kleidung und ein wenig silbernem Besteck gefüllt hatte, und zwang sich, genauso ruhig zu bleiben wie Willi, die Mütze tief in die Stirn gezogen. Seine Mutter stand jetzt wieder über ihm, aber die einzige Regung in ihrem Gesicht war das Spiel der Kiefermuskulatur. Sie hatte ihre

Schwiegermutter angesprochen, aber die war so versunken in ihr Gebet, dass sie kaum reagierte.

Lilli Mischa hatte keine weiteren Verwandten gefunden, und von einem freien Platz weiter hinten im Schiff konnte keine Rede sein: Es war so überfüllt, dass man froh sein konnte, wenn man einen Ort zum Sitzen hatte. Sie legte ihrer Mutter eine Decke über die Schultern, zog ihren Sohn an sich und schob ihn unter ihren Mantel. Bald sind wir da, flüsterte sie ihm zu, bald sind wir da. Weißt du, da, in Dänemark, da warten ein Bett auf dich und Milchsuppe und frische Kleidung und … Ihre Stimme erstickte, und sie wandte das Gesicht von ihrem Sohn ab.

Emmerich nieste, als er sein Gesicht an die Innenseite des Mantels schmiegte, und schloss die Augen. Lilli hatte begonnen, ihn zu wiegen und ein Kinderlied zu summen, das ihm bekannt vorkam … Da erinnerte er sich: Das Lied hatte er oft hinter der Wand gehört, der Wand, die sein Kinderzimmer vom Kinderzimmer Brunons getrennt hatte, und wann immer seine Mutter *Schlaf, Kindlein, schlaf* gesummt hatte, wurde drüben dieses Lied gesungen. Einmal klang es bis weit in die Nacht herüber, das musste an dem Tag gewesen sein, als Hansi und Willi den Jerzy Kosmowski in den Graben gestoßen hatten, dort, wo es besonders viel Morast gab und wo angeblich ein Schwan verweste, *Scheißpolacke* sollen sie gebrüllt haben, aber das wusste Emmerich nur aus ihren Erzählungen, denn er, Emmerich, war an dem Tag beim Kinderarzt gewesen. So oder so hatte seine Mutter ihm verboten, mitzumachen, wenn die Größeren die polnischen Kinder ärgerten, und die meiste Zeit versuchte er, sich daran zu halten.

Der Streifen Land am Horizont war verschwunden, ohne dass gegenüber ein neuer aufgetaucht wäre. Durch ein Knopfloch des Mantels seiner Mutter schaute Emmerich aufs Meer hinaus, und für einen Moment war er sich sicher, dass es gar kein Dänemark gab. Seine Mutter hatte aufgehört zu summen, vielleicht war sie eingeschlafen. Er hörte, wie sich neben ihnen jemand erbrach, und presste den Mantel gegen sein Gesicht. Vielleicht könnte er einfach für immer unter diesem Mantel bleiben, alles Lebensnotwendige würde seine Mutter ihm nach innen reichen, und dann wäre alles andere egal, dann konnte alles andere kaputtgehen. Ob Brunon gerade auch so hungrig war wie er selber? Was sollte es da schon zu essen geben, in diesem kaputten, dreckigen Haufen, zu dem die Stadt geworden war, warum nur waren sie nicht mitgekommen? Man konnte doch nicht bloß Steine und Schutt und Asche essen …

Emmerichs Magen knurrte. Er wusste, dass seine Mutter in dem Leinenbeutel, den sie versteckt in ihrer Manteltasche trug, eine Packung Haferkekse aufbewahrte, für den Notfall, wie sie gesagt hatte. Vorsichtig löste er sich von ihr, streckte seine Hand aus und fühlte nach, wo sich die Öffnung des Beutels befand. Die Henkel kamen zum Vorschein, dann knisterte es, das musste das Butterpapier sein, in das die Kekse eingepackt waren, schon fühlte Emmerich ihre raue Oberfläche, da spürte er eine Bewegung, zwei Hände packten ihn und hielten ihn fest. Lilli hatte ihre Augen aufgeschlagen und war hochgefahren. Als sie sah, dass es ihr Sohn war, der sich an den Keksen zu schaffen gemacht hatte, ließ sie los.

Entschuldige, sagte sie, ich dachte, es wäre jemand anders, jemand, der … Emmerichs Augen füllten sich mit Tränen. Er versuchte sich zu beherrschen, aber ausgerechnet in diesem Moment fingen die beiden Mädchen, die neben ihnen auf dem Schoß ihrer Großmutter saßen, an zu plärren, so laut, dass sie beinahe das Dröhnen des Schiffes übertönten. Emmerich weinte. Als sein Schal und sein Kragen schon ganz nass waren, beugte sich Lilli zu ihm hinunter und legte etwas in seine Hand. Emmerich schaute darauf und vergaß für einen Moment zu weinen.

In seiner Hand schimmerte der Bernstein, von dem er geglaubt hatte, er sei in der Schublade des Nachtschränkchens zurückgeblieben.

Obwohl mittlerweile die Dämmerung angebrochen war, funkelte der Stein in der Hand des Jungen, das wenige verbleibende Licht brach sich darin und offenbarte schließlich die Spinne, die im Stein kauerte. Mit dem Daumen strich er über sie hinweg und blinzelte. Alles war plötzlich ganz still.

Mein Geburtstag fiel in eine Zeit, in der die Frühlingssonne stärker brannte als gewöhnlich. Bei Tag, wenn am Himmel höchstens zwei, drei Dutzend Wolken trieben, speicherte der Backstein die Wärme und gab sie langsam ab an die kühlen Stunden der Nacht.

Ein sonderbares Glühen schwebte im Dunkeln wie ein Heiligenschein über den Dächern und verwirrte die Vögel und die spät heimkehrenden Yachtbesitzer draußen in der Bucht. Dieses Phänomen, das manche für wetterbedingt hielten, gab anderen Anlass zur Spekulation: Das Fernsehen machte eine sprunghaft angestiegene Glühwürmchenpopulation dafür verantwortlich, Bartosz sagte, es handle sich um Gase, die aus der Ostsee aufstiegen und vielleicht von Russland her eingespeist worden waren, und Bronka wiederum glaubte, hier zeige sich die Seele der Stadt, oder wenigstens ihre jahrhundertealte Melancholie. Ein paar Fremde auf der Straße, deren Gespräch ich zufällig hörte, redeten von nuklearer Verstrahlung, wussten aber auch nicht, woher sie gekommen und wer dafür verantwortlich war.

Tagsüber lag die Stadt ganz still, über sich die Sonne im Zenit, ganz geduldig und gleichmütig gegen alles, was geschehen mochte – was machte schon das bisschen Wärme, wenn man die Höllenfeuer gesehen hatte und aus ihrer Asche auferstanden war, was machte da schon die Leere, die entstanden war, weil alle hinaus ans Meer oder wenigstens an den Fluss gegangen waren?

Das mit dem Boot war nicht meine Idee gewesen. Ich kann Wasser nicht ausstehen, jedenfalls nicht dann, wenn es mich umschließt und ich jederzeit damit rechnen muss, dass es mir gefährlich wird. Dusche, Wasserglas, Strand, das ist das Äußerste, was ich zu tolerieren bereit bin. Aber ein Segelboot? Klar, ich dachte, das Schlimmste, was passieren konnte, war, dass es kenterte, und das war bei einer Fahrt auf einem Fluss nicht wirklich lebensgefährlich, links Land, rechts Land, aber am Ende war es dann doch nicht das Wasser, das Renia und Bartosz verschlang, sondern das Land.

Kinga, wird Bronka sagen, was erzählst du denn da, Kinga, wie soll denn so etwas möglich sein, aber das kann ich nicht beantworten, ich kann nur berichten, wie es geschehen ist, und wie ich es berichte, ist es die Wahrheit, und mit der verdammten Bootsfahrt hatte es begonnen.

Dabei fing der Tag eigentlich gut an. Schon kurz nach zehn Uhr morgens schien die Sonne so stark, dass meine

Haut kribbelte, die Schwalben zischten hoch über den Straßen, es roch nach Teer und Blumen und aufgehängter Wäsche, als ich mit Albina das Haus verließ, und es war mein Geburtstag, ja. Die Zeit war auch in dieser Stadt vergangen und hatte mich um ein knappes Jahr altern lassen, einige graue Haare waren erschienen, die ich für blonde Strähnchen halten wollte, bis mich Bronka darauf ansprach: Ich solle mir keine Sorgen machen, bei ihr habe das noch viel früher angefangen.

Dein Geburtstag, hatte Bronka gesagt, soll dir nichts als Freude bereiten, dafür werde ich schon sorgen.

Nach dem Desaster mit der Pfandleihe und Rokas' Betrug vor zwei Wochen war ich froh, dass sie überhaupt noch mit mir sprach, und hatte mich gefügt. Heimlich war ich sogar bei einem Notar gewesen und hatte alles in die Wege geleitet, um die Wohnungsfrage ein für alle Mal zu bereinigen. Mein Geburtstag schien dafür der ideale Anlass.

Bronka hatte wohl beschlossen, sich nicht in Bartosz' und meine Angelegenheiten einzumischen, und als solche hatte sie die Pfandleihe wohl angesehen. Vielleicht wusste sie auch einfach nicht, wie viel Geld im Spiel gewesen war. Dass ihr Sohn und ich uns so gut wie entzweit hatten, bereitete ihr Kummer, und so hoffte sie wahrscheinlich, uns durch die Feier wieder zusammenzubringen. Auf einem Boot konnte man sich schließlich schwer aus dem Weg gehen.

Als ich mit Albina am Yachthafen ankam, dachte ich noch, man hätte ein Fischrestaurant gemietet, nichts weiter. Ich tat so, als glaubte ich ihr, dass wir einfach einen Spaziergang machten, weil das Wetter so schön war. Aber dann das: Im Yachthafen, neben den Motorbooten und kleineren Segelbooten, lag etwas, das man beinahe schon als Schiff bezeichnen konnte: Es war das größte Boot, das hinter der Speicherinsel angelegt hatte, sein Rumpf strahlte in frisch poliertem Dunkelblau, und in fein geschwungener Schreibschrift stand auf seinem Bug: Albatros.

Das ist aber ein schönes Boot, findest du nicht?, fragte Albina. Wem so was wohl gehören mag? Ich nickte vage. Ja … ein Albatros eben, antwortete ich, um sie nicht zu enttäuschen. Wir gingen auf die Brauerei zu, und da dachte ich, wir sind schon da, das also war die Überraschung: die Brauerei, aber da hielt mich Albina an dem Hafengeländer zurück, hakte mich unter und sagte: Schau mal. Ein, zwei Sekunden vergingen, nichts passierte, dann aber tauchten auf dem Deck des Schiffes Bartosz, seine Eltern und Renia auf. Sie schwenkten Wunderkerzen in den Händen und riefen laut *Überraschung!*

Und? Albina strahlte mich an. Der Wahnsinn, oder?

Ich nickte sprachlos, glotzte auf das Schiff und die winkenden Leute und winkte zurück. Bronka strahlte über das ganze Gesicht, eine Yacht, musste sie gedacht haben, das sei das Tollste, womit man mich überraschen könne. Und wenn sich Bronka etwas in den Kopf gesetzt hatte, musste es durchgeführt werden, als Mutter der Familie war sie eine Art Naturgewalt, der sich jeder beugen musste, familienzugehörig oder nicht, und dementsprechend waren auch alle da, bis auf Rokas, natürlich, aber von dem sollte wenigstens heute nicht die Rede sein, nicht noch einmal.

Das Boot war groß genug, um Freunde und Verwandte der Familie aufzunehmen, einige ältere Ehepaare, die sich ganz in Weiß und Dunkelblau gekleidet hatten, außerdem ein paar von Bartosz' ehemaligen Kameraden, darunter auch der Besitzer des Segelboots – Michał –, den ich nie zuvor gesehen hatte. Die Gesichter der Männer waren so braungebrannt wie das von Bartosz. Als ich ihn einmal darauf angesprochen hatte, hatte er geantwortet, dass das eine Bräune sei, die nicht wieder verschwinde, da könnten so viele polnische Winter kommen, wie wollten.

Kröger, der sich ebenfalls an Bord befand, war so blass wie immer. Wer weiß, wer ihn eingeladen hatte, vielleicht war er bloß zur richtigen Zeit am richtigen Ort gewesen, vielleicht stimmte es ja, und er hatte wirklich ein Gespür für *stories*, wie der alles nannte, was ihn interessierte, und so nannte er später ja auch das Ganze: eine verrückte und völlig unwahrscheinliche *story*. Er hatte sich, etwas entfernt von Bartosz und dessen ehemaligen Kameraden, hinter Renia gestellt und hielt seinen Kopf so nah wie möglich an ihren Nacken. Und Renia, daran kann ich mich genau erinnern, trug ein wunderbares Sommerkleid, grün-weiß gepunktet war das und hatte dünne Trägerchen, die ihre Schlüsselbeine ganz unbedeckt ließen, ein roter Schimmer breitete sich bereits auf ihrem Dekolleté aus, und das, obwohl sie einen riesigen Strohhut trug. Sie lachte und ließ sich auch nicht von Bronkas kritischem Blick verunsichern. Deren größter Unmut war jedenfalls, soweit ich erkennen konnte, einer stillen Resignation gewichen. Auch wenn sie die zerbrechliche junge Frau mit den dunklen Augenringen nicht in ihr Herz schließen konnte, so hatte sie sie wenigstens zum Ausflug eingeladen. Bartosz musste es wie ein Wunder vorgekommen sein.

Wir legten ab, und Bronka drückte mir ein Glas mit rosafarbenem Krimsekt in die Hand. Auch als es schon längst leer war, behielt ich es, weil sich nirgends eine sichere Abstellfläche bot. Kurz überlegte ich, zu Bartosz hinüberzugehen, ließ es dann aber bleiben. Unser letztes Gespräch war ein einziger Schlagabtausch gewesen, er hatte mir die Schuld zugeschoben und ich sie wieder zu ihm, und seitdem kommunizierten wir, wenn überhaupt, nur über SMS. Es hatte sich zwar herausgestellt, dass nicht alles Kapital verloren war, aber immerhin einiges, und ohne meine Hilfe wollte und konnte Bartosz das Geschäft nicht weiterführen. Abgesehen davon hatte er mir verboten, auch nur einen Schritt über die Türschwelle des Ladenlokals zu setzen, was mir mehr als recht war. Dieses Kapitel war für mich ein für alle Mal abgeschlossen.

So laut, wie sich Bartosz und seine Freunde aufführten, hatten sie schon mehrere Gläser geleert. Insgeheim war ich davon überzeugt, dass, wenn die das Boot steuern sollten, wir höchstens ans andere Ufer gelangten, aber niemals bis zur Mündung des Flusses. Es irritierte mich, dass sich Bartosz nicht in Renias Nähe aufhielt, als würde er sich für sie schämen, vor seinen Verwandten oder seinen Freunden, oder als würde sich ein richtiger Mann nur bei anderen Männern aufhalten, auf keinen Fall aber in weiblicher Gesellschaft. Dabei war Renia immerhin seine Freundin, das war sie doch, davon ging ich aus, auch wenn ich mich nie getraut hatte zu fragen.

Die Uferpromenade zog an uns vorbei, die kleinen Restaurants, die bunten Häuserfassaden und die Touristen, die am Geländer standen, Fotos von uns machten und herüberwinkten. Bronka und Brunon, die es sich auf ein paar Stühlen an Deck bequem gemacht hatten, winkten zurück und prosteten ihnen zu. Gesundheit, rief Brunon immer wieder, Gesundheit! Die Touristen lachten. In der Tat schien Brunon die Rückkehr der Wärme gutgetan zu haben, er hatte zugenommen, und vom Krimsekt breitete sich ein rosiger Schimmer auf seinen Wangen aus.

Nicht wahr, Kinga, hatte er mich an seinem Namenstag gefragt, welche junge Frau würde schon davon ausgehen, dass sie es mit einem über Fünfzigjährigen zu tun hat? Eifrig hatte ich genickt, wohlwissend, dass Brunon längst über sechzig war.

Allen Gästen wurde nachgeschenkt, dann gruppierte man sich um mich, so gut es ging, und begann, ein Geburtstagslied zu singen, *Sto lat, sto lat, niech żyje żyje nam …*

Dann erklang ein leises Klirren, und alle schauten zu Brunon, der sich vor einem verhüllten Tischchen positioniert hatte und mich zu sich bat. Ich stellte mich neben ihn und nahm seine Hand. Ganz rau und schwer fühlte sie sich an, kurz überlegte ich, ob sich Emmerichs Hände so ähnlich angefühlt hatten.

Ja, also, sagte Brunon und räusperte sich, Kinga, wir hoffen, dass dir unser kleiner Ausflug gefallen wird. Wir freuen uns nämlich sehr, dass wir heute alle hier sind, zusammen mit dir. Noch vor ein paar Monaten hätte ich das niemals geglaubt. Aber es ist geschehen, und das ist fast so etwas wie ein Wunder. Die vergangene Zeit war nicht leicht – er schwieg für einen Moment und blickte zu Bartosz, der geschäftig ein Stück Tau untersuchte –, und wir danken dir für deine Geduld. Trotz allem, was geschehen ist. Für heute wollen wir alle Sorgen vergessen. Auf dein Wohl, Kinga Mysza!

Ich stieß mit ihm an und dankte allen für ihr Kommen, auch unbekannterweise. Brunon wollte sich wieder auf seinen Stuhl gleiten lassen, aber ich hielt ihn an seinem Ärmel zurück.

Tatsächlich gibt es noch etwas zu feiern, sagte ich. Was für unsere Familie über Jahrzehnte wie ein Fluch gewesen sein mag, war am Ende doch ein Segen. Die Wohnung, um die es mal lauten, mal leisen Streit gab, hat mich doch in diese Stadt geführt, und damit in eure Arme. Von nun an soll sie euch allein gehören. Damit …

Brunon schmiss sein Glas über Bord und riss mich in seine Arme. Die Gäste applaudierten.

… damit entspreche ich dem Wunsch meines Vaters. Aber auch meinem eigenen. Ihr seid zu meiner Familie geworden.

Auch Bronka umarmte mich gerührt, und Bartosz nickte mir zu und erhob sein Glas. Der Applaus ließ nach, aber noch immer waren alle Blicke gebannt auf mich gerichtet, und so fügte ich hinzu, dass zur Familie immer auch die Menschen zählten, die man sich selber, freiwillig also, ausgesucht habe, und über deren Anwesenheit ich mich mindestens genauso freute: Albina, Renia, die Menschen, die mich als Erste in dieser Stadt aufgenommen hätten, so sei es gewesen, und die mich nicht verstoßen hätten, als sie hörten, wer ich war und was ich wollte. (Albina wischte sich eine Träne fort. Sie trug eine riesige Sonnenbrille, aber man sah es trotzdem.) Auch wenn nicht alles ganz so gelaufen sei, wie man sich das vorgestellt hatte – Bartosz nahm wieder das Tau –, sei ich überzeugt, alles würde gut ausgehen, alles, und dann wusste ich nicht weiter und nahm einen Schluck aus meinem Glas.

Bronka klatschte geistesgegenwärtig in die Hände: Dann ist das Buffet ja wohl eröffnet!

Vorsichtig zog sie das Tuch vom Tisch, und zum Vorschein kamen über ein Dutzend Schüsseln mit Salaten, Nudeln, Saucen und Fischhappen, mit geschmierten Brötchen, Bouletten und mehreren Kuchenplatten.

Was meinst du, wirst du davon satt? Sie schaute mich mit großen Augen an. Alles lachte.

Schon bald ließen wir die Stadt hinter uns. Das Boot schaukelte an Feldern und Wäldchen vorbei, und an Bord hatten sich kleine Gesprächs- und Interessengruppen gebildet, unter anderem zum Thema Motorboote, selbstbräunende Körpercremes, gekochte Würstchen und den Krieg in Afghanistan. Brunon unterhielt sich mit dem älteren Ehepaar, Albina flirtete mit Andrzej, alles verlief friedlich. Man genoss den Tag, Sonnenmilch kursierte. Zum ersten Mal seit vielen Wochen führte ich ein längeres Gespräch mit Renia. Etwas abwesend wirkte sie auf mich, unaufmerksam, als sei sie mit ihren Gedanken woanders. Am liebsten hätte ich sie umarmt, aber ich beherrschte mich. Kröger lehnte keine zehn Meter von uns entfernt an der Reling, und obwohl er seine verspiegelte Sonnenbrille trug, wusste ich, dass er uns keinen Moment aus den Augen ließ, als ob er nur darauf wartete, dass die Situation eskalierte.

Renia wollte gerade ansetzen, etwas zu sagen, etwas, das sie lange Zeit im Mund hin und her geschoben hatte, da kam Bartosz mit ein paar gefüllten Gläsern über das Deck geschwankt und wollte Renia eines davon in die Hand drücken. Renia schüttelte den Kopf. Bartosz tat so, als würde er mich nicht bemerken, aber

die Kugel traf ihn irgendwo an seinem Ohr. Genau an dem Teil des Kopfes traf sie ihn, der nicht vom Helm bedeckt wird, und die Kugel, die ihn tötete, war meine

Kugel, einwandfrei meine, ich hatte es von Anfang an gewusst, natürlich, auch wenn später aufwendige Nachforschungen angestellt wurden, es hatte doch jeder gesehen – Socha, Lysiecki und die anderen –, dass es meine Kugel gewesen war. Lysiecki hat später ausgesagt, dass ich für einen Moment keinen Überblick über die Situation gehabt hätte, das würde vorkommen, Schüsse aus allen Richtungen, da könne man leicht die Nerven verlieren, und alle haben es geglaubt. Wie sonst kann man so idiotisch sein, in einem Schusswechsel plötzlich seine Deckung zu verlassen und aufzustehen, inmitten all des Staubes und des aufgewirbelten Sandes, Jarzębiński war ein Idiot, und dass ich ihn umgebracht habe, werde ich ihm nie verzeihen.

Das hat später niemand so gesagt: umgebracht. Er starb im Schusswechsel mit dem Feind, so haben sie es genannt, auf eine große Staatsaffäre hatte keiner Lust, und es war doch so, es gab einen Schusswechsel mit dem Feind, hinterher war Jarzębiński tot, nur dass es der Feind war, der ihn tötete, das stimmte nicht ganz, aber das hatte ja auch niemand behauptet. Innerhalb des Camps wusste jeder innerhalb einer Stunde Bescheid, aber das war mir egal. Viel schlimmer war die Psychotante, Socha und Lysiecki und die anderen mussten auch hin, aber ich wurde so was wie ihr Stammgast, jedenfalls solange ich noch im Camp war und bevor die Militärpolizisten kamen und ihre Fragen stellten. Ich brauchte gar nicht viel zu sagen, viel zu sagen gab es ja sowieso nicht, aber das meiste hatten die schon mit Socha geklärt und der Psychotante und den Ärzten, die Jarzębiński obduziert hatten, und fast schienen die Militärpolizisten beleidigt, dass so etwas geschehen war, dass so etwas hatte geschehen können, so einen unangenehmen Fall hatte es nicht mehr gegeben seit dem Idioten, der sich beim Putzen seiner Waffe den Schädel weggeblasen hatte und dem armen Schwein, das sich aufgehängt hatte, an seinem Hochbett, aber das war vor meiner Zeit in Babylon gewesen. Was für ein merkwürdiger Zufall, hatte Lysiecki mir später erzählt, das arme Schwein hatte ebenfalls nur noch zwei Wochen in Babylon, und statt die durchzuhalten, hatte er seinen Gürtel vorgezogen, komisch sei das doch, aber so komisch fand ich das dann doch nicht, nach der Zeit in Babylon kommt die Zeit außerhalb von Babylon, und die Vorstellung, die Scheiße hier nicht mehr aus dem Schädel zu bekommen, das kann einen fertigmachen, so fertig, dass man vielleicht sogar darüber nachdenkt, während eines Schusswechsels einfach aufzustehen und seinen Kopf so zu drehen und zu wenden, dass ihn mit Sicherheit irgendeine Kugel schon treffen wird, aber das ist nur ein Gedanke, und geäußert habe ich ihn niemals, ich nicht, nein.

Ob ich seiner Familie etwas sagen wolle, fragte mich die Psychotante, also der Familie vom Jarzębiński, aber als ich an seine Mutter dachte und seine kleine Schwester, da hat es mir die Kehle zugeschnürt und ich habe gar nichts gesagt, bloß stumm den Kopf habe ich geschüttelt, und noch Tage später, als man es ihnen längst gesagt hatte, wusste ich nicht, was die richtigen Worte waren, und zu der Zeit kannte ich ja auch gar nicht die offizielle Version, die man seiner Mutter aufgetischt hatte.

Was sollte ich der Psychotante schon erzählen? Vom Geier etwa, der über allem kreiste und Jarzębińskis Tod gerochen hat aus kilometerweiter Entfernung, oder vom Blut, das in einen Sand hineinsickerte, in den es überhaupt nicht gehörte – der Jarzębiński, der gehörte doch *auf den sandigen Boden der polnischen Küste, aber nicht hierher, und auch wenn sein Körper längst zu Hause begraben und verrottet sein wird, wird für immer ein Stück von ihm in der Wüste zurückbleiben, die Juden glauben doch so etwas, die Seele steckt im Blut und so weiter, und wenn das so ist, dann hat Jarzębiński die ganze christliche Zeremonie auf seiner Beerdigung nichts genützt, denn seine Seele geht mit den Sandstürmen, und wer ihn jemals erlösen wird, das weiß kein Mensch, jedenfalls nicht ich. Das Einzige, was ich weiß, ist, dass es meine Kugel war, die Jarzębiński getötet hat, die und keine andere, und ich verfluche den Moment, in dem ich geschossen habe, aber wie gesagt, wer rechnet denn damit, dass jemand während eines Schusswechsels aufsteht, doch niemand, der ganz bei Sinnen ist.*

Ich wandte mich von Bartosz ab, sah ein paar Fischen im Wasser nach. Diskret wischte ich eine Träne fort, die gerade meine Nase hinablief. Als Kröger sah, dass mit mir etwas nicht stimmte, fragte er allen Ernstes, ob ich eigentlich ein Problem damit hätte, dass Renia und Bartosz ein Paar wären. Ich wirke immer so gereizt, wenn ich mit den beiden zusammen sei, ob das nur sein eigener Eindruck sei?

Allerdings ist das nur dein Eindruck, sagte ich und drehte mich um. Dann fragte ich ihn auf Deutsch, was zum Kuckuck er eigentlich wolle. Den Ausflug verderben?

Bartosz gab sich einen Ruck, zog mich beiseite und sagte, ich solle mich nicht aufregen, ich wisse doch, wie er sei, ein alter Provokateur, und so ganz unrecht habe er ja auch nicht. Sie alle wüssten doch, dass ich manchmal etwas schwierig sei. Das sei doch keine Schande ... Er selber, Bartosz, sei schließlich auch kein leichter Fall. Wahrscheinlich liege das in der Familie.

Die Liebe – Kröger drehte das Glas in seinen Händen und schaute mich dabei prüfend an –, ist sie nicht wunderbar? Dem einen gibt sie, dem anderen nimmt sie. Aber man muss sich ja immer freuen. Nicht wahr, Kinga?

Lächelnd ging er mit seinem Glas davon.

Netter Zug von dir, das mit der Wohnung, sagte Bartosz. Endlich mal gute Nachrichten.

Meine Hände waren noch immer ölig von der Sonnencreme, ich wischte sie mir an den Oberschenkeln ab. Hör mal, das mit Rokas –

Ich will nicht darüber reden. Bartosz schob seine Sonnenbrille hoch, Renia tat unterdessen so, als überhörte sie unser Gespräch.

Ich aber. Das mit Rokas wäre dir genauso passiert. Du kanntest ihn doch auch. Hättest ihm auch vertraut. Was passiert ist, tut mir leid. Aber es war nicht meine Schuld.

Ich wünschte, es wäre so. Ein bitterer Zug um seine Mundwinkel herum tauchte auf, und ich beschloss, die Diskussion zu beenden.

Schön jedenfalls, dass es dir wieder gut genug geht, bei einem Ausflug mitzumachen, antwortete ich. In die Sommerfrische. Bestimmt ein bisschen wie in den Süden zu fliegen, oder? Nur, dass am Ende keiner stirbt.

Mit einem Ruck fegte Bartosz die Sonnencreme von der Reling, Renia fuhr zusammen und sah mich flehentlich an. Bartosz' Mundwinkel zuckten, als er sagte, dass es mir doch in Wirklichkeit immer egal gewesen sei, wie es ihm gehe, dass ich mich nur für meine Freizeit und mein Vergnügen interessiert hätte, und das war der Moment, der das Fass zum Überlaufen brachte. Mir schossen tausend mögliche Antworten auf seine Frechheit durch den Kopf, mit solch einer Geschwindigkeit, dass ich nur die dümmste von allen hervorbringen konnte.

Weißt du, was du bist?, fragte ich. Ein Arschloch.

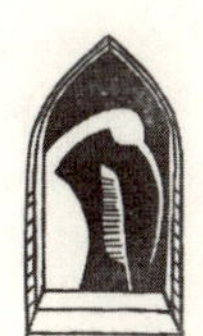

Weißt du, was du bist?, fragte Kinga. Ein Mörder.

Bartosz' Blick kehrte sich für einen Moment nach innen, dann schwankte sein Oberkörper nach vorne, und mit einem kräftigen blassrosa Schwall erbrach er sich auf das Deck. Bronka rief laut um Hilfe, sie hatte als Erste bemerkt, dass hinten im Heck etwas nicht stimmte.

Kinga, die kühle, fast krankhaft bleiche Kinga stand vor Bartosz und runzelte die Stirn. Die Arme vor ihrer Brust verschränkt, sah sie an ihm vorbei auf Kröger, der seinen Kopf schüttelte und ihr diskret einen Vogel zeigte. Niemand hatte genau gehört, was Kinga wirklich gesagt hatte, aber Kröger, der sich in Kingas Nähe aufhielt, schon.

Bartosz hatte es zu Boden geschmettert. Gegen die Reling gelehnt, saß er neben seinem Erbrochenen und ließ sich von Renia den Mund abwischen. Ein perfider Zug war das von Kinga gewesen, einer, der mitten in die Wunde traf und ihre Ränder dabei noch weiter dehnte. Natürlich war er Soldat gewesen, natürlich hatte es ihn in den Irak verschlagen. Das wusste jeder an Bord, und so gesehen wusste Kinga nicht mehr als jeder andere. Sie aber war es, die ihn nichts vergessen ließ, niemals, ihn triezte, schikanierte und fortwährend bestrafte – als gäbe es nicht schon genug Streit, um die Pfandleihe, um das Geld, um die Liebe. Wer wäre da nicht wahnsinnig geworden?

Erst als es schon zu spät war, Bartosz am Boden und Renia in Tränen aufgelöst, baute sich Bronka vor Kinga auf und fragte, was um alles in der Welt geschehen sei. Kinga zuckte lediglich mit den Schultern, und neben dem Anschwellen der Zornesader auf ihrer Stirn sollte das ihr einziger Kommentar zum Geschehen bleiben.

Keine zwei Stunden vorher, als das Boot im Yachthafen ablegte, hatte man sich noch freundlich begrüßt und miteinander angestoßen. Zu der kleinen Feier hatte man, neben Kinga, ebenfalls einige Freunde der Familie eingeladen. An diesem Tag, so hatte Bronka entschieden, sollte aller Streit um die Pfandleihe, und worüber man sich sonst noch stritt (Bronka konnte sehr diskret sein, wenn sie wollte), beigelegt werden.

Nach kurzer Zeit glitt das Segelboot vorbei an den letzten Ausläufern der Wiesen und Birkenwäldchen, ab und zu waren von Deck aus auch ein zerfleddertes Sofa oder ein paar Plastiktüten zu sehen, die sich so geschickt um eine junge Birke geschlungen hatten, dass es aussah, als hätte sich jemand ein Zelt gebaut. Ein paar Möwen machten sich daran zu schaffen und rissen mit ihren gelben Schnäbeln die Henkel der Tüten heraus. Das langsam vorbeiziehende Boot irritierte sie dabei kein bisschen, sie blinzelten nur kurz und stoben auf, als Kröger ihnen in einem unbemerkten Moment einen Heringshappen zuwarf. Das Schiff fuhr so gemächlich, dass die Möwen nur die Hälse etwas zu recken brauchten, um den Happen aufzufangen.

Auf jene Langsamkeit wurde höchsten Wert gelegt: den Motor wollte man ausgeschaltet lassen, sonst sei man ja genauso wie das Piratenschiff, das jeden Tag Touristen den Fluss hoch- und runterfuhr – dank eines geschickt kaschierten Motors.

Wir haben doch jede Menge Zeit, hatte Bronka während des Ablegens gesagt, und betrachtete man das Buffet, das sie mitgebracht hatte, konnte man davon ausgehen, dass sie heimlich eine Überfahrt nach Schweden geplant hatte.

Wenn es nach Tilmann Kröger gegangen wäre, hätte man in der Gegend um den Yachthafen bleiben können. Alle Flussmündungen und skandinavischen Länder dieser Welt konnten ihm gestohlen bleiben, wenn es doch eine Innenstadt wie diese gab, mit bemerkenswerten Fassaden und solch einem Panorama, dazu die neidischen Blicke der Passanten; aber natürlich enthielt er sich jeder Meinung und war froh, überhaupt eingeladen worden zu sein, obwohl er nicht genau wusste, ob es Bartosz oder sein Vater gewesen war, der ihn eingeladen hatte. Vielleicht, mutmaßte er, sollte er auch als Unterhaltung für Kinga dienen: Alles war möglich.

Auf Brunons Wunsch hin wurde an Bord leise polnischer Jazz gespielt, was allgemeine Zustimmung fand. Nachdem die Gäste mehrere Schüsseln mit Kartoffelsalat und Heringsstücken vertilgt hatten und man etwa ein Dutzend Mal Lieder zu Ehren Kingas und Brunons gesungen hatte, war man ermattet auf die Bänke gesunken und erholte sich bei einem Glas Sommerbowle. Die Damen, darunter Albina und Renia, hatten ein Plätzchen gefunden, wo sie sich sonnen konnten, und die Herren, vor allem Bartosz' Kameraden, waren damit beschäftigt, sich hinter ihren Sonnenbrillen zu verbarrikadieren und unbeeindruckt zu tun. Kingas Schweigsamkeit war niemandem aufgefallen, erst im Nachhinein erinnerte man sich daran und fragte sich, ob sich darin wohl schon etwas angekündigt hatte, ob es die ganze Zeit über bereits in ihrem Kopf gebrodelt haben mochte, aber das waren nichts als Spekulationen. Genug zum Grübeln gab es natürlich – der Streit um das verspielte Geld im Casino, auch wenn Kinga hartnäckig behauptete, ein gewisser Rokas hätte sie betrogen und sich mit dem Geld nach Litauen abgesetzt. Jedem war klar, dass es sich dabei um eine Notlüge handeln müsse, eine faule Ausrede, aber Kinga ließ sich in ihrer Version nicht beirren. Und dann Bartosz' gemeinsamer Auftritt mit Renia …

Bis auf Kröger hatte sich niemand die Mühe gemacht, die Gäste zu unterhalten: Bartosz stand im Heck, als ob er gar nicht dazugehörte, als sei er im Moment des Ablegens versehentlich auf das Boot geraten; Bronka war die ganze Zeit damit beschäftigt, Häppchen und Getränke bereitzustellen, und ihre Verwandten, die man ebenfalls eingeladen hatte, waren in ein Gespräch über die fehlende Anbindung der Vorstädte vertieft.

Und so war es einmal mehr an Kröger gewesen, sich mit Brunon und den Damen zu unterhalten. Kinga drehte missmutig ihren Kopf zum Wasser, als Kröger versuchte, sie mit einzubeziehen. Auf die Frage, wie es ihr in den letzten Tagen ergangen war, reagierte sie nicht, sondern zuckte nur kurz mit den Schultern.

Ohne das Wasser berühren zu können, ließ Kinga ihre Arme an der Reling hinunterhängen und blickte nur dann auf, wenn sie Renia lachen hörte. Außer ihr stellte übrigens kaum jemand die Verbindung zwischen ihr und Bartosz in Frage. Gegensätze ziehen sich an und so weiter, das kannte man alles, und etwas eigen waren sie ja beide, da hatten sich zwei gefunden, und am Ende war sogar Bronka froh, dass es jemanden gab, der ihren Sohn besser ertragen konnte als sie selber.

Als sich das Boot endlich in die Umarmung der Flussmündung hineinbegab, sanfte, bewaldete Hügel zu beiden Seiten, hätte niemand geglaubt, dass an diesem Ort Schreckliches geschehen konnte – weder das, was an der Bord der Albatros später geschehen sollte, noch die Tatsache, dass vor sechzig Jahren das deutsche Reich hier seinen Krieg begann, mit Schiffen und Flugzeugen gegen ein paar verbarrikadierte polnische Soldaten, und das in aller Herrgottsfrühe. Man schlug sich heldenhaft, und so dauerte es, bis sich die Katastrophe über sie hinwegschob, es dauerte und dauerte auch an Bord der Albatros, denn man war zivilisiert und ertrug seine Gäste auch dann, wenn sie sich stritten oder darüber beschwerten, dass es nichts Vegetarisches zu essen gab oder dass man besser woanders hätte hinsegeln sollen.

An der Hafenseite dümpelten ein paar graue Schiffe der polnischen Marine. Am Ufer grünte der Rasen, und hinter einem Wäldchen erkannte man schemenhaft die alten Bunkeranlagen. Ein paar Möwen saßen auf den Masten und kreischten, als die Albatros vorbeiglitt, vielleicht auch deshalb, weil sich Brunon weit hinausbeugte, um bessere Aufnahmen von den Schiffen machen zu können. Die restlichen Gäste betrachteten milde desinteressiert den Klotz, der auf der Spitze eines kleinen Hügels prangte und an den Ausbruch des Zweiten Weltkrieges erinnern sollte.

Kinga, die sich die meiste Zeit am Krimsekt festgehalten hatte – am Anfang saß sie aus Befangenheit wie festgenagelt auf ihrem Stuhl, später aus Sorge um das Gleichgewicht –, stand nun, da man das Tempo gedrosselt hatte, auf und beschwerte sich über die Unförmigkeit öffentlicher Denk- und Mahnmale. Speziell dieses unästhetische Exemplar, sagte sie, an Brunon gewandt, würde bei ihr Migräne auslösen. Und das an so einem schönen Ort: Da hinten seien doch Sandstrände, wo man baden, und Felsen, zwischen denen man ein Feuerchen machen und ein bisschen Suppe warm machen könnte. Brunon schüttelte entschieden den Kopf: Er selber würde sich die Bunker anschauen. *Und* das Denkmal, völlig egal, was sie, Kinga, davon halte. Schließlich habe hier die größte Katastrophe der Neuzeit ihren Anfang genommen, auf die jeder Pole dieser Welt liebend gerne verzichtet hätte.

Dann aber der Streit, Kingas Zorn, der Windstoß, das Erbrechen. Als Bartosz sich wieder beruhigt und mit Renias Hilfe aufgerichtet hatte, drehte er sich zu Kinga um und sagte: Runter.

Wie bitte? Kinga schien nicht ganz zu verstehen.

Von Bord. Michał, leg da vorne an. Bei den Steinen. Wir schmeißen sie raus. Danach fahren wir nach Hause.

Michał zögerte einen Moment, dann hielt er auf das Ufer zu. Die Gäste begannen, untereinander zu tuscheln, Bronka protestierte laut, aber Bartosz ignorierte sie und ihre Versuche, ihn zu beschwichtigen.

Albina und Renia schickten abwechselnd mal verwirrte, mal zornige Blicke zu Kinga, die regungslos an der Reling lehnte und ihr Gesicht der Sonne entgegenhielt, die Augen geschlossen. Kröger ging an ihr vorbei und flüsterte ihr zu, was für ein Trottel sie doch sei, alles verdorben habe sie. Die Situation sei für Brunon und Bronka außerordentlich unangenehm. Jemanden auszusetzen, noch dazu am eigenen Geburtstag, wegen irgendeines lächerlichen Streits … Brunon versuchte die Gäste zu beruhigen. Die Situation würde sich sicherlich gleich entspannen, das müsse man doch ausnutzen, wenn man schon einmal hier sei, und das Wetter sei so schön und sie hätten auch noch so viel zu essen da und zu trinken … und überhaupt habe der Wind soeben abgeflaut, unter diesen Umständen segle niemand irgendwohin.

Nichts da. Dann schmeißen wir eben den Motor an. Bartosz wischte sich den Schweiß von seiner Stirn. Ein kurzes Vibrieren ging durch das Schiff, als es gegen das steinige Ufer stieß und Michał festmachte.

Schaff dich raus. Bartosz hatte seine Stimme gesenkt und sagte etwas zu Kinga, die, ebenso leise flüsternd, darauf antwortete und immer heftiger auf Bartosz einredete. Niemand verstand, was sie sagten. Trotzdem waren die Gespräche unter den Gästen verstummt, alle starrten hinüber zu der jungen Frau, die sich endlich darangemacht hatte, mit hochrotem Kopf über die Reling zu klettern. Bartosz hätte ahnen müssen, dass er sich damit Kingas Zorn zum Fraß vorwarf, und Renia gleich mit dazu. Er wusste doch von Kingas krankhafter Eifersucht, wusste, wie heftig Kinga auf seine Vorwürfe wegen des Casinos reagiert hatte. Ihr Stolz muss unheilbar verletzt worden sein. Die Auseinandersetzung hatte fast ausgereicht, die Familie erneut zu entzweien.

Kinga ging von Bord und rutschte auf den Steinen aus, die am Ufer umherlagen. Sie blieb so lange sitzen, bis das Boot sich langsam von der Mündung des Flusses entfernte. Dann erst erhob sie sich und ging zurück in Richtung Stadt, den Kopf – Womöglich? Ganz sicher? – voller düsterer Pläne.

Irgendwann wird sie auf Bartosz und Renia gestoßen sein, und ihr Weg wird sie daraufhin nicht zurück in die Wohnung oder in ein Café oder auf eine Parkbank geführt haben, nein – Kinga wird mit ihnen einen geheimeren, einen dunkleren Ort aufgesucht haben. Wer

Kinga kennt, weiß um ihre Leidenschaft für die Bastionen unweit der Wohnung.

Die unterirdischen Gänge jener Wälle konnte nur entdecken, wer sich mit Taschenlampe und einem unerschrockenen Herzen in sie hineinwagte. Hielt Kinga etwa nicht in ihrem Zimmer Pläne der Gänge und Kammern versteckt, war sie nicht diejenige, die sich am besten dort auskannte? In der gesamten Stadt gab es keinen besseren Ort für ein geheimes Verlies, in dem man zwei Menschen verschwinden lassen konnte, sei es tot oder lebendig. Mit Kingas Plänen aber verhält es sich wie mit Bartosz und Renia: Sie sind verschwunden, das wichtigste Beweismittel fehlt, und so bleiben nur die Hoffnung und der Faden der Ariadne. Die Wahrheit kennt nur ein Mensch allein, und das ist Kinga, Kinga Mischa.

Es war ein langer Weg zurück. Meine Wut war nach den ersten Kilometern verraucht. Am Abend, so nahm ich mir vor, würde ich Bronka anrufen, sie beruhigen, und damit würden alle Wogen geglättet sein, jedenfalls vorerst.

Die Straße führte vorbei an maroden Wohnblocks und hinfälligen Werftanlagen, und immer wenn Autos an mir vorbeifuhren, hupten sie lautstark, als hätten sie nie zuvor einen Fußgänger gesehen, als wenn mich das in ihren Augen schon suspekt gemacht hätte: Jemand, der vom Meer zu Fuß in die Stadt ging, da konnte doch etwas nicht stimmen, ein Wunder, dass niemand direkt die Polizei rief und mich mitnehmen ließ, wegen geistiger Unzurechnungsfähigkeit oder Schlimmerem.

Aber dann hätte niemand gesehen, was mit Bartosz und Renia geschehen war, und alle würden davon ausgehen, dass sie sich irgendwo ertränkt hätten, mit einem Gewicht an ihren Füßen vielleicht und warum auch immer, etwa weil ich sie gekränkt hatte, ha, oder aus unüberwindbarem Schmerz an der Welt. Oder man würde vermuten, dass ein Containerschiff sie mit nach Brasilien genommen hatte oder dass sie sich in irgendeiner Ruine versteckt hielten oder aber dass sie vom Turm der großen Backsteinkirche den direkten Weg in Richtung Himmel angetreten und leibliche Aufnahme gefunden hätten, das würde doch hinreichend erklären, warum sich kein Fetzen ihrer Kleidung, kein Knöchelchen und keine Hautschuppe von ihnen finden ließ, als hätten sie niemals existiert.

Und warum das alles? Weil alle damit beschäftigt waren, ihren Rausch irgendwo auszusitzen, die waren doch alle im Boot geblieben, als es schon längst wieder vor Anker lag im Hafen im Fluss, aber da hatte natürlich niemand bemerken wollen, dass Bartosz und Renia zusammen losgezogen waren mit ihren Mienen aus Stein und ohne ein Wort zu sagen. Als hätte man da nicht wenigstens fragen können, ob alles in Ordnung sei oder ob man sie begleiten solle, so gesehen habe doch ich den Schwarzen Peter zugeschoben bekommen, ich hätte einfach ein Bord bleiben sollen, dann wäre alles beim Alten geblieben.

Als ich die Werft passierte, winkten mir die Kräne zum Abschied, mit ihren blassgrünen Streben schwenkten sie in meine Richtung und dann sanft hin und her, eigentlich hatte ich sie gemocht, sie verliehen dieser Stadt etwas Maritimes, etwas Weltgewandtes, aber in diesem Moment, auf dem Weg zurück nach Hause, kamen sie mir vor wie überdimensionale Galgen, die sich über die

Dächer reckten und jeden Besucher vor der Macht dieser Stadt warnten, vor der Macht, Menschen zu verschlingen, wie und wann immer sie es wollte, sie auszulöschen wie ein überflüssiges Wort.

Aber es war gut, zu gehen, zu laufen fast, fort von dem Boot und dem, was ich gesagt hatte. Ich bereute es schon beinahe, aber ich war eben aus der Haut gefahren, so was konnte geschehen. Mit jedem Schritt wurde ich etwas ruhiger. In der Innenstadt angekommen, stellte sich eine Erleichterung ein, als wäre ich die ganze Zeit auf der Flucht gewesen, und nur die Anwesenheit von Menschen um mich herum hat mich retten können: große Menschen, die zwischen ihren Häusern umhergingen und sich Wassereis mit Himbeergeschmack kauften, und kleine Menschen, die auf Zwei- und Dreirädern umherfuhren und riefen und krakeelten und sich mit Sonnencreme einschmierten und ohne Arg waren. Das war der größte Trost, dass es Menschen gab, die sich nicht zerstritten hatten, sich nicht unmöglich aufgeführt und vielleicht etwas kaputtgemacht hatten, das sich nicht wieder kitten lassen würde.

In der Nähe der Post musste es gewesen sein, da waren ein Spielplatz und ein Gelächter und ein Gewusel, da blieb ich dann sitzen, für eine Weile, im Schatten einer Weide, und stand nur auf, um mich in die Reihe am Eiswagen zu stellen. Die jungen Mütter lächelten mir zu, ein Kleinkind zu haben, das verband wohl, aber ich wandte den Kopf ab, wollte nicht beantworten, welches der mit Speiseeis beschmierten Kinder meines war. Allein ihre Annahme, ich könnte ein Leben führen mit Kind und Mann und Windeltasche und Schwiegermutter, die daheim Kartoffeln kochte und Rindsrouladen, das beruhigte mich ein wenig, so hätte es ja auch sein können, und so war es vielleicht auch, in einer anderen Dimension.

Ich erinnere mich an den Geruch des klebrigen Eises, den Geruch der lackierten Holzbank, Schwalben flogen dicht über den Köpfen der Kinder umher, eines heulte auf, weil die Spitze seines rosafarbenen Eises weggebrochen war, da schienen alle Mütter auf den umliegenden Bänken aus ihrem Schlummer aufzuwachen, nur um wenige Sekunden später wieder einzunicken. Ich saß mitten unter ihnen und aß ein Eis nach dem anderen, zwei-, dreimal reihte ich mich in die Schlange ein, so lange, bis ich kein Kleingeld mehr in der Tasche hatte. Schlecht war mir schon vorher geworden, aber das war mir egal, denn die Kälte des Eises lähmte auf angenehme Weise mein Gehirn und ließ alle Gedanken an die möglichen Konsequenzen dieses missratenen Ausflugs gefrieren.

Die Sonne funkelte zwischen den Zweigen der Weide hindurch, sie stand bereits schräg am Himmel, neigte sich dem Horizont entgegen, und als ein Strahl mein Gesicht berührte und ich merkte, dass der Stern an Kraft verloren hatte, stand ich auf und machte mich auf den Weg. Ich hatte einen Entschluss gefasst: Renia und Bartosz wollte ich finden und mich bei ihnen für die Szene entschuldigen, die ich gemacht hatte. Das war mein Plan, deswegen suchte ich sie, ich brannte weder vor Liebe noch vor Hass.

Ganz windstill war es in der Stadt, als hätte sie ihren Atem angehalten. Die Menschen auf den Straßen verhielten sich ruhig, erschöpft nach einem warmen Tag, kein einziges Tier war zu sehen, und das Gemüse auf den Ständen war so welk und runzlig wie die Gesichter der Marktfrauen. Vor den Bäckereien und Eiscafés saßen die Leute um die Tischchen, blickten wie betäubt auf ihre längst geleerten Becher und hoben ihre Köpfe, als sie mich vorbeigehen sahen. Nein, es gab keinen Zweifel, ich befand mich auf dem Weg nach Hause, oder wenigstens in die Richtung dorthin, denn eigentlich stieß mich die Vorstellung ab, alleine in der Wohnung zu sein, untätig auf Renia zu warten … Ich machte auf dem Absatz kehrt und schlug einen Umweg ein, zurück über den Fluss auf die andere Seite. Hinter der Insel angekommen, entdeckte ich dann das Segelschiff. Am Ende der Brücke blieb ich stehen. Es war tatsächlich die Albatros. Kurz erwog ich, zum Boot hinüberzugehen, dann entschied ich mich dagegen. Alles in mir sträubte sich dagegen, nochmals einen Fuß auf die Planken des Bootes zu setzen und mich unter die Augen der Gäste zu begeben.

Die Vorstellung, Bartosz zur Rede zu stellen, kam mir dennoch verlockend vor. Ärger stieg wieder in mir hoch. Meine Füße taten mir weh, außerdem pochte es hinter meiner Stirn, als kündigte sich ein Sonnenstich an. Die Heimfahrt im Boot wäre ohne Zweifel angenehmer gewesen als die Route über Land.

Der dunkelblaue Rumpf der Albatros dümpelte gleichmütig im Yachthafen, inmitten eines Teppichs aus Algen und Entengrütze. Ein paar Möwen hatten sich im Tauwerk niedergelassen und kreischten ohrenbetäubend: Eine Dohle hatte sich ihnen genähert und kreiste immer wieder um das Schiff, als handle es sich um ein Fischerboot kurz nach dem Fang. Ein paar Wolken hatten sich vor die Sonne geschoben, der Fluss und der Hafen waren in ein diffuses Licht getaucht.

Erst sah es so aus, als sei das Boot bereits verlassen, leer, aber dann – ich wäre beinahe schon weitergegangen – sah ich Bronka und Brunon, wie sie aus der Kajüte an Deck kamen, und schließlich konnte ich ebenfalls Albina ausmachen, die mit einem Wischmop im Heck zugange war.

Einen Moment lang blieb ich stehen und wartete ab, was passieren würde. Als ich aber nach fünf Minuten weder Renia noch Bartosz sehen konnte, war ich mir sicher, dass sie bereits von Bord gegangen waren. Jetzt wusste ich: Ich musste mit ihnen reden. Vielleicht konnte ich sie noch einholen, sie waren doch zu Fuß gekommen – Bartosz' Auto hatte ich am Vormittag jedenfalls nicht auf dem Parkplatz des Hafens bemerkt.

Rasch lief ich die Promenade am Fluss hinunter, rempelte ein paar Angler und Zeugen Jehovas an, eine junge Zigeunerin mit Kind auf dem Arm stellte sich mir in den Weg, so dass ich im Laufschritt beinahe aus dem Gleichgewicht geriet, und als ich den Knick erreichte, den die Promenade beschrieb, kurz vor der Schleuse, da sah ich sie. Renia und Bartosz standen am Geländer, hielten sich an den Händen und starrten ins aufgewühlte Wasser des Flusses.

Sie redeten nicht, so viel konnte ich erkennen, auch wenn ich noch ziemlich weit entfernt von ihnen stand. Sie blickten einfach ins Wasser, als müssten sie sich fassen, als hätten sie eine Entscheidung von großer Tragweite getroffen, der sie nachfühlen, die sie abwägen mussten. Im ersten Moment war ich so erleichtert gewesen, sie zu sehen. Jetzt, dachte ich, würde sich alles klären lassen, ich würde mit ihnen reden können, welch eine Gnade, ihnen so schnell begegnet zu sein. Ich ging auf sie zu, mitten auf der Promenade, ich wollte mich ja nicht verstecken, im Gegenteil – da drehte sich Renia plötzlich in meine Richtung und schaute mir, noch gut hundert Meter entfernt, blank ins Gesicht. Ich hob meine Hand und winkte, vielleicht hatten sie mich nicht erkannt, die Häuserwand am Fluss warf lange Schatten auf die Promenade, das konnte verwirren, vor allem, wenn man reichlich Sommerbowle und Krimsekt getrunken hatte. Ich winkte, aber Renia schaute durch mich hindurch, erkannte mich noch immer nicht, und dann dieser Blick – erst später fiel mir ein, woher ich ihn kannte, Renia, die sich nach innen wandte, nicht mehr berührt wurde von den Dingen dieser Welt, Renia, von der niemand sagen konnte, wo sie sich in solchen Momenten befand.

Ich blieb stehen und rief ihren Namen, aber da packte sie Bartosz am Unterarm und ging los, ohne sich noch einmal nach mir umzudrehen, rasch überquerten sie den öden Platz vor den Garagen und den verwilderten Park, der vor der Brücke lag. Eine Amsel saß auf dem Wipfel einer jungen Buche und sang, ich habe es noch genau im Ohr, sie sang, aber Renia und Bartosz beachteten sie nicht, als würden sie nichts, rein gar nichts mehr wahrnehmen, nicht das Rauschen der Schleuse oder das Knarzen der alten Brücke, nicht die alte Dame mit dem Rudel Pekinesen, das sie kläffend umkreiste, bis sie fortgezogen wurden, nicht die letzten Strahlen der Sonne, bevor sie hinter den Bastionen verschwand, nicht mich, wie ich ihnen mit immer länger werdendem Schatten folgte.

Eine unbestimmte Angst war plötzlich über mich gekommen. Die beiden befanden sich nicht auf dem Weg nach Hause, sie waren auch nicht auf der Suche nach einer Bank, um den Sonnenuntergang zu genießen und sich dabei verliebt in die Augen zu schauen. Ich hatte keine Ahnung, worum es ging, aber jetzt weiß ich ja, dass mich das Gefühl nicht täuschte, ich hätte mich nur etwas mehr beeilen sollen, hätte zu ihnen aufschließen und sie beide packen und etwas schütteln und ich weiß nicht was sollen, vielleicht wäre dann alles anders gekommen. Wäre ihnen jemand anderes gefolgt, hätte der das Problem, das ich jetzt habe, aber außer mir hat sich niemand dafür interessiert, was los war, nicht einmal Kröger, da waren bloß ich und die Sonne, die nur noch wenige Zentimeter über dem Horizont schwebte und Bartosz und Renia in ein fiebrig rotes Licht tauchte, sie einfärbte, wie sie über die Brücke schritten und noch immer hoffte ich, vielleicht gehen sie ja doch nach Hause, einfach nur nach Hause, aber da bogen sie ab, betraten die Wiese vor der alten Stadtbefestigung, schlitterten hinunter in den Graben, der die Bastionen umgab, durchquerten ihn und kletterten schließlich wieder empor, mit langsamen Schritten, feierlich wirkte das, als würden sie eine Zeremonie begehen.

Von der kleinen Wegkreuzung aus sah ich, wie Bartosz und Renia vor einer Öffnung im Hang stehen geblieben waren, sich noch immer an den Händen hielten, einander kurz küssten und, als die Sonne hinter der Bastion verschwunden war, sich bückten und hineinstiegen. Da musste ich beinahe lachen: Es war ein Liebesversteck, dachte ich, nichts weiter, und ich war hinter ihnen hergeschlichen wie ein perverser Idiot, dabei wollten sie nur ihre Ruhe.

Als aber plötzlich kein Geräusch mehr zu hören war, kein Rutschen auf Kieseln, kein Schaben von Schuhsohlen auf Backstein, nicht mal mehr Gemurmel, da kam es mir komisch vor, und ich bin hinunter zum Loch, durch den Graben und hinauf zum Hang. Dort, an der Öffnung, sah ich lediglich einen Haufen weggebrochener

Ziegelsteine, ein paar alte Bierdosen und einen zerrissenen Pullover, dunkel war es in dem Loch, und es stank nach Fledermausdreck. Ich steckte meinen Kopf in die Öffnung, rief ihre Namen, Bartosz, rief ich, Renia, aber es kam keine Antwort, und da ahnte ich, dass es niemanden gab in dieser Höhle, so dumpf klang nur ein Ort, an dem seit langer Zeit niemand gewesen war, und dabei hatte ich sie doch hineingehen sehen, einwandfrei, wohin sollten sie denn sonst verschwunden sein?

Als sich meine Augen an die Dunkelheit gewöhnt hatten, sah ich, dass die Höhle wie vermutet leer war, erkannte aber einen Verlauf, ein schmales Gewölbe, das vom Eingang fort führte, da zwängte ich mich tiefer hinein, mit den Beinen voran, rief wieder ihre Namen, aber es war Stille, die mich umgab, Stille und Leere, und schließlich blieb ich mit der Hüfte stecken. Da passte niemand hindurch, kein Mann und keine Frau und kein Kind, niemand, und als ich das begriff, spürte ich, wie mein Herz einen Schlag lang aussetzte. Dann befreite ich mich wieder, riss mir dabei die Hose auf, stieß meinen Kopf an der Decke und wand mich aus dem Loch ins Freie.

Draußen angekommen, holte ich tief Luft. Ich rannte die Bastion hinauf. Mein Herz hämmerte. Als ich oben auf der Kuppe angekommen war, breitete sich unter mir die Stadt aus: die vermüllten Grundstücke, der kleine Park auf dem Platz, die alten Kasernen, etwas weiter weg die große Backsteinkirche, und viel, viel weiter entfernt die Kräne der Werft. Ich drehte mich um, suchte nach zwei Gestalten, die, einander an der Hand haltend, irgendwohin gingen, zaudernd, unsicher, aber da waren bloß die alten Damen mit ihren Pekinesen, ein paar Jugendliche mit Bierdosen in den Händen und ein Junge, der ein Fahrrad schob, und das war alles an Leben in einem Radius von mindestens einem Kilometer, nichts war da, rein gar nichts, was Bartosz und Renia auch nur im Entferntesten geähnelt hätte. Renia und Bartosz waren verschwunden, einfach so, in die Stadt hinein, in ihre Gedärme waren sie gekrochen und nicht wieder aufgetaucht. Ich formte meine Hände zu einem Trichter und schrie ihre Namen in den Wind, immer wieder: Renia, Bartosz, in alle Himmelsrichtungen, so lange, bis ich heiser war, aber nichts geschah, niemand tauchte plötzlich wieder auf, lachte breit über das ganze Gesicht und freute sich über einen gelungenen Streich, den man mir gespielt hatte, nichts wurde plötzlich wieder gut und löste sich auf in Friede und Wohlgefallen.

Wenn ich gleich den Stift aus der Hand lege und Bronkas Gesicht im Türspalt erscheint, wird sie die Zettel überfliegen und mir nicht glauben, da bin ich mir sicher. Aber so und nicht anders ist es passiert.

Draußen, auf der Straße, rauschen die Fliederbüsche und die Kastanienbäume, ein schwacher Geruch von Teer und Uferschlamm weht heran. Legt man sein Ohr gegen den Spalt, zu dem sich das Fenster öffnen lässt, hört man das Rauschen der Stadt.

Vor ein paar Minuten hat jemand geklingelt, Bronka hat nicht aufgemacht. Unten vor der Haustür parkt eine Streife. Irgendwie müssen die Polizisten ins Treppenhaus gekommen sein, denn jetzt klingelt es an der Wohnungstür. Ich höre, wie Bronka auf Zehenspitzen durch den Flur schleicht und in der Mitte stehen bleibt. Es klopft an der Tür, erst zögerlich, dann kräftig. Nichts geschieht. Nach ein paar Minuten gehen die Polizisten die Treppe wieder hinunter und fahren in ihrem Auto davon. Ich setze mich auf mein Bett und betrachte ratlos den Stapel Papier, der auf Bartosz' schmalem Schreibtisch liegt. Dann höre ich, wie die Riegel, die meine Tür sicher verschlossen halten, zur Seite geschoben werden. Quietschend öffnet sich die Tür, Bronka tritt ein.

Sie sind weg, sagt sie, und ich antworte: Ich weiß. Dann reiche ich ihr die letzten Zettel, und sie nickt kurz, bevor sie sie in ihre Schürze steckt. Kurz bevor sie geht, blicke ich sie an, aber was ich sehe, ist nicht ein verweintes und aufgedunsenes Gesicht, sondern eine kaschubische Wiese, auf der ein paar Menschen sitzen und lachen, es ist eine Familie, die gemeinsam grillt; ich sehe Kastanienbäume und ein paar Fasane, die über die Felder staksen, vor allem aber sehe ich die Familie, man sitzt nah beisammen, man hat sich gern.

Plötzlich wird mir schlecht, ich bekomme keine Luft mehr, die Kette schnürt mir den Atem ab. Bronka verlässt das Zimmer, erneut ertönt das Knirschen der Riegel, die zurück an ihren Platz geschoben werden. Ein leiser Kopfschmerz hat sich in meinen Schläfen eingenistet. Ich stecke meine Hände in die Hosentaschen und lehne mich zurück. In meiner rechten Tasche bemerke ich einen kleinen Gegenstand und ziehe ihn heraus: ein moosgrünes Feuerzeug. Es liegt leicht in meiner Hand, zu leicht, als sei es bereits leer, sinnlos, zu nichts mehr zu gebrauchen. Doch dann lasse ich meinen Daumen über das Rad fahren, eine helle Flamme züngelt empor. Ich spüre ihre Wärme an meinem Gesicht, dann erlischt sie wieder. Fast wie Weihrauch. Ohne nachzudenken löse ich den Bernstein von meinem Hals. Eine alte Melodie klingt in meinen Ohren: Bernstein, Brennstein, alles muss versteckt sein! Eins, zwei, drei, vier, fünf …

Leseprobe aus

SABRINA JANESCH

Tango für einen Hund

Roman

ISBN 978-3-350-03308-8

3

Der Plan war nämlich: Südamerika. Also jetzt kein Selbstfindungstrip oder so, nein, eine knallharte Doku, ganz ohne Romantik, Panflötenmusik und Kondore am Himmel. Das ganz einfache und stinknormale Leben der ganz einfachen und stinknormalen Leute. Und wer hätte sie gedreht? Ich, Mann. Diese Doku hätte mich nämlich in die Filmhochschule bringen sollen. Und weil Südamerika erst mal so was von auf Eis liegt, ist hier der einzige Film, der gerade läuft, der in meinem Kopf. Ich brauche ein neues Thema. Einen neuen Inhalt. Leider wachsen neue Drehbücher nicht auf Heidekraut.

Ach ja, falls ich das noch nicht gesagt habe: Ich bin Regisseur. Weil aber alle bloß denken, das wäre so ein postpubertäres Gequatsche, muss ich noch dieses Studium durchziehen. Hat nämlich keiner geglaubt, dass ich das wirklich packe: mich bei der Filmhochschule zu bewerben. Nicht mal meine eigenen Eltern. Der erste Schritt war so einen Kurzfilm einsenden, fünf Minuten, freies Thema. Zack, Kamera eingepackt, raus zum Schlachthof, bisschen auf dem Gelände rumgegurkt, zack, Film im Kasten. Meine Eltern dachten, damit wäre das Thema erledigt.

Bis kaum eine Woche später ein Brief von der Filmhochschule bei uns im Briefkasten lag. Und das konnte nur eines heißen: einen Schritt weiter. Die Filmhochschule, das ist nicht einfach irgendeine. Das ist *die* Filmhochschule. Da, wo sie alle hinwollen. Jeder picklige Teenager, der sich zehnmal hintereinander »Fight Club« angeguckt hat, der Indiana Jones besser kennt als seinen eigenen Vater und der jeden einzelnen Satz bei »Star Wars« mitsprechen kann. Also wirklich jeden, nicht bloß *These are not the droids you're looking for.* Den kennt sogar Frithjof, mein bester und einziger Freund. Der hat sich sein Gehirn so gründlich mit Gras abgeschossen, dass er sich sonst gar nichts merken kann. Also so richtig nichts. Nada. Ich bin da aber tolerant. Okay, Frithjof merkt sich zwar nie was, also auch nicht Verabredungen und Versprechen, dafür vergisst er aber auch, wenn man ihn irgendwie verarscht oder sitzengelassen hat. Frithjof will übrigens nicht an die Filmhochschule. Frithjof will zum Bund, weil der Sold ziemlich hoch ist. Jedenfalls, wenn man ins Ausland geht. Er meint, mit seiner Vergesslichkeit extrem gegen Kriegstraumata gefeit zu sein.

Ich glaube ja nicht, dass er es ernst meint. Allerdings ist das mit dem Bund so ziemlich das Erste, was er nicht nach kurzer Zeit wieder vergessen hat. Keine Ahnung, wie er das Abitur geschafft hat. Ich tippe auf ein paar verdammt ausgefeilte Tricks, aber über die hat er nicht mal mit mir gesprochen.

Woher ich eigentlich direkt wusste, dass der Umschlag im Briefkasten eine Einladung war und kein Tritt in die Eier? Timing, Mann. So früh kriegen nur die Auserwählten eine Rückmeldung. Um die Flachpfeifen, die es nicht gepackt haben, kümmern die sich erst, wenn sie sonst nichts mehr zu tun haben. Die setzen *Prioritäten.*

Der Brief, die Explosion, die Sozialstunden und Texas Joes Entenscheiße, das hängt alles miteinander zusammen. Der Brief kam nämlich genau an dem Tag an, über den der Heidebote später schreiben sollte: »Fegefeuer über Semmenbüttel«. *Fegefeuer* war natürlich übergeigt.

Ich wohne übrigens noch bei meinen Eltern. Aber bevor jetzt einer lässig drüber herzieht: Erstens war die Abiturverleihung erst letzten Monat, und zweitens bin ich mit 17 der Jüngste des gesamten Jahrgangs gewesen. Ich bin nämlich schon mit fünf eingeschult worden. Geburtstag an Silvester, sag ich nur. Egal. Aus großem Leid entstehen große Geschichten.

Abgesehen davon verfolge ich kostenmäßig eine knüppelharte Mischkalkulation. Und die sieht so aus: Wer so viel Geld für Technik ausgibt wie ich, kann verdammt wenig für einen Umzug oder für Miete aufwenden. Also im Prinzip gar nichts. Da kann man bei Autoteile Schotterprökel soviel aushelfen wie man will, bei dem Stundenlohn kommt einfach nicht viel rum.

Eigentlich hatte ich meiner Mutter versprochen, als Mietersatz den Rasen vor ihrer Praxis zu mähen, aber seit ich die Pfingstrosen neulich direkt in den Rasen eingemeindet habe, besteht sie nicht mehr darauf.

Ach ja: Meine Mutter ist die einzige Heilpraktikerin in Semmenbüttel. »Claudia Schmitt, Heilpraktikerin«, steht bei uns direkt in Großbuchstaben neben der Haustür, und darunter, etwas kleiner: »Die Magie der Kräuter«. Das mit der Magie habe ich anfangs für einen lahmen Werbegag gehalten. Dass meine Alte ihre Kunden tatsächlich in andere Sphären katapultieren kann, hab ich erst viel später rausgefunden. Hauptsächlich fertigt sie Kräutermischungen an und Rindensude und Blütenpillen, und wer zu ihr in die Praxis geht, der muss sich darauf gefasst machen, dass die Beschwerden erst mal schlimmer werden. Das sagt sie immer gleich zu Anfang. Bei wie vielen Patienten die Beschwerden danach wieder besser werden: keine Peilung. Aber anscheinend genug, dass die Kasse klingelt. Mein Vater hatte nämlich wieder damit angefangen, Witze darüber zu machen, dass er ja jetzt nicht mehr der Mann im Haus sei, weil, meine Mutter würde ja mehr verdienen als er. Womit er glasklar seine Theorie selber bewiesen hätte, denn kein Typ mit Arsch in der Hose würde je sagen, dass er nicht mehr der Mann im Haus sei.

Mein Vater ist Lehrer. Er selber glaubt, er wäre heilig, weil er kein berühmter Entdecker oder Forscher oder was weiß ich geworden ist, sondern sich geopfert hat und an der Semmenbütteler Förderschule unterrichtet.

Und seine 8b, die macht ihn echt zum Märtyrer. Zusammen genommen haben die einen IQ von maximal 50, aber was denen an Grips fehlt, machen sie durch Kreativität wieder wett. Keine schlechte Strategie.

Jedenfalls kam der Brief an, als wir gerade frühstückten. Frühstück heißt bei mir Kaffee schwarz mit drei Löffeln Zucker, und bei meinen Eltern Körner. Aber nicht die normalen aus dem Supermarkt, sondern die vom Reformhaus, die über Nacht quellen müssen und dann am nächsten Morgen extra-eklig sind. So welche.

Und weil meine Mutter darauf besteht, dass wir gemeinsam frühstücken, muss ich meinen Eltern dabei zusehen, wie sie dreißigmal kauen, bevor sie runterschlucken. Fegefeuer? Jeden Morgen bei uns am Frühstückstisch.

Mein Vater, aufgescheucht vom Postauto, ließ kurz die Körnerkelle in seine Vorzugsmilch fallen, zog den Brief zusammen mit einer apokalyptischen Stinklaune aus dem Briefkasten und platzierte beides auf der speckigen Holzplatte, ziemlich genau dort, wo ich als kleiner Junge ein Hakenkreuz reingeritzt und er die Stelle daraufhin so lange abgeschmirgelt hatte, bis man fast den Küchenboden darunter sehen konnte.

Stinklaune deshalb, weil sogar meinem Vater direkt einleuchtete, was der Brief bedeutete. Jetzt würde sein einziger Sohn bestimmt nicht irgendwelche arme Waisen unterrichten oder Dörfer wiederaufbauen, Fußballcamps leiten oder sich irgendwie politisch engagieren. Stanley Kubrick statt Mutter Teresa. Quentin Tarantino statt Albert Schweitzer. David Fincher statt Rudi Dutschke. Sohnemann goes to Hollywood. Falls nicht, habe ich übrigens noch einen Plan B. B wie Bestrafung, deshalb habe ich mich gleichzeitig für eine Ausbildung bei VW beworben. Wenn ich mich schon selber hassen muss, dann richtig. Davon weiß aber niemand was, und das soll auch schön so bleiben.

»Jaa-haaa«, sagte mein Vater und wackelte dabei mit den Fingern, was bestimmt irgendwie patriarchalisch wirken sollte, aber in Wirklichkeit sah es bloß so aus, als hätte er spontan einen Parkinsonschub bekommen. »Na, das ist ja prächtig.«

Ich schnappte mir den Brief und begann ihn so langsam wie möglich zu öffnen. So richtig aufreizend. Nie wurde ein Brief sorgfältiger aufgemacht.

»Was ist prächtig, Schätzchen?«, wollte meine Mutter wissen. Sie hatte sich den Mund mit Körnern vollgeladen und tastete immer wieder nach dem Handtuch auf ihrem Kopf. Wenn sie abgelenkt ist, kriegt sie nie mit, ob ich oder mein Vater mit ihr reden. Da ist so eine Macke von ihr. Und in dem Moment schaute sie Fernsehen, auch wenn wir eine Familie sind, die so was eigentlich nicht macht. Also, Fernsehgucken beim Frühstück. Habe ich nie kapiert, warum meine Eltern neben dem Fernseher im Wohnzimmer eine Extrakiste in der Küche aufgestellt haben. Von der Pracht bewegter Bilder sollte man sich niemals durch Körner oder Gemüseeintopf ablenken lassen.

»Ja, was ist denn prächtig, Schätzchen?«, imitierte ich ziemlich professionell ihre Stimme, aber mein Vater antwortete nicht. In solchen Momenten findet er sich extrem souverän.

»Ernesto, da läuft was für dich«, sagte meine Mutter und zeigte mit dem Löffel auf den Fernseher. »Die Motorcycle Diaries. Schau doch mal, Argentinien. Wie viele Jahre ist das jetzt her?«

Damit war wieder mein Vater gemeint, und klar war die Frage total lächerlich, weil garantiert kein Jahr ohne Mitzählen verging. Sonst hätten die mir ja nicht 50000 Mal von ihren Reisen erzählen können. Und alles nur, weil sie ihr Leben nicht unter Kontrolle gehabt hatten. Leute mit Mumm hätten logisch irgendetwas total Erfolgreiches in Südamerika aufgezogen. Das Leben nach ihren Vorstellungen geformt. Aber meine Alten hatten es nicht gepackt. Das Einzige, was ihnen geblieben ist, sind ihre Erinnerungen und ein Sohn mit beknacktem Namen. Herzlichen Glückwunsch.

Für alle, die es nicht wissen: »The Motorcycle Diaries«, das ist die Verfilmung von Che Guevaras Reisetagebuch.

Schon nach drei Minuten leuchtete mir ein, dass der Film direkt in die Tonne gehörte. Nicht bloß, weil er meiner Mutter gefiel. Man lässt zwei verrückte Typen auf einem schrottreifen Motorrad durch Südamerika heizen, und dann zeigt man nichts anderes als schneebedeckte Gipfel und dröhnige Fjorde? Das ist ganz schön arm. Erkenne deine *story*, Mann.

»Mutter«, sagte ich, »so was gucke ich nicht. Ich gucke nur gute Filme. Und das da, das ist Kitsch. Bizarro-Pilcher.«

»Der da«, sagte meine Mutter und zeigte mit ihrer Körnerladung auf den Fernseher, in dem gerade groß und breit Ernesto Che Guevaras Fresse gezeigt wurde, »der da hatte immerhin Ideale. Einen Plan. Der wollte die Welt verändern. Was willst du eigentlich? Also, außer mit Frithjof auf dem Sofa rumhängen?«

»Vielleicht werde ich ja Dealer? Soll ziemlich lukrativ sein.«

Ich hörte, wie mein Vater für einen Moment aufhörte zu kauen. Weil, und jetzt kommt das, was ich vorhin schon erzählen wollte: In unserer Familie gibt es ein hochkomplexes diplomatisches Gefüge. Ein bisschen wie bei den Vereinten Nationen, nur mit weniger Leuten. Das Ganze ist extrem zerbrechlich und funktioniert nur, wenn sich alle schön an die Charta halten. Und der Inhalt der Charta lautet: Fresse halten. Jeder weiß hier nämlich von jedem etwas, das er lieber nicht wüsste. Beziehungsweise, was extrem nützlich ist, man braucht ja irgendein Gegengewicht für das Wissen des anderen. Sonst gerät das ganze Konstrukt aus dem Lot. Ach ja, die Verschlussakte meiner Mutter: Frau Claudia Schmitt, Heilpraktikerin, verdient einen ziemlich großen Teil ihres Einkommens damit, Patienten mit chronischen Schmerzen Gras zu verticken. Hab ich rausgefunden, als ich einmal ziemlich grundlos in ihrem Kräuterschrank gewühlt hab, so vor ein, zwei Jahren. War eine ganz schöne Überraschung, vor allem für meine Mutter. Die kam gerade in ihre Praxis rein, kaum, dass ich das Zeug auf meiner Handfläche verteilt hatte und noch überlegte, ob es wirklich das war, wofür ich es hielt. War es. Und weil das ja illegal ist und auch ziemlich Banane, musste ich versprechen, meinem Vater nichts davon zu verraten. Und wie ihr euch vorstellen könnt, hat meine Mutter gegengewichtsmäßig ziemlich viel in der Hand, vor allem von dem einen Mal, als sie mich mit Frithjof überrascht hatte. Wir waren da gerade sieben oder so, klar, das hatte überhaupt nichts zu bedeuten. Mütter sollten einen nicht erpressen dürfen.